本書出版得到國家古籍整理出版專項經費資助

中國歷史文集叢刊

李翱文集校注

〔唐〕李翱 撰
郝潤華
杜學林 校注

中華書局

圖書在版編目(CIP)數據

李翺文集校注/(唐)李翺撰;郝潤華,杜學林校注.
—北京:中華書局,2021.8
(中國歷史文集叢刊)
ISBN 978-7-101-15284-5

Ⅰ.李… Ⅱ.①李…②郝…③杜… Ⅲ.中國文學-古典文學-作品綜合集-唐代 Ⅳ.I214.22

中國版本圖書館 CIP 數據核字(2021)第 143279 號

責任編輯:許慶江

中國歷史文集叢刊

李翺文集校注

〔唐〕李 翺 撰

郝潤華 杜學林 校注

*

中華書局出版發行

(北京市豐臺區太平橋西里 38 號 100073)

http://www.zhbc.com.cn

E-mail:zhbc@zhbc.com.cn

北京瑞古冠中印刷廠印刷

*

850×1168 毫米 1/32 · 13 印張 · 3 插頁 · 260 千字

2021 年 8 月北京第 1 版 2021 年 8 月北京第 1 次印刷

印數:1-3000 册 定價:48.00 元

ISBN 978-7-101-15284-5

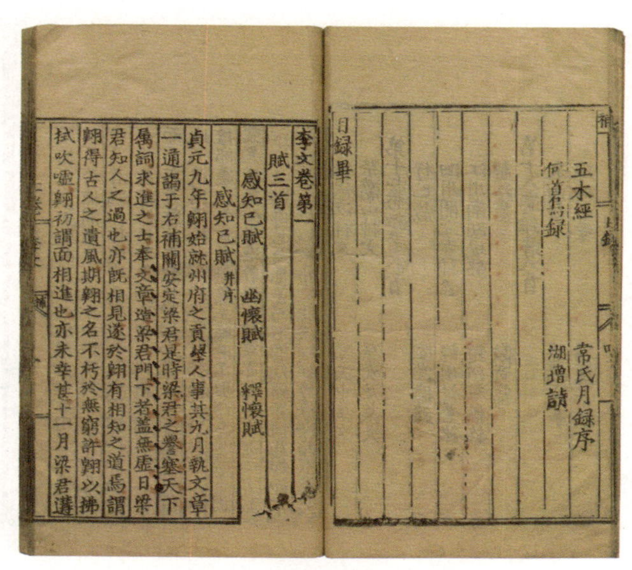

明成化十一年刻嘉靖重修本《李文公集》

李文公集序

郃武郡守西蜀馮君師虞以唐隴西李文公所為文一十八卷凡一百三首命工鋟梓以傳於天下後世乃以屬余序於乎文章之有補於治道也尚矣為文無補於治道雖工何益然文不

李文 前序一

本於仁義則於治道亦何補之有孟子七篇惓惓於仁義之言故程子謂孟子有功於聖門者以其開口便説仁義也公嘗與其從弟正辭論文章云汝勿信人號文章為一藝夫所謂一藝者乃時世所好之文或有盛名

明成化十一年馮孜刻本《李文公集》

目録

李翱文集卷第六　書四首

李翱文集卷第七　書六首

李翱文集卷第八　書六首

李翱文集卷第九　表疏七首

李翱文集卷第十　奏議狀六首

李翱文集卷第十一　行狀實録三首

李翱文集卷第十二　碑傳三首

李翱文集卷第十三　碑述三首

李翺文集卷第十七　雜著八首

李翺文集卷第十八　雜著八首

李翺詩文補遺

附録一 生平傳記

附録二 書信贈詩

附録三 序跋綜論

整理説明

李翱（七七四—八三七）字習之，隴西成紀（今甘肅秦安）人。任官前居陳留（今河南開封）。德宗貞元九年（七九三），「就州府之貢舉人事」（李翱《感知己賦》）。貞元十四年，登進士第，初任校書郎，後三遷至京兆府司録參軍。憲宗元和二年（八〇七），轉國子博士、史館修撰，後遷考功員外郎。元和四年，赴嶺南節度使楊於陵幕任掌書記。元和六年，受李遜之邀，出任浙東觀察使判官。元和十五年，授考功員外郎，並兼史館修撰。不久，受李景儉牽連，被貶爲朗州刺史，既而又辟爲禮部郎中。然而李翱「性峭鯁，論議無所屈」（《舊唐書·李翱傳》），不久得罪宰相李逢吉，又被貶爲廬州刺史。時逢廬州大旱，翱令「以田占租」，收豪族萬錢，貧弱賴以安生，因此入朝爲諫議大夫、知制誥，改中書舍人。文宗大和三年（八二九），又坐柏耆罪被貶爲鄭州刺史，改任桂州刺史、湖南觀察使。大和八年，徵爲刑部侍郎，轉户部侍郎，檢校户部尚書、襄州刺史，至山南東道節度使。開成二年（八三七），卒於襄州（今湖北襄陽）。享年六十四歲。謚曰「文」。《舊唐書》卷一六〇、《新唐書》卷一七七有傳。李翱除文集外，還曾與韓愈合著《論語筆解》二卷。

李翱自幼「勤於儒學，博雅好古，爲文尚氣質」（《舊唐書·李翱傳》），早年師從古文家梁肅，後從韓愈遊，關係在亦師亦友之間。其主要成就表現在哲學、政治、文學三方面，是唐代著名的思想家、古文運動的中堅。

李翱是典型的儒家文人，對於中唐社會的矛盾與弊病有深刻的認識，因此其創作思想完全建立在「文以載道」觀念之上。哲學思想則以反佛崇儒爲基礎，代表作爲《復性書》三篇。韓愈作爲唐代反佛的代表人物，其名文《諫佛骨表》即是力排佛學的政治宣言，其中著重闡述崇佛的政治危害。而李翱不同於韓愈，他是爲崇儒而反佛，他一面反佛，一面又吸收佛學見解，頗有其思想獨特性。主要表現在三個方面。首先，韓愈主張性、情二元論，而李翱則發展爲性善情惡論。其次，李翱認爲聖人是「人之先覺者」、「未嘗有情」，故不需要復性；而一般的人則先要「正思」、「知本無有思」而致「至誠」，然後「邪思自息，惟性自明」，即爲「復性」。最後，李翱釋「格物致知」爲「物者，萬物也。格者，來也，至也。物至之時，其心昭昭然明辨焉，而不應於物者，是致知也，是知之至也」。其「滅情復性」、「格物致知」的觀點已吸收了佛教禪宗思想，是儒佛合流的早期萌芽。

李翱在文學方面的成就可以歸結爲兩點。在理論方面，他積極提倡「文以載道」，力求以古文的形式宣揚儒家傳統之倫理思想。他認爲好的文章應該文、理、義三者並重。認爲：「義雖深，理雖當，詞不工者不成文，宜不能傳也。文、理、義三者兼并，乃能獨立於一時，而不泯滅於後代，能必傳也。」（《答朱載言書》）三者當中，義、理是根本，文辭則是其表現，因爲「義深則意遠，意遠則理辯，理辯則氣直，氣直則辭盛，詞盛則文工」（《答朱載言書》）。他還强調「創意造言，皆不相師」，是對韓愈「師其意不師其辭」的發展和完善。在文學實踐方面，作爲唐代古文運動的積極倡導者，李翺各體兼長，尤擅賦與碑傳，其文神似韓愈，但却獨具一格，呈現出自然樸實、重實事、少虚浮的特點，在後代頗受推崇。蘇洵曰：「惟李翺之文，其味黯然而長，其光油然而幽。」（蘇洵《上歐陽内翰第一書》）宋濂云：「習之識高志偉，不在退之下。」（宋濂《胡仲子文集序》）全祖望以爲李翺之文不亞於韓愈，云：「後世以習之之文稍遜退之，而並其有功於聖門者而掩之，惡乎可？歐公之于唐人，並稱韓李，而其慕習之也，尚在退之之上。」（全祖望《李習之論》）儲欣更是在「唐宋八大家」之後增李翺、孫樵二家，編成《唐宋十大家全集録》。其在古代文學史上的地位可想而知。

據宋劉攽《中山詩話》和計有功《唐詩紀事》載，李翺的《李文公集》，由北宋王深甫編成。《新唐書·藝文志》著録十卷，《崇文總目》著録一卷，陳振孫《直齋書録解題》卷十六著録十卷，云：「蜀本分二十卷，集中無詩，獨有『戲贈』一篇，拙甚，决非其作也。」鄭樵《通志·藝文略》作二十卷，《宋史·藝文志》作十二卷，晁公武《郡齋讀書志》卷十七著録十八卷，云：「集皆雜文，無歌詩，前有蘇舜欽序。」馬端臨《文獻通考·經籍考》作十八卷，應據《郡齋讀書志》而來。余嘉錫《四庫提要辨證》以爲陳振孫所云蜀本二十卷乃是每卷分爲二卷，其實内容仍是《新唐志》的十卷，而《宋史》多有脱誤，其十二卷之説不足據，晁公武所謂十八卷，是二十卷已佚二卷。由此可見：《李翺集》在北宋編成時是足本二十卷，全集只有一首詩，也就是陳振孫所説的蜀本。同時，李翺文集在宋代還有一個未收一詩的二十卷本流傳。宋末元初佚失二卷，蘇舜欽所序本即此本，這從趙汸爲蘇天爵刻本所寫《書後》中可以得到證明。于是在元、明二代始終有兩種《李文公集》行世，一種有詩本，另一種無詩本，但卷數均爲十八卷。明萬曆時陳第《世善堂藏書目録》下卷著録《李文公集》十八卷，明末錢謙益《絳雲樓書目》卷三亦著録有《李文公集》。

《李文公集》歷代版本甚少，版本源流也頗爲清晰，細分起來不外乎兩個系統：一個是無詩的本子，即宋蘇舜欽所爲序的十八卷本，就是元蘇天爵家藏本。據趙汸《書後》，蘇氏又據此本復刻行世。明末毛晋汲古閣刻《三唐人文集》時，《李文公集》即從蘇本出。清乾隆中修《四庫全書》，《李文公集》十八卷又從汲古閣本抄出。另一個系統是有一首詩的本子，明景泰年間邢讓據宋本抄出。這個鈔本被後來的許多人刊刻，先是明成化十一年（一四七五）的馮孜刻本，又有明嘉靖間的黄景夔刻本。黄序言自一朝鮮本來，但朝鮮本亦據邢鈔本刻。清初徐養元的刻本，也出自邢鈔本。

《李文公集》國内現存主要版本有以下幾種。第一，明成化馮孜刻本，現藏國家圖書館，十八卷，收文一百篇，三篇有目無文，即《疏數引見待制官》、《歐陽詹傳》和《馬少監墓誌》，疑邢鈔本時已佚。此本爲國内現存最早的版本。第二，明嘉靖黄景夔刻本。國家圖書館藏，十八卷，收文一百零一篇，三篇亦有目無文，然卷六多一篇《答開元寺僧書》。第三，明末毛晋汲古閣刻、清光緒時遞修、翁同龢批校《三唐人文集》本，亦藏國家圖書館。第十八卷，收文一百篇，無詩，卷七多《答開元寺僧書》一篇。第四，日本文政二年（一八一九）刻、清同治十年福建劉存校本。現存南京圖書館，缺前二卷，共十六卷，收文九十六篇，亦兩篇有目無文，即《疏數引見待制官》《歐陽詹傳》，文中有劉存校語。第五，清光緒元年（一八七五）馮焌光刻《三唐人集》本。國家圖書館有藏。共八卷，補遺一卷，附録一卷，收文計一百零九篇（包括補遺八篇），兩篇有目無文，即《疏數引見待制官》《歐陽詹傳》。北大圖書館另藏有舊鈔本十八卷，收文六十五篇。

此次整理，以國家圖書館藏明成化十一年（一四七五）馮孜刻《李文公集》爲底本，以《四部叢刊》影明成化十一年馮孜刻、嘉靖四年（一五二五）舒瑞重修本，汲古閣本，日本本，光緒本爲校本；此外還參校《文苑英華》（收文三十三篇，簡稱「《文苑》」）、《唐文粹》（收文二十六篇，簡稱「《文粹》」）、《全唐文》（收文一百零一篇，占六卷）等總集；同時兩《唐書》、《唐摭言》、《八瓊室金石補正》、《唐詩紀事》、《中山詩話》等文獻也是本書參校的依據。

此整理稿，是在原《李翱集》點校本（甘肅人民出版社一九九二年版）以及收入「儒藏精華編」第二〇二下之《李文公集》點校本的基礎上增加注釋並修訂而成，共計收録李翱文一百零四篇（其中詩一首），補遺文八篇，詩六首。此次整理重點在於文集的作品繫年與箋注，正文後附録有關李翱的重要傳記資料及文集序跋資料，供研究者參考利用。西北大學閻琦老師提供有關李翱繫年成果，弟子張艷輝博士幫忙搜集録入資料，中華書局許慶江編輯細心編校，在此一併表示誠摯的感謝！

凡例

一　本書包括四部分内容：一是點校；二是箋注；三是補遺；四是附録。

一　本書以明成化十一年（一四七五）馮孜刻《李文公集》爲底本，以下列各本（書）爲校本（附簡稱）：

（一）《四部叢刊》影印明成化十一年（一四七五）馮孜刻、嘉靖四年（一五二五）舒瑞重修本，簡稱「嘉靖本」。

（二）明末毛晋汲古閣刻、清光緒時遞修、翁同龢批校《三唐人文集》本，簡稱「汲古閣本」。

（三）日本文政二年（一八一九）刻、清同治十年（一八七一）福建劉存校本，簡稱「日本本」。

（四）清光緒元年（一八七五）馮焌光刻《三唐人集》本，簡稱「光緒本」。

（五）中華書局排印本《文苑英華》，簡稱「《文苑》」。

（六）中華書局排印本《唐文粹》（參以《中華再造善本》影宋紹興九年刻本），簡稱「《文粹》」。

（七）中華書局據清嘉慶刻本排印《全唐文》，簡稱「《全唐文》」。

一　【校記】置於每篇詩文之後，依順序編號。關於標點、校勘之原則：

（一）標點，凡題目皆不標句讀，不加標點。

（二）凡底本有明顯訛、脱、衍、倒者，一律據他本或他書校改後出校；底本與他本異文兩通者，亦出校，但不改底本；底本不誤而他本顯誤者，一律不出校。

（三）底本所無，據他本補入的作品（包括存疑者），依文體置於書後「補遺」之中。

（四）凡唐人避諱改字，仍依原書；後世刻本所改避諱字，均不出校；録文尊重底本，常見異體字不出校，如「暫」與「蹔」，「俯」與「俛」，「階」與「堦」等；影響文意者，出校説明。

一　本書之【注釋】，主要包括作品之寫作年代、背景及與本文相關的人名、地名、職官及部分語詞等，但有些無法確考創作時間的作品，爲謹慎起見，亦不强爲箋注。引文一般僅注出處，不作釋義；爲避繁瑣，注文反復使用之參考資料一般用簡稱代替，如司馬光《資治通鑑》簡稱「《通鑑》」，羅聯添《李翺年譜》簡稱「羅《譜》」，何智慧《李翺年譜稿》簡稱「何《譜》」，郁賢皓《唐刺史考全編》簡稱「《刺史考》」，戴偉華《唐方鎮文職僚佐考》簡稱「《僚佐考》」等。

一 本書之「補遺」部分，收録底本外之存疑李翱文八篇，詩六首，一律不出校記，末以「按語」形式對該文出處及作者歸屬略作考證説明。本書之「附録」，主要選録與作者及《李翱文集》相關的重要資料，包括傳記、序跋、書信、詩歌、評論等，並一一注明文獻出處，以便讀者查檢利用。

李翱文集卷第一　賦三首

感知己賦并序〔一〕

貞元九年，翱始就州府之貢舉人事〔二〕。其九月，執文章一通，謁于右補闕安定梁君〔三〕。是時，梁君之譽塞天下〔四〕，屬詞求進之士〔五〕，奉文章造梁君門下者，蓋無虚日。梁君知人之過也〔六〕，亦既相見，遂於翱有相知之道焉①〔七〕；謂翱得古人之遺風，期翱之名不朽於無窮，許翱以拂拭吹嘘〔八〕。翱初謂面相進也〔九〕，亦未幸甚。十一月，梁君遘疾而殁〔一〇〕。翱漸遊於朋友公卿間②，往往皆曰：「吾久籍子姓名於補闕梁君也〔一一〕。」翱乃知非面相進也。當時意謂先進者遇人特達〔一二〕，皆合有是心，亦未謂知己之難得也。

梁君殁於兹五年〔一三〕，翱學聖人經籍教訓文句之旨〔一四〕，而爲文將數萬言，愈昔年見于梁君之文弗啻數倍；雖不敢同德於古人，然亦常無怍於中心〔一五〕。每歲試於禮部，連以文章罷黜〔一六〕，聲光晦昧于時俗，人皆謂之固宜矣；然後知先進者遇人特達，亦不皆有是心，方知知己之難得也。夫見善而不能知，雖善何爲？知而不能譽，則如勿知；譽而不能深，則如勿譽；深而不能久，則如勿深；久而不能終，則如勿久。翱雖不肖，幸辱於梁君所知，君爲之言於人，豈非譽歟？謂其有古人之遺風，豈非深歟？譽而逮夫終身，豈非久歟？不幸梁君短命遽殁，是以翺未能有成也，其誰能相繼梁君之志而成之歟？已焉哉！天之遽喪梁君也，是使翺之命久迍邅厄窮也〔一七〕！遂賦感知己以自傷，其言怨而不亂，蓋小雅騷人之餘風也〔一八〕。其辭曰：

戚戚之愁苦兮〔一九〕，思釋去之無端〔二〇〕。彼衆人之容易兮，乃志士之所難。伊自古皆嗟兮〔二一〕，又何怨乎兹之世。獨厄窮而不達兮，悼知音之永逝。紛予生之多故兮，愧特于世之誰知〔二二〕。撫聖人教化之旨兮，詢合古而乖時〔二三〕。誠自負其中心兮，嗟與俗而相違。趨一名之五稔兮〔二四〕，尚無成而淹此路岐〔二五〕。昔聖賢之遑遑兮〔二六〕，極屈辱之驅馳。擇中庸之蹈難兮，雖困頓而終不改其所爲。苟天地之無私兮，曷不鑒照於神祇。心勁直於松柏兮，淪霜雪而不衰〔二七〕。知我者忽然逝兮，豈吾道之已而。

【校記】

①「於」，嘉靖本作「與」。　②「漸」，汲古閣本無。

【注釋】

〔一〕貞元十三年（七九七）作。文云：「貞元九年，……九月，執文章一通，謁於右補闕安定梁君，……十一月，梁君遘疾而殁。」梁君謂梁肅，據此知梁肅卒於貞元九年（七九三）十一月，《全唐文》卷五二三有崔元翰《梁肅墓誌》記梁肅卒年同。文又云：「梁君殁於兹五年矣。」是作此篇時梁肅已卒五年。貞元九年下推五年，爲貞元十三年，故此篇作年當爲貞元十三年。是時李翺多次赴長安應舉，皆不第，因感念梁肅知遇之情，「遂賦感知己以自傷」。

〔二〕唐州府貢舉，多在每年七月舉行。宋錢易《南部新書》：「長安舉子……七月後投獻新課，並於諸州府拔解。」

〔三〕安定梁君，謂梁肅。肅字敬之，一字寬中，陸渾（今河南嵩縣東北）人，毗五世孫。德宗建中元年（七八〇）登文辭清麗科，授太子校書郎，貞元中召爲監察御史，轉右補闕、翰林學士、太子諸王侍讀、史館修撰。《新唐書》卷二〇二有傳。

〔四〕塞，充實、充滿。

〔五〕屬詞，連綴字句爲文章，即寫作。《舊唐書·韓愈傳》：「大曆、貞元之間，文字多尚古學，效楊雄、董仲舒之述作，而獨孤及、梁肅最稱淵奥，儒林推重。」

〔六〕過，來訪，前往拜訪。

〔七〕相知之道，即知遇之恩。

〔八〕拂拭，提拔，賞識。吹噓，奬掖，汲引。

〔九〕面相進，意謂只是當面寒暄表示奬掖推薦。

〔一〇〕遘疾，生病。

〔一一〕籍，名册、名籍，此作動詞解，即知道、了解。

〔一二〕先進，前輩。遇人，待人。特達，特殊知遇。

〔一三〕崔元翰《右補闕翰林學士梁君墓誌銘》：「貞元……九年冬十有一月旬有六日，寢疾於萬年之永康里，享年四十一。」貞元九年下推五年爲貞元十三年。

〔一四〕聖人經籍，謂儒家經典。

〔一五〕怍，羞慚。《論語・憲問》：「其言之不怍，則爲之也難。」

〔一六〕李翺貞元十二年（七九六）作《謝楊郎中書》云：「翺自屬文求舉於有司，不獲者三。」貞元十三年當爲第四次應舉。

〔一七〕迍邅，處境不利，困頓。厄窮，艱難困苦。

〔一八〕《史記・屈原賈生列傳》：「《國風》好色而不淫，《小雅》怨誹而不亂。」

〔一九〕戚戚，憂懼貌，憂傷貌。

〔二〇〕無端，無起點，無終點。

〔二一〕嗟，本爲嘆詞，此處表示憂愁。

〔二二〕特，傑出。《詩經・秦風・黄鳥》：「維此奄息，百夫之特。」

〔二三〕詢，確實。《左傳・哀公二年》：「樂丁曰：『《詩》曰：「爰始爰謀，爰契我龜。」』謀諧，以故兆詢，可也。」楊伯峻注：「詢，信也。」

〔二四〕稔，年。《國語・晉語八》：「國無道而年穀龢熟，鮮不五稔。」韋昭注：「稔，年也。」五稔，即五年。

〔二五〕淹，謂有才德而不得録用或升遷。李翺自貞元九年（七九三）應舉，至貞元十三年（七九七），正爲五年。

〔二六〕遑遑，驚恐匆忙，心神不定。

〔二七〕淪，降落，墜落。

幽懷賦并序〔一〕

朋友有相歎者，賦幽懷以答之，其辭曰：

衆囂囂而雜處兮〔二〕，咸嗟老而羞卑。視予心之不然兮，慮行道之猶非〔三〕。儻中懷之自得兮，終老死其何悲。昔孔門之多賢兮，惟回也爲庶幾〔四〕。超群情以獨去兮①，指聖域而高追〔五〕。固簞食與瓢飲兮〔六〕，寧服輕而駕肥〔七〕。望若人其何如兮〔八〕，慚吾德之纖微。躬不田而飽食兮〔九〕，妻不織而豐衣。援聖賢而比度兮〔一〇〕，何僥倖之能希〔一一〕。念所懷之未展兮，非悼己而陳私〔一二〕。自禄山之始兵兮〔一三〕，歲周甲而未夷〔一四〕。何神堯之郡縣兮〔一五〕，乃家傳而自持。稅生人而育卒兮〔一六〕，列高城以相維。何兹勢之可久兮②，宜永念而遐思。有三苗之逆命兮〔一七〕，舞干羽以來之〔一八〕。惟刑德之既修兮，無遠邇而咸歸③。當高祖之初起兮〔一九〕，提一旅之羸師〔二〇〕。能順天而用衆兮，竟掃寇而戡隋④〔二一〕。况天子之神明兮，有烈祖之前規〔二二〕。剗弊政而還本兮〔二三〕，如反掌之易爲。苟廟堂之治得兮，何下邑之能違〔二四〕。哀予生之賤遠兮，包深懷而告誰。嗟此誠之不達兮，惜此道而無遺。獨中夜以潛歎兮，匪吾憂之所宜。

【校記】

①「超」，《文苑》作「越」。　②「勢」，原誤作「世」，據《文苑》改。　③「遠邇」，《文苑》《全唐文》作「遐邇」。　④「隋」，原作「隨」，唐人或以「隋」作「隨」，據汲古閣本改。

【注釋】

〔一〕元和十年（八一五）作。是年吴元濟之亂未平，王承宗、李師道又先後違命，並遣盜殺宰相武元衡、傷御史中丞裴度（《通鑑》卷二三九），李翱深以爲憂，故作此賦。時翱爲河南府户曹參軍。

〔二〕囂囂，怨愁、怨恨。《漢書·董仲舒傳》：「夫已受大，又取小，天不能足，而况人乎！此民之所以囂囂苦不足也。」顔師古注：「囂，讀與『嗸』同，音敖。嗸嗸，衆怨愁聲也。」

〔三〕行道，實踐自己主張或所學。《孝經》：「立身行道，揚名於後世，以顯父母，孝之終也。」

〔四〕回，謂顔回。回字子淵，春秋時魯國人，孔子弟子。《史記》卷七六《仲尼弟子列傳》有傳。

〔五〕聖域，猶言聖人境界。韓愈《進學解》：「是二儒者，吐辭爲經，舉足爲法，絶類離倫，優入聖域。」

〔六〕《論語·雍也》：「一簞食，一瓢飲，在陋巷，人不堪其憂，回也不改其樂。賢哉回也！」

〔七〕《論語·公冶長》：「子路曰：『願車馬，衣輕裘，與朋友共，敝之而無憾。』」

〔八〕若，這，這個。

〔九〕躬，自身，自己。

〔一〇〕比度，謂比照。

〔一一〕僥倖，乞求非分。《莊子·在宥》：「此以人之國僥倖也。」陸德明《釋文》：「僥倖，求利不止之貌。」

〔一二〕悼，傷感，哀傷。

〔一三〕禄山始兵，《通鑑》卷二一七：「（天寶十四載）十一月，甲子，禄山發所部兵及同羅、奚、契丹、室韋凡十五萬衆，號二十萬，反於范陽。」

〔一四〕周甲，滿六十年。干支紀年一甲子爲六十年，故稱。

〔一五〕神堯，唐高祖李淵謚號。《通鑑》：「（天寶十三載）二月，上高祖謚曰神堯大聖光孝皇帝。」

〔一六〕税，征收賦税。《管子·大匡》：「歲飢不税。」生人，猶生民，民衆。避太宗諱，以「人」代「民」。

〔一七〕三苗，古國名。《尚書·舜典》：「竄三苗於三危。」孔《傳》：「三苗，國名，縉雲氏之後，爲諸侯，號饕餮。」《史記·五帝本紀》：「三苗在江淮、荆州數爲亂。」

〔一八〕干羽，古代舞者所執舞具。文舞執羽，武舞執干。《尚書·大禹謨》：「帝乃誕敷文德，舞干羽於兩階。」此代指文德教化。

〔一九〕高祖，謂唐開國皇帝李淵。

〔二〇〕羸師，疲弱的軍隊。

〔二一〕戡，平定。《尚書·西伯戡黎》：「西伯既戡黎，祖伊恐。」

〔二二〕烈祖，建立功業的祖先，古代多稱開基創業帝王。《尚書·伊訓》：「伊尹乃明言烈祖之成德，以訓於王。」孔《傳》：「湯，有功烈之祖，故稱焉。」

〔二三〕剗，滅除，廢除。《戰國策·齊策一》：「靖國君大怒曰：『剗而類，破吾家，苟可慊齊貌辨者，吾無辭爲之。』姚宏注：『剗，滅也。』」

〔二四〕下邑，國都以外之城邑。

釋懷賦并序〔一〕

讀《黨錮傳》〔二〕，哀直道之多尤不容〔三〕，作《釋懷賦》，其辭曰：

懷夫人之鬱鬱兮〔四〕，歷晦吝而不離。吾心直以無差兮，惟上天其能知。邪何德而必好兮？忠何尤而被疑？彼陳辭之多人兮，胡不去衆而訊之？進藎言而不信兮〔五〕，退遠去而不獲。弗驗實而考省兮〔六〕，固予道之所厄。昔師商之規聖兮〔七〕，德既均而行革。惟肝膓之有殊兮〔八〕，守不同其何責。願披懷而竭聞兮〔九〕，道既塞而已行。路非險而不通兮，人忌我而異情。王章直而獄死兮〔一〇〕，李固忠而陷刑〔一一〕。自古世之所悲兮，矧末俗之衰誠〔一二〕。哀貞心之潔白兮，疾苗莠之紛生〔一三〕。令農夫以手鋤兮，反剪去乎嘉莖。豈不指穢而語之兮，佯瞪瞶而不肯聽〔一四〕。歎釋去而不忍兮，終留滯亦何成？當晨旦而步立兮，仰白日而自明。處一世而若流兮，何久永而傷情？樂此言而內抑兮①，壯大觀於莊生〔一五〕。拔馨香之茝蘭兮〔一六〕，樹蒿蔚以羅列。斥通道而使蕪兮②，戀棘徑之中絕〔一七〕。置春秋而詢心兮，羌與此其奚別。

昔誓詞而約交兮，期共死而皆居。嗟所守之既異兮，乃汗漫而遺初〔一八〕。心皓白而不容兮〔一九〕，非市直而望利。忠不顧而立忘兮，交不同而行棄。悲夫不徇己而必仇兮，諒非水火其何畏〔二〇〕。獨吾行之不然兮，直愧心而懼義。嘉山松之蒼蒼兮，歲苦寒而亦悴。吾固樂其貞剛兮，夫何尤乎小異。欲靜默而絕聲兮，豈不悼厥初之所志。抑此懷而不可兮，終永夜以噓唏！

【校記】

①「內抑」，《文苑》作「自抑」。　②「通道」，《文苑》作「通路」。

【注釋】

〔一〕元和十五年（八二〇）作。是年正月，憲宗暴卒，傳爲宦官陳弘志所毒害，中尉梁守謙與宦官馬進潭、劉承諧、韋元素、王守澄等共立太子即位。時李翺爲史館修撰，對其事亦難以措筆，或於正月或稍後借讀《黨錮傳》以遣懷。

〔二〕《黨錮傳》，謂范曄《後漢書》卷五七《黨錮列傳》。東漢桓帝時宦官專權，士大夫李膺、陳蕃等聯合太學生郭泰、賈彪等，猛烈抨擊宦官集團。宦官誣爲朋黨，李膺等二百餘人皆被逮，後雖釋放，但終身不許做官，是爲黨錮之禍。

〔三〕尤，責備，怪罪。司馬遷《報任安書》：「顧自以爲身殘處穢，動而見尤。」

〔四〕鬱鬱，憂傷，沉悶貌。《楚辭·九章·哀郢》：「惨鬱鬱而不通兮。」王逸注：「中心憂滿，慮閉塞也。」

〔五〕藎，忠誠。《詩經·大雅·文王》：「王之藎臣，無念爾祖。」

〔六〕考省，考校省察，考校查核。

〔七〕師商，師謂子張，商謂子夏。《論語·先進》：「子貢問曰：『師與商也孰賢？』子曰：『師也過，商也不及。』曰：『然則師愈與？』子曰：『過猶不及。』」

〔八〕殊，差異，不同。

〔九〕披，披露，陳述。

〔一〇〕王章，字仲卿，泰山鉅平（今山東泰安）人，西漢元帝初爲左曹中郎將，成帝時徵爲諫大夫，遷司隸校尉。以直言敢諫著稱。後爲王鳳構陷，以大逆罪論死。《漢書》卷七六有傳。

〔一一〕李固，字子堅，漢中城固（今陝西城固）人，東漢司徒李郃之子。歷任荆州刺史、太山太守、將作大匠、大司農、太尉。後爲大將軍梁冀所害。《後漢書》卷六三有傳。

〔一二〕矧，况且。末俗，謂末世的習俗，低下的習俗。

〔一三〕莠，田間雜草，生禾粟下，似禾非禾，秀而不實。因其穗形像狗尾，故俗名狗尾草。

〔一四〕瞪瞢，睁眼愣視貌。《文選·王褒〈洞簫賦〉》：「垂喙婉轉，瞪瞢忘食。」李善注引《埤蒼》：「瞪，直視也。瞢，視不審諦也。」

〔一五〕大觀，謂宏遠之觀察。賈誼《鵩鳥賦》：「小智自私兮，賤彼貴我；達人大觀兮，物無不可。」

〔一六〕茝，香草，即白芷。蔚，盛大。

〔一七〕棘徑，佈滿荆棘的小路。

〔一八〕汗漫，漫無標準，不着邊際。

〔一九〕皓白，純白，潔白貌。

〔二〇〕徇己，猶營私。《後漢書·崔駰傳》：「游不倫黨，苟以徇己，汗血競時，利合而友。」李賢注：「徇，營也。言交非其類，苟以營己而已。」

李翺文集卷第二　文三首

復性書上[一]

人之所以爲聖人者，性也[二]；人之所以惑其性者，情也[三]。喜、怒、哀、懼、愛、惡、欲七者，皆情之所爲也。情既昏[四]，性斯匿矣。非性之過也，七者循環而交來，故性不能充也。水之渾也，其流不清；火之烟也，其光不明：非水火清明之過。沙不渾，流斯清矣；烟不鬱[五]，光斯明矣；情不作，性斯充矣。性與情不相無也。雖然，無性則情無所生矣。是情由性而生，情不自情，因性而情，性不自性，由情以明。性者，天之命也，聖人得之而不惑者也；情者，性之動也，百姓溺之而不能知其本者也。聖人者，豈其無情邪？聖人者，寂然不動，不往而到，不言而神，不耀而光，制作參乎天地，變化合乎陰陽；雖有情也，未嘗有情也。然則百姓者，豈其無性者邪？百姓之性與聖人之性弗差也。雖然，情之所昏，交相攻伐，未始有窮，故雖終身而不自覩其性焉。火之潛于山石林木之中，非不火也；江、河、淮、濟之未流而潛于山，非不泉也。石不敲，木不磨，則不能燒其山林而燥萬物。泉之源弗疏，則不能爲江、爲河、爲淮、爲濟，東匯大壑，浩浩蕩蕩，爲弗測之深。情之動弗息，則不能復其性而燭天地，爲不極之明。故聖人者，人之先覺者也。覺則明，否則惑，惑則昏。明與昏謂之不同。明與昏，性本無有，則同與不同二者離矣。夫明者所以對昏，昏既滅，則明亦不立矣。

是故，誠者聖人之性也①。寂然不動，廣大清明，照乎天地，感而遂通天下之故，行止語默無不處於極也。復其性者，賢人循之而不已者也，不已則能歸其源矣。《易》曰：「夫聖人者，與天地合其德，日月合其明，四時合其序，鬼神合其吉凶，先天而天不違，後天而奉天時，天且弗違，而况於人乎？况於鬼神乎？」此非自外得者也，能盡其性而已矣。子思曰：「唯天下至誠爲能盡其性。能盡其性，則能盡人之性；能盡人之性，則能盡物之性；能盡物之性，則可以贊天地之化育；可以贊天地之化育，則可以與天地參矣。其次致曲，曲能有誠。誠則形，形則著，著則明；明則動，動則變，變則化。唯天下至誠爲能化。」〔六〕

聖人知人之性皆善，可以循之不息而至於聖也，故制禮以節之，作樂以和之。安於和樂，樂之本也；動而中禮，禮之本也。故在車則聞鸞和之聲〔七〕，行步則聞珮玉之音〔八〕，無故不廢琴瑟，視聽言行，循禮而動，所以教人忘嗜欲而歸性命之道也〔九〕。道者，至誠也。誠而不息則虛，虛而不息則明，明而不息則照天地而無遺。非他也，此盡性命之道也。哀哉！人皆可以及乎此，莫之止而不爲也，不亦惑邪？昔者聖人以之傳于顏子〔一〇〕，顏子得之，拳拳不失，不遠而復，「其心三月不違仁」。子曰：「回也其庶乎，屢空〔一一〕。」其所以未到於聖人者一息耳，非力不能也，短命而死故也。其餘升堂者，蓋皆傳也。一氣之所養，一雨之所膏，而得之者各有淺深，不必均也。子路之死也〔一二〕，石乞、盂黶以戈擊之，斷纓，子路曰：「君子死，冠不免。」結纓而死〔一三〕。由也，非好勇而無懼也，其心寂然不動故也。曾子之死也〔一四〕，曰：「吾求何焉②？吾得正而斃焉，斯已矣。」此正性命之言也。子思，仲尼之孫，得其祖之道，述《中庸》四十七篇，以傳于孟軻〔一五〕。軻曰：「我四十不動心。」軻之門人，達者公孫丑、萬章之徒〔一六〕，蓋傳之矣。遭秦滅書，《中庸》之不焚者，一篇存焉，於是此道廢缺。其教授者，唯節行文章章句、威儀擊劍之術相師焉，性命之源，則吾弗能知其所傳矣。

道之極于剥也必復〔一七〕，吾豈復之時邪？吾自六歲讀書，但爲詞句之學。志於道者四年矣，與人言之，未嘗有是我者也。南觀濤江入於越〔一八〕，而吴郡陸傪存焉〔一九〕，與之言之。陸傪曰：「子之言，尼父之心也〔二〇〕。東方如有聖人焉，不出乎此也，南方如有聖人焉，亦不出乎此也。惟子行之不息而已矣。」嗚呼！性命之書雖存，學者莫能明，是故皆入於莊、列、老、釋，不知者謂夫子之徒不足以窮性命之道，信之者皆是也。有問於我，我以吾之所知而傳焉，遂書于書，以開誠明之源，而缺絶廢棄不揚之道，幾可以傳于時，命曰《復性書》，以理其心，以傳乎其人。烏戲！夫子復生，不廢吾言矣。

【校記】

①「聖人之性」，原誤作「聖人性之」，據《文粹》改。　②「求何」，《文苑》《文粹》作「何求」。

【注釋】

〔一〕貞元十八年（八〇二）作。按，關於《復性書》三篇創作時間，羅《譜》、何《譜》皆繫於貞元十八年，李光富《〈李翺年譜〉訂補》繫於貞元十六年（八〇〇）。《復性書》上既云「吴郡陸傪存焉」、「夫子復生」等語，是該書之作，必在陸傪卒後。據翺本集卷十三《陸歙州述》，陸傪貞元十八年四月二十六日卒於出刺歙州途中，則《復性書》作成必在貞元十八年四月之後。時李翺或爲滑州觀察判官。

〔二〕性，人之本性。《孟子·告子》：「告子曰：『生謂之性。』」趙岐注：「凡物生同類者皆同性。」

〔三〕情，感情，情緒。《説文·心部》：「情，人之陰氣有慾者。」《論衡·本性》：「情，接於物而然者也。」

〔四〕昏，昏瞶，迷亂。

〔五〕鬱，聚集，凝聚。

〔六〕子思，謂孔伋，字子思，戰國時魯國陬邑人，孔子之孫，受業於曾子，孟子發揮其説，形成思孟學派。相傳今本《禮記》中的《中庸》《表記》《坊記》等皆爲子思所撰。「唯天下至誠爲能盡其性」諸語，出《中庸》，朱熹解爲分言天道、人道，詳見《章句》。

〔七〕鸞和，鸞與和，古代車上的兩種鈴子。《周禮·夏官·大馭》：「凡馭路儀，以鸞和爲節。」鄭玄注：「鸞在衡，和在軾，皆以金爲鈴。」

〔八〕珮玉，同佩玉，古代繫於衣帶用作裝飾的玉。《禮記·玉藻》：「君子在車，則聞鸞和之聲，行則鳴佩玉。」

〔九〕性命，中國古代哲學範疇，指萬物的天賦和禀受。《易·乾》：「乾道變化，各正性命。」孔穎達疏：「性者，天生之質，若剛柔遲速之别；命者，人所禀受，若貴賤夭壽之屬也。」

〔一〇〕顔子，謂顔回，注見本集卷一《憂懷賦》。

〔一一〕「回也其庶乎！屢空」，語出《論語·先進》。

〔一二〕子路，謂仲由，春秋時魯國人，仲氏，字子路，一字季路。孔子弟子。性直而好勇。孔子任魯司寇時，使爲季氏家臣。後仕衛，爲衛大夫孔悝邑宰。衛亂，爲亂軍所殺。《史記》卷七六《仲尼弟子列傳》有傳。

〔一三〕結纓而死，子路在戰亂中爲石乞、盂黶砍斷帽帶，曰：「君子死而冠不免。」於是繫好帽帶，遂爲亂軍所殺。事見《左傳·哀公十五年》及《史記》卷七六《仲尼弟子列傳》。盂黶，一作壺黶。

〔一四〕曾子，春秋末魯國南武城（今屬山東）人，名參，字子輿。曾晳子，孔子弟子。以孝行見稱。《史記》卷七六《仲尼弟子列傳》有傳。

〔一五〕孟軻，謂孟子。

〔一六〕公孫丑，戰國時齊國人。孟子弟子。嘗問孟子有關管仲、晏嬰之功業及「不動心」、「養氣」之學。萬章，戰國人，孟子弟子。《孟子·萬章》載有其向孟子問道對話之事。

〔一七〕剥復，《易》二卦名。《易·雜卦》：「剥，爛也；復，反也。」後因謂盛衰、消長爲「剥復」。

〔一八〕濤江，謂浙江，即今錢塘江。

〔一九〕吴郡，東漢永建四年（一二九）分會稽郡置，治所在吴縣（今江蘇蘇州）。唐武德四年（六二一）改爲蘇州，天寶元年（七四二）又改爲吴郡，乾元元年（七五八）復改爲蘇州。陸傪，字公佐，吴郡人。德宗貞元初，以大理評事、監察御史佐黔中幕，又爲浙東義勝軍副使。十六年（八〇〇），徵拜祠部員外郎。十八年，出爲歙州刺史，道病卒。生平見翺本集卷十三《陸歙州述》、《全唐文》卷五〇三權德輿撰《唐故使持節歙州刺史賜緋魚袋陸君墓誌銘并序》。

〔二〇〕尼父，對孔子的尊稱，孔子字仲尼，故稱。

復性書中

或問曰：「人之昏也久矣，將復其性者，必有漸也。敢問其方？」

曰：「弗慮、弗思，情則不生；情既不生，乃爲正思。正思者，無慮、無思也。《易》曰：『天下何思、何慮〔一〕？』又曰：『閑邪存其誠〔二〕。』《詩》曰：『思無邪〔三〕。』」

曰：「已矣乎？」

曰：「未也。此齋戒其心者也，猶未離於静焉。有静必有動，有動必有静；動静不息，是乃情也。《易》曰：『吉凶悔吝，生於動者也〔四〕。』焉能復其性邪？」

曰：「如之何？」

曰：「方静之時，知心無思者，是齋戒也。知本無有思，動静皆離，寂然不動者，是至誠也。《中庸》曰：『誠則明矣〔五〕。』《易》曰：『天下之動，貞夫一者也〔六〕。』」

問曰：「不慮不思之時①，物格於外〔七〕，情應於内，如之何而可止也？以情止情，其可乎！」

曰：「情者，性之邪也。知其爲邪，邪本無有，心寂不動，邪思自息，惟性明照，邪何所生？如以情止情，是乃大情也。情互相止②，其有已乎？《易》曰：『顔氏之子，其殆庶幾乎③？有不善未嘗不知，知之未嘗復行也〔八〕。』《易》曰：『不遠復，無祇悔，元吉〔九〕。』」

問曰：「本無有思，動静皆離，然則聲之來也，其不聞乎？物之形也，其不見乎？」

曰：「不覩不聞，是非人也。視聽昭昭，而不起於見聞者，斯可矣。無不知也，無弗爲也，其心寂然，光照天地，是誠之明也。《大學》曰：『致知在格物〔一〇〕。』《易》曰：『易，無思也，無爲也，寂然不動，感而遂通天下之故，非天下之至神，其孰能與於此〔一一〕？』

曰：「敢問『致知在格物』，何謂也？」

曰：「物者，萬物也。格者，來也，至也。物至之時，其心昭昭然明辨焉，而不應於物者，是致知也，是知之至也。知至故意誠，意誠故心正，心正故身脩，身脩而家齊，家齊而國理，國理而天下平，此所以能參天地者也。《易》曰：『與天地相似，故不違。知周乎萬物而道濟天下，故不過。旁行而不流，樂天知命，故不憂。安土敦乎仁，故能愛。範圍天地之化而不過，曲成萬物而不遺，通乎晝夜之道而知，故神無方而易無體，一陰一陽之謂道〔一二〕。』此之謂也。」

曰：「生爲我説《中庸》。」

曰：「不出乎前矣。」

曰：「我未明也，敢問『何謂天命之謂性〔一三〕』？」

曰：「人生而静，天之性也。性者，天之命也。」

曰：「率性之謂道。何謂也④？」

曰：「率，循也。循其源而反其性者，道也。道也者，至誠也。至誠者，天之道也。誠者，定也，不動也。」

「修道之謂教。何謂也？」

曰：「教也者⑤，人之道也。誠之者，擇善而固執之者也。循是道而歸其本者⑥，明也。教也者，則可以教天下矣，顏子其人也。『道也者，不可須臾離也，可離非道也。』說者曰：『其心不可須臾動焉故也。動則遠矣，非道也。變化無方，未始離於不動故也。』『是故君子戒慎乎其所不覩，恐懼乎其所不聞，莫見乎隱，莫顯乎微，故君子慎其獨也。』說者曰：『不覩之覩，見莫大焉；不聞之聞，聞莫甚焉。其心不動⑦，是不覩之覩，不聞之聞也；其復之也遠矣。故君子慎其獨，慎其獨者，守其中也。』」

問曰：「昔之註解《中庸》者，與生之言皆不同，何也？」

曰：「彼以事解者也，我以心通者也。」

曰：「彼亦通於心乎？」

曰：「吾不知也。」

曰：「如生之言，脩之一日，則可以至於聖人乎？」

曰：「十年擾之，一日止之，而求至焉，是孟子所謂以杯水而救一車薪之火也〔一四〕，甚哉！止而不息必誠，誠而不息必明，明與誠終歲不違，則能終身矣。造次必於是，顛沛必於是，則可以希於至矣。故《中庸》曰：『至誠無息，不息則久，久則徵，徵則悠遠，悠遠則博厚，博厚則高明。博厚所以載物也，高明所以覆物也，悠久所以成物也。博厚配地，高明配天，悠久無疆。如此者，不見而章，不動而變，無爲而誠。天地之道⑧，可一言而盡也。』」

問曰：「凡人之性猶聖人之性歟？」

曰：「桀紂之性，猶堯舜之性也。其所以不覩其性者，嗜欲好惡之所昏也，非性之罪也。」

曰：「爲不善者非性邪？」

曰：「非也，乃情所爲也。情有善有不善，而性無不善焉。孟子曰：『人無有不善，水無有不下。夫水搏而躍之，可使過顙，激而行之，可使在山，是豈水之性哉〔一五〕？』其所以導引之者然也。人之性皆善，其不善亦猶是也。」

問曰：「堯舜豈不有情邪？」

曰：「聖人至誠而已矣。堯舜之舉十六相〔一六〕，非喜也；流共工〔一七〕，放驩兜〔一八〕，殛鯀〔一九〕，竄三苗〔二〇〕，非怒也：中於節而已矣。其所以皆中節者，設教於天下故也。《易》曰：『知變化之道者，其知神之所爲乎〔二一〕？』《中庸》曰：『喜、怒、哀、樂之未發謂之中，發而皆中節謂之和。中也者，天下之大本也；和也者，天下之達道也。致中和，天地位焉，萬物育焉。』《易》曰：『唯深也，故能通天下之志。唯幾也，故能成天下之務。惟神也，故不疾而速，不行而至〔二二〕。』聖人之謂也。」

問曰：「人之性猶聖人之性，嗜欲愛憎之心何因而生也？」

曰：「情者，妄也，邪也；邪與妄則無所因矣。妄情滅息，本性清明，周流六虛〔二三〕，所以謂之能復其性也。《易》曰：『乾道變化，各正性命〔二四〕。』《論語》曰：『朝聞道，夕死可矣〔二五〕。』能正性命故也。」

問曰：「情之所昏，性即滅矣，何以謂之猶聖人之性也？」

曰：「水之性清澈，其渾之者沙泥也。方其渾也，性豈遂無有邪？久而不動，沙泥自沉。清明之性鑒於天地，非自外來也。故其渾也，性本弗失，及其復也，性亦不生。人之性亦猶水也。」

問曰：「人之性本皆善，而邪情昏焉，敢問聖人之性將復爲嗜欲所渾乎？」

曰：「不復渾矣。情本邪也，妄也，邪妄無因，人不能復。聖人既復其性矣，知情之爲邪，邪既爲明所覺矣，覺則無邪，邪何由生也？伊尹曰〔二六〕：天之道，以先知覺後知，先覺覺後覺者也。予天民之先覺者也⑨，予將以此道覺此民也，非予覺之而誰也？如將復爲嗜欲所渾，是尚不自覺者也，而况能覺後人乎〔二七〕？」

曰：「敢問死何所之耶？」

曰：「聖人之所不明書于策者也。《易》曰：『原始反終，故知死生之説。精氣爲物，游魂爲變，是故知鬼神之情狀〔二八〕。』斯盡之矣。子曰：『未知生，焉知死〔二九〕。』然則原其始而反其終，則可以盡其生之道；生之道既盡，則死之説不學而自通矣。此非所急也，子脩之不息，其自知之，吾不可以章章然言且書矣。」

【校記】

①「不慮不思」，《文苑》作「不思不慮」。②「互」，《文苑》作「之」。③「其殆庶幾乎」，原缺，據《文苑》《文粹》補。④「謂」，原誤作「請」，據諸本改。⑤「教也者」，原作「誠之者」。《文苑》作「教也者」，於義爲長，據改。⑥「循」，原誤作「修」，據《文苑》《文粹》改。⑦「不」，原誤作「一」，據《文苑》改。⑧「天地」，原誤作「大地」，據文意改。⑨「予天民之先覺」六字，原脱，據《文苑》《文粹》補。

【注釋】

〔一〕天下何思何慮，《易・繫辭下》：「子曰：『天下何思何慮，天下同歸而殊途，一致而百慮，天下何思何慮。』」

〔二〕賢邪存其誠，《周易・乾卦》：「子曰：『庸言之信，庸行之謹。賢邪存其誠，善世而不伐，德博而化。』」

〔三〕思無邪，《論語・爲政》：「子曰：『詩三百，一言以蔽之，曰：思無邪。』」無邪，言詩歸於正也。

〔四〕吉凶悔吝，生於動者也，《周易・謙卦》：「夫吉凶悔吝，生乎動者也。動之所起，興於利者也。」

〔五〕誠則明矣，《禮記・中庸》：「自誠明謂之性，自明成謂之教。誠則明矣，明則誠矣。」疏：「誠則明矣者，言聖人天性至誠，則能有明德，由至誠而致明也。」

〔六〕天下之動，貞夫一者也，《周易・繫辭下》：「日月之道，貞明者也；天下之動，貞夫一者也。」疏：「天下之動，貞夫一者也，言天地日月之外，天下萬事之動，皆正乎純一也。」

〔七〕格，推究。《字彙・木部》：「格，窮究。」《禮記・大學》：「致知在格物，物格而後知至。」

〔八〕顔氏之子，其殆庶幾乎？有不善未嘗不知，知之未嘗復行也，出《周易・繫辭下》。

〔九〕不遠復，無祇悔，元吉，《周易・復卦》：「初九，不遠復，無祇悔，元吉。」《正義》曰：「不遠復者，最處復初，是始復者也。既在陽復，即能從而復置，是迷而不遠，即能復也。無祇悔元吉者，韓氏云：祇，大也。既能速復，是無大悔，所以大吉。」

〔一〇〕致知在格物，鄭玄注：「格，來也。物，猶事也。其知於善深，則來善物，其知於惡深，則來惡物，言事緣人所好來也。」

〔一一〕易，無思也，無爲也……孰能與於此，出《易・繫辭上》，《正義》曰：「易，無思也，無爲也者，任運自然，不關心慮，是無思也；任運自動，不須營造，是無爲也；寂然不動，感而遂通天下之故者，既無思無爲，故寂然不動，有感必應萬通，是感而遂通天下之故也。」

〔一二〕「《易》曰」諸句，出《周易·繫辭上》。

〔一三〕天命之謂性，出《禮記·中庸》：「天命之謂性，率性之謂道，修道之謂教。」

〔一四〕《孟子·告子上》：「孟子曰：『仁之勝不仁也，猶水之勝火。今之爲仁者，猶以一杯水救一車薪之火也；不熄，則謂之水不勝火，此又與於不仁之甚者也，亦終必亡而已矣。』」

〔一五〕「孟子曰」諸句，出《孟子·告子上》。

〔一六〕十六相，即十六族。《左傳·文公十八年》：「是以堯崩而天下如一，同心戴舜，以爲天子，以其舉十六相，去四凶也。」

〔一七〕共工，堯臣，爲工師，與驩兜、三苗、鯀並稱四凶。

〔一八〕驩兜，堯臣，嘗舉共工，而共工淫辟，所舉非人，舜乃放之於崇山。

〔一九〕鯀，禹父。堯時洪水氾濫，四岳舉其治水，九年未成，後被殺於羽山。

〔二〇〕三苗，注見本集卷一《幽懷賦》。

〔二一〕「知變化之道者，其知神之所爲乎」，出《周易·繫辭上》。

〔二二〕「《易》『唯深也……』」諸句，出《周易·繫辭上》。

〔二三〕六虚，謂上下四方，《列子·仲尼》：「用之彌滿六虚，廢之莫知其所。」

〔二四〕乾道變化，各正性命，出《周易·上經·乾·彖傳》。

〔二五〕朝聞道，夕死可矣，出《論語·里仁》。

〔二六〕伊尹，商湯大臣，名伊，尹爲官名。助湯伐桀，被尊爲阿衡。湯去世後歷佐卜丙、仲仁二王。太甲即位，因荒淫失度，被伊尹放逐，三年後迎之復位。事見《史記》卷三《殷本紀》。

〔二七〕「伊尹曰」諸句，據劉寶楠《論語正義》，爲孟子述伊尹之言。

〔二八〕《易》曰『原始反終』諸語，出《周易·繫辭上》。

〔二九〕未知生，焉知死，出《論語·先進》。

復性書下

晝而作，夕而休者，凡人也。作乎作者，與萬物皆作；休乎休者，與萬物皆休；吾則不類於凡人。晝無所作，夕無所休；作非吾作也，作有物；休非吾休也，休有物。作耶？休耶？二者離而不存，予之所存者終不亡且離也。

人之不力於道者，昏不思也。天地之間，萬物生焉。人之於萬物，一物也；其所以異於禽、獸、蟲、魚者，豈非道德之性乎哉？受一氣而成其形，一爲物而一爲人，得之甚難也。生乎世，又非深長之年也，以非深長之年，行甚難得之身，而不專專於大道，肆其心之所爲，則其所以自異於禽、獸、蟲、魚者亡幾矣！昏而不思，其昏也終不明矣。

吾之生二十有九年矣。思十九年時，如朝日也；思九年時，亦如朝日也。人之受命，其長者不過七十、八十、九十年，百年者則稀矣。當百年之時，而視乎九年時也①，與吾此日之思于前也，遠近其能大相懸耶？其又能遠於朝日之時耶？然則人之生也雖享百年，若雷電之驚相激也，若風之飄而旋也，可知耳矣。況千百人而無一及百年者哉！故吾之終日志於道德，猶懼未及也，彼肆其心之所爲者，獨何人耶？

【校記】

①「九年」，《文苑》《文粹》作「九十年」，近是。

李翺文集卷第三　文三首

平賦書并序〔一〕

孔子曰：「道千乘之國，敬事而信，節用而愛人，使民以時〔二〕。」又曰：「若欲行而法，則周公之典在〔三〕。」孟子曰：「夏后氏五十而貢，殷人七十而助，周人百畝而徹，其實皆什一也〔四〕。」「欲輕之於堯舜之道，大貉、小貉也；欲重之於堯舜之道，大桀、小桀也〔五〕。」是以什一之道，公私皆足；人既富，然後可以服教化，反淳朴。古之聖賢，未有不善於爲政理人〔六〕，而能光于後代者也。故善爲政者，莫大於理人〔七〕；理人者，莫大於既富之，又教之。凡人之情，莫不欲富足而惡貧窮。終歲不製衣則寒，一日不得食則飢。四人之苦者，莫甚於農人。麥粟布帛，農人之所生也，歲大豐，農人猶不能足衣食，如有水旱之災，則農人先受其害。有若曰〔八〕：「百姓不足，君孰與足〔九〕？」夫如是，百姓之視其長上如仇讎，安既不得享其利，危又焉肯盡其力？自古之所以危亡，未有不由此者也。人皆知重斂之爲可以得財〔一〇〕，而不知輕斂之得財愈多也，何也？重斂則人貧，人貧則流者不歸〔一一〕，而天下之人不來；由是土地雖大，有荒而不耕者，雖耕之而地力有所遺〔一二〕，人日益困，財日益匱，是謂棄天之時，遺地之利，竭人之財。如此者，雖欲爲社稷之臣〔一三〕，建不朽之功，誅暴逆而威四夷，徒有其心，豈可得耶？故輕斂則人樂其生①，人樂其生，則居者不流而流者日來；居者不流而流者日來，則土地無荒，桑柘日繁〔一四〕，盡力畊之〔一五〕，地有餘利，人日益富，兵日益强，四鄰之人，歸之如父母，雖欲驅而去之，其可得耶？是以與之安而居，則富而可教；與之危而守，則人皆自固。孟軻所謂「率其子弟，攻其父母，自生人以來②，未有能濟者也〔一六〕。」嗚呼！仁義之道，章章然如大道焉〔一七〕，人莫不知之，然皆不能行，何也？見之有所未盡，而又有嗜欲以害之；其自任太多〔一八〕，而任人太寡〔一九〕。是以有土地者有仁義，無代無之，雖莫不知之，然而未有一人能行之而功及後代者，由此道也。秦滅古法〔二〇〕，隳井田〔二一〕，而夏、殷、周之道廢，相承滋久，不可卒復。翺是以取可行於當時者，爲《平賦書》，而什一之法存焉，庶幾乎能有行之者云耳。

凡爲天下者，視千里之都；爲千里之都者〔二二〕，視百里之州〔二三〕；爲百里之州者，起於一畝之田。五尺謂之步，古者六尺爲步；古之尺小，爲茲時之尺四尺八寸。則方一步爲古之方一步餘三百六寸二分五釐也。二百有四十步謂之畝，古者步百爲畝，與此時不同，則從俗之數則易行也。一畝爲古之田三畝也。三百有六十步謂之里，古者畝百爲夫，夫三爲屋，屋三爲井，一井之田九夫、三屋、方三百步，爲一里也。方一里之田九夫，頃異名也③。方里之田五百有四十畝〔二四〕，畝百爲頃，五頃四十畝也。古之里雖小，其畝又加小。所以古之方一里爲田九頃，兹時方一里爲田五頃，四十畝爲古之田十六頃有二十畝也。十里之田五萬有四千畝，五百四十頃也，爲古之田一千六百二十頃也。百里之州五十有四億畝，五萬四千頃也，爲古之田一十六萬二千頃也。千里之都，五千有四百億畝。五百四十萬頃也，爲古之田一千六百二十萬頃也。方里之内，以十畝爲之屋室、徑路，牛豚之所息，葱韭菜蔬之所生植，里之家給焉。古者方一里爲井，爲田九百畝，農夫八家，各受百畝，公田八十畝，八家同養公田，公事畢然後理私田。《詩》曰：「雨我公田，遂及我私〔二五〕。」餘田二十畝爲閭、井、屋、室。兹時既加大，一畝之田爲古之田三畝，十畝之田，爲古之田三十畝，校其多少亦相若矣。凡百里之州，爲方十里者百。州縣城郭之所建，通川大途之所更，丘墓鄉井之所聚，甽遂溝澮之所渠④〔二六〕，大計不過方十里者三十有六，有田一十九億四萬有四千畝，一萬九千四百四十頃也。百里之家給焉。千里亦如之。高山、大川，則郭其中⑤，斬長綴短而量之。一畝之田，以强并弱，水旱之不時，雖不能盡地力者，歲不下粟一石，公索其十之一。凡百里之州，有田五十有四億畝，以一十九億四萬有四千畝爲之州縣城郭、通川大途、甽遂溝澮、丘墓鄉井、屋室徑路，牛豚之所息，葱韭菜蔬之所生植，餘田三十四億五萬有六千畝。三萬四千五百六十頃也。畝率十取粟一石，爲粟三十四萬五千有六百石，以貢於天子，以給州、縣凡執事者之禄，以供賓客，以輸四方，以禦水旱之災，皆足於是矣。其田間樹之以桑。凡樹桑人一日之所休者謂之功；桑太寡則乏于帛，太多則暴于田⑥〔二七〕，是故十畝之田植桑五功。一功之蠶，取不宜歲度之，雖不能盡其功者，功不下一匹帛，公索其百之十。凡百里之州，有田五十四億畝，以十九億四萬有四千畝爲之州縣城郭、通川大途、甽遂溝澮、丘墓鄉井、屋室徑路、牛豚之所息、葱韭菜蔬之所生植，餘田三十四億五萬有六千畝，麥之田大計三分當其一，其土卑不可以植桑，餘田二十三億有四千畝樹桑，凡一百一十五萬有二千功，功率十取一匹帛，爲帛一十一萬五千有二百匹，以貢于天子，以給州縣凡執事者之禄⑦，以供賓客，以問四方，以禦水旱之災，皆足于是矣。鰥、寡、孤、獨有不人疾者，公與之粟帛。能自給者，弗征其田桑。凡十里之鄉爲之公囷焉〔二八〕，鄉之所入于公者，歲十舍其一于公囷，十歲得粟三千四百五十有六石。十里之鄉，多人者不足千六百家，鄉之家保公囷，使勿偷，饑歲并入不足於食，量家之口多寡，出公囷與之，而勸之種，以須麥之升焉。及其大豐，鄉之正告鄉之人歸公所與之畜，當戒必精，勿濡〔二九〕，以内于公囷，窮人不能歸者，與之，勿徵于書。則歲雖大饑，百姓不困于食，不死於溝洫，不流而入於他矣。人既富，樂其生，重犯法而易爲善；教其父母使之慈，教其子弟使之孝，教其在鄉黨使之敬讓。羸老者得其安，幼弱者得其養，鰥、寡、孤、獨有不人疾者，皆樂其生。屋室相隣，烟火相接于百里之内，與之居則樂而有禮，與之守則人皆固其業，雖有强暴之兵不敢陵。自百里之内，推而布之千里，自千里而被乎四海，其孰能當之？是故善爲政者，百姓各自保而親其君上，雖欲危亡，弗可得也。其在《詩》曰：「迨天之未陰雨，徹彼桑土，綢繆牖户。今此下民，或敢侮予〔三〇〕。」此之謂也。

【校記】

①「斂」，原誤作「欲」，據汲古閣本、《文粹》改。②「自」下，《文粹》有「有」字。③「塤」，原誤作「埸」，據下文改。④「溝澮」，原誤作「溝瀆」，據《文粹》改。⑤「則郭」，《文粹》作「城郭」。⑥「太」上，《文粹》有「桑」字。⑦「給」，原誤作「紂」，據諸本改。

【注釋】

〔一〕此篇創作時間不詳。平賦，公平課税。南朝何承天《社頌》：「稱物平賦，百姓熙雍。」

〔二〕「道千乘之國」句，出《論語・學而》。

〔三〕「若欲行而法，則周公之典在」，出《左傳・哀公十一年》。

〔四〕「夏后氏五十而貢」句，出《孟子・滕文公上》。

〔五〕「欲輕之於堯舜之道」句，出《孟子・告子下》。

〔六〕爲政，治理國家，執掌國政。理人，治理百姓。本作治人，避高宗李治諱，以「理」代「治」。

〔七〕四人，四民。避李世民諱，以「人」代「民」。舊稱士、農、工、商爲四民。《漢書・食貨志上》：「士、農、工、商，四民有業：學以居位曰士，闢土殖穀曰農，作巧成器曰工，通財鬻貨曰商。」

〔八〕有若，字子有，春秋時魯國人，孔子弟子。孔子卒後，因其貌似孔子，弟子思慕先生，一度對其極爲恭敬。《史記》卷六七《仲尼弟子列傳》有傳。

〔九〕「百姓不足，君孰與足」，出《論語·先進》。

〔一〇〕斂，賦税。

〔一一〕流，移動不定，流浪。

〔一二〕遺，剩餘，未盡。

〔一三〕社稷之臣，原指春秋時代附庸於大國的小國。《論語》：「夫顓臾，昔者先王以爲東蒙主，且在邦域之中矣，是社稷之臣也，何以伐爲？」此指擔當國家大任的官員。

〔一四〕桑柘，桑樹與柘木，謂農桑之事。

〔一五〕畊，「耕」之古字。

〔一六〕「率其子弟」句，出《孟子·公孫丑上》。

〔一七〕章章，昭著貌。《史記·貨殖列傳》：「關中富商大賈，大抵盡諸田，田嗇、田蘭。韋家栗氏，安陵、杜杜氏，亦巨萬。此其章章尤異者也。」

〔一八〕自任，自信，自用。

〔一九〕任人，信任別人。

〔二〇〕古法，古代法度規範。

〔二一〕隳，毀壞，廢棄。

〔二二〕爲，治理。《論語·子路》：「善人爲邦百年，亦可以勝殘去殺矣。」

〔二三〕視，比照，比擬。《孟子·萬章下》：「天子之卿受地視侯，大夫受地視伯，元士受地視子、男。」

〔二四〕方里，一里見方，指長寬各一里之面積。《孟子·滕文公上》：「方里而井，井九百畝。」

〔二五〕「雨我公田，遂及我私」，出《詩經·小雅·大田》。

〔二六〕畖，同「畎」，《荀子·成相》：「舉舜畖畝，任之天下身休息。」楊諒注：「畖，與畎同。」遂，田間排水的小溝。《周禮·地官·遂人》：「凡治野，夫田間有遂，遂上有徑。」鄭玄注：「遂，所以通水於川也，廣深各二尺。」溝澮，泛指田間水道。《周禮·地官·遂人》：「十夫之田有溝，溝上有畛；千夫有澮，澮上有道。」鄭玄注：「溝，廣、深各四尺。澮，廣二尋，深二仞也。」

〔二七〕暴，損害，糟蹋。《禮記·王制》：「田不以禮，曰暴天物。」孔穎達疏：「若田獵不以其禮，殺傷過多，是暴害天之所生之物。」

〔二八〕囷，古代圓形穀倉。

〔二九〕濡，遲緩，滯留。《孟子·公孫丑下》：「千里而見王，不遇故去；三宿而後出晝，是何濡滯也？」趙岐注：「濡滯，猶稽也。」

〔三〇〕「迨天之未陰雨」諸句，出《詩經·豳風·鴟鴞》。

進士策問第一道〔一〕

問：初定兩税時〔二〕，錢直卑而粟帛貴〔三〕，粟一斗價盈百〔四〕，帛一匹價盈二千；税户之歲供千百者，不過粟五十石，帛二十有餘匹而充矣。故國用皆足，而百姓未以爲病。其法弗更，及兹三十年，百姓土田爲有力者所併〔五〕，三分踰一其初矣。其輸錢數如故，錢直日高，粟帛日卑，粟一斗價不出二十，帛一匹價不出八百，税户之歲供千百者，粟至二百石，帛至八十匹，然後可足①，是爲錢數不加而其税以一爲四，百姓日蹙〔六〕，而散爲商以遊十三四矣。四年春，天子哀之，詔天下守土臣定留州使額錢〔七〕、其正料米如故，其餘估高下如上供，百姓賴之。以比兩税之初，輕重猶未相似。有何術可使國用富而百姓不虚，遊人盡歸於農而皆樂〔八〕，有力所併者税之如户，而士兵不怨，夫豈無策而臻於是耶？吾子盍悉懷以來告〔九〕。

【校記】

①「足」，《全唐文》無此字。

【注釋】

〔一〕元和五年（八一〇）作。策問，以經義或政事等設問要求解答以試士。文云：「初定兩税時，錢直卑而粟帛貴。……其法復更，及兹三十年。」《新唐書·德宗紀》：「建中元年……二月丙申，初定兩税。」建中元年（七八〇）下推三十年，爲憲宗元和五年，則此篇應爲元和五年作。時李翺爲宣州節度使盧坦幕下從事。

〔二〕兩稅，夏稅和秋稅合稱。唐德宗時宰相楊炎作兩稅法，并租庸調爲一，令以錢輸稅。夏輸不超過六月，秋輸不超過十一月，故稱兩稅。

〔三〕直，通「值」，價值。

〔四〕盈，超過。

〔五〕土田，土地，田地。併，吞併，合併。

〔六〕蹙，困窘，窘迫。

〔七〕守土臣，謂地方官。

〔八〕遊人，閑散之人，無職業者。

〔九〕盍，副詞，表示反詰，猶何不。

又第二道〔一〕

問：土蕃之爲中國憂也久矣〔二〕！和親賂遺之〔三〕，皆不足以來好息師；信其甘言而與之詛盟耶〔四〕，於是深懷陰邪，乘我之去而欺神虐人①〔五〕，係虜卿士大夫〔六〕，至兹爲羞；備禦之耶，則暴天下數十萬之兵，或悲號其父母妻子，且煩饋餫衣食之勞〔七〕，百姓以虚；弗備禦之耶，必將伺我之間，攻陷城池②，掠玉帛、子女，殺其老弱，係纍其丁壯以歸〔八〕。自古帝王豈無誅夷狄之成策邪？何邊境未安若斯之甚邪？二三子其將亦有説乎〔九〕？

【校記】

①「去」下，《全唐文》有「兵」字。「虐」，原誤作「雪」，據汲古閣本改。②「城池」，《全唐文》作「城邑」。

【注釋】

〔一〕憲宗元和五年（八一〇）作，此與《進士策問第一道》爲同時之作，時李翺爲宣州節度使盧坦幕下從事。

〔二〕土蕃，即吐蕃。公元七至九世紀，我國西北地區民族所建政權，爲唐代西方主要邊患。文成公主、金城公主先後與吐蕃贊普聯姻，促進了唐、蕃之間的經濟文化交流。

〔三〕和親，中原王朝利用婚姻關係與邊疆各族統治者結親和好。賂遺，以財物贈送或買通他人。《史記·匈奴列傳》：「漢遣中郎將蘇武厚幣賂遺單于。單于益驕，禮甚倨，非漢所望也。」

〔四〕詛盟，謂歃血結盟。

〔五〕虐人，殘害人民。

〔六〕係虜，擄獲，俘獲。《韓非子·奸劫弒臣》：「邊境不侵，君臣相親，父子相保，而無死亡係虜之患，此亦功之至厚者也。」

〔七〕饋餫，運送糧餉。

〔八〕係纍，束縛，捆綁，擄囚。《孟子·梁惠王下》：「若殺其父兄，係累其子弟，毀其宗廟，遷其重器，如之何其可也？」趙岐注：「係累猶縛結也。」

〔九〕二三子，猶言諸君。

李翺文集卷第四　文七首

從道論〔一〕

中才之人拘於書而惑於衆①〔二〕。《傳》言：「違衆不祥〔三〕。」《書》曰：「三人占，則從二人之言〔四〕。」翺以爲，言出於口則可守而爲常，則中人之惑者多矣〔五〕。何者？君子從乎道也，不從乎衆也。道之公，余將是之，豈知天下黨然而非之〔六〕；道之私，余將非之，豈知天下謷然而是之〔七〕！將是之，豈圖是之之利乎？將非之，豈圖非之之害乎？故大道可存，是非可常也〔八〕。小人則不然。將是之，先懼其利己〔九〕；將非之，先怖其害己〔一〇〕。然則遠害者心是而非之，昡利者心非而是之〔一一〕。故大道喪，是非汩〔一二〕，人倫壞，邪説勝。庸可使衆言必聽〔一三〕，衆違必從之耶〔一四〕？

且夫天下蚩蚩〔一五〕，知道者幾何人哉？使天下皆賢人，則從衆可也。使天下賢人一、小人三〔一六〕，其可以從乎？況貪人以利從〔一七〕，則富者之言勝；柔人以生從〔一八〕，則威者之言勝；中人以名從，則狷者之言勝〔一九〕。而君子之處衆，則諄諄然如愚〔二〇〕，怡怡然如卑〔二一〕。當言而默者三〔二二〕：遊同而器異則默〔二三〕，待近而責遠則默，事及而時未則默。小人俱不然。所以君子慎言而小人飾言〔二四〕，君子俟時而小人徇時也〔二五〕。然則君子默於衆，小人默於獨，皆事勢牽之〔二六〕，豈心願耶？學而從之者，得以擇之矣。

嗚呼！治世少而亂世多〔二七〕，賢一伸而邪百勝〔二八〕，在上者言貴和而不貴正，在下者言貴從而不貴得。設使一室之中，一人唱而十人和，一人訥〔二九〕，則雖欲言之，群而訧之矣〔三〇〕。是則和者人之喜，默者人之怒，吾寧從道而罹怒乎？寧違道而從衆乎？斯所謂辨難易而榷是非矣②〔三一〕。或曰：「衆可違而不可從，必乎？」曰：「未也。君子怯於名而勇於實。吾非衆之首，衆非吾必從③，君子完其力而已，則奚以違？理不吾之問，辭非人必從，君子耳其聲而已，則奚以違？所謂君子者，進退周旋，群獨語默，不失其正而不罹其害者，蓋在此而已矣。」

【校記】

①「拘」，《文苑》作「局」。　②「設使一室之中」至「所謂辨難易而榷是非矣」一節，《文苑》作「設使一室之中，一人唱而千人和，一人和，一人訥，則見在是矣。雖欲言之，群而訧之矣，當是則見在是。和者人之喜，默者人之怒，吾寧從道而罹怒乎？寧違道而從衆乎？斯以辨之難易而較是非也，所謂辨難易而較是非矣」。「榷」，汲古閣本作「權」。　③「必」，《文苑》《全唐文》作「之」，近是。

【注釋】

〔一〕此篇創作時間不詳。從道，依從正道。《荀子·臣道》：「『從道不從君』，此之謂也。」

〔二〕中才，同中材，中等才能。司馬遷《報任安書》：「夫以中材之人，事有關於宦豎，莫不傷氣，而況於慷慨之士乎？」拘，拘泥，固執。《漢書・藝文志》：「及拘者爲之，則牽於禁忌，泥於小數，捨人事而任鬼神。」

〔三〕不祥，不吉利。

〔四〕「三人占，則從二人之言」，出《尚書・洪範》。意謂從衆也。

〔五〕中人，中等之人，常人。《論語・雍也》：「中人以上，可以語上也；中人以下，不可以語上也。」

〔六〕黨然，阿附迎合貌。

〔七〕嗸然，喧囂貌。

〔八〕常，固定不變。

〔九〕矍，急視。《玉篇・心部》：「矍，遽視也。」一説審視。《集韻・藥部》：「矍，諦視也。」

〔一〇〕怖，驚懼，害怕。《文選・宋玉〈神女賦〉》：「意離未絶，神心怖覆。」李善注：「謂恐怖而反覆也。」

〔一一〕眩，迷惑，迷亂。《荀子・正名》：「彼誘其名，眩其辭，而無深於其志義者也。」

〔一二〕汩，亂，擾亂。《北史・后妃傳論》：「棄同即異，以夷亂華，汩婚姻之彝序，求豺狼之外利。」

〔一三〕庸，豈，難道。

〔一四〕違，通「韙」，是。

〔一五〕 蚩蚩，惑亂貌，紛擾貌。《文選·劉孝標〈廣絶交論〉》：「於是素交盡，利交興，天下蚩蚩，鳥驚雷駭。」李善注：「《廣雅》曰：『蚩，亂也。』」吕延濟注：「蚩蚩，猶擾擾也。」

〔一六〕 小人，此指識見淺狹之人。《論語·子路》：「樊遲請學稼。子曰：『吾不如老農。』請學爲圃。子曰：『吾不如老圃。』樊遲出。子曰：『小人哉！樊須也。』」

〔一七〕 貪人，貪婪之人。

〔一八〕 柔人，軟弱之人。

〔一九〕 狷，拘謹無爲，引申爲孤潔。《論語·子路》：「不得中行而與之，必也狂狷乎！狂者進取，狷者有所不爲也。」

〔二〇〕 諄諄，忠謹誠懇貌。《後漢書·卓茂傳》：「勞心諄諄，視人如子，舉善而教，口無惡言。」李賢注：「諄諄，忠謹之貌也。」

〔二一〕 怡怡，和順貌，安適自得貌。《論語·子路》：「切切偲偲，怡怡如也，可謂士矣。」何晏《集解》引馬融曰：「怡怡，和順之貌。」

〔二二〕 默，静默，不語。

〔二三〕 遊同，結交的朋友。器，度量，胸懷。「遊同而器異」，意謂雖爲朋友但器度不同。

〔二四〕 飾言，謂花言巧語。《韓非子·南面》：「群臣莫敢飾言以惛主。」

〔二五〕 俟時，等待時機。漢班昭《東征賦》：「正身履道，以俟時兮。」徇，順從，屈從。

〔二六〕事勢，情勢，形勢，情況。《史記・平準書》：「事勢之流，相激使然，曷足怪焉。」

〔二七〕治世，太平盛世。《荀子・大略》：「故義勝利者爲治世，利克義者爲亂世。」

〔二八〕邪，指品行不正之人。《書・大禹謨》：「任賢勿貳，去邪勿疑。」孔穎達疏：「任用賢人，勿有二心；逐去回邪，勿有疑惑。」

〔二九〕訥，質直而言。

〔三〇〕訧，指責，怪罪。

〔三一〕辨難易而権是非，似爲互文見義，意謂商討辨論難易與是非對錯。

去佛齋并序①〔一〕

故温縣令楊垂爲京兆府參軍時〔二〕，奉叔父司徒命撰集喪儀〔三〕，其一篇云「七七齋」，以其日送卒者衣服於佛寺，以申追福〔四〕。翺以楊氏喪儀其他皆有所出，多可行者，獨此一事傷禮，故論而去之，將存其餘云。

佛法之流染於中國也〔五〕，六百餘年矣〔六〕。始于漢，浸淫于魏、晉、宋之間〔七〕，而瀾漫於梁〔八〕，蕭氏遵奉之〔九〕，以及于兹。蓋後漢氏無辨而排之者〔一〇〕，遂使夷狄之術行于中華，故吉凶之禮謬亂〔一一〕，其不盡爲戎禮也無幾矣〔一二〕。且楊氏之述喪儀，豈不以禮法遷壞〔一三〕，衣冠士大夫與庶人委巷無別〔一四〕，爲是而欲糾之以禮者耶？是宜合于禮者存諸，愆於禮者辨而去之〔一五〕，安得專己心而言也？苟懼時俗之怒己耶〔一六〕，則楊氏之儀，據於古而拂于俗者多矣〔一七〕。置而勿言，則猶可也，既論之而書以爲儀，捨聖人之道，則禍流于將來也無窮矣。

佛法之所言者，列禦寇、莊周言所詳矣②〔一八〕，其餘則皆戎狄之道也。使佛生於中國，則其爲作也必異於是〔一九〕，況驅中國之人舉行其術也〔二〇〕。君臣、父子、夫婦、兄弟、朋友，存有所養，死有所歸，生物有道，費之有節，自伏羲至於仲尼〔二一〕，雖百代聖人，不能革也。故可使天下舉而行之無弊者，此聖人之道，所謂「君臣、父子、夫婦、兄弟、朋友，而養之以道德仁義」之謂也〔二二〕。患力不足而已。向使天下之人，力足盡修身毒國之術〔二三〕，六七十歲之後，雖享百年者亦盡矣。天行乎上，地載乎下，其所以生育於其間者，畜獸、禽鳥、魚鼈、蛇龍之類而止爾，況必不可使舉而行之者耶？夫不可使天下舉而行之③，則非聖人之道也。故其徒也，不蠶而衣裳具，弗耨而飲食充〔二四〕，安居不作，役物以養己者，至於幾千百萬人，推是而凍餒者幾何人可知矣。於是築樓、殿、宮、閣以事之，飾土、木、銅、鐵以形之，髡良人男女以居之〔二五〕，雖璇室、象廊、傾宮、鹿臺、章華、阿房弗加也〔二六〕。是豈不出乎百姓之財力歟？

昔者禹之治水害也，三過其門而不入，手胼足胝〔二七〕，鑿九河〔二八〕，疏濟、洛，導漢、汝，決淮、江而入于海。人之弗爲蛟龍食也，禹實使然。德爲聖人，功攘大禍〔二九〕，立爲天子。而《傳》曰：「菲飲食，惡衣服，卑宮室，土階高三尺〔三〇〕。」其異於彼也如是，此昭昭然其大者也〔三一〕。詳而言之，其可窮乎？故惑之者溺於其教，而排之者不知其心，雖辯而當〔三二〕，不能使其徒無譁而勸來者，故使其術若彼其熾也〔三三〕。有位者信吾説而誘之〔三四〕，其君子可以理服，其小人可以令禁，其俗之化也弗難矣。然則不知其心，無害爲君子，而溺於其教者，以夷狄之風而變乎諸夏，禍之大者也，其不爲戎也幸矣。

昔者司士賁告於子游曰〔三五〕：「請襲於牀。」子游曰：「諾。」縣子聞之，曰：「汏哉叔氏！專以禮許人〔三六〕。」人之襲於牀，失禮之細者也，猶不可，況舉身毒之術④，亂聖人之禮，而欲以傳於後乎！

【校記】

①「去佛齋」，《全唐文》作「去佛齋論」。　②「言所」，《全唐文》作「所言」。　③「戎」，原誤作「我」，據《全唐文》改。　④「身毒」，《全唐文》作「身毒國」，近是。按，上文即作「身毒國」。

【注釋】

〔一〕此篇創作時間不詳。可與韓愈《諫迎佛骨表》同讀。

〔二〕温縣，春秋時晋置，治所在今河南温縣西南三十里古温城。隋大業十三年（六一七）徙治李城

（今河南温縣）。唐屬孟州，武德四年（六二一）改爲李城縣，同年復名温縣。楊垂，生平事跡不詳。宋聶崇義《新定三禮圖》「三禮喪服圖」上卷第十五「倚廬」條「唐大曆年中有楊垂撰《喪服圖》」，當即其人。參軍，亦作參軍事。唐諸州府置，無固定職掌，供派遣出使，士人初仕者或居此職。

〔三〕司徒，西漢哀帝時改丞相爲大司徒，東漢光武帝建武二十七年（五一）改名司徒，與太尉、司空并爲三公。隋、唐爲大臣加官，無實際職掌，正一品。喪儀，喪事的儀式。

〔四〕追福，爲死者做功德，祈禱冥福。《優婆塞戒經》卷五：「若父喪已墮餓鬼中，子爲追福當知即得。」

〔五〕流染，流播、浸染。

〔六〕六百，韓愈《送靈師》：「佛法入中國，爾來六百年。」魏仲舉《五百家注音辨昌黎先生文集》引「孫曰」：「按，《後漢書》：『明帝夢見金人，問群臣。或曰：「西方有神，名曰佛，其形長丈六尺，而黄金色。於是遣使天竺問佛道法，圖畫形像以歸，其教因流入中國。」此詩蓋據漢明帝時言之爾。故其《佛骨表》云：「自後漢時流入中國。」又云：「漢明帝時始有佛法也。」』」

〔七〕浸淫，逐漸蔓延，擴展。

〔八〕瀾漫，分散、雜亂貌。《淮南子·覽冥訓》：「主闇晦而不明，道瀾漫而不脩。」

〔九〕蕭氏，謂南朝梁代，史稱「蕭梁」。梁武帝蕭衍酷信佛教，大建佛寺，在位期間三次捨身同泰寺。

〔一〇〕漢氏，謂漢代。《南史・恩倖列傳》：「自漢氏以來，年且千祀。」

〔一一〕吉凶，謂吉事和喪事。《周禮・春官・天府》：「凡吉凶之事，祖廟之中，沃盥，執燭。」鄭玄注：「吉事，四時祭也，凶事，后王喪。」

〔一二〕戎，古代典籍泛指西部少數民族。《禮記・王制》：「西方曰戎。」

〔一三〕遷，變更，變化。

〔一四〕委巷，謂僻陋曲折的小巷，借指民間。

〔一五〕愆，喪失，失掉。《左傳・昭公二十六年》：「王昏不若，用愆厥位。」杜預注：「愆，失也。」

〔一六〕時俗，世俗，流俗。

〔一七〕據，依照，根據。拂，逆，違背。《詩經・大雅・皇矣》：「是伐是肆，是絶是忽，四方以無拂。」毛傳：「拂，猶佹也，言無復佹戾文王者。」

〔一八〕列御寇，亦作圄寇、圉寇，戰國時道家學者。《莊子》中有其傳説。天寶元年（七四二）詔號《列子》爲《沖虚真經》，爲道教經典之一。莊周，唐天寶初，詔莊子號南華真人，稱其書爲《南華真經》。與老子並列爲道家宗師。

〔一九〕爲作，猶作爲，行爲。

〔二〇〕舉，皆，全。《孟子・梁惠王下》：「百姓聞王鐘鼓之聲，管籥之音，舉疾首蹙額而相告。」

〔二一〕伏羲，古代傳説中三皇之一，相傳畫八卦，教民漁獵，取犧牲以供庖厨。

〔二二〕養，教育，熏陶。《孟子·離婁下》：「中也養不中，才也養不才，故人樂有賢父兄也。」

〔二三〕身毒，印度古譯名之一。《史記·大宛列傳》：「（大夏）東南有身毒國。」司馬貞《索隱》引孟康曰：「即天竺也，所謂浮圖胡也。」唐玄奘《大唐西域記·印度總述》：「詳夫天竺之稱，異議糾紛，舊云身毒，或曰賢豆，今從正音，宜云印度。」

〔二四〕耨，本意爲小鋤頭，此指用耨鋤草。

〔二五〕髡，剃髮。此指剃髮爲僧尼。

〔二六〕璇室，玉飾的宫室。一説能旋轉的宫室。相傳爲夏桀、商紂所建。

〔二七〕手胼足胝，猶手足胼胝。胼胝，手掌脚底因長期勞動摩擦而生的繭子。《史記·李斯列傳》：「禹鑿龍門，通大夏，疏九河，曲九防，決渟水致之海，而股無胈，脛無毛，手足胼胝，面目黧黑。」

〔二八〕九河，禹時黄河九條支流。《尚書·禹貢》：「九河既道。」

〔二九〕攘，驅逐，排斥，抵禦。《春秋公羊傳·僖公四年》：「桓公救中國而攘夷狄。」

〔三〇〕《論語·泰伯》：「子曰：禹，吾無間然矣。菲飲食而致孝乎鬼神，惡衣服而致美乎黼冕，卑宫室而盡力乎溝洫。禹，吾無間然。」

〔三一〕昭昭，明白，顯著。

〔三二〕辯，謂敘事説理清楚明白。《荀子·不苟》：「交親而不比，言辯而不辭。」

〔三三〕熾，昌盛，興盛。

〔三四〕誘，誘導，教導。

〔三五〕子游，春秋時吴國人，名言偃，字子游。孔子弟子。仕魯爲武城宰，以禮樂教民。孔子過武城，聞弦歌之聲，嘉許之。見《論語·陽貨》。

〔三六〕「汏哉叔氏」諸語，見《禮記·檀弓》。

解惑〔一〕

王野人〔二〕，名體静，蓋同州人〔三〕。始游浮山觀原〔四〕，未有室居，縫紙爲裳，取竹架樹，覆以草，獨止其下，豺豹熊象，過而馴之，弗害也。積十年，乃構草堂，植茶成園，犁田三十畝以供食①。不畜妻子，少言説，有所問，盡誠以對。人或取其絲，約酬利，弗問姓名，皆與。或負之者，終不言。凡居二十四年，年六十二，貞元二十五年五月〔五〕，卒于觀原茶園。村人相與鑿木爲空，盛其尸，埋于園中。觀原積無人居，因野人遂成三百家。有尚怪者，因謬云：「野人既死，處士陳恒發其棺〔六〕，惟見空衣。」翺與陳恒相遇，問其故。恒曰：「作記者欲神浮山，故妄云然。」

元和四年十一月，翺以節度掌書記，奉牒知循州〔七〕。五年正月，准制祭名山大川，翺奉牲牢于山②〔八〕，致帝命。遂使斵木爲棺，命將吏村人改葬野人，遷于佛寺南岡，其骨存焉。乃立木於墓東，志曰「王處士葬于此」。削去謬記，以解觀聽者所惑。

【校記】

①「供食」，汲古閣本作「供衣食」。　②「於」上，《全唐文》有「祭」字。

【注釋】

〔一〕元和五年（八一〇）正月作。文末云「元和四年十一月，翺以節度掌書記，奉牒知循州。五年正月，准制祭名山大川，翺奉牲牢於山。遂使斲木爲棺，命將吏村人改葬野人。」此文當即改葬王野人時所作。時李翺以户部侍郎楊於陵掌書記知循州。

〔二〕野人，庶人，平民。《論語·先進》：「先進於禮樂，野人也；後進於禮樂，君子也。」

〔三〕同州，西魏改華州置，治所在武鄉縣（今陝西大荔）。隋大業三年（六〇七）廢。唐武德元年（六一八）復置，治所在馮翊縣（今陝西大荔）。《元和郡縣圖志》：「《禹貢》云：『漆沮既從，灃水攸同，言二水至此同流入渭，城居其地，故曰同州。』」

〔四〕浮山，在廣東增城、博羅二縣境。《後漢書·郡國志》注：「傅羅縣有浮山，自會稽浮來，傅於羅山，故置傅羅縣。」晉時始作「博羅」。浮山在羅山之西，與羅山并稱「羅浮」。《元和郡縣圖志》：「循州……博羅縣……羅浮山在縣西北二十八里。」

〔五〕按，德宗貞元二十一年（八〇五）八月改元永貞，次年正月憲宗改元元和，是貞元紀年至二十一年而止，此云貞元二十五年，誤。

〔六〕陳恒，生平事跡不詳。

〔七〕牒，公文，用於授職，相當於委任狀。循州，隋開皇十年（五九〇）置，因循江得名，治歸善（今惠州東）。唐屬嶺南道，轄境相當於今廣東興寧、陸豐以西，新豐、博羅、惠陽以東地區。

〔八〕牲牢，猶牲畜。《詩經·小雅·瓠葉序》：「上棄禮而不能行，雖有牲牢饔餼，不肯用也。」鄭玄箋：「牛羊豕爲牲，繫養者曰牢。」

命解〔一〕

或曰：「貴與富在我而已①，以智求之則得之，不求則不得也。何命之爲哉？」或曰：「不然。求之有不得者，有不求而得之者，是皆命也。人事何爲？」二子出，或問曰：「二者之言，其孰是耶？」對曰：「是皆陷人於不善之言也。以智而求之者，盜耕人之田者也；皆以爲命者，弗耕而望收者也。吾無取焉爾。循其方〔二〕，由其道，雖禄之以千乘之富，舉而立諸卿大夫之上〔三〕，受而不辭。非曰貪也，私於己者寡，而利於天下者多，故不辭也。何命之有焉？如取之不循其方，用之不由其道，雖一飯之細，猶不可以受，況富貴之大耶？非曰廉也，利於人者鮮，而賊於道者多〔四〕，故不爲也。何智之有焉？然則君子之術，其亦可知也已。」

【校記】

①「貴」，原誤作「真」，據《文粹》改。

【注釋】

〔一〕此篇創作時間不詳。命，天命；命運。《論語·堯曰》：「不知命，無以爲君子也。」此篇言君子之求取富貴，須符合道德規范，須利於人。

〔二〕循其方，依循、遵從其方法，與下文「取之不循其方」相對。

〔三〕諸，「之於」的合音。

〔四〕賊，破壞。《説文·戈部》：「賊，敗也。」

帝王所尚問〔一〕

夏尚忠，殷尚敬，周尚文，何也？

曰：帝王之道，非尚忠也，非尚敬與文也，因時之變〔二〕，以承其弊而已矣〔三〕。救野莫如敬〔四〕，救鬼莫如文〔五〕，救僿莫如忠〔六〕，循環終始，迭相爲救。如火之菑而燒也①，人知勝之于水矣，勝于水者土也，水之潰遏其流者，則必大爲之防矣。故夏禹之政忠，殷湯之政敬，武王之政文②，各適其宜也。如武王居禹之時，則尚忠矣。湯居武王之時，則尚文矣。禹與湯交地而居③，則夏先敬，而殷尚乎忠矣。故適時之宜，而補其不得者，三王也。使黄帝、堯、舜王三王之天下④，則亦必爲禹、湯、武王之所爲矣。由是觀之，五帝之與夏、商、周，一道也。若救殷之鬼不以文，而曰「我必以夏之忠而化之」，是猶適於南而北轅，其到也無日矣。孔子，聖人之大者也，若王天下而傳周，其救文之弊也，亦必尚乎夏道矣。是文與忠、敬，皆非帝王之所尚，乃帝王之所以合變而行權者也〔七〕，因時之變以承其弊，不可休而作爲之者爾。

【校記】

①「菑」，《文粹》作「蔓」，近是。②「夏之政」至「武王之政文」，三「政」下，《文粹》《全唐文》均有「尚」字。③「交地」，原誤作「交交」，據諸本改。④「王」，汲古閣本、《文粹》作「居」。

【注釋】

〔一〕此篇創作時間不詳。尚，尊崇，注重。

〔二〕因，順隨，順著。《莊子·齊物論》：「和之以天倪，因之以曼衍，所以窮年也。」

〔三〕承，阻止，抵禦。《詩經·魯頌·閟宫》：「戎狄是膺，荆舒是懲，則莫我敢承。」毛傳：「承，止也。」鄭玄箋：「僖公與齊桓舉義兵，北當戎與狄，南艾荆及群舒，天下無敢禦者。」

〔四〕野，粗鄙。《禮記·仲尼燕居》：「敬而不中禮謂之野。」孔穎達疏：「野，謂鄙野。雖有恭敬而不合禮，是謂鄙野之人。」

〔五〕鬼，喻隱秘不測。《韓非子・八經》：「故明主之行制也天，其用人也鬼。」舊注：「如鬼之陰密。」

〔六〕僄，輕薄，不誠懇。《史記・高祖本紀》：「文之敝，小人以僄，故救僄莫若以忠。」司馬貞索隱：「僄，猶薄之義。」

〔七〕「合變而行權」，隨機應變以權衡利弊。

正位〔一〕

善理其家者，親父子，殊貴賤〔二〕，别妻妾、男女、高下、内外之位，正其名而已矣。古之善治其國者，先齊其家，言自家之刑於國也〔三〕。欲其家之治，先正其名而辨其位之等級。名位正而家不治者有之矣，名位不正而能治其家者，未之有也。是故出令必當，行事必正，非義不言，三者得，則不勸而下從之矣；出令不當，行事不正，非義而言，三者不得，雖日撻于下，下畏其刑而不敢違，欲其心服而無辭也，其難矣。或寵其妻，或嬖其妾〔四〕，或聽其子，或任其所使，既愛之，則必信其邪言，信其邪言，則害於人也多，益於身者無有，苟如此，則名位必僭矣〔五〕。他人拒其間則不和，順其過則虧禮①，不正之則上下無章，正之則不得其情，不如己者言之則爲愚，賢於己者言之則爲吾欺，此治家之所以難也。彼人者，豈言其家之不治哉！縱其心而無畏，欲人之於我無違，故及於斯而不知也。然則可改而爲善乎？曰：耳、目、鼻、口、四支、百骸，與聖人不殊也。聖人之道化天下，我獨不能自化，亦足羞也。思其不善而棄之，則百善成，雖希於聖人，猶可也，改爲何有？如不思而肆其心之所爲，則雖聖人，亦無可奈何。

【校記】

①「禮」，日本本劉氏校語曰：「『禮』作『理』。」

【注釋】

〔一〕此篇創作時間不詳。正位，中正之位。《易・坤》：「君子黄中通理，正位居體。」孔穎達疏：「居中得正，是正位也。」

〔二〕殊，分，區別。《字彙・歹部》：「殊，別也。」

〔三〕刑，通「型」，正也。《廣雅・釋詁》：「刑，正也。」《詩經・大雅・思齊》：「刑於寡妻，至於兄弟，以禦於家邦。」

〔四〕嬖，寵愛，寵幸。《説文・女部》：「嬖，便嬖，愛也。」《玉篇・女部》：「嬖，《春秋傳》曰：『賤而獲幸曰嬖。』」

〔五〕僭，超越身份，冒用在上者的職權行事。

學可進〔一〕

百骸之中，有心焉，與聖人無異也；囂然不復其性〔二〕，惑矣哉！道其心弗可以庶幾於聖人者，自棄其性者也，終亦亡矣，茫茫乎其將何所如！冉求非不足乎力者也，畫而止〔三〕；進而不止者，顔子哉！噫！顔子短命，故未到乎仲尼也。潢汙之停不流也〔四〕，決不到海矣；河出崑崙之山，其流徐徐，行而不休，終入于海。吾惡知其異於淵之自出者邪〔五〕？

【注釋】

〔一〕按，此篇創作時間不詳。意爲勸人向學。

〔二〕囂然，擾攘不寧貌。

〔三〕冉求，即冉有，字子有，春秋時魯國人，孔子弟子。《史記》卷六七《仲尼弟子列傳》有傳。

〔四〕潢汙，聚積不流之水。

〔五〕淵，指顔回。

李翺文集卷第五　文七首

知鳳①〔一〕

有小鳥止於人之家，其色青，鳩、鵲鳥之屬咸來哺之。未久，野之鳥羽而蜚者〔二〕，皆以物至，如將哺之，其蟲積焉。群鳥之鳴聲雜相亂，是鳥也，一其鳴而萬物之聲皆息。人皆以爲妖也。吾詎知其非鳳之類邪〔三〕？古之説鳳者有狀，或曰如鶴，或曰如山鷄，皆與此不相似，吾安得知其鳳之類邪？

鳳，禽鳥之絶類者也〔四〕，猶聖人之在人也。吾聞知賢聖人者觀其道，由黄帝、堯、舜、禹、湯、文王，至於孔子、顔回，不聞記其形容有相同者，是未可知也。如其同也，孔子與顔回並立于時，魯國人曷不曰孔之回而顔之丘乎〔五〕？是可知也。陽虎之狀類孔子〔六〕，聖人是以畏於匡〔七〕，不書七十子之服于陽虎也②。有人焉，其容貌雖如驩兜、惡來〔八〕，顔回、子路七十二子苟從而師之者，斯爲聖人矣。故曰：知賢聖人者觀其道。

似鳳而不見其靈者，山鷄也，則可視其形而鳳之云邪③？天下之鳥雖鳳焉，鷹、鸇、鵰、鴻〔九〕，其肯鳳之邪？是鳥也，其形如斯，群鳥皆敬而畏之，非鳳類而何？

鳥至於宋州之野〔一〇〕，當貞元十四年。

【校記】

①題目，《全唐文》作「知鳳説」。　②兩「虎」，嘉靖本皆作「貨」，近是。　③「視」，汲古閣本作「似」。

【注釋】

〔一〕貞元十四年（七九八）作。文云「鳥至於宋州之野，當貞元十四年」，又張讀《宣室志·睢陽鳳》：「貞元十四年秋，有異鳥，其色青，狀類鳩雀，翔於睢陽之郊，止藂木中。有群鳥千數，俱率其類列於左右前後，而又朝夕各銜蜚蟲稻粱以獻焉。是鳥每飛，則群鳥咸噪而導其前，或翼其旁，或擁其後，若傳喚警衛之狀，止則環而向焉。雖人臣侍天子之禮，無以加矣。睢陽人咸適野縱觀，以爲羽族之靈者。然其狀不類鸞鳳，由是益奇之。時李翺客於睢陽，翺曰：『此真鳳鳥也。』於是作《知鳳》一章，備書其事。」李翺以貞元十四年春進士及第，九、十月間已返至汴州，或於其間偶至睢陽，見此異鳥，遂作此文。

〔二〕蜚，古通「飛」。

〔三〕詎，副詞，表示反問，相當於「怎麼」、「難道」。

〔四〕絶，超過。

〔五〕曷，通「盍」，何不。

〔六〕陽虎，即陽貨，名虎，春秋時期魯人，魯國大夫季氏家臣。

〔七〕匡，春秋時衛地，在今河南長垣縣西南。《史記·孔子世家》：「或譖孔子於衛靈公……孔子去衛。將適陳，過匡……匡人聞之，以爲魯之陽虎。陽虎嘗暴匡人，匡人於是遂止孔子。孔子狀類陽虎，拘焉五日。」

〔八〕驩兜，注見本集卷二《復性書中》。惡來，紂臣，飛廉之子。以勇力著稱。

〔九〕鸇，猛禽名，又名晨風。似鷂，羽色青黄，以鳩鴿燕雀爲食。鶡，鳥名，似鶴。鴻，大雁。

〔一〇〕宋州，隋開皇十六（五九六）年置，尋廢。唐復置，改曰睢陽郡，尋復爲宋州，故治在今河南商丘南。

國馬説〔一〕

有乘國馬者與乘駿馬者並道而行。駿馬囓國馬之髮〔二〕，血流于地，國馬行步自若也，精神自若也，不爲之顧，如不知也。既駿馬歸，芻不食〔三〕，水不飲，立而慄者二日〔四〕。駿馬之人以告，國馬之人曰：「彼蓋其所羞也。吾以馬往而喻之〔五〕，斯可矣。」乃如之，於是國馬見駿馬而鼻之，遂與之同櫪而芻，不終時而駿馬之病自已。

夫四足而芻者，馬之類也；二足而言者，人之類也。如國馬者，四足而芻，則馬也；耳、目、鼻、口，亦馬也；四支、百骸，亦馬也；不能言而聲，亦馬也。觀其所以爲心①，則人也。故犯而不校〔六〕，國馬也；過而能改，駿馬也。有人焉，恣其氣以乘人〔七〕，人容之而不知者多矣。觀其二足而言，則人也；耳、目、鼻、口，亦人也；四支、百骸，亦人也。求其所以爲人者而弗得也。彼人者，以形骸爲人；國馬者，以形骸爲馬。以彼人乘國馬，人皆以爲人乘馬，吾未始不謂之馬乘人，悲夫！

【校記】

①「心」下，《全唐文》有「者」字。

【注釋】

〔一〕此篇創作時間不詳。國馬，一國中上品之馬。《莊子·徐無鬼》：「吾相馬，直者中繩，曲者中鉤，方者中矩，圓者中規，是國馬也。」成玄英疏：「合上之相，是謂諸侯之國上品馬也。」

〔二〕囓，同「齧」，咬。

〔三〕芻，用草餵牲口。

〔四〕慄，瑟縮，顫抖。

〔五〕喻，説明，使了解。

〔六〕校，報復。《論語·泰伯》：「有若無，實若虚，犯而不校。」

〔七〕恣，放縱。《説文·心部》：「恣，縱也。」《吕氏春秋·適威》：「驕則恣，恣則極物。」乘，欺凌，欺壓。《漢書·禮樂志》：「世衰民散，小人乘君子。」顔師古注：「乘，陵也。」

截冠雄鷄志〔一〕

翺至零口北，有畜鷄二十二者，七其雄，十五其雌，且飲且啄，而又狎乎人〔二〕。翺甚樂之，遂掬粟投于地而呼之。有一雄鷄，人截其冠，貌若營群，望我而先來，見粟而長鳴，如命其衆鷄。衆鷄聞而曹奔於粟，既來而皆惡截冠雄鷄而擊之，曳而逐出之，已而競還啄其粟。日之暮，又二十一其群，栖于楹之梁〔三〕，截冠雄鷄又來，如慕侶，將登于梁且栖焉，而仰望焉，而旋望焉，而小鳴焉，而大鳴焉，而延頸喔咿〔四〕，其聲甚悲焉，而遂去焉。去于庭中，直上有木三十餘尺，鼓翅哀鳴，飛而栖其樹顛。翺異之，曰：「鷄，禽于家者也，備五德者也〔五〕。其一曰見食命侶，義也，截冠雄鷄是也。彼衆鷄得非幸其所呼而來耶？又奚爲既來而共惡所呼者而迫之耶？豈不食其利背其惠耶？豈不喪其見食命侶之一德耶？且何衆栖而不使偶其群耶？」或告曰：「截冠雄鷄，客鷄也，予東里鄙夫曰陳氏之鷄焉，死其雌，而陳氏寓之于我群焉。勇且善鬬，家之六雄鷄，勿敢獨校焉〔六〕，是以曹惡之，而不與同其食及栖焉。夫雖善鬬且勇，亦不勝其衆而常孤遊焉，然見食未嘗先啄而必長鳴命侶焉①。彼衆鷄雖賴其召，既至，反逐之，昔日亦由是焉。截冠雄鷄雖不見答，然而其迹未曾變移焉。」翺既聞之，惘然感而遂傷，曰：「禽鳥，微物也，其中亦有獨稟精氣，義而介者焉。客鷄義勇超乎群，群皆姤而尚不與儔焉〔七〕，況在人乎哉？況在友朋乎哉？況在親戚乎哉？況在鄉黨乎哉？況在朝廷乎哉？由是觀天地間鬼神、禽獸萬物變動情狀，其可以逃乎？」吾心既傷之。遂志之，將用警予，且可以作鑒于世之人。

【校記】

①「必」，原誤作「不」，據《全唐文》改。

【注釋】

〔一〕按，關於此篇作時，李、羅二《譜》皆未繫年，《訂補》據李《譜》「永貞元年」條李翱「三遷至京兆府司録參軍」及文云「翱至零口北」，考「零口鎮」地處臨潼縣東，屬京兆府，推此篇爲李翱任職京兆司録參軍期間，足跡曾到零口一帶，因作此文，定此篇作於永貞元年（八〇五）。然「零口」既處臨潼附近，實爲進出長安之交通要道，李翱貞元間赴長安應舉，或亦路經其地，創作此文。故其確切作年，當俟再考。

〔二〕狎乎人，親近、接近於人。

〔三〕楹，廳堂的前柱，亦泛指柱子。

〔四〕喔咿，禽鳴聲。

〔五〕五德，比喻物的五種特徵。古謂鷄有文、武、勇、仁、信五德。《韓詩外傳》：「君獨不見夫鷄乎？首戴冠者，文也；足傅距者，武也；敵在前而鬥，勇也；得食相告，仁也；守夜不失時，信也。」然此云「見食命侶，義也」，與《外傳》不合，此「五德」似應指「仁、義、禮、智、信」。

〔六〕校，違抗，對抗。

〔七〕儔，伴侶，匹偶。

題《燕太子丹傳》後〔一〕

荆軻感燕丹之義〔二〕，函匕首入秦①，劫始皇，將以存燕，寬諸侯②，事雖不成，然亦壯士也。惜其智謀不足以知變識機。始皇之道，異於齊桓，曹沫功成〔三〕，荆軻殺身，其所遭者然也。及欲促檻車〔四〕，駕秦王以如燕，童子、婦人且明其不能，而軻行之，其弗就也非不幸。燕丹之心，苟可以報秦，雖舉燕國猶不顧，况美人哉！軻不曉而當之，陋矣！

【校記】

①「函」，原誤作「亟」，據《全唐文》改。　②「寬」，汲古閣本、《全唐文》作「霸」。

【注釋】

〔一〕此篇創作時間不詳。《燕太子丹傳》，謂《燕丹子》，歷代書目皆不著撰人，成書年代頗多争議。原書久佚，清修《四庫全書》時館臣從《永樂大典》輯出，列入存目。翱所讀當爲佚前原本。

〔二〕荆軻，戰國末衛國人，燕太子丹尊爲上卿，派往秦國行刺秦王嬴政，失敗被殺。《史記》卷八六

《刺客列傳》有傳。燕丹，戰國末燕王喜太子，名丹，爲緩解秦滅六國攻勢，前二二七年，派荆軻行刺嬴政。秦軍破燕，燕王喜擒以獻秦。

〔三〕曹沫，春秋時魯國武士。齊、魯會盟，沫以劍劫桓公，迫其訂立盟約，歸還侵魯之地。《史記》卷八六《刺客列傳》有傳。

〔四〕檻車，用栅欄封閉的車，用於囚禁犯人或裝載猛獸。

拜禹言①〔一〕

貞元十五年六月二十九日，隴西李翱敬再拜于禹之堂下〔二〕，自賓階升〔三〕，北面立，弗敢歎，弗敢祝，弗敢祈。退降復敬，再拜哭而歸，且歌曰：

惟天地之無窮兮，哀生人之常勤。往者吾弗及兮，來者吾弗聞，已而已而！

【校記】

①題目，《全唐詩》卷三六九作「拜禹歌并序」。

【注釋】

〔一〕貞元十五年（七九九）作，文首句云：「貞元十五年六月二十九日，隴西李翱敬再拜于禹之堂下。」本集卷十四《故處士侯君墓誌》又云：「貞元十五年，翱遇玄覽於蘇州，出其詞以示翱。」則此當爲李翱、孟郊同遊越州（今浙江紹興）拜謁禹廟時所作。

〔二〕隴西，古代郡名。《漢書·地理志下》：「隴西郡，秦置。」顏師古注：「此郡在隴之西，故曰隴西。」李翺自稱李暠之後，隴西爲其郡望，即今甘肅秦安一帶。

〔三〕賓階，古代賓主相見時，客自西階而上，故稱西階爲「賓階」。

送馮定序〔一〕

馮生自負其氣而中立，上無援，下無交，名聲未大耀于京師〔二〕，生信無罪。是乃時之人，見之者或不能知之，知之者則不敢言。是以再舉進士，皆不如其心①，謂生無戚戚，蓋以他人爲解。予聯以雜文罷黜，不知者亦紛紛交笑之，其自負益明，退學書，感憤而爲文②，遂遭知音成其名。當黜辱時，吾不言其拙也③，豈無命耶？及既得時，吾又不自言其智也，豈有命邪？故謂生無戚戚。生家貧甚，不能居，告我遊成都④。成都有岷峨山〔三〕，合氣于江源，往往出奇怪之士。古有司馬相如、揚雄、嚴君平〔四〕，其人死，至兹千年不聞。生遊成都，試爲我謝岷峨〔五〕，何其久無人邪⑤？其風侈麗奢豪，羈人易留，生其思速出于劍門之艱難〔六〕，勿我憂也。

【校記】

①「其」，原誤作「莫」，據諸本改。　②「感」，原誤作「戒」，據諸本改。　③「其」，原誤作「莫」，據諸

本改。④「成」，原誤作「感」，據諸本改。⑤「邪」，原誤作「千」，據諸本改。

【注釋】

〔一〕馮定，字介夫，馮宿之弟。貞元十八年進士及第，武宗會昌六年位終工部尚書。《舊唐書》卷一六八有傳。按，關於此篇作時，羅《譜》據文「予聯以雜文罷黜……退學書，戒憤而爲文，遂遭知音，成其名」，定此篇作於德宗貞元十四年（七九八）春李翱進士擢第以後，是。然文中又云「馮生……再舉進士，皆不如其心……告予遊成都」，則其創作時間又在馮定進士及第之前，馮定既以貞元十八年進士及第，則其作時又當在貞元十八年之前。故此篇當爲李翱進士擢第後、馮定進士及第前，馮定某次應舉失利將遊成都時，李翱爲其送别開導寬慰之作。

〔二〕京師，謂朝廷。《史記·吴王濞列傳》：「京師知其以子故稱病不朝，驗問實不病，諸吴使來，輒繫責治之。」

〔三〕岷峨山，岷山、峨眉山的並稱。岷山在四川省北部，峨眉山在四川省西南。

〔四〕嚴君平，原姓莊，避明帝諱改姓嚴，名遵，字君平，蜀郡成都人。漢成帝時，隱居成都市井中，以卜筮爲業。歸隱後設館授徒於郫縣平樂山，宣講老莊學説，著書十餘萬言。

〔五〕謝，問，問候。《漢書·李廣列傳附李陵傳》：「咄！少卿良苦，霍子孟、上官少叔謝女。」顔師古注：「謝，以辭相問也。」

〔六〕劍門，謂劍門關，在四川劍閣東北，因大劍山、小劍山峰巒連綿，下有隘路如門，故名。

雜説二首〔一〕

日月星辰經乎天，天之文也。山川草木羅乎地〔二〕，地之文也。志氣言語發乎人，人之文也。志氣不能塞天地，言語不能根教化，是人之文紕繆也〔三〕。山崩川涸，草木枯死，是地之文裂絶也。日月暈蝕，星辰錯行，是天之文乖盭也〔四〕。天文乖盭，無久覆乎上；地文裂絶，無久載乎下；人文紕繆，無久立乎天地之間。故文不可以不慎也。

夫毫釐分寸之長，必有中焉；咫尺尋常之長，必有中焉；百千萬里之長，必有中焉；則天地之大亦必有中焉。居之中，則長短、大小、高下雖不一，其爲中則一也。是以出言居乎中者，聖人之文也；倚乎中者，希聖人之文也；近乎中者，賢人之文也；背而走者，蓋庸人之文也。中古以來至於斯，天下爲文，不背中而走者，其希矣。豈徒文背之而已？其視聽識言，又甚於此者矣。凡人皆有耳、目、心、口。耳所以察聲音大小、清濁之異也，目所以別采色朱紫、白黑之異也，心所以辨是非賢不肖之異也，口所以達耳之聰，導目之明，宣心之知，而惇教化〔五〕，阜風俗〔六〕，期所以不怍天地人神也〔七〕。然而，耳不能聽聲，惡得謂之耳歟？目不能別色①，惡得謂之目歟？心不能辨是非好惡，惡得謂之心歟？口不能宣心之智，導目之明，達耳之聰，惡得謂之口歟？四者皆不能於己質形，虚爲人爾，其何以自異於犬、羊、麋、鹿乎哉？此皆能己而不自用焉，則是不信己之耳、目、心、口，而信人之耳、目、心、口者也。及其師曠之聰〔八〕，離婁之明〔九〕，臧武仲之智〔一〇〕，宰我之言〔一一〕，則又不能信之於己，其或悠然先覺者，必謂其狂且愚矣。昔管仲以齊桓霸天下，攘夷狄，華夏免乎被髮左衽〔一二〕，崇崇乎功亦格天下，溢後世，而曾西不忍爲管仲也，孟軻又不肯爲曾西〔一三〕。向使孟軻、曾西生於斯世，秉其道，終不易，持其道，終不變，吾知夫天下之人從而笑之，又從而詬之，曰：「狂民爾，頑民爾！」是其心惡有知哉？曾西、孟軻雖被訕謗于天下，亦必固窮不可拔以須後聖爾，其肯畏天下之人而動乎心哉？世俗之鄙陋迫隘也如此，夫何敢復言？安得曾西、孟軻而與之昌言哉〔一四〕？

龍與蛇皆食於鳳〔一五〕。龍智而神，其德無方〔一六〕，鳳知其可與皆爲靈也，禮而親之。蛇毒而險，所忌必傷，且惡其得於鳳也，不惟齧龍〔一七〕，雖遇麟龜，固將噬而亡之。鳳知蛇不得其欲，則將協豺、犬而來吠嗥也〔一八〕，賦之食加于龍。以龍之神浮於食也，將使飽焉，終畏蛇而不能。麟與龜瞠而謳曰：「鳳兮鳳兮，何德之衰，往者不可諫，來者猶可追，已而已而〔一九〕！」既而麟傷于毒，伏于窟，龜屏氣潛于殼，蛇偵龍之寐也，以毒攻其喉，而龍走，鳳喪其助，於是下翼而不敢靈也。

【校記】

①「别」，《全唐文》作「辨」。

【注釋】

〔一〕此二篇創作時間不詳。

〔二〕羅，散佈。

〔三〕紕繆，錯誤。

〔四〕乖盭，悖謬反常。

〔五〕悖，勸勉。

〔六〕皁，淳樸，忠厚。

〔七〕怍，慚愧，羞慚。

〔八〕師曠，春秋時晋國樂師，精音樂，善彈琴，目盲而精於辨音。

〔九〕離婁，傳説爲黄帝時人，以目力著稱，能於百步之外，見秋毫之末。

〔一〇〕臧武仲，名紇，春秋時魯國大夫，矮小多智，人稱「聖人」。

〔一一〕宰我，名予，字子我，春秋末魯國人，孔子弟子，以言語著稱。

〔一二〕《論語·憲問》：「子曰：『管仲相桓公，霸諸侯，一匡天下，民到于今受其賜。微管仲，吾其披髮左衽矣。』」

〔一三〕曾西，字子西，春秋末期魯國人，曾參之子。《孟子·公孫丑上》：「管仲，曾西之所不爲也，而子爲我願之乎？」

〔一四〕昌言，謂直言不諱。《後漢書·馬融傳》：「俾之昌言而宏議，軼越三家，馳騁五帝，悉覽休祥，總括群瑞。」

〔一五〕食，此作動詞，餵養。

〔一六〕無方，謂變化無窮。

〔一七〕齧，咬。

〔一八〕吠嘷，吠，狗叫。嘷，吼叫。

〔一九〕「鳳兮鳳兮，何德之衰，往者不可諫，來者猶可追，已而已而」，出《論語·微子》，是楚狂接輿譏諷孔子的歌。

李翱文集卷第六　書四首

答韓侍郎書〔一〕

還示云：於賢者汲汲〔二〕，唯公與不材耳。此言取人，得無太寬否？灼然太寬〔三〕，夫又何疑？此事汲汲，如嗜欲之未得，自以爲勝，苟令君耳目所及，書記所載，未見其比，何意忽然當一時而更有人也？故具於後，以當講學，且自道無愧，兼以爲戲耳。如愚之於人，但患識昏，智不足以察人爲累耳。苟以爲賢，則不要前人相知相識，逢便見機，巧有慧辨，故身雖否塞〔四〕，而所進達者，不爲少矣。其鑒賞稱頌人物，初未甚信，其後卒享盛名爲賢士者，故陸歙州、韋簡州皆是也①〔五〕。好善太疾，智識未精，彼勝於彼，則因而進之，或取文辭，或以言論，或以才行，或以風標〔六〕，或以政術，往往亦有不稱於前多矣。不可以言其名，然亦未嘗以爲悔也。其中亦有痛與置力，後因禮節不足，或因盡言而詰之，前人既非賢良，遂反相毀損者，亦有其人矣。且龐士元云〔七〕：「拔十失五，猶得其半〔八〕。」真大賢之言也。如鄙人無位於朝，阨摧於時〔九〕，悽悽惶惶，奔走恥辱，求食不暇，自一千年來，賢士屈厄，未見有如此者。尚汲汲孜孜，引薦賢俊，如朝飢求飧，如久曠思通〔一〇〕，如見妖麗而不得親然〔一一〕。若使之有位於朝，或如兄儕得志於時，則天下當無屈人矣。如或萬一有之，若陸歙州、韋簡州之比，猶奔走在泥土，則當引罪在己，若狂若顛，朝雖飢不敢求飡，曠雖久不敢思通，見妖麗閉眼而不觀，視遷榮如鞭笞、宮割之在躬〔一二〕，夫又何榮樂而得安然也？不知此心，自古以來，曾有人如是者否？不妨大有聖人排肩而生②，曾有一賢用心近於此者乎？若古或有之，幸示其人；如或無之，奈何乃言惟公與不材耳！如兄者，頗亦好賢，必須甚有文辭，兼能附己，順我之欲，則汲汲孜孜，無所憂惜③，引拔之矣。如或力不足，則分食以食之，無不至矣。若有一賢人或不能然，則將乞丐不暇，安肯孜孜汲汲爲之先後？此秦漢間尚俠行義之一豪儁耳！與鄙人似同，而其實不同也。

三五日前，京尹從叔云〔一三〕：「某大官甚知重陸滲〔一四〕。」當時對云：「士所貴人知者，謂名未達則道之④，家之貧則恤之，身之賤則進之故也。若陸滲之賢章然矣〔一五〕，某官之知既甚矣，某官之位，日見于天子，足以進人矣，開幕辟士，足以招賢矣，而皆未及陸滲！若如此之知，知與不知果同也，若實知，乃反不如不知矣！」京尹不能對也。大凡身當位，得志於時，慎閉口不可以言知人。若知人而不能進，志未得而氣恬體安，不引罪在己，若顛若狂，與夫不知人者何以異也？如離婁與瞽偕行〔一六〕，而同墜溝中，或以無目不見坑而墜，或以心不在行，憂思之病而墜；所以墜則殊，其所以爲墜則同也。天下如瞽者鮮，則其墜者皆離婁也，心不在焉故也。樂道此者，蓋以自勵，非欲刺乎貴富之人⑤。當爲再三讀之，以代擊髀而歌焉〔一七〕。某再拜⑥！

【校記】

①「韋」，原誤作「常」，據《全唐文》改。②「不妨大有聖人」，汲古閣本、《全唐文》作「不知代有聖人」。③「憂惜」，《文苑》作「愛惜」。④「達」，《文苑》作「聞」。「道」，《文苑》作「導」。⑤「貴富」，《全唐文》作「富貴」。⑥「某」，《文苑》作「翺」。

【注釋】

〔一〕元和十三年（八一八）作。韓侍郎，謂韓愈。文云「三、五日前，京尹從叔云：『某大官甚知重陸洿。』」京尹從叔謂李遜，據《刺史考》，李遜以元和十三年四月始爲京兆尹，同年又有崔元略爲京兆尹，崔元略應爲李遜繼任，文中既稱「京尹從叔」，則此篇之作必在元和十三年四月李遜任京兆尹之後，同年崔元略繼任之前。時李翺爲國子博士兼史館修撰。

〔二〕汲汲，心情急切貌，引申爲急切追求。《漢書·揚雄傳上》：「不汲汲於富貴，不戚戚於貧賤。」

〔三〕灼然，明顯貌。

〔四〕否塞，困厄。

〔五〕陸歙州，謂陸傪。注見本集卷二《復性書上》。韋簡州，謂韋勛。簡州，即今四川簡陽，屬劍南道。韋勛係韋貫之弟，其任簡州刺史在元和十一年（八一六）。

〔六〕風標，風度，品格。

〔七〕龐士元，即龐統，字士元，三國襄陽人。劉備得荆州，以爲謀士。從劉備入蜀，中箭卒。《三國志》卷三七有傳。

〔八〕《三國志·龐統傳》：「今拔十失五，猶得其半，而可以崇邁世教，使有志者自勵，不亦可乎？」

〔九〕阨摧，困厄抑制。

〔一〇〕曠，阻隔，間隔。

〔一一〕妖麗，艷麗的女子。

〔一二〕宫割，施以宫刑。

〔一三〕京尹，京兆尹。張衡《西京賦》：「封畿千里，統以京尹。」從叔，謂李遜，元和十二至十三年任京兆尹。

〔一四〕陸洿，憲宗時人。《雲溪友議》：「陸洿，員外暢之姪也。」《新唐書·歐陽詹傳》：「陸洿自右拾遺除司勳郎中，棄官隱吴中。」

〔一五〕章然，明顯貌。

〔一六〕離婁，注見本集卷六《雜説二首》。

〔一七〕髀，股部，大腿。

答獨孤舍人書〔一〕

足下書中有無見怨懟以至疏索之説〔二〕，蓋是戲言，然亦似未相悉也。薦賢進能，自是足下公事，如不爲之，亦自是足下所闕①，在僕何苦，乃至怨懟。

僕嘗怪董生大賢〔三〕，而著《仕不遇賦》，惜其自待不厚。凡人之蓄道德才智於身，以待時用，蓋將以代天理物，非爲衣服、飲食之鮮肥而爲也。董生道德備具，武帝不用爲相，故漢德不如三代，而生人受其顛顇〔四〕，於董生何苦，而爲仕不遇之詞乎？僕意緒間自待甚厚，此身窮達，豈關僕之貴賤耶？雖終身如此，固無恨也，況年猶未甚老哉②！

去年足下有相引薦意，當時恐有所累，猶奉止不爲〔五〕，何遽不相悉？所以不數附書者，一二年來往還，多得官在京師，既不能周遍，又且無事，性頗慵懶，便一切晝斷，衹作報書。又以爲苟相知，固不在書之疏數，如不相知，尚何求而數書哉③？惟往還中有貧賤更不如僕者，即數數附書耳。近頻得人書，皆責疏簡，故具之於此。見相怪者，當爲辭焉。

【校記】

①「闕」，嘉靖本作「缺」。②「年」，原誤作「導」，據汲古閣本、《全唐文》改。③「哉」，原誤作「或」，據《全唐文》改。

【注釋】

〔一〕元和七年（八一二）作。獨孤舍人，謂獨孤郁。郁字古風，河南洛陽人，獨孤及子，獨孤朗弟。德宗貞元進士。初爲監察御史，元和時官右補闕、考功員外郎，充史館修撰，翰林學士。《舊唐書》卷一六八、《新唐書》卷一六二有傳。《昌黎集》卷二十九有《獨孤郁墓誌》。按，羅《譜》據《元和姓纂》郁任中書舍人時間定此篇作於元和七年（八一二）或八年（八一三），然據《舊唐書》本傳，元和七年郁以本官知制誥，元和八年轉駕部郎中，則此篇必爲八年轉任駕部郎中前所作，故其作年當以元和七年爲是。時李翺爲浙東觀察使李遜幕下判官。

〔二〕怨懟，怨恨，不滿。疏索，疏遠冷淡。

〔三〕董生，謂董仲舒。《史記》卷一二一、《漢書》卷五六有傳。

〔四〕顑頷，憂愁，困苦。

〔五〕奉止，阻止。

答皇甫湜書〔一〕

辱書，覽所寄文章，詞高理直，歡悦無量，有足發予者。自别足下來，僕口不曾言文，非不好也，言無所益，衆亦未信，秖足以招謗忤物〔二〕，於道無明，故不言也。

僕到越中〔三〕，得一官三年矣，材能甚薄①，澤不被物，月費官錢，自度終無補益，累求罷去②，尚未得，以爲愧。僕性不解諂佞，生不能曲事權貴，以故不得齒于朝廷，而足下亦抱屈在外，故略有所説。凡古賢聖得位於時，道行天下，皆不著書，以其事業存於制度，足以自見故也。其著書者，蓋道德充積，阨摧於時，身卑處下，澤不能潤物，耻灰燼而泯③，又無聖人爲之發明，故假空言，是非一代，以傳無窮，而自光耀於後，故或往往有著書者。

僕近寫得《唐書》④，史官才薄，言詞鄙淺，不足以發明高祖⑤、太宗列聖明德，使後之觀者，文采不及周、漢之書。僕以爲西漢十一帝，高祖起布衣，定天下，豁達大度，東漢所不及。其餘惟文、宣二帝爲優〔四〕，自惠、景以下〔五〕，亦不皆明於東漢明、章兩帝〔六〕。而前漢事跡，灼然傳在人口者，以司馬遷、班固叙述高簡之工，故學者悦而習焉，其讀之詳也。足下讀范曄《漢書》、陳壽《三國志》、王隱《晋書》，生熟何如左丘明、司馬遷、班固書之温習哉？故温習者事跡彰，而罕讀者事跡晦。讀之疏數，在詞之高下，理必然也。唐有天下，聖明繼於周、漢，而史官叙事，曾不如范曄、陳壽所爲，况足擬望左丘明、司馬遷、班固之文哉？僕所以爲耻。當兹得於時者，雖負作者之材，其道既能被物，則不肯著書矣。僕竊不自度，無位於朝，幸有餘暇，而詞句足以稱讚明盛，紀一代功臣、賢士行跡，灼然可傳於後，自以爲能不滅者，不敢爲讓；故欲筆削國史，成不刊之書，用仲尼褒貶之心，取天下公是、公非爲本。群黨之所謂爲是者，僕未必以爲是；群黨之所謂爲非者，僕未必以爲非。使僕書成而傳，則富貴而功德不著者，未必聲名於後；貧賤而道德全者，未必不烜赫於無窮。韓退之所謂「誅奸諛於既死，發潛德之幽光」〔七〕，是翺心也。

僕文采雖不足以希左丘明、司馬子長，足下視僕敘高愍女、楊烈婦〔八〕，豈盡出班孟堅、蔡伯喈之下耶？仲尼有言曰：「不有博弈者乎？爲之，猶賢乎已〔九〕。」僕所爲，雖無益於人，比之博弈，猶爲勝也。足下以爲何如哉？古之賢聖，當仁不讓於師。仲尼則曰：「文王既没，文不在兹乎〔一〇〕？」又曰：「予欲無言。」「天何言哉〔一一〕？」孟軻則曰：「予之不遇魯侯，天也；臧氏之子，安能使予不遇乎〔一二〕？」司馬遷則曰：「成一家之言，藏之名山，以俟後聖人君子〔一三〕。」僕之不讓，亦非大過也。幸無怪。某再拜。

【校記】

①「甚」，《文苑》作「寡」。　②「累」，《全唐文》作「屢」。　③「耻灰爐而泯」，《文苑》《文粹》及《全唐文》作「耻灰泯而燼滅」。　④「僕」，原誤作「漢」，據諸本改。　⑤「明」，《文苑》《文粹》、汲古閣本均作「揚」，近是。

【注釋】

〔一〕元和八年（八一三）作。　皇甫湜，字持正，睦州新安（今浙江淳安）人。元和元年進士及第，三年，登賢良方正科，授陸渾尉，歷官至工部郎中。湜爲中唐古文名家，與韓愈有師友之誼，嘗與李翺同從韓愈學習古文。按，關於此篇作時，何《譜》繫於元和八年（八一三）、羅《譜》繫於元和七年（八一二）。考李翺以元和五年十二月赴浙東觀察使李遜幕下爲觀察判官，書云「僕到越中，得一官三年矣」，元和五年下推三年，當爲元和八年，故此當爲元和八年所作。時李翺在浙東李遜幕下爲觀察判官。

〔二〕忤物，觸犯人，與人不合。

〔三〕越中，即越州，隋大業初改吴州置，治會稽（今浙江紹興）。

〔四〕文，謂漢文帝劉恒，在位期間執行「與民休息」政策，輕徭薄賦，發展生産，削弱地方諸侯王勢力以加强中央集權。宣，謂漢宣帝劉詢，元平元年（前七四），霍光等廢皇帝劉賀，即立爲帝，霍光死後親政。

〔五〕惠，謂漢惠帝劉盈，高祖與吕后之子。景，謂漢景帝劉啓，文帝子，即位後繼續推行「與民休息」政策，平定吴楚「七國之亂」，與文帝並稱「文景之治」。

〔六〕明，謂漢明帝劉莊，建武中元二年（五七）即位。章，謂漢章帝劉炟，永平十八年（七五）即位，其統治與明帝共稱「明章之治」。

〔七〕「誅奸諛於既死，發潛德之幽光」，出韓愈《答崔立之書》。

〔八〕高愍女，生於大曆十年（七七五），卒於建中二年（七八一），本集卷十二有《高愍女碑》。楊烈婦，建中年間項城縣令李侃之妻，本集卷十二有《楊烈婦傳》。

〔九〕「不有博弈者乎？爲之，猶賢乎已」，出《論語・陽貨》。

〔一〇〕「文王既没，文不在兹乎」，出《論語・子罕》。

〔一一〕「予欲無言」，「天何言哉」，並出《論語・陽貨》。

〔一二〕「予之不遇魯侯，天也；臧氏之子，安能使予不遇乎」，出《孟子・梁惠王下》。

〔一三〕「成一家之言，藏之名山，以俟後聖人君子」，出《史記・太史公自序》。

答朱載言書 一本作「梁載言」〔一〕

某頓首：足下不以某卑賤無所可，乃陳詞屈慮〔二〕，先我以書，且曰：「余之藝及心，不能棄於時，將求知者，問誰可，則皆曰：『其李君乎？』」告足下者，過也；足下因而信之，又過也。果若來陳，雖道德備具①，猶不足辱厚命，况如某者，多病少學，其能以此堪足下所望博大而深宏者耶②？雖然，盛意不可以不答，故敢略陳其所聞。

蓋行己莫如恭，自責莫如厚，接衆莫如弘，用心莫如直，進道莫如勇③，受益莫如擇友，好學莫如改過。此聞之於師也。相人之術有三：迫之以利而審其邪正，設之以事而察其厚薄，問之以謀而觀其智與不才，賢不肖分矣。此聞之於友者也。列天地，立君臣，親父子，别夫婦，明長幼，浹朋友〔三〕，六經之旨也④。浩乎若江海，高乎若丘山，赫乎若日火⑤，包乎若天地，掇章稱詠，津潤怪麗，六經之詞也。創意造言，皆不相師，故其讀《春秋》也，如未嘗有《詩》也；其讀《詩》也，如未嘗有《易》也⑥；其讀《易》也，如未嘗有《書》也；其讀屈原、莊周也，如未嘗有六經也。故義深則意遠，意遠則理辯，理辯則氣直，氣直則辭盛，詞盛則文工。如山有恒、華、嵩、衡焉，其同者高也，其草木之榮，不必均也；如瀆有淮、濟、河、江焉〔四〕，其同者出源到海也，其曲直淺深，色黄白，不必均也；如百品之雜焉，其同者飽於腹也，其味鹹酸苦辛，不必均也，此因學而知者也，此創意之大歸也。

天下之語文章，有六説焉。其尚異者，則曰：文章辭句，奇險而已。其好理者，則曰：文章叙意，苟通而已。其溺於時者，則曰：文章必當對。其病於時者，則曰：文章不當對。其愛難者，則曰：文章宜深不當易。其愛易者，則曰：文章宜通不當難。此皆情有所偏，滯而不流，未識文章之所主也。義不深不至於理，言不信不在於教勸，而詞句怪麗者有之矣，《劇秦美新》、王褒《僮約》是也〔五〕。其理往往有是者，而詞章不能工者有之矣，劉氏《人物志》⑦〔六〕、王氏《中説》〔七〕、俗傳《太公家教》是也〔八〕。古之人能極於工而已，不知其詞之對與否、易與難也。《詩》曰：「憂心悄悄，愠于群小。」此非對也。又曰：「遘閔既多，受侮不少〔九〕。」此非不對也。《書》曰：「朕堲讒説殄行，震驚朕師〔一〇〕。」《詩》曰：「菀彼柔桑，其下侯旬，將采其劉，瘼此下人〔一一〕。」此非易也。《書》曰：「允恭克讓，光被四表，格于上下〔一二〕。」《詩》曰：「十畝之間兮，桑柘閑閑兮，行與子旋兮〔一三〕。」此非難也。學者不知其方，而稱説云云。

如前所陳者，非吾之敢聞也。六經之後，百家之言興，老聃、列禦寇、莊周、鶡冠、田穰苴、孫武、屈原、宋玉、孟軻、吴起、商鞅、墨翟、鬼谷子、荀況、韓非、李斯、賈誼、枚乘、司馬遷、相如、劉向、楊雄，皆足以自成一家之文，學者之所師歸也。故義雖深，理雖當，詞不工者不成文，宜不能傳也。文、理、義三者兼并，乃能獨立於一時，而不泯滅於後代，能必傳也。仲尼曰：「言之無文，行之不遠〔一四〕。」子貢曰：「文猶質也，質猶文也，虎、豹之鞟猶犬、羊之鞟〔一五〕。」此之謂也。陸機曰：「怵他人之我先〔一六〕。」韓退之曰：「唯陳言之務去〔一七〕。」假令述笑哂之狀，曰「莞爾」〔一八〕，則《論語》言之矣；曰「啞啞」〔一九〕，則《易》言之矣；曰「粲然」〔二〇〕，則《穀梁子》言之矣；曰「攸爾」〔二一〕，則班固言之矣；曰「囅然」〔二二〕，則左思言之矣。吾復言之，與前文何以異也！此造言之大歸。

吾所以不協于時而學古文者，悦古人之行也；悦古人之行者，愛古人之道也。故學其言，不可以不行其行；行其行，不可以不重其道；重其道，不可以不循其禮。古之人相接有等，輕重有儀，列於經傳，皆可詳引。如師之於門人則名之，於朋友則字而不名，稱之於師則雖朋友亦名之。子曰：「吾與回言〔二三〕。」又曰：「參乎，吾道一以貫之〔二四〕。」又曰：

「若由也，不得其死然〔二五〕。」是師之名門人驗也。夫子於鄭，兄事子産〔二六〕；於齊，兄事晏嬰平仲〔二七〕。《傳》曰：「子謂子産有君子之道四焉。」又曰：「晏平仲善與人交〔二八〕。」子夏曰：「言游過矣。」子張曰：「子夏云何？」曾子曰：「堂堂乎張也〔二九〕。」是朋友字而不名驗也。子貢曰：「賜也何敢望回〔三〇〕？」又曰：「師與商也孰賢〔三一〕。」子游曰：「有澹臺滅明者，行不由徑〔三二〕。」是稱於師雖朋友亦名驗也。孟子曰：「天下之達尊三：曰德、爵、年。惡得有其一以慢其二哉〔三三〕？」足下之書：「韋君詞〔三四〕，楊君潛〔三五〕。」足下之德與二君未知先後也。而足下齒幼而位卑，而皆名之。《傳》曰：「吾見其與先生并行，非求益者，欲速成〔三六〕。」竊懼足下不思，乃陷于此。韋踐之與翺書，亟叙足下之善，故敢盡辭，以復足下之厚意，計必不以爲犯，李某頓首。

【校記】

①「德」，原脱，據《全唐文》補。按，《答獨孤舍人書》有「董生道德具備」一句。②「博」，原缺，據《文苑》《文粹》及《全唐文》補。③「道」，《文苑》作「德」。④「也」，原作「矣」，據嘉靖本改。⑤「火」，嘉靖本作「月」。⑥「也」，原脱，據《全唐文》補。⑦「志」，原誤作「表」，據《文苑》《文粹》改。

【注釋】

〔一〕貞元十七、十八年（八〇一、八〇二）作。岑仲勉《唐集質疑》「答朱載言書」條：「按《舊書》一九〇中，梁載言以則天時出仕，中宗時爲懷州刺史，下去德宗世已八十年，載言之卒久矣。李書云：『而足下齒幼而位卑』，則當是翺之後輩，『梁』字誤無疑。《樊川集》一八有朱載言除循州刺史制，稱前靈鹽節度掌書記、朝請郎、試大理司直，兼殿中侍御史朱載言，當即其人。《文粹》八五又訛王載言，唯《容齋隨筆》七及《全文》六三五正作『朱』。」故此篇題當以「答朱載言書」爲是。關於此篇作時，羅《譜》據文中引「韓退之曰唯陳言之務去」之語，定其作年於貞元十七八年，是。時李翺或爲滑州觀察判官，並於貞元十八年前後短暫離滑赴京候選。

〔二〕屈慮，竭慮，謂盡心考慮。

〔三〕浹，融洽。

〔四〕瀆，河川。濟，古四瀆之一。《尚書·禹貢》：「導沇水，東流爲濟，入於河，溢爲滎，東出於陶丘北，又東至於菏，又東北會於汶，又北東入於海。」

〔五〕《劇秦美新》，王莽篡漢自立，國號「新」。揚雄仿司馬相如《封禪文》，上封事於王莽，指斥秦朝，美化新朝，故名《劇秦美新》。王褒，字子淵，蜀資中（今四川資陽）人。宣帝時爲諫議大夫，以辭賦著稱。所作《僮約》，記當時奴婢契約。

〔六〕劉氏，謂劉劭。劭字孔才，廣平邯鄲（今屬河北）人。漢獻帝時入仕，歷官太子舍人、秘書郎等，入魏後，任尚書郎、散騎侍郎、陳留太守等。《人物志》爲劉劭所撰辨析、評論人物的專著，約成書於魏明帝時。

〔七〕王氏，謂王通。通字仲淹，河東龍門（今山西萬榮）人。隋代著名學者、教育家，卒後門人私謚「文中子」。《中説》是王通卒後，門人弟子仿《論語》所編記録王通講論内容及與弟子時人對話的一部著作。

〔八〕《太公家教》，唐宋時期廣泛流傳的童蒙類讀物之一，唐代曾風行全國。

〔九〕「憂心悄悄，愠于群小」，「遘閔既多，受侮不少」，出《詩經·邶風·柏舟》。

〔一〇〕「朕堲讒説殄行，震驚朕師」，出《尚書·舜典》。

〔一一〕「菀彼柔桑，其下侯旬，將采其劉，瘼此下人」，出《詩經·大雅·桑柔》。

〔一二〕「允恭克讓，光被四表，格于上下」，出《尚書·堯典》。

〔一三〕「十畝之間，桑柘閑閑，行與子旋」，出《詩經·魏風·十畝之間》。

〔一四〕「言之無文，行之不遠」，出《春秋左傳·襄公二十五年》。

〔一五〕「文猶質也，質猶文也，虎、豹之鞟猶犬、羊之鞟」，出《論語·顔淵》。

〔一六〕「怵他人之我先」，出陸機《文賦》。

〔一七〕「唯陳言之務去」，出韓愈《答李翊書》。

〔一八〕「莞爾」，《論語·陽貨》：「夫子莞爾而笑曰：『割鷄焉用牛刀！』」

〔一九〕「啞啞」，《易經·震卦》：「震來虩虩，恐致福也；笑言啞啞，後有則也。」

〔二〇〕「粲然」，《春秋穀梁傳·昭公四年》：「軍人粲然皆笑。」

〔二一〕「攸爾」，《漢書·敘傳上》：「主人攸爾而笑。」

〔二二〕「囅然」，《文選·左思〈吴都賦〉》：「東吴王孫囅然而咍。」

〔二三〕「吾與回言」，出《論語·爲政》。

〔二四〕「參乎，吾道一以貫之」，出《論語·里仁》。

〔二五〕「若由也，不得其死然」，出《論語·先進》。

〔二六〕子産，即公孫僑，名僑，字子産，春秋時鄭國人，曾任鄭相，不毁鄉校，以聽取國人意見，執政數年，鄭國大治。事跡見《史記》卷四二《鄭世家》。

〔二七〕晏平仲，即晏嬰，字平仲，春秋時齊國人。歷事靈公、莊公、景公三君，以節儉著稱，能忠言直諫。《史記》卷六二《管晏列傳》有傳。

〔二八〕「子謂子産有君子之道四焉」，「晏平仲善與人交」，並出《論語·公冶長》。

〔二九〕「言游過矣」，「子夏云何」，「堂堂乎張也」，並出《論語·子張》。

〔三〇〕「賜也何敢望回」，出《論語·公冶長》。

〔三一〕「師與商也孰賢」，出《論語·先進》。

〔三二〕「有澹臺滅明者，行不由徑」，出《論語·雍也》。

〔三三〕「天下之達尊三：曰德、爵、年。惡得有其一以慢其二哉」，出《孟子·公孫丑下》。

〔三四〕韋君詞，即韋辭，字踐之，京兆杜陵（今屬長安）人。少以兩經擢第，官至侍御史、湖南觀察使。

《舊唐書》卷一六〇有傳。楊君潛，即楊潛，兩《唐書》無傳。《白居易文集》卷十一《楊潛可洋州刺史李繁可遂州刺史史備可濠州刺史三人同制》云：「朝散大夫、守尚書金部郎中、上柱國楊潛……可使持節洋州諸軍事、守洋州刺史，散官勳如故。」當即其人。

〔三五〕韋辭、楊潛年輩當長於朱載言，故李翱認爲載言在書中不應直稱其名。

〔三六〕「吾見其與先生并行，非求益者，欲速成」，出《論語·憲問》。

李翺文集卷第七　書六首

論事於宰相書〔一〕

凡居上位之人，皆勇於進而懦於退，但見己道之行，不見己道之塞，日度一日，以至於黜退奄至，而終不能先自爲謀者，前後皆是也。閣下居位三年矣，其所合於人情者不少，其所乖於物議者亦已多矣。姦邪登用而不知，知而不能去。柳泌爲刺史〔二〕，疏而不止。韓潮州直諫貶責〔三〕，諍而不得。道路之人咸曰：「焉用彼相矣。」閣下尚自恕，以爲猶可以輔政太平，雖枉尺猶能直尋，較吾所得者，不啻補其所失，何足遽自爲去就也！竊怪閣下能容忍①，亦已甚矣。昨日來高枕不寐，静爲閣下思之，豈有宰相上三疏而止一邪人而終不信？閣下天資畏慎，又不能顯辨其事，忍耻署敕〔四〕，内愧私歎，又將自恕曰：「吾道尚行，吾言尚信，我果爲賢相矣。我若引退，則誰能輔太平耶？」是又不可之甚也！

當貞觀之初，房、杜爲相〔五〕，以爲非房、杜則不可也。開元之初，姚、宋爲相〔六〕，以爲非姚、宋則不可也。房、杜、姚、宋之不爲相，亦已久矣。中書未嘗無宰相，然則果何必於房、杜、姚、宋？况道不行，雖皋陶、伊尹將何爲也〔七〕？房、杜、姚、宋誠賢也，若道不行，言不信，其心所謂賢者，終不敢不進，其心所謂邪者②，終不敢不辨；而許敬宗、李義府同列用事〔八〕，言信道行，又自度智力必不足以排之矣，則將自引而止乎？將坐而待黜退乎？尚自恕苟安於位乎？以閣下之明，度之當可知矣。

凡慮己事則不明，斷他人事則明，己私而他人公，勇易斷也。承閣下厚知，受奬擢者不少，能受閣下德而獻盡言者未必多人；幸蒙以國士見目，十五年餘矣，但欲自竭其分耳，聽與恠在閣下裁之而已。

【校記】

①「竊」，原誤作「切」，據《文粹》《全唐文》改。　②兩「謂」字，《文粹》均作「爲」。

【注釋】

〔一〕元和十四年（八一九）作。宰相謂崔群。群字敦詩，貞元八年與韓愈同榜進士登第。按，羅《譜》據「韓潮州直諫貶責，諍而不得」句，定此篇作於元和十四年正月以後，是。時李翺爲國子博士兼史館修撰。

〔二〕柳泌，原名楊仁晝，唐方士、詩人，曾任台州刺史，爲穆宗所殺。《舊唐書》卷一三五、《新唐書》卷一六七有傳。

〔三〕韓潮州，謂韓愈。韓愈元和十四年正月以上《諫佛骨表》貶潮州刺史。

〔四〕署敕，唐制，凡皇帝敕令，必須於「敕」字下加蓋「中書門下之印」，並需宰相署名方爲正式通過。

〔五〕房，謂房玄齡，名喬，齊州臨淄（今屬山東）人，輔佐太宗，居相位十五年，致貞觀之治，卒謚文昭。《舊唐書》卷六六、《新唐書》卷九六有傳。杜，謂杜如晦，字克明，京兆杜陵人。官至尚書右僕射，與房玄齡共掌朝政，稱「房謀杜斷」。《舊唐書》卷六六、《新唐書》卷九六有傳。

〔六〕姚，謂姚崇，本名元崇，字元之，陝州硤石（今河南陝縣東南）人。歷任武則天、睿宗、玄宗朝宰相。《舊唐書》卷九六、《新唐書》卷一二四有傳。宋，謂宋璟，字廣平，邢州南和（今河北邢臺）人。開元四年（七一六）繼姚崇爲相，與姚崇並稱爲唐代賢相。《舊唐書》卷九六、《新唐書》卷一二四有傳。

〔七〕皋陶，傳説虞舜時賢臣。伊尹，注見本集卷二《復性書中》。

〔八〕許敬宗，字延族，杭州新城人，隋禮部侍郎許善心之子。歷任禮部尚書、太子賓客等職。龍朔二年（六六二）拜相，加光禄大夫。《舊唐書》卷八二、《新唐書》卷二二三有傳。李義府，瀛洲饒陽（今屬河北）人。歷任門下典儀、監察御史、太子舍人、中書舍人。以迎合高宗，建議廢王皇后立武則天拜相。《舊唐書》卷八二、《新唐書》卷二二三有傳。

勸裴相不自出征書〔一〕

三兩日來，皆傳閣下以淄青未平〔二〕，又請東討，雖非指的，或慮未實，萬一有之①，只可先事而言，豈得後而有悔。且如房、杜、姚、宋，時政大耀而無武功，郭汾陽〔三〕、二李太尉〔四〕，立大勳而不當國政。閣下以舍人使魏博〔五〕，六州之地歸矣。自秉大政，兵誅蔡州〔六〕，久而不克，奉命宣慰，未經時而吴元濟生擒矣〔七〕。使一布衣持書涉河，而王承宗恐懼委命〔八〕，割地以獻矣。自武德以來，宰相居廟堂而成就功業者，未有其比！是宜以功成身退、養德善守爲意，奈何如始進之士，汲汲於功名，復欲出征，以速平寇賊之爲事耶？自秦、漢以來，亦未嘗有立大功而不知止，能保其終者，即韓侍中親率重兵以壓境矣〔九〕，田司空深入賊地以立功矣〔一〇〕。夫人之情②，亦各欲成功在己，唯恐居下。顧宰相銜命，領三數書生，指麾來臨，坐而享其功名耶。奪人之功，不可一也；功高不賞，不可二也；兵者危道，萬一旬月不即如志，是坐棄前勞，不可三也。凡三事昭灼易見，豈或事在於己而云未熟邪？伏望試以狂言訪于所知之厚者。意切辭盡，不暇文飾，伏惟少賜省察。翺再拜！

【校記】

①「一」下，《文粹》《全唐文》有「者」字。②「夫」，《文粹》《全唐文》作「凡」。

【注釋】

〔一〕元和十三年（八一八）七月後作。裴相，謂裴度。度字中立，河東聞喜（今屬山西）人，唐代名臣。憲宗時爲宰相，封晋國公，卒謚文忠。《舊唐書》卷一七〇、《新唐書》卷一七三有傳。羅《譜》據文中「三兩日來皆傳聞閣下以淄青未平，又請東討」及《舊唐書》相關記載定此篇作年於元和十三年七月以後，是。時李翺爲國子博士兼史館修撰。

〔二〕淄青，唐方鎮名，或稱淄青平盧，或稱平盧。寶應二年（七六三）置，天祐二年（九〇五）爲朱全忠所併。其間節度使李正己祖孫三代割據達五十四年之久。

〔三〕郭汾陽，謂郭子儀。子儀，華州鄭縣（今陝西華縣）人。安禄山亂時，任朔方節度使，敗叛將史思明。肅宗即位，任關内河東副元帥，收復長安、洛陽。安史之亂平息後，以功封汾陽王。《舊唐書》卷一二〇、《新唐書》卷一三七有傳。

〔四〕二李太尉，謂李絳、李愬。絳字深之，趙郡讚皇（今屬河北）人。貞元進士，憲宗謀裁抑藩鎮，絳建議伐淮西節度使吴元濟。元和九年（八一四），罷爲禮部尚書，入爲兵部尚書。《舊唐書》卷一六四、《新唐書》卷一五二有傳。愬字符直，洮州臨潭（今屬甘肅）人，李晟子。元和十一年（八一六），率兵討吴元濟，次年雪夜襲蔡，平定淮西。以功拜檢校尚書左僕射，進山南東道節度使，封涼國公。《舊唐書》卷一三三、《新唐書》卷一五四有傳。

〔五〕魏博，唐方鎮名。廣德元年（七六三）置，治魏州（今河北大名東北）。長期爲田承嗣、何進滔、羅弘信等及其子孫割據。元和年間，曾一度聽命中央。

〔六〕蔡州，隋大業二年（六〇六）改溱州置，治上蔡，唐初改豫州，寶應元年（七六二）又改爲蔡州。唐中葉李希烈、吴元濟等先後割據於此。

〔七〕吴元濟，滄州清池（今屬河北）人，吴少陽子。元和九年，因襲位不遂，自領軍務，後爲裴度討伐，將士多叛離。李愬雪夜襲蔡，元濟被俘，斬首長安。《舊唐書》卷一四五、《新唐書》卷二一四有傳。

〔八〕王承宗，契丹族怒皆部人，王士真長子。父卒，自爲成德留後，吴元濟被誅，獻德、棣二州，歸順朝廷。《舊唐書》卷一四二、《新唐書》卷二一一有傳。

〔九〕韓侍中，謂韓弘。韓弘，潁川（今河南許昌）人，初事劉玄佐，李師道伏誅後，表請入朝，拜司空、中書令。《舊唐書》卷一五六、《新唐書》卷一五八有傳。

〔一〇〕田司空，謂田弘正。弘正，本名興，字安道，平州盧龍（今屬河北）人，承嗣從子。憲宗元和七年（八一二）魏博節度使田季安卒，兵將擁其爲帥，旋歸命朝廷，拜魏州大都督府長史。以功加同中書門下平章事，元和十五年（八二〇）詔拜成德軍節度使，次年爲王庭湊所殺。《舊唐書》卷一四一、《新唐書》卷一四八有傳。

薦士於中書舍人書〔一〕

前嶺南節度判官〔二〕、試大理司直、兼殿中侍御史韋詞〔三〕，處士石洪〔四〕，明經出身，十五年前曾任冀州糾。前宣歙采石軍判官〔五〕、試太常寺協律郎路隋①〔六〕，江西觀察推官〔七〕、試秘書郎獨孤朗〔八〕，右三人先以論薦，一人繼此咨陳。

如韋之才能無方，忠厚可保，翱與南中共更外患，始終若一，此人先爲一、二閫人之所排詆②〔九〕，聞宰相惑於流言，都無意拔用，如此材能，豈患不達③？適足以厚其資耳！石洪之賢，優於李渤〔一〇〕，身遯而道光，材長而器厚，若在班列，必有殊跡。如路隋者，以父在蕃中，未敢昏娶，年六度矣，不畜僕妾，居處常如在喪，雖曾閔復生④〔一一〕，何以加此？其見解高明，事悉相類。獨孤朗人物材能不後韓休起居⑤〔一二〕，比以伯父年高，罷舉歸侍，遂伯父之身，豈非厚於孝而薄於名者耶？凡此四人，材能行義，超越流輩。自二年來，閲除書采擢後進多矣，未見勝之者。或隔以浮言，或限以資叙，賢者自處而不求苟進，在上者無超異之心，因循而不用，則馮唐白首〔一三〕，董生不遇〔一四〕，何足怪哉？

翺以爲宰物之心，患時無賢能可以推引，未聞其以資叙流言而蔽之也⑥。天下至大，非一材而所能支；任重道遠，非徇讒狠之心所能將明也〔一五〕。嗟夫，翺之説未必果信於兄，兄之言亦未盡行於時，雖殷勤發明，何有成益！但知而不告，則負於中心耳！

【校記】

①「采」，原誤作「來」，據《全唐文》改。「隋」，《全唐文》作「隨」。②「闇」，原誤作「闍」，據《全唐文》改。③「患」，嘉靖本作「可」。④「曾」，原誤作「魯」，據《全唐文》改。⑤「休」，原誤作「林」，據《全唐文》改。⑥「其」，原誤作「莫」，據諸本改。

【注釋】

〔一〕關於此篇作時，羅《譜》據文「前嶺南節度使……韋詞，處士石洪」等稱謂，繫於元和五年（八一〇)三月以後,六月以前,是。時嶺南節度使楊於陵以許遂振譖罷歸,翺約於同時或稍後離廣北返。

〔二〕嶺南,開元二十一年(七三三)置嶺南五府經略討擊使司,爲玄宗時邊防十節度經略使之一,開元後治所在廣州(今廣東廣州)。節度判官,唐末五代藩鎮屬官,置二員,位在行軍司馬下,分判倉、兵、騎、胄四曹事。

〔三〕大理司直,大理寺屬官,唐置六員,從六品上,掌出使推按,凡承制推訊長吏,當停務禁錮者,請漁書以往。韋詞,注見本集卷六《答朱載言書》。

〔四〕石洪,字濬川,河南洛陽人。有至行,舉明經,隱居不出,公卿數薦,皆不答。後詔爲昭應尉、集賢校理。工書,善屬文。《新唐書》卷一七一有傳。

〔五〕宣歙,乾元元年(七五八)置觀察使,治宣州(今安徽宣城),旋廢。大曆元年(七六六)復置,改領宣、歙、池三州及采石軍使。元和六年(八一一),罷領采石軍使。

〔六〕路隋,字南式,陽平(今山東莘縣)人,路泌之子。德宗時舉明經,授潤州録事參軍。元和五年(八一〇),擢左補闕、史館修撰,累遷司勛員外郎。穆宗即位,遷翰林侍講學士。《舊唐書》卷一五九、《新唐書》卷一四二有傳。

〔七〕江西,廣德二年(七六四)更洪吉都防禦團練觀察處置使爲江南西道都防禦團練觀察使,通稱江西,治洪州(今江西南昌),建中四年(七八三)升爲節度使。貞元元年(七八五)復爲都團練觀察使。

〔八〕獨孤朗，字用誨，洛陽（今屬河南）人，獨孤及子。元和中，因勸憲宗罷淮西兵，貶爲興元（今陝西漢中）户曹參軍。入爲監察御史，改殿中侍御史兼史館修撰。《舊唐書》卷一六八、《新唐書》卷一六二有傳。

〔九〕闇人，昏聵糊塗之人。葛洪《抱朴子·行品》：「見成事而疑惑，動失計而多悔者，闇人也。」

〔一〇〕李渤，字濬之，洛陽（今屬河南）人。勵志所學，不從科舉，隱於嵩山。憲宗元和九年（八一四），應召入仕。歷官著作郎、給事中、桂管都防禦觀察使。《舊唐書》卷一三〇、《新唐書》卷一三九有傳。

〔一一〕曾閔，謂曾參、閔損。參，字子輿，春秋時魯國南武城（今山東費縣）人，孔子弟子。曾爲小吏，以孝行著稱，主張「慎終追遠，民德歸厚」，提出「吾日三省吾身」。後世尊爲「宗聖」。閔損，字子騫，春秋末魯國人，孔子弟子。性至孝，以德行與顔淵並稱。魯季氏請其任費邑宰，堅辭不就。生平并見《史記》卷六七《仲尼弟子列傳》。

〔一二〕韓休，字良士，京兆長安（今陝西西安）人。初舉賢良，授左補闕，歷任禮部侍郎、知制誥、尚書右丞。開元中以黄門侍郎同中書門下平章事。後罷爲工部尚書，遷太子少師，卒謚文忠。《舊唐書》卷九八、《新唐書》卷一二六有傳。

〔一三〕馮唐，西漢安陵（今陝西咸陽東北）人，以孝著稱。武帝時，求賢良，舉唐，年已九十餘，不能爲官，乃以子遂爲郎。《史記》卷一〇二、《漢書》卷五〇有傳。

〔一四〕董生，謂董仲舒。

〔一五〕徇，依從，曲從。

謝楊郎中書〔一〕

月日。鄉貢進士李翺再拜〔二〕。前者以所著文章獻于閣下，累獲咨嗟〔三〕，勤勤不忘。翺率性多感激，每讀古賢書，有稱譽薦進後學之士，則未嘗不遥想其人，若與神交，歎息悲歌①，夜而復明。何獨樂已往之事哉？誠竊自悲也。臨空文，尚慨慕如不足，况親遇厥事，觀厥人哉？幸甚，幸甚！

翺自屬文，求舉有司，不獲者三，栖遑往來，困苦飢寒，踣而未能奮飛者〔四〕，誠有説也。竊惟當兹之士，立行光明，可以爲後生之所依歸者，不過十人焉；其五六人，則本無勸誘人之心，雖有卓犖奇怪之賢，固不可得而知也。其餘則雖或知之，欲爲之薦言於人②，又恐人之不我信，因人之所不信，復生疑而不自信；自信且猶不固，矧曰能知人之固？是以再往見之，或不如其初，三往見之，又不如其再。若張燕公之於房太尉〔五〕，獨孤常州之於梁補闕者〔六〕，訖不見一人焉。夫如是，則非獨後進者學淺詞陋之罪也，抑亦先達稱譽薦進之道有所不至也。

孔子曰：「舉爾所知〔七〕。」古君子於人之善，懼不能知，既知之，耻不能譽之，能譽之，耻不能成之。若翱者，窮賤樸訥無所取，然既爲閣下之所知，敢不以古君子之道有望於閣下哉！不宣，翱載拜！

【校記】

①「歎」，《全唐文》作「太」。 ②「言」，汲古閣本作「賢」。

【注釋】

〔一〕貞元十二年（七九六）作。翱以貞元十年（七九四）始應禮部試，文云「翱自屬文，求舉有司，不獲者三」，則當爲十二年作。楊郎中，謂楊於陵。於陵，字達夫，虢州弘農（今河南靈寶北）人。代宗大曆六年（七七一）進士，累官至侍御史，中書舍人。出爲浙東觀察使，入拜户部侍郎。憲宗時爲吏部侍郎，太常卿，檢校尚書右僕射。《舊唐書》卷一六四、《新唐書》卷一六三有傳。時翱三試禮部，不第，文云「前者以所著文章獻於閣下，累獲咨嗟」，知其此前曾獻所著文章得楊於陵稱譽，故試後致書答謝。

〔二〕鄉貢進士，唐代不經學館考試而由州縣推薦應科舉的士子。《新唐書·選舉志上》：「唐制，取士之科，多因隋舊，然其大要有三：由學館者曰生徒，由州縣者曰鄉貢，皆升於有司而進退之……其天子自詔者曰制舉。」

〔三〕咨嗟，讚歎。《楚辭·天問》：「何親揆發，定周之命以咨嗟？」王逸注：「咨嗟，歎而美之也。」

〔四〕踣，向前仆倒。

〔五〕張燕公，謂張説。説字道濟，一字説之，河南洛陽人。則天時應詔對策乙等，授太子校書。玄宗開元初任中書令，封燕國公。歷官兵部尚書、同中書門下三品，兼朔方軍節度使。《舊唐書》卷九七、《新唐書》卷一二五有傳。房太尉，謂房琯。琯字次律，河南偃師人，房融子，以門蔭補弘文生。玄宗幸蜀，琯馳至普安郡謁帝，拜文部尚書、同中書門下平章事。肅宗立，詔加持節招討西京兼防禦蒲潼兩關兵馬節度使，因兵敗陳濤斜罷爲太子少師，貶邠州刺史，終刑部尚書。《舊唐書》卷一一一、《新唐書》卷一三九有傳。

〔六〕獨孤常州，謂獨孤及。及字至之，河南洛陽人。天寶末舉洞曉玄經科，補華陰尉。代宗時召爲左拾遺，改太常博士，遷禮部員外郎，歷濠、舒二州刺史，加檢校司封郎中，徙常州，卒。《舊唐書》卷一六八、《新唐書》卷一六二有傳。梁補闕，謂梁肅。注見本集卷一《感知己賦》。

〔七〕「舉爾所知」，出《論語·子路》：「曰：『焉知賢才而舉之？』曰：『舉爾所知。爾所不知，人其舍諸？』」

與陸傪書〔一〕

李觀之文章如此〔二〕，官止於太子校書郎，年止於二十九，雖有名於時俗，其卒深知其至者果誰哉？信乎天地鬼神之無情於善人，而不罰罪也甚矣。爲善者將安所歸乎？翺書其人贈於兄，贈于兄，蓋思君子之知我也。與李觀平生不得相往來①，及其死也，則見其文，嘗謂使李觀若永年，則不遠於楊子雲矣〔三〕。書己之文次，忽然若觀之文亦見知於君也，故書《苦雨賦》綴於前；當下筆時，復得詠其文，則觀也雖不永年，亦不甚遠於楊子雲矣。書《苦雨》之辭既，又思我友韓愈，非茲世之文，古之文也；非茲世之人，古之人也。其詞與其意適②，則孟軻既没，亦不見有過於斯者。當其下筆時，如他人疾書寫之，誦其文，不是過也③，其詞乃能如此。嘗書其一章曰《獲麟解》〔四〕，其他可以類知也。窮愁不能無所述，適有書寄弟正辭〔五〕，及其終，亦自覺不甚下尋常之所爲者，亦書以贈焉。亦惟讀觀、愈之辭，既試一詳焉④。翺再拜！

【校記】

①「與李觀」，《全唐文》作「予與觀」。②「與」，《唐摭言》卷五引作「奥」。③此句，《文粹》作「如他人疾書寫之，不是過也」。④「試」，嘉靖本作「冀」。

【注釋】

〔二〕貞元十六（八〇〇）或十七年（八〇一）作。文云「適有書寄弟正辭」，本集卷八有《寄從弟正辭書》，當即其文，傅璇琮《唐代文學編年史》繫於貞元十六年，此文既提及該文，當作於該文之後；陸傪以貞元十八年（八〇二）四月卒，此書又當作於陸傪卒前，故此篇約爲貞元十六年或十七年作。陸傪，注見本集卷二《復性書上》。

〔二〕李觀，字元賓，李華從子。貞元八年（七九二）韓愈同榜進士，終官太子校書郎。屬文不傍沿前人，時謂與韓愈相上下。《舊唐書》卷一四四、《新唐書》卷一五六有傳。

〔三〕楊子雲，謂揚雄。雄字子雲，西漢蜀郡成都（今屬四川）人。著名辭賦家、學者，著有《甘泉》《河東》《羽獵》《長楊》等賦，《太玄》《法言》《方言》《訓纂篇》等著作。《漢書》卷八七有傳。

〔四〕《五百家注音辯昌黎先生文集》卷一二有韓愈《獲麟解》。

〔五〕李翺本集卷八有《寄從弟正辭書》。

答侯高第二書〔一〕

足下復書來，會與一二友生飲酒甚樂，故不果以時報。

三讀足下書，感歎不能休①。非足下之愛我甚，且欲吾身存而吾道光明也，則何能開難出之辭，如此之無愛乎？前書所以不受足下之説而復闢之者〔二〕，將以明吾道也。吾之道非一家之道，是古聖人所由之道者也。吾之道塞，則君子之道消矣；吾之道明，則堯、舜、文、武、孔子之道未絶於世也。前書若與足下混然同辭，是宫、商之一其聲音也，道何由而明哉？吾故拒足下之辭。知足下必將憤予而復其辭也。

足下再三教我適時以行道。所謂時也者，乃仁義之時乎？將浮沉之時乎？時苟仁且義，則吾之道何所屈焉爾；如順浮沉之時，則必乘波隨流望風高下焉。苟如此，雖足下之見我，且不識矣，况天下之人乎！不脩吾道而取容焉，其志亦不遐矣。故君子非仁與義，則無所爲也。如有一朝之患，古君子則不患也。吾之道，學孔子者也。孔子尚畏於匡〔三〕，圍於蒲〔四〕，伐樹於桓魋〔五〕，逐於魯，絶糧於陳、蔡之間〔六〕。夫孔子豈不知屈伸之道耶？故賢不肖，在我者也。貴與富，貧與賤，道之行否，則有命焉。君子正己而須之爾，雖聖人不能取其容焉。故孔子謂子路、子貢曰：「《詩》云：『匪兕匪虎，率彼曠野。』吾道非耶，何爲至於此？」子路對曰：「意者吾未仁且智耶，而人之不我信與行也。」子曰：「有是乎？使仁者而必信，安有伯夷、叔齊？使智者而必行，安有王子比干？」子貢對曰：「夫子之道至大，故天下莫能容。盍少貶夫子之道？」子曰：「良農能稼，而不能爲穡；良工能巧，而不能爲順。君子能脩其道，綱而紀之，統而理之，而不能爲容。爾不脩道而求爲容，賜也，而志不遠矣。」謂顔淵，如謂由、賜。顔淵對曰：「夫子之道至大，故天下莫能容，雖然，夫子推而行之，不容何病，然後見君子②！夫道之不脩也，是吾醜也；夫道既已大脩，而世不用，是有國者之醜也。不容何病③，不容然後見君子！」孔子蓋歎之也。以孔子門人三千，其聖德如彼之至也，而知孔子者，獨顔回爾，其他皆學焉而不能到者也。然則僕之道，天下人安能信而行耶？

足下之言曰：「西伯、孔子何等人也，皆以柔氣污辭，同用明夷也以避禍患，斯人豈浮世邪人乎？」西伯，聖人也，羑里之拘〔七〕，僅不免焉。孔子，聖人之大者也，其屈厄如前所陳，惡在其能取容於世乎？故曰：危行言遜所以遠害也。其道則爾④，其能遠之與否而必容焉，則吾不敢知也。非吾獨爾，孔子亦不知也。僕之道窮，則樂仁義而安之者也；如用焉，則推而行之於天下也。何獨天下哉？將後世之人，有得於吾之功者爾。天之生我也，亦必有意矣。將欲愚生民之視聽乎？則吾將病而死，尚何能伸其道也？如欲生民有所聞乎，則吾何敢辭也。然則吾道之行與否皆運也，吾不能自知也，天下人安能害於我哉？

足下又曰：「吾子，夷、齊之道也。」如僕向者所陳，亦足以免矣，故不復有所説。若韓、孟與吾子之於我，心故知我者也。苟異心同辭，皆如足下所説，是僕於天下衆多之人，而未有一知己也，安能動於吾之心乎？吾非不信子之云云者也，信子則於吾道不光矣，欲默默則道無所傳云爾。子之道，子宜自行之者也，勿以誨我！

【校記】

①「能」，原脱，據諸本改。②此句，《文苑》《文粹》均作「不容何病，不容然後見君子」，近是。③「不容」，原作「夫子」，今據《文苑》《文粹》《全唐文》改。④「爾」上，原有「不」字，今據《文苑》《全

唐文》删。

【注釋】

〔一〕貞元末或元和初作。本集卷十四《故處士侯君墓誌》云「貞元十五年，遇玄覽於蘇州」，當爲李翺、侯高初識，侯高約於元和六年（八一一）或七年卒，是此書之作必在貞元十五年之後，元和七八年前。侯高，字玄覽，上谷（今河北宣化）人。處士，自比阿衡太師，世莫能用其言。後再試吏，怒去，發狂投江死。

〔二〕闢，駁斥。

〔三〕「畏於匡」，注見本集卷五《知鳳》。

〔四〕「圍於蒲」，《史記·孔子世家》：「過蒲，會公叔氏以蒲叛，蒲人止孔子。」

〔五〕「伐樹於桓魋」，《史記·孔子世家》：「孔子去曹適宋，與弟子習禮於大樹下。宋司馬桓魋欲殺孔子，拔其樹。」

〔六〕《史記·孔子世家》：「孔子厄於陳、蔡，從者七日不食。」

〔七〕羑里，一名牖里，在今河南湯陰縣北九里。《史記·殷本紀》：「紂囚西伯羑里。」

李翺文集卷第八　書六首

薦所知於徐州張僕射書〔一〕

翺再拜。齊桓公不疑於其臣，管夷吾信而霸天下〔二〕，攘夷狄，匡周室①，亡國存，荆楚服，諸侯無不至焉；豎刁、易牙信而國亂〔三〕，身死不葬，五公子争立，兄弟相及者數世。桓公之信於其臣，一道也，所信者賢則德格于天地，功及於後代，不得其人則不免其身，知人不易也。豈惟霸者爲然，雖聖人亦不能免焉。帝堯之時，賢不肖皆立於朝，堯能知舜，於是乎放驩兜，流共工，殛鯀〔四〕，竄三苗。舉禹、稷、咎繇二十有二人加諸上位，故堯崩三載，四海遏密八音〔五〕，後代之人，皆謂之帝堯焉。向使堯不能知舜，而遂尊驩兜、共工之黨於朝，禹、稷、咎繇之下二十有二人不能用，則堯將不得爲齊桓公矣，豈復得曰「大哉！堯之爲君也。惟天爲大，惟堯則之，蕩蕩乎民無能名焉」者哉〔六〕！《春秋》曰：「夏滅項〔七〕，孰滅之。蓋齊滅之②，曷爲不言齊滅之？爲桓公諱也。《春秋》爲賢者諱，此滅人之國，何賢爾？君子之惡惡也嫉始，善善也樂終，桓公嘗有繼絶存亡之功，故君子爲之諱也。」繼絶存亡，賢者之事也，管夷吾用，所以能繼絶世，存亡國焉耳，豎刁、易牙，則不能也。向使桓公始不用管夷吾，末有豎刁、易牙③，争權不葬而亂齊國，則幽、厲之諸侯也。始用賢而終身諱其惡，君子之樂用賢也如此。始不用賢，以及其終，而幸後世之掩其過也，則微矣。然則居上位、流德澤於百姓者，何所勞乎？勞於擇賢，得其人，措諸上，使天下皆化之焉而已矣。

茲天子之大臣有土千里者，孰有如執事之好賢不倦者焉！蓋得其人亦多矣，其所可求而不取者，則有人焉。隴西李觀，奇士也，伏聞執事知其賢，將用之，未及而觀病死。昌黎韓愈，得古人之遺風④，明於理亂根本之所由，伏聞執事又知其賢，將用之，未及，而愈爲宣武軍節度使之所用〔八〕。觀、愈皆豪傑之士也，如此人不時出，觀自古天下，亦有數百年無如其人者焉。執事皆得而知之，皆不得而用之，翺實爲執事惜焉。豈惟翺一人而已？後之讀前載者，亦必多爲執事惜之矣。

茲有平昌孟郊〔九〕，貞士也，伏聞執事舊知之。郊爲五言詩，自前漢李都尉、蘇屬國〔一〇〕，及建安諸子、南朝二謝〔一一〕，郊能兼其體而有之。李觀薦郊於梁肅補闕書曰〔一二〕：「郊之五言，其有高處，在古無上；其有平處，下顧二謝。」韓愈送郊詩曰：「作詩三百首，杳默咸池音〔一三〕。」彼二子皆知言者，豈欺天下之人哉？郊窮餓不得安養其親，周天下無所遇，作詩曰：「食薺腸亦苦，强歌聲無歡。出門即有閡⑤，誰謂天地寬〔一四〕。」其窮也甚矣。

又有張籍、李景儉者〔一五〕，皆奇才也，未聞閣下知之。凡賢人奇士，皆自有所負，不苟合於世，是以雖見之，難得而知也。見而不能知其賢，如勿見而已矣；知其賢而不能用，如勿知其賢而已矣；用而不能盡其材，如勿用而已矣；能盡其材而容讒人之所間者，如勿盡其材而已矣。故見賢而能知，知而能用，用而能盡其材，而不容讒人之所間者，天下一人而已矣。兹有二人焉皆來，其一賢士也，其一常常人也，待之禮貌不加崇焉，則賢者行而常常人日來矣，况其待常常人加厚，則善人何求而來哉？

孔子曰：「吾未見好德如好色者〔一六〕。」聖人，不好色而好德者也；雖好色而不如好德者，次也；德與色鈞好之，又其次也；雖好德而不如好色者，下也；最甚不好德而好色者，窮矣！有人告曰：「某所有女，國色也。」天下之人必將極其力而求之，而無所愛矣。有人告曰：「某所有人，國士也。」天下之人則不能一往而見焉，是豈非不好德而好色者乎？賢者則宜有以别於天下之人矣。孔子述《易》，定禮、樂，删《詩》，序《書》，作《春秋》，聖人也，奮乎百世之上，其所化之者，非其道，則夷狄之人也。而孔子之廟存焉，雖賢者亦不能日往拜之，以其益於人者寡矣。故無益於人，雖孔子之廟，尚不能朝夕而事焉，况天下之人乎？有待於人，而不能得善人良士，則不如無待也。

嗚呼！人之降年〔一七〕，不可與期。郊將爲他人之所得，而大有立於世，與其短命而死，皆不可知也。二者卒然有一於郊之身，他日爲執事惜之，不可既矣。執事終不得而用之矣，雖恨之，亦無可奈何矣。翺窮賤人也，直辭無讓，非所宜至於此者也，爲道之存焉耳，不直則不足以伸道也，非好多言者也，翺再拜。

【校記】

①「匡」，原誤作「足」，據《全唐文》改。宋本爲避諱改「匡」爲「定」，明代手民誤刻爲「足」。②「蓋」，原誤作「益」，據諸本改。③「末」，原誤作「宋」，據諸本改。④「得古人之遺風」，原誤作「得古文遺風」，據《全唐文》改。⑤「閡」，《文粹》及孟郊原詩皆作「礙」。

【注釋】

〔一〕貞元十三（七九七）或十四年（七九八）作。文云「昌黎韓愈，得古人之遺風，明於理亂根本之所由，伏聞執事又知其賢，將用之，未及，而愈爲宣武軍節度使之所用」，貞元十二年七月宣武節度使董晋辟韓愈爲汴州觀察推官，十五年二月董晋卒，汴州亂，韓愈離汴，則此篇之作必在貞元十二年七月之後，十五年二月之前。羅《譜》據李翺登第時間、何《譜》據韓愈《孟生詩》繫此於貞元十四年，近是。徐州張僕射，謂張建封。徐州，南朝宋永初二年（四二一）改北徐州置，治所在彭城（今江蘇徐州）。隋大業初改爲郡，唐武德四年（六二一）復爲徐州。張建封，字本立，鄧州南陽（今屬河南）人，客居兖州。大曆時爲大理評事，後進侍御史，拜御史大夫，任徐州刺史、徐泗濠節度使、度支營田觀察使。《舊唐書》卷一四〇、《新唐書》卷一四八有傳。

〔二〕管夷吾，即管仲，春秋時潁上（今屬安徽）人。初事公子糾，後輔佐齊桓公，以「尊王攘夷」爲號召，九合諸侯，使齊桓公爲春秋時第一霸主。《史記》卷六二《管晏列傳》有傳。

〔三〕豎刁，春秋時齊國人，有寵於桓公。桓公與管仲立公子昭爲太子，管仲死，刁與易牙、開方等專權，五公子争爲太子。桓公卒，刁又與易牙殺群大夫，立公子無虧，太子昭奔宋。齊遂内亂。易牙，一作狄牙，春秋時齊國人，名巫。善烹飪，爲桓公近臣。相傳曾殺子烹羹以獻桓公，桓公將卒，易牙與豎刁、開方亂齊。

〔四〕殛，誅，殺。鯀，傳説中上古時人，顓頊之子，居於崇，爲崇伯。堯時由四岳推舉，奉命治水。以土堙之法，九年未成，舜殛之於羽山。

〔五〕遏密，指帝王等死後停止舉樂。《尚書·舜典》：「帝乃殂落，百姓如喪考妣，三載，四海遏密八音。」孔傳：「遏，絶；密，静也。」

〔六〕「大哉！堯之爲君也，惟天爲大，惟堯則之，蕩蕩乎民無能名焉」，出《論語·泰伯》。

〔七〕項，項國，姬姓，周武王姬發弟季載封國，在今河南沈丘與項城之間。

〔八〕宣武軍，唐建中二年（七八一）置，治所在宋州（今河南商丘東南），興元元年（七八四）徙治汴州（今河南開封）。按，此宣武軍節度使，謂董晋。晋字混成，河中虞鄉（今山西永濟東）人。明經及第，貞元五年（七八九）拜相，改兵部尚書、東都留守。汴州刺史李萬榮死，詔晋以同平章事爲宣武軍副大使、汴州刺史，平定李迺之亂。《舊唐書》卷一四五、《新唐書》卷一五一有傳。

〔九〕平昌，北魏永熙二年（五三三）改西平昌縣置，治今山東省臨邑縣東北，屬安德郡。隋屬平原郡，唐屬德州。

〔一〇〕李都尉，謂李陵。蘇屬國，謂蘇武。

〔一一〕二謝，謂謝靈運、謝朓。

〔一二〕李觀，注見本集卷七《與陸傪書》。梁肅，注見本集卷一《感知己賦並序》。

〔一三〕「作詩三百首，杳默咸池音」，出韓愈《孟生詩》。唐人題孟郊詩三百篇爲《咸池集》。

〔一四〕「食薺腸亦苦，强歌聲無歡。出門即有礙，誰謂天地寬」，出孟郊《贈崔純亮》。

〔一五〕李景儉，字寬中，唐宗室李瑀孫。貞元進士，與元稹、李紳友善。歷爲監察御史、忠州刺史、澧州刺史、諫議大夫、建州刺史、漳州刺史等，終少府少監。《舊唐書》卷一七一、《新唐書》卷八一有傳。

〔一六〕「吾未見好德如好色者」，出《論語·子罕》。

〔一七〕降年，謂上天賜予人的年齡、壽命。《尚書·高宗肜日》：「降年有永有不永，非天夭民，民中絶命。」孔傳：「言天之下年與民，有義者長，無義者不長。」

與淮南節度使書〔一〕

翱自十五已後，即有志於仁義。見孔子之論高弟，未嘗不以及物爲首，克伐怨欲不行〔二〕，未得爲仁。管仲不死子糾〔三〕，復相爲讎，而功及天下，則曰：「如其仁〔四〕。」曰：「由也果，賜也達，求也藝。於從政乎何有〔五〕？」然則聖賢之於百姓，皆如視其子，教之仁，父母之道也①，故未嘗不及於衆焉。

近代已來，俗尚文字，爲學者以抄集爲科第之資，曷嘗知「不遷怒，不貳過」爲興學之根乎〔六〕？入仕者以容和爲貴富之路，曷嘗以仁義博施之爲本乎？由是經之旨棄而不求，聖人之心外而不講，幹辦者爲良吏②，適時者爲通賢，仁義教育之風，於是乎掃地而盡矣。生人困窮，不亦宜乎？州郡之亂，又何怪焉？

竊嘗病此，以故爲官不敢苟求舊例，必探察源本，以恤養爲心，以戢豪吏爲務，以法令自檢，以知足自居，利於物者無不爲，利於私者無不誚〔七〕。比之時輩，亦知頗異；思齊古人，則十曾未及其一、二爲恨耳！自到，有改易條上者，亦有細碎侵物，彰從前之失太深，不令條上者，縱未窮盡，亦十去其九矣。唯三兩事，即須使司處置，已有申上者，未蒙裁下，謹具公狀，若或並賜處分，則當州里無弊矣。蓋古人屈於不知己而伸於知己，翺不肖，既已謬蒙十一叔知奬如此，其又何敢不言。翺再拜。

【校記】

①「之」，原脱，據《全唐文》改。　②「辦」，原誤作「辨」，據汲古閣本、《全唐文》改。

【注釋】

〔一〕寶曆元年（八二五）作。寶曆元年正月李翺由禮部郎中貶爲廬州（今安徽合肥）刺史，文云「自到，有改易條上者。……唯三兩事，即須使司處置已有申上者，未蒙裁下，謹據公狀若或並賜處分，則當州里無弊矣。」知此爲其到任廬州後所作。淮南，肅宗至德元年（七五六）置淮南節度使，治所在揚州。淮南節度使，謂王播。播字明敭，太原（今屬山西）人。貞元進士，穆宗長慶時拜刑部尚書，兼中書侍郎、同平章事，兼鹽鐵等使，出爲淮南節度使。《舊唐書》卷一六四、《新唐書》卷一六七有傳。

〔二〕克伐怨欲，《論語·憲問》：「憲問耻。子曰：『邦有道，穀；邦無道，穀，耻也。』『克、伐、怨、欲不行焉，可以爲仁矣？』子曰：『可以爲難矣，仁則吾不知也。』」

〔三〕子糾，即齊公子糾，桓公之兄，齊國亂，管仲携其入魯，後爲魯國所殺。事見《左傳·莊公十年》。

〔四〕「如其仁」，《論語·憲問》：「子曰：『桓公九合諸侯，不以兵車，管仲之力也。如其仁！如其仁！』」

〔五〕《論語·雍也》：「季康子問：『仲由可使從政也與？』子曰：『由也果，於從政乎何有？』曰：『賜也可使從政也與？』曰：『賜也達，於從政乎何有？』曰：『求也可使從政也與？』曰：『求也藝，於從政乎何有？』」

〔六〕「不遷怒，不貳過」，《論語·雍也》：「哀公問：『弟子孰爲好學？』孔子對曰：『有弟子顔回者好學，不遷怒，不貳過，不幸短命死矣。今也則亡，未聞好學者也。』」

〔七〕誚，責備，呵斥。

賀行軍陸大夫書〔一〕

某月日，布衣李翺寄賀書謹再拜大夫閣下：竊聞閣下白宰相，使汴州人執鄧惟恭歸于京師〔二〕，奏天子處其輕重生死罪。伏覩詔書，捨惟恭死罪，俾永爲黔首于汀州①〔三〕。翺九月時上宰相書言政刑，中有詞曰：「親戚懷二，殺之可也。」况懷二且非親戚哉。當是時，惟恭在其位，故不直書而微其詞。然則惟恭之罪，聞知于四方，其孔甚已。嗚呼！亂本既除矣，自兹日厥後，汴、宋、潁、亳人其無事矣〔四〕。豈汴、宋、潁、亳人而已？實天下皆受其利。

昔閣下爲建州刺史〔五〕，人足食與衣，且知廉耻禮義，治平爲天下第一。其爲信州〔六〕，猶建州也；其爲汝州〔七〕，猶信州也。汴人苦其政，失其心，十五年矣，久則不易變矣。亦惟閣下孜孜不怠，致汴州猶汝州焉，天下莫不幸甚，而翺則喜樂萬乎世之民②！所以然者，夫陋巷短褐躬學古知道之人，其所以異於朝廷藩翰大臣〔八〕、王公、卿士者，口未嘗厭乎肥甘爾，體未嘗焕乎綺紈爾，目未嘗悦乎采色爾，耳未嘗樂乎聲音耳，居處未嘗宿乎華屋爾，出遊未嘗乘乎乘黄爾，禄利未嘗入于家爾，名字未嘗得進于天王爾，其如此而已；至若憂天下之艱難，幸天下之和平，樂天下之人民，得與其身臻乎仁壽，思九夷、八蠻解辮髮椎髻，同車書文軌，則雖朝廷藩翰大臣、王公、卿士，亦未必皆甚乎陋巷短褐躬學古知道之人者也。若必皆甚焉，則天下之理得日變化，可以如響之應乎聲也。故天地、山川、草木、鱗羽之瑞有一可以爲昇平之符者，時政有一可以教民者，藩屏之臣有一可以長人行化者，則未嘗不私自喜樂也。萬類含育有一傷和平之氣者，夷狄蠻戎之俗有一咈乎道者〔九〕，時政有一不毗于下民者，則未嘗不私自憂懼也。而况其遠者、大者乎？天下之一善，故不足以喜樂，然多其善，則太平之基，可庶幾乎？天下之一不善，故不足以憂懼③，然累其不善，則顛覆之形，殆將至也。太平之基，顛覆之形，乃從政者之所喜樂憂懼爾。其爲布衣守道之人不同任，如耳之不司采色文章也。而與知之者，士之躬學古知道者，固與夫天下百姓同憂樂，而不敢獨私其心也。翺雖不肖，未嘗瞬息動心而不景行乎此也，是以憂樂萬乎世之民④，亦惟少加意焉。翺再拜。

【校記】

①「汀州」，原誤作「汴州」，據《通鑑》卷二三五《唐紀》五十一德宗貞元十三年，十一月「董晋……械

惟恭送京師。己未，詔免死，汀州安置」改。②「喜樂萬乎世之民」，《全唐文》作「喜樂乎萬世之民」，近是。③「故」，汲古閣本作「固」。④「憂樂萬乎世之民」，《全唐文》作「憂樂乎萬世之民」，近是。

【注釋】

〔一〕貞元十二年（七九六）十一月作。文云：「竊聞閤下白宰相，使汴州人執鄧惟恭歸于京師，奏天子處其輕重生死罪。伏覩詔書，捨惟恭死罪，俾永爲黔首于汀州。」按，《通鑑》：「（貞元十二年）十一月……宣武都虞候鄧惟恭内不自安，潛結將士二百餘人謀作亂；事覺，董晉悉捕斬其黨，械惟恭送京師。己未，詔免死，汀州安置。」則此必爲貞元十二年十一月後作。行軍，即行軍司馬，唐、五代時節度使主要幕僚，掌本鎮軍符號令、軍籍、兵械、糧廪、賜予等事務，權任甚重。陸大夫，謂陸長源。長源字泳之，蘇州吴人，陸餘慶孫。貞元十二年授宣武軍行軍司馬，董晋卒，知留後，兵士作亂，被殺。《舊唐書》卷一四五、《新唐書》卷一五一有傳。

〔二〕汴州，北周改梁州置，治所在浚儀縣（今河南開封），以城臨汴水，故名。鄧惟恭，滑州匡城（今河南長垣）人，宣武節鎮大將。節度使李萬榮病危，以惟恭繼任，朝廷派董晋爲汴州留後，惟恭蓄謀作亂，董晋殺其黨羽，惟恭囚送京師，流放汀州。《新唐書》卷二一四有傳。

〔三〕汀州，唐開元二十四年（七三六）分福州、撫州置，治所在長汀縣（今屬福建）。

〔四〕宋，謂宋州，注見本集卷五《知鳳》。亳，謂亳州，北周末改南兖州置，治所在譙縣（今安徽亳州）。

〔五〕建州，唐武德四年（六二一）置，治所在建安縣（今福建建甌）。

〔六〕信州，唐乾元元年（七五八）析饒、衢、建、撫四州置，治所在上饒縣（今江西上饒西北天津橋）。

〔七〕汝州，隋大業二年（六〇六）改伊州置，以境内有汝水而得名，治所在汝原縣（今河南汝州）。

〔八〕藩翰，《詩經·大雅·板》：「價人維藩，大師維垣，大邦維屏，大宗維翰。」毛傳：「藩，屏也；翰，干也。」後因以「藩翰」比喻捍衛王室的重臣。

〔九〕咈，古同「拂」。違逆，乖戾。

勸河南尹復故事書〔一〕

某道無可重，每爲閣下所引納，又不隔卑賤，時訪其第，故竊意閣下或以翺爲有所知也。情苟有未安，不宜以默，故詳之以辭。

河南府板牓縣於食堂北梁〔二〕，每年寫在黄紙，號曰「黄卷」〔三〕，其一條曰：「司録入院〔四〕，諸官於堂上序立，司録揖，然後坐。」河南，大府，入聖唐來二百年，前人制條，相傳歲久，苟無甚弊，則輕改之不如守故事之爲當也。八九年來，司録使判司立東廊下〔五〕，司録於西廊下得揖，然後就食，而板條黄卷則如故文焉。大凡庸人居上者以有權令陵下，處下者以姑息取容，勢使然也。前年翺爲户曹〔六〕，恐不知故事，舉手觸罰，因取黄卷詳之，乃相見之儀，與故事都異。至東知厨黄卷，爲狀白於前尹，判牓食堂。時被林司録入讒〔七〕，盛詞相毁，前尹拒之甚久，而竟從其請。翺以爲本不作，作則勿休，且執故事争而不得，於本道無傷也，遂入辨焉，白前尹曰：「中丞何輕改黄卷二百年之舊禮，而重違一司録之徇情自用乎？」前尹曰：「此事在黄卷否？」翺對曰：「所過狀若不引黄卷故事，是罔中丞也，其何敢？」前尹因取黄卷檢條省之，使人以黄卷示司録曰：「黄卷是故事，豈得責人執守？」當司録所過狀注判云：「黄卷有條，即爲故事，依牓。」當時論者善前尹之能復故事焉。自後翺爲司録所毁，無所不言。前尹相告曰：「公以守官直道糾曹，所傷乃至激横，過朝官於某處揖公，見公公事獨立，且又知毁之所來，故塞耳不聽。」翺慮前尹遷改，來者不知爲誰，終獲戾，故後數十日，以軟脚乞將去官。不五六日，亦幸有敕之除替人，因以罷免。

前日閣下偶説及此，云：「近者緣陸司録之故〔八〕，却使復兩廊相見之儀。」此義蓋惑閣下聽者，必曰京兆府之儀如此〔九〕，閣下從事京兆府，習其故而信之焉爾。夫事有同而宜異者，京兆府司録上堂自東門北入，故東西廊相見，得所宜也。河南司録上堂，於側門東入，直抵食堂西門，故舊禮於堂上位立，得所宜矣。若却折向南，是司録之欲自崇，而卑衆官，非所宜也，此事同而宜異者耳。假令司録上堂，由南門北入，河南府二百年舊禮，自可守行，亦不當引京兆府之儀而改之也。況又自側門東入者耶！河南尹，大官也，居之歲久不爲滯。且如故門下鄭相公之德〔一〇〕，而居之六年；閣下之爲河南尹亦近，何知未歸朝廷間，亦有賢者未得其所或來爲曹掾者耶？安可棄舊禮使之立於東廊下，夏則爲暑日之所熾曝，冬則爲風雪之所飄灑，無乃使論者以閣下爲待一司録過厚，而不爲將來賢者之謀耶！且此事某前年辨之，因而獲勝，閣下前日亦自言，某不知有側門故也①。且閣下曹掾，非爲不多，乃無一人執舊禮以堅辨焉，此亦可歎也。

夫聖人然後能免小過。竊恐閣下於此事，思慮或有所未至，而官屬等唯唯走退，莫能進言，則誰與閣下爲水火酸醎少相承者？以大府而苟以自尊者，寡見細人之所行耳。盧司録性甚公方〔一一〕，未必樂此，閣下召問之可也②。伏望不輕改二百年之舊禮，重惜一時之所未達。意盡詞直③，無以越職出位言爲罪，幸甚！某再拜。

【校記】

①「側」，原誤作「測」，據諸本改。　②「可」，原誤作「目」，據諸本改。　③「直」，原作「真」，據汲古閣本、《全唐文》改。

【注釋】

〔一〕貞元二十一年（八〇五）作。卞孝萱等著《韓愈評傳》附閻琦《李翺評傳》：「自貞元十九年末至二十一年（八〇三至八〇五），韋夏卿爲河南尹，李翺爲户曹參軍，其間因『黄卷故事』，與同列司録參軍林某發生争執，雖得韋夏卿迴護，但因林某『盛辭相謗』，而韋夏卿即將改官離任，遂辭職。其任河南府户曹，當不足兩年。任户曹時，翺已移家洛陽，居旌善第。繼任河南尹爲王紹，紹復引翺爲從事，翺致書紹，堅持『黄卷故事』，再爲河南府僚屬，唯不知判何曹事。」此從之，是河南尹謂王紹。時李翺爲河南府僚屬。

〔二〕板牓，佈告，告示。《封氏聞見記》：「選曹每年先立板牓，懸之南院。」

〔三〕黄卷，記録官吏功過，考核能否稱職的專門文書。《唐會要》：「天寶四載十一月，敕御史依舊置黄卷，書闕失，每歲委知雜御史長官比類能否，送中書門下，改轉日褒貶。」

〔四〕司録，官名，晋時置録事參軍，爲公府官，掌總録衆曹文簿，舉彈善惡。唐開元初改爲京尹屬官，掌府事。

〔五〕判司，唐代節度使、州郡長官僚屬，分别掌管批判文牘等事務，亦用以稱州郡佐吏。

〔六〕户曹，地方州縣官府諸曹之一。唐朝諸州置，掌户籍、道路、過所、雜徭、婚姻、田訟、良賤等民事，長官爲司户參軍事。

〔七〕林司録，生平事跡不詳。

〔八〕陸司録，生平事跡不詳。

〔九〕京兆府，唐開元元年（七一三）改雍州置，治所在長安、萬年二縣（今陝西西安）。

〔一〇〕鄭相公，謂鄭餘慶，字居業，鄭州滎陽（今屬河南）人，大曆進士，歷山南西道從事、殿中侍御史、翰林學士、兵部尚書、太子少傅等，封滎陽郡公。《舊唐書》卷一五八、《新唐書》卷一六五有傳。

〔一一〕盧司録，謂盧士瓊，本集卷十五有《故河南府司録參軍盧君墓誌銘》。

寄從弟正辭書〔一〕

知爾京兆府取解〔二〕，不得如其所懷，念勿在意。

凡人之窮達所遇，亦各有時爾，何獨至於賢丈夫而反無其時哉？此非吾徒之所憂也①。其所憂者何？畏吾之道未能到於古之人爾。其心既自以爲到且無謬，則吾何往而不得所樂，何必與夫時俗之人同得失憂喜而動於心乎？借如用汝之所知，分爲十焉，用其九學聖人之道，而知其心，使有餘以與時世進退俯仰，如可求也，則不啻富且貴矣。如非吾力也，雖盡用其十，祇益勞其心矣，安能有所得乎？

汝勿信人號文章爲一藝。夫所謂一藝者，乃時世所好之文，或有盛名於近代者是也；其能到古人者，則仁義之辭也，惡得以一藝而名之哉？仲尼、孟軻殁千餘年矣，吾不及見其人，吾能知其聖且賢者，以吾讀其辭而得之者也。後來者不可期，安知其讀吾辭也，而不知吾心之所存乎？亦未可誣也。夫性於仁義者，未見其無文也；有文而能到者，吾未見其不力於仁義也。由仁義而後文者，性也；由文而後仁義者，習也。由誠明之必相依爾。貴與富，在乎外者也，吾不能知其有無也，非吾求而能至者也，吾何愛而屑屑於其間哉？仁義與文章，生乎内者也，吾知其有也，吾能求而充之者也，吾何懼而不爲哉？汝雖性過於人，然而未能浩浩於其心②〔三〕，吾故書其所懷以張汝，且以樂言吾道云耳。

【校記】

①「徒」，原誤作「從」，據諸本改。　②「於」，原脱，據《全唐文》補。

【注釋】

〔一〕貞元十六年（八〇〇）或十七年（八〇一）作。本集卷七《與陸傪書》「窮愁不能無所述，適有書寄弟正辭」，《與陸傪書》約作於貞元十六年或十七年，此篇當爲同時之作。

〔二〕取解，唐宋科舉制，選送士子應進士第，稱爲「取解」。

〔三〕浩浩，謂胸懷開闊坦蕩。

與翰林李舍人書〔一〕

翺思逃後禍，所冀存身，惟能休罷〔二〕，最愜私志①，從此永已矣，更無健羨之懷〔三〕。況乞得餘年，退脩至道，上可以追赤松、子房之風〔四〕，豈止於比二疏尚平子而已？但舉世好爵祿權柄，具寫此心以告人，人無有少信之者，皆爲不誠之言也。王拾遺是桂州舊僚〔五〕，頗知此志，若與往來，伏望問之，可知其旨②。但以常情見待，豈知失時，還有偏尚之士哉？又近日來，兩施子粗得其説③，未及就正④，當此時使獲長往，亦足以不愧宗門，不負朋友。嘗慕張公以不能取容當世〔六〕，故終身不仕。況向前仕宦，亦以多矣，幸免刑戮，方爾退修⑤，與致令名。年已六十有一，比之諸叔父兄弟，爲得年矣。且不知餘年幾何，意願乞取殘年，以脩所知之道。如或有成，是萬世一遇，縱使無成，且能早知止足，高静與三老死於林藪之下，比其終日矻矻耽樂富貴⑥，而大功德不及於海内，而卒於位者，所失得，伏計舍人必以辨之矣。

以舍人比他見知，故盡其意焉，若非至誠，亦何苦而强發斯言乎？

【校記】

①「私」，原誤作「利」，據諸本改。②「可知其旨」，原爲墨釘，據汲古閣本、《全唐文》補。③「子」、「其説」，原爲墨釘，據《全唐文》補。④「未及就」，原爲墨釘，據《全唐文》補。⑤「爾退修」，原爲墨釘，據《全唐文》補。⑥「其」，原爲墨釘，據汲古閣本、日本本補。

【注釋】

〔一〕文宗大和九年（八三五）五月前作。李舍人，謂李珏。珏字待價，河北趙郡（今河北趙縣）人。擢進士第，又登書判拔萃科。官至户部侍郎、同平章事，終檢校尚書右僕射，淮南節度使。《舊唐書》卷一七三、《新唐書》卷一八二有傳。按，關於此篇作年，羅《譜》據「王拾遺是桂州舊僚」定於大和七年六月以後；何《譜》據「年已六十有一」定於大和八年（八三四）。據文云「年已六十有一」，以翱生於大曆九年推之，此文作時當爲大和九年；又李珏以大和七年（八三三）三月拜中書舍人，九年五月轉户部侍郎，文既稱「翰林李舍人」，是此文之作當在九年五月之前。

〔二〕休罷，謂辭官。

〔三〕健羡，貪欲。《史記·太史公自序》：「至於大道之要，去健羡，絀聰明，釋此而任術。」

〔四〕赤松，傳説中遠古時之仙人。子房，謂張良，字子房，爲劉邦主要謀士。晚好黄老，學辟穀之術。生平事跡見《史記》卷五五《留侯世家》、《漢書》卷四〇《張陳王周傳》。

〔五〕王拾遺，生平事跡不詳。桂州，南朝梁天監六年（五〇七）置桂州於蒼梧、郁林之境，因桂江而得名。

〔六〕張公，謂張摯。摯字長公，西漢南陽堵陽（今屬河南）人，張釋之子。官至大夫，免。以不能取容當世，終身不仕。事見《史記》卷一〇二《張釋之馮唐列傳》。

李翺文集卷第九　表疏七首

論事疏表〔一〕

臣翺言：臣素陋，幸得守職史官，以記録是非爲事。夫通前古治亂安危之大本者，實史臣之任也。臣雖愚，敢懷畏罪之心，而不脩其職？竊見陛下即位以來，招懷不廷之臣，誅寇賊十餘事，刷五聖之憤耻〔二〕，爲後代之根本。自古中興之盛，孰有及者？

自臣得奉詔朝謁以來，親見聖德之所不可及，亦已多矣。至如淄青生口夏侯澄等四十七人〔三〕，皆所宜誅斬者也。陛下知其逆賊所逼脅，質其父母妻子而驅之使戰，其陷惡逆，非其本心，赦而不誅，因詔田弘正隨材任使〔四〕，其欲歸妻子父母者，縱而不禁。臣竊聞夏侯澄等既得生歸，淄青賊兵聞之，莫不懷陛下好生寬惠之德，而遂無拒戰官軍之心矣。劉悟所以能一夕而擒斬師道者〔五〕，以三軍之心皆以苦師道而思陛下之德，故能不費日而成大功也。此聖德之所不可及者一也。今歲關中夏麥甚盛，陛下哀民之窮困，特下明詔①，放夏税約十萬石，朝臣相顧，皆有喜色，百姓歌樂，遍於草野。此謂聖德之所不可及者二也②。韓弘獻女樂〔六〕，陛下不受，却而賜之。昔者魯用孔子，齊人恐懼，遺之女樂，季桓子受之，君臣共觀，而三日不朝，故孔子去魯〔七〕。陛下超然獨見，遂以歸之。此聖德之所不可及者三也。出李宗奭妻女於掖廷〔八〕，以莊宅却賜沈遵師〔九〕，聖明寬恕，億兆欣感者，不可備紀。若下詔出令，一一皆類於此，武德、貞觀不難及，太平可反掌而致矣。

臣以爲定禍亂者，武功也；能復制度興太平者，文德也。非武功不能以定禍亂，非文德不能以致太平。今陛下既以武功平禍亂，定海内，能爲其難者矣。若革去弊事，復高祖、太宗之舊制，用忠正而不疑，屏邪佞而不近，改税法不督犯御名改，下同。錢而納布帛，絶進獻以寬百姓税租之重，厚邊兵以息蕃戎侵掠之患，數引見待制官問以時事③〔一〇〕，以通擁蔽之路。故用忠正而不疑，則功德成；屏邪佞而不近，則視聽聰明；改税法不督錢而納布帛，則百姓足；絶進獻以寬百姓租税之重，則下不困；厚邊兵以息蕃戎侵掠之患，則天下安；數引見待制官問以時事，以通擁蔽之路，則下情達。凡此六者，政之根本，太平之所以興。陛下既以能行其難者矣，又何惜不速其易爲者乎？

以臣伏覩陛下，上聖之姿也。如不惑近習容悦之詞，選用骨鯁正直之臣，與之脩復故事而行之，以興太平，可不勞而功成也。若一日不以爲事，臣恐大功之後，易生逸樂，而群臣進言者，必曰：「天下既以太平矣，陛下可以高枕而爲宴樂矣。」若如此，則高祖、太宗之制度，不可以復矣；制度不復，則太平未可以遽至矣。臣竊惜陛下聖質，當可興之時，而尚謙讓未爲也。

臣謹條疏興復太平大略六事，別白於後。若行此六者，五年不變，臣必知百姓樂康，蕃虜入侍，天垂景星〔二〕，地湧醴泉，鳳凰鳴於山林，麒麟遊於苑囿。此無他，和氣之所感也。《詩》曰：「先人有言，詢於芻蕘〔三〕。」伏惟陛下明聖，思博聞天下之事以助政理。故臣敢忘其懦愚而盡忠焉。無任感恩激切之至，謹奉表以聞。臣誠惶誠恐，頓首，頓首。謹言。

【校記】

①「特」，原誤作「時」，據《全唐文》改。②「謂」，《全唐文》無此字，據下文，近是。③「制」下，原衍「之」字，據《全唐文》刪。

【注釋】

〔一〕此《表》及下《疏用忠正》《疏屏奸佞》《疏改税法》《疏絶進獻》《疏厚邊兵》並元和十四年（八一九）作。《通鑑》二四一元和十四年「四月……丙子，詔度以門下侍郎、同平章事，充河東節度使。皇甫鎛專以掊克取媚，人無敢言者……史館修撰李翺上言。……」李翺所上，即此《論事疏表》；《表》云「條疏興復太平大略六事」即下《疏用忠正》《疏屏奸佞》《疏改税法》《疏絶進獻》《疏厚邊兵》，唯「疏數引進待制官問以時事」闕。

〔二〕五聖，謂玄宗隆基、肅宗亨、代宗豫、德宗适、順宗誦。

〔三〕淄青，唐、五代方鎮名，又作平盧、平盧淄青。寶應元年（七六二）置，治青州（今屬山東）。大曆、元和間李正己、李納、李師道割據時曾移治鄆州（今山東東平西北），爲當時重要藩鎮之一。元和十四年（八一九）被唐平定後，轄境縮小。夏侯澄，李師道部將，爲師道都知兵馬使，從師道叛亂。元和十三年十二月被擒，詔釋付魏博及義成軍收管。

〔四〕田弘正，注見本集卷七《勸裴相不自出征書》。

〔五〕劉悟，懷州武陟（今屬河南）人。元和十四年，李師道叛亂，以都知兵馬使拒官軍，爲師道所疑，乃倒戈殺師道，以功拜義成軍節度使，封彭城郡王。《舊唐書》卷一六一、《新唐書》卷二一四有傳。李師道，高麗人，李師古異母弟。師古死，繼任淄青節度留後諸職。憲宗討蔡，師道陰援之，又使人殺武元衡、傷裴度。元和十四年詔諸軍圍攻，爲部將劉悟所殺。《舊唐書》一二四、《新唐書》二一三有傳。

〔六〕韓弘，潁川（今河南許昌）人，初事其舅劉玄佐，後爲宣武軍節度副大使。憲宗元和時，用兵淮西，拜諸軍行營都統，陰爲阻撓。師道伏誅，懼請入朝，拜司徒、中書令。

〔七〕《論語・微子》：「齊人饋女樂，季桓子受之，三日不朝。孔子行。」

〔八〕李宗奭，元和初爲監察御史，後爲滄州刺史，以與本道節度使鄭權不協，權劾奏，詔追之，宗奭諷滄州軍吏留己，將吏懼，共逐之，宗奭奔京師，斬之獨柳樹下。事見《舊唐書》卷一六二、《新唐書》卷一五九《鄭權傳》。

〔九〕沈遵師，生平事跡不詳。

〔一〇〕待制官，唐太宗貞觀初選京官五品以上，更宿中書、門下省，以備咨詢政事，稱爲待制官。高宗永徽以後，以學士、文人待制；玄宗先天時以京「清官」及「朝集使」六品以上，每日兩人隨仗待制，開元二十四年（七三六），令百官更直待制，德宗建中二年（七八一）令中書、門下兩省分置三十員，其後正衙待制，每日二人，議論時政，指陳得失，以備咨詢政事。

〔一一〕景星，大星，德星，瑞星。古謂現於有道之國。

〔一二〕「先人有言，詢於芻蕘」，出《詩經·大雅·板》。

疏用忠正〔一〕

臣聞：國之所以興者，主能信任大臣，臣能以忠正輔主。故忠正者，百行之宗也。大臣忠正，則小臣莫敢不爲正矣；小臣莫敢不爲正，則天下後進之士皆樂忠正之道矣；後進之士皆樂行忠正之道，是王化之本，太平之事也。

今之語者必曰：「知人邪正，是堯舜之所難也，焉得知忠正之人而用之耶？」臣以爲察忠正之人，蓋有術焉：能盡言憂國，而不希恩容者，此忠正之徒也。夫忠正之人，亦各自有黨類，邪臣嫉而讒之必矣①，且以爲相朋黨矣。夫舜、禹、稷、契之相稱贊也〔二〕，不爲朋；顔、閔之相往來也，不爲黨〔三〕。皆在於講道德仁義而已。邪人嫉而讒之，且以爲朋黨，用以惑時主之聽，從古以來，皆有之矣。故蕭望之〔四〕、周堪〔五〕、劉向謀退許、史〔六〕，竟爲邪臣所勝。漢元帝不能辨，而終任用邪臣。漢室之衰，始於元帝，此不可不察也。故聽其言能數逆於耳者，忠正之臣也，雖任之，雜以邪佞之臣，則太平必不能成矣。

文宣王曰〔七〕：「十室之邑，必有忠信如丘者焉〔八〕。」故忠信之人不難有也，在陛下辨而用之，各以類進之而已。臣故曰：用忠正而不疑，則功德成。

【校記】

①「矣」，原爲墨釘，據汲古閣本補。

【注釋】

〔一〕元和十四年（八一九）作。所謂「忠正」，隱指裴度。

〔二〕稷，古代周族始祖，名棄。好農耕，善於稼穡。堯、舜時曾任農官，教民耕種，號曰「后稷」。契，傳説中商部族始祖，佐禹治水有功，被舜任爲司徒，掌管教化，封於商。

〔三〕顔，謂顔回。閔，謂閔損。

〔四〕蕭望之，字長倩，西漢東海蘭陵（今屬山東）人。歷任諫議大夫、御史大夫、太子太傅等職。元帝時爲中書令弘恭、石顯所陷，自殺。《漢書》卷七八有傳。

〔五〕周堪，字少卿，西漢齊郡（今屬山東）人。宣帝時爲太子少傅。元帝即位，爲光禄大夫，領尚書事，爲中書令石顯所譖，免官，含恨而終。《漢書》卷八八有傳。

〔六〕劉向，本名更生，字子政，西漢沛縣（今屬江蘇）人，楚元王四世孫。元帝時任宗正，上書彈劾外戚、宦官專權，貶爲庶人。成帝即位，拜光禄大夫，終中壘校尉。《漢書》卷三六有傳。許、史，漢宣帝外戚許伯、史高並稱。許伯，宣帝皇后父；史高，宣帝外家也。

〔七〕文宣王，唐玄宗開元二十七年封孔子爲「文宣王」。

〔八〕「十室之邑，必有忠信如丘者焉」，出《論語·公冶長》。

疏屏姦佞〔一〕

臣聞：孔子遠佞人〔二〕，言不可以共爲國也。凡自古奸佞之人可辨也，皆不知大體，不懷遠慮，務於利己，貪富貴，固榮寵而已矣。必好甘言諂辭，以希人主之欲。主之所貴，因而賢之；主之所怒，因而罪之；主好利，則以獻蓄聚斂剥之計；主好聲色，則開妖艷鄭衛之路；主好神仙，則通燒鍊變化之術。望主之色，希主之意，順主之言，而奉承之。人主悦其不違於己，因而親之，以至於事失怨生而不聞也。若事失怨生而不聞，其危也深矣。自古奸邪之人，未有不如此者也。

然則雖堯、舜爲君，稷、契爲臣，而雜之以奸邪之人，則太平必不可興，而危事潛生矣。所謂奸邪之臣者，榮夷公〔三〕、費無極〔四〕、太宰嚭〔五〕、王子蘭〔六〕、王鳳〔七〕、張禹〔八〕、許敬宗〔九〕、楊再思〔一〇〕、李義府〔一一〕、李林甫〔一二〕、盧杞〔一三〕、裴延齡之比是也〔一四〕。姦佞之臣信用，大則亡國，小則壞法度而亂生矣。

今之語者必曰：「知人邪正，是堯、舜之所難也，焉得知其邪佞而去之耶？」臣以爲察奸佞之人，亦有術焉：主之所欲，皆順不違，又從而承奉先後之者，此奸佞之臣也。不去之，雖用稷、契爲相，不能以致太平矣。故人主之任奸佞，則耳目壅蔽；耳目壅蔽，則過不聞而忠正不進矣。臣故曰：屏奸佞而不近，則視聽聰明。

【注釋】

〔一〕元和十四年（八一九）作。屏，除去，排除。所謂「姦佞」，隱指皇甫鎛。

〔二〕《論語·衛靈公》：「顔淵問爲邦。子曰：『行夏之時，乘殷之輅，服周之冕。樂則韶舞，放鄭聲，遠佞人。鄭聲淫，佞人殆。』」

〔三〕榮夷公，周厲王卿士。建議厲王專利，引發國人反抗，流厲王於彘。事見《史記》卷四《周本紀》。

〔四〕費無極，一作無忌，春秋時楚國人。楚平王太子建少傅，讒害武奢父子及太子建。昭王即位，爲令尹子常所殺。事見《史記》卷四〇《楚世家》。

〔五〕太宰嚭，即伯嚭，春秋末楚國人。入吴，有寵於吴王闔閭。吴敗越，文種賄嚭，説夫差許和。越滅吴，爲越王勾踐所殺。事見《史記》卷三一《吴太伯世家》。

〔六〕王子蘭，戰國時楚國人，懷王幼子。力勸懷王入秦，致懷王客死。頃襄王以爲令尹，使上官大夫讒害屈原，放屈原於江南。事見《史記》卷四〇《楚世家》、卷八四《屈原賈生列傳》。

〔七〕王鳳，字孝卿，西漢東平（今山東濟南東）人，元帝后政君兄。成帝時以外戚爲大司馬、大將軍，領尚書事，專斷朝政。

〔八〕張禹，字子文，西漢河内軹（今河南濟源西南）人。成帝時以帝師任光禄大夫，領尚書事，並代王商爲相，封安昌侯。《漢書》卷八一有傳。

〔九〕許敬宗，注見本集卷七《論事於宰相書》。

〔一〇〕楊再思，鄭州原武（今河南原陽）人。少舉明經，歷事高宗、則天、中宗，知政事十餘年。爲人巧佞邪媚，善於逢迎。《舊唐書》卷九〇、《新唐書》卷一〇九有傳。

〔一一〕李義府，注見本集卷七《論事於宰相書》。

〔一二〕李林甫，唐宗室。累官國子司業、御史中丞，歷刑、吏二侍郎、禮部尚書，同中書門下三品。在朝十九年，專政自恣，朝野側目。《舊唐書》卷一〇六、《新唐書》卷二二三有傳。

〔一三〕盧杞，字子良，滑州靈昌（今河南滑縣西南）人，以門蔭入仕。德宗時爲門下侍郎、同中書門下平章事。爲人奸詐，妒賢嫉能。《舊唐書》卷一三五、《新唐書》卷二二三有傳。

〔一四〕裴延齡，河東（今山西永濟西南）人。歷遷太常博士、司農少卿，權領度支。擢户部侍郎，益事搜刮，以險僞罔上。《舊唐書》卷一三五、《新唐書》卷一六七有傳。

疏改税法〔一〕

臣以爲自建中元年初定兩税〔二〕，至今四十年矣。當時絹一匹爲錢四千，米一斗爲錢二百，税户之輸十千者，爲絹二匹半而足矣。今税額如故，而粟帛日賤，錢益加重，絹一匹價不過八百，米一斗不過五十，税户之輸十千者，爲絹十有二匹然後可，况又督其錢使之賤賣者耶？假令官雜虚估以受之，尚猶爲絹八匹，乃僅可滿十千之數，是爲比建中之初，爲税加三倍矣。雖明詔屢下，哀恤元元〔三〕，不改其法，終無所救。

然物極宜變，正當斯時。推本弊乃錢重而督之於百姓之所生也。錢者，官司所鑄；粟帛者，農之所出。今乃使農人賤賣粟帛，易錢入官，是豈非顛倒而取其無者耶？由是豪家大商，皆多積錢以逐輕重。故農人日困，末業日增，一年水旱，百姓菜色，家無滿歲之食，况有三年之蓄乎？百姓無三年之積，而望太平之興，亦未可也。

今若詔天下，不問遠近，一切令不督見錢，皆納布帛。凡官司出納，以布帛爲准，幅廣不得過一尺九寸，長不過四十尺，比兩税之初，猶爲重加一尺，然百姓自重得輕，必樂而易輸，不敢復望如建中之初矣。行之三五年，臣必知農人漸有蓄積，雖遇一年水旱，未有菜色，父母、夫婦能相保矣。若税法如舊，不速更改，雖神農、后稷復生，教人耕織，勤不失時，亦不能躋於充足矣。故臣曰：改税法，不督錢而納布帛，則百姓足。

【注釋】

〔一〕元和十四年（八一九）作。文云「自建中元年初定兩税，至今四十年矣」，建中元年下推四十年，正爲元和十四年。時李翱任國子博士、史館修撰。

〔二〕建中元年初定兩税，建中元年，德宗採用宰相楊炎建議實行兩税法，「居人之税，秋夏兩征之，夏税無過六月，秋税無過十一月。其租庸調雜徭悉省，皆總於度支」。

〔三〕元元，百姓，庶民。《戰國策·秦策一》：「制海内，子元元，臣諸侯，非兵不可。」高誘注：「元，善也，民之類善故稱元。」

疏絶進獻〔一〕

臣以爲自建中以來，税法不更，百姓之困，已備於前篇矣。今節度觀察使之進獻〔二〕，必曰：「軍府羨餘，不取於百姓。」且供軍及留州錢，各有定額，若非兵士闕數不填，及減刻所給，則錢帛非天之所雨也，非如泉之可涌而生也，不取於百姓，將安取之哉？故有作官店以居商賈者，有釀酒而官沽者，其他雜率巧設名號，是皆奪百姓之利，虧三代之法，公託進獻，因得自成其私，甚非太平之事也。比年天下皆厚留度支錢蓄兵士者，以中原之有寇賊也。今吴元濟、李師道皆梟斬矣〔三〕，中原無虞，而蓄兵如故，以耗百姓，臣以爲非是也。

若選通達吏事之臣三五人往諸道①，與其節度使、團練使言〔四〕，每道要留兵數，以備鎮守，責其兵士見在實數，因使其逃亡不補，自可以每年十銷一矣。告之以中原無事，蕃夷可虞，每道宜配兵若干人，取其衣糧以賜邊兵，而召戰士使邊兵實，則蕃夷不足慮也。

夫錢帛，皆國家之錢帛也，宜作明法以取之是也。若使通達吏事之臣往使焉，雖其將帥之不盡誠者②，亦不敢有所隱矣。今受進獻，則節度使、團練使皆多方刻下爲蓄聚，其自爲私者三分，其所進獻者一分也。是豈非兩税之外，又加税焉。百姓之所不樂其業，而父子、夫婦或有不能相養矣。父子、夫婦不能相養，而望太平之興，雖婦人、女子皆知其未可也。臣故曰：絶進獻以寬百姓税租之重，則下不困。

【校記】

①「通」，原脱，據《全唐文》補。　②「盡誠」二字，原倒，據《全唐文》乙正。

【注釋】

〔一〕元和十四年（八一九）作。文云「臣以爲自建中以來，税法不更，百姓之困，已備於前篇矣」，知此與《疏改税法》爲同時先後之作。時李翱任國子博士、史館修撰。

〔二〕節度觀察使，即節度使與觀察使。節度使，唐始置，掌總軍旅，專誅殺，一攬民政財用。觀察使，唐肅宗乾元元年（七五八）停諸道採訪處置使、處置使而置，掌考察州縣官吏政績，後兼理民事、軍事，並兼刺史，主要設於不設節度使的地區。

〔三〕吴元濟，唐滄州清池（今屬河北）人，吴少陽子。憲宗元和九年（八一四），因襲位不遂，自領軍務，後爲裴度討伐，將士叛離。李愬雪夜襲蔡，元濟被俘，斬首長安。《舊唐書》卷一四五、《新唐書》卷二一四有傳。李師道，注見本卷《論事疏表》。

〔四〕團練使，唐於未設節度使的地區設都團練使、團練使，掌本地區軍事，常與觀察使、防禦使互兼。

疏厚邊兵〔一〕

臣以爲方今中原無事，其慮者蕃戎與北虜而已。議者以爲邊備尚虚，皆可憂矣！兵法有之曰：「不恃敵之不來，恃此之不可勝〔二〕。」今國家威武達于四夷，其不敢犯邊爲寇，雖已明矣，然蕃戎如犬羊也，安識禮義，而必其不爲寇哉？且去歲犯邊，足以明矣。

臣以爲使緣邊諸節度使特共召戰士十萬人，每歲不過費錢一百萬貫，則邊備實矣。邊上有召戰之聲，達于四夷，四夷心伏①，不敢爲盜矣。四夷不敢爲盜，邊鄙之人得無兵戰之苦，則京師可高枕而視矣②。

【校記】

①「伏」，《全唐文》作「服」。　②「視」，汲古閣本作「卧」。

【注釋】

〔一〕元和十四年（八一九）作。文云「然蕃戎……去歲犯邊，足以明矣」，《通鑑》元和十三年下：「十一月辛巳朔，鹽州奏吐蕃寇河曲、夏州。」足爲佐證。時李翱任國子博士、史館修撰。

〔二〕「不恃敵之不來，恃此之不可勝」，《孫子兵法·九變篇》：「用兵之法，無恃其不來，恃吾有以待之；無恃其不攻，恃吾有所不可攻也。」

李翺文集卷第十　奏議狀六首

百官行狀奏〔一〕

右，臣等無能，謬得秉筆史館，以記注爲職。夫勸善懲惡，正言直筆，紀聖朝功德，述忠臣、賢士事業，載奸臣、佞人醜行，以傳無窮者，史官之任也。

伏以陛下即位十五年矣，乃元年平夏州〔二〕；二年平蜀，斬闢〔三〕；三年，平江東，斬錡〔四〕，張茂昭〔五〕，遂得易、定①〔六〕；五年，擒從史〔七〕，得澤、潞、邢、洺、磁②〔八〕；七年，田弘正以魏、博六州來受常貢〔九〕；十二年，平淮西，斬元濟〔一〇〕；十三年，王承宗獻德、棣〔一一〕，入管内租稅③，滄、景除吏〔一二〕；十四年，平淄青〔一三〕，斬師道〔一四〕，得十二州。神斷武功，自古中興之君，莫有及者。而自元和以來，未著實録，盛德大功，史氏未紀。忠臣、賢士名德，甚有可爲法者；逆臣、賊人醜行，亦有可爲誡者，史氏皆闕而未書，臣實懼焉。故不自量，輒欲勉强而脩之。

凡人之事蹟，非大善大惡，則衆人無由知之。故舊例皆訪問於人，又取行狀謚議，以爲一據。今之作行狀者，非其門生，即其故吏，莫不虚加仁、義、禮、智，妄言忠、肅、惠、和。

或言盛德大業，遠而愈光；或云直道正言，殁而不朽，曾不直叙其事，故善惡混然不可明。至如許敬宗、李義府、李林甫〔一五〕，國朝之奸臣也，其使門生故吏作行狀，既不指其事實，虚稱道忠信以加之，則可以移之於房玄齡、魏徵、裴炎、徐有功矣〔一六〕。此不惟其處心不實，苟欲虚美於所受恩之地而已，蓋亦爲文者又非遊、夏、遷、雄之列，務於華而忘其實，溺於辭而棄其理。故爲文則失六經之古風，記事則非史遷之實録，不如此，則辭句鄙陋，不能自成其文矣。由是事失其本，文害於理，而行狀不足以取信。若使指事書實，不飾虚言，則必有人知其真僞，不然者，縱使門生故吏爲之，亦不可以謬作德善之事，而加之矣。

臣今請作行狀者，不要虚説仁、義、禮、智、忠、肅、惠、和，盛德大業，正言直道，蕪穢簡册，不可取信，但指事説實，直載其詞，則善惡功跡，皆據事足以自見矣。假令傳魏徵，但記其諫争之詞，足以爲正直矣。如傳段秀實〔一七〕，但記其倒用司農寺印以追逆兵，又以象笏擊朱泚〔一八〕，自足以爲忠烈矣。今之爲行狀者，都不指其事，率以虚詞稱之，故無魏徵之諫争，而加之以正直；無秀實之義勇，而加之以忠烈者，皆是也，其何足以爲據？若考功視行狀之不依此者不得受，依此者乃下太常，並牒史館，太常定謚，牒送史館，則行狀之言，縱未可一一皆信，與其虚加妄言都無事實者，猶山澤高下之不同也。

史氏記録，須得本末，苟憑往例，皆是空言，則使史館何所爲據？伏乞下臣此奏，使考功守行善惡之詞，雖故吏門生，亦不能虚作而加之矣。

臣等要知事實，輒敢陳論，輕黷天威，無任戰越。謹奏。

【校記】

①「張茂昭遂得易定」，據《新唐書·憲宗本紀》元和五年十月，「張茂昭以易、定二州歸于有司」，韓愈《論補賊行賞表》云「致張茂昭、張愔，收易、定、徐、泗、濠等五州」，注云：「易、定二州，張茂昭所管」，則此文必有脱誤，疑「張」上脱「致」字。或下文「五年」亦當置于此句之前。②「從史」，成化本作「史憲誠」；「洺、磁」，原爲空格，今據韓愈《論補賊行賞表》云「縛盧從史，收潞澤等五州」，祝充注「五州，潞澤刑洺磁」，補入「洺磁」二字。③「管内」二字，原脱，據汲古閣本補。按，《舊唐書·憲宗紀》：「請獻德棣二州，兼入管内租税。」

【注釋】

〔一〕元和十四年（八一九）作。文云「陛下即位十五年矣」，述憲宗功績至「十四年平淄青，斬師道，得十二州」，知此爲元和十四年作。時李翺爲國子博士、史館修撰，故文有「臣等無能，謬得秉筆史館，以記注爲職」之辭。

〔二〕夏州，北魏升統萬鎮置，治所在化政郡巖緑縣（唐改名朔方，今陝西靖邊縣北白城子）。

〔三〕闢，謂劉闢，字太初，德宗貞元進士，憲宗拜爲檢校工部尚書、劍南西川節度使。闢求統三川，高崇文取東川，詔奪其官職，械送京師，斬之。《舊唐書》卷一四〇、《新唐書》卷一五八有傳。

〔四〕錡，謂李錡，唐宗室，以父蔭累至湖、杭二州刺史，鎮海軍節度使，德宗甚寵之。憲宗立，召拜左僕射，錡稱疾遷延不行，遂叛。未幾，兵敗被斬。《舊唐書》卷一一二、《新唐書》卷二二四有傳。

〔五〕張茂昭，本名升雲，孝忠子，以父蔭入仕，拜定州刺史，充節度觀察留後，旋拜義武軍節度使，極受寵遇。《舊唐書》卷一四一、《新唐書》卷一四八有傳。

〔六〕易，謂易州，隋開皇元年（五八一）改南營州置，治所在今河北易縣，因境内易水得名。定，謂定州，北魏改安州置，治所在盧奴縣（北齊改爲安喜縣，今河北定州）。

〔七〕從史，謂盧從史。原爲澤潞節度使李長榮部將，長榮卒，擢爲昭義軍節度使，漸狂恣不道，後爲憲宗設計擒獲，貶驩州司馬，賜死。《舊唐書》卷一三二、《新唐書》卷一四一有傳。

〔八〕澤，謂澤州，隋開皇初以建州改置，治高都縣（今山西晋城東北）。唐武德元年（六一八）别置澤州，治澤縣（今山西陽城）。潞，謂潞州，北周宣政元年（五七八）置，治襄垣縣（今屬山西）。隋開皇時移治壺關縣，唐移治上黨縣（今山西長治）。邢，謂邢州，隋開皇十六年（五九六）置，治龍崗縣（今河北邢臺）。洺，謂洺州，北周宣政元年置，因境有洺水，故名，治所在永年縣（今河北永年縣東南）。磁，謂磁州，隋開皇十年置，治所在滏陽縣（今河北磁縣）。唐武德元年（六一八）分相州復置，貞觀元年（六二七）又廢。永泰元年（七六五）復置。

〔九〕田弘正，注見本集卷七《勸裴相不自出征書》。

〔一〇〕元濟，謂吴元濟，注見本集卷七《勸裴相不自出征書》。

〔一一〕王承宗，注見本集卷七《勸裴相不自出征書》。德，謂德州，隋開皇九年（五八九）置，治所在安德縣（今山東陵縣）。棣，謂棣州，隋開皇六年（五八六）置，治所在陽信縣（今山東陽信縣西南）。

〔一二〕滄，謂滄州，武德元年（六一八）置，治所在清池縣（今河北滄縣東南）。景，謂景州，唐貞元二年（七八六）置，治所在弓高縣（今河北阜城縣東北）。

〔一三〕淄青，注見本集卷七《勸裴相不自出征書》。

〔一四〕師道，謂李師道，注見本集卷九《論事疏表》。

〔一五〕許敬宗、李義府、李林甫，注並見本集卷九《疏屏姦佞》。

〔一六〕裴炎，字子隆，絳州聞喜（今屬山西）人。明經擢第，高宗時官至中書令，受遺詔輔佐中宗。則天臨朝，徐敬業等起兵反叛，炎獲罪被殺。《舊唐書》卷八七、《新唐書》卷一一七有傳。徐有功，名弘敏，以字行，河南偃師人。擢明經第，授蒲州司法參軍，累進司刑丞。則天時，歷遷秋官郎中、司刑少卿，官終司僕少卿。《舊唐書》卷八五、《新唐書》卷一一三有傳。

〔一七〕段秀實，字成公，隴州汧陽（今陝西千陽）人。肅宗時，累官涇州刺史。德宗建中元年（七八〇），召爲司農卿。朱泚叛，秀實陽與合，一日與泚計事，突奪象笏擊之，遂遇害。《舊唐書》卷一二八、《新唐書》卷一五三有傳。

〔一八〕朱泚，幽州昌平（今屬北京）人。初爲幽州盧龍節度使李懷仙部將，德宗時以太尉銜留居長安。

涇原兵嘩變，德宗出奔奉天，泚被擁立爲帝，建國號秦。李晟復京師，泚爲部將所殺。《舊唐書》卷二〇〇、《新唐書》卷二二五有傳。

陵廟日時朔祭議〔一〕

徵事郎〔二〕、守國子博士〔三〕、史館修撰臣李翺等謹獻議曰〔四〕：

《國語》曰：「王者日祭〔五〕。」《禮記》曰：「王立七廟，皆月祭之〔六〕。」《周禮》不載日祭、月祭，惟四時之祭，禴、祠、蒸、嘗〔七〕。漢朝皆雜而用之。蓋遭秦火，《詩》、《書》、《禮》經燼滅，編殘簡缺，漢乃求之。先儒穿鑿，各伸己見，皆託古聖賢之名，以信其語，故其所記各不同也。古者廟有寢而不墓祭，秦、漢始建寢廟於園陵，而上食焉。國家因之而不改。貞觀、開元禮並無宗廟日祭、月祭之禮，蓋以日祭、月祭既已行於陵寢矣。故太廟之中，每歲五享、六告而已。不然者，房玄齡、魏徵之輩，皆一代名臣，窮極經史，豈不見《國語》、《禮記》有日祭、月祭之辭乎？斯足以明矣。

伏以太廟之享，籩豆牲牢，三代之通禮，是貴誠之義也。園寢之奠，改用常饌，秦、漢之權制，乃食味之道也。今朔望上食於陵寢，修秦、漢故事，斯爲可矣。若朔望上食於太廟，豈非用常褻味而貴多品乎〔八〕？且非《禮》所謂「至敬不享味而貴氣臭」之義也。《傳》

稱：「屈到嗜芰，有疾，召其宗老而囑之曰：『祭我必以芰。』及祭薦芰，屈建命去芰，而用羊饋籩豆脯醢。君子是之〔九〕。」言事祖考之義，當以禮爲重，不以其生存所嗜爲獻，蓋明非食味也。然則薦常饌於太廟，無乃與薦芰爲比乎？且非三代聖王之所行也。況祭器不設俎豆，祭官不命三公，執事者唯宮闈令、宗正卿而已〔一〇〕。謂之上食可也，安得以爲祭乎？且時享於太廟，有司攝事，祝文曰：「孝曾孫皇帝臣某，謹遣太尉臣名，敢昭告于高祖神堯皇帝、祖妣太穆皇后竇氏。時惟孟春，永懷罔極。謹以一元大武、柔毛、剛鬣、明粢薌萁，嘉蔬醴齊，敬修時享，以申追慕，尚享。」此祝詞也。前享七日質明，太尉誓百官於尚書省曰：「某日時享于太廟，各揚其職。不供其事，國有常刑。」凡陪享之官，散齋四日，致齋三日〔一一〕，然後乃可以爲祭也。宗廟之禮，非敢擅議，雖有知者，其誰敢言？故六十餘年，行之不廢。

今聖朝以弓矢既櫜〔一二〕，禮樂爲大，故下百僚，使得詳議。臣等以爲貞觀、開元禮並無太廟上食之文，以禮節情，罷之可也。至若陵寢上食，采《國語》、《禮記》日祭、月祭之詞，因秦、漢之制，修而存之，以廣孝道，可也。如此，則經義可據，故事不遺。大禮既明，永息異論，可以繼二帝、三王，而爲萬代法。與其黷禮越古，貴因循而憚改作，猶天地之相遠也。謹議。

【注釋】

〔一〕元和十四年（八一九）作。《舊唐書·李翺傳》：「（元和）十四年，太常丞王涇上疏請去太廟朔望上食，詔百官議。……翺奏議曰……」翺所奏議，當即此篇。時李翺爲國子博士、史館修撰。

〔二〕徵事郎，唐代正八品下文散官。

〔三〕國子博士，晋武帝咸寧四年（二七八）始立，隋唐以後，國子學隸國子監，國子博士爲國子學授業的最高學官。

〔四〕史館修撰，唐天寶以後，他官兼領史職者，稱史館修撰，初入史館者稱爲直館。

〔五〕「王者日祭」，出《國語·楚語下·觀射父論祀牲》：「是以古者先王日祭、月享、時類、歲祀。」

〔六〕「王立七廟，皆月祭之」，出《禮記·祭法》：「是故王立七廟，一壇一墠，曰考廟，曰王考廟，曰皇考廟，曰顯考廟，曰祖考廟，皆月祭之。」

〔七〕禴、祠、蒸、嘗，古代四時之祭，春曰祠，夏曰禴，秋曰嘗，冬曰蒸。

〔八〕褻味，平素嗜好的食品。《禮記·郊特牲》：「籩豆之實，水土之品也，不敢用褻味，而貴多品。」

〔九〕「屈到嗜芰……君子是之」，屈到，字子夕，春秋時楚國人。康王時任莫敖，嗜食芰，有疾將死，囑其宗人祭必以芰。及死後周年，宗人用芰祭。其子屈建謂不以私慾干國典，乃不用。屈建，字子木，屈到子。事見《左傳·襄公二十二年》，又見《國語·楚語上》。

〔一〇〕宫闈令，内侍省宫闈局長官，置二員，從七品下。掌侍奉宫闈，出入管鑰。宗正卿，秦漢皆置，爲宗正長官，唐因之，高宗、武則天時曾隨本寺改名司宗正卿、司屬卿，尋各復舊。玄宗開元二十五年（七三七）以來，或兼掌諸宗廟、陵臺及崇玄署。

〔二〕散齋四日，致齋三日，《禮記·祭義》：「致齋於内，散齋於外。」

〔三〕橐，收藏；儲藏。

與本使李中丞論陸巡官狀〔一〕

古人有言：君之視臣如犬馬，則臣之視君如國人；君之視臣如土芥，則臣之視君如仇讎。上之所以禮我者厚，則我之所以報者重。故豫讓以衆人報范中行，而漆身吞炭以復趙襄子之讎〔二〕，其所以待之，各不同也。

閣下既嘗罰推官直矣〔三〕，又將請巡官狀矣，不識閣下將欲爲能吏哉？將欲爲盛德哉？若欲爲能吏，即故江西李尚書之在江西是也〔四〕。閣下如此行之，不爲過矣。若欲爲盛德，亦惟不惜聽九九之説〔五〕，或冀少以裨萬一。閣下既罰推官直，又請陸巡官狀，獨不慮判官輩有如穆生者〔六〕，見醴酒不設，遂相顧而行乎？陸巡官處分所由，不得於使院責狀科決〔七〕，而於宅中決，地界虞候，是初仕之未適中也。閣下既與之爲知己矣，召而教之可也；不從，退之可也。若判令通狀，但恐閣下之所失者，無乃大於陸巡官乎？

翺受恩於閤下也深，而與陸巡官之交尚淺，其所深者，誠欲閤下之爲全德也。若信其所言，即伏望使人收取元判，召而語之，闔府賓寮，孰不幸甚！如以爲小生之言，不足聽也，我富貴人也，何爲而不可哉？即敢不惟公命。翺再拜。

【注釋】

〔一〕元和六年（八一一）或七年（八一二）作。李中丞，謂李遜。遜字友道，荆州石首（今屬湖北）人。登進士第，歷任池、濠、衢、越、襄、許諸州刺史，充忠武軍節度使，終刑部尚書。《舊唐書》卷一五五、《新唐書》卷一六二有傳。按，據《刺史考》，元和五年（八一〇），以李遜爲越州刺史、浙東觀察使，同年十二月李翺赴浙東爲李遜幕下觀察判官，此當即元和六年或七年翺在浙東李遜幕府時所作，故以「本使」稱之。中丞，御史中丞簡稱，秦漢皆置。唐御史中丞正四品下，爲御史大夫佐官，御史臺副長官。巡官，唐代節度使、觀察使、團練使、防禦使屬官，位判官、推官下。陸巡官，生平事跡不詳。

〔二〕豫讓，春秋戰國之際晋國人。初事范氏及中行氏，後事智伯，趙襄子與韓、魏滅智氏，讓遁逃山中，以爲士爲知己者死，必爲智伯報仇。漆身爲癩，吞炭爲啞，謀刺襄子，爲襄子所獲，伏劍而死。事見《史記》卷八六《刺客列傳》。

〔三〕推官，唐始置，節度使、觀察使、團練使、防禦使、採訪處置使下皆設一員，爲長官之佐，位在使、副使、判官之下，掌推勾獄訟之事。

〔四〕江西李尚書，謂李巽。李巽，字領叔，趙州贊皇（今河北趙縣）人，以明經補華州參軍，歷湖南、江西觀察使、兵部侍郎、度支鹽鐵使、兵部尚書、吏部尚書等。精於吏職，善理財。《舊唐書》卷一二三、《新唐書》卷一四九有傳。

〔五〕九九，算數乘法名。以一至九每二數順序相乘，上古時係由九九自上而下，而至一一，故稱「九九乘法」。《漢書·梅福傳》：「臣聞齊桓之時，有以九九見者，桓公不逆，欲以致大也。」

〔六〕穆生，西漢人。楚元王劉交少時，與生同從浮丘伯受《詩》。及爲楚王，以生爲中大夫。生不嗜酒，元王常爲設醴。及王劉戊嗣位，忘設。生以爲王之意怠，遂謝病去。事見《漢書》卷三六《楚元王傳》。

〔七〕使院，節度使留後官署稱使院。

與本使楊尚書請停率修寺觀錢狀①〔一〕

伏見《修寺疏》，閣下出錢十萬，令使院共出十萬，以造石門大雲寺佛殿②〔二〕。翺性本愚，聞道晚，竊不諭。閣下以爲斂錢造寺必是耶，翺雖貧，願竭家財以助閣下成。如以爲未必是耶，閣下官尊望重，凡所舉措，宜與後生爲法式，安可舉一事而不中聖賢之道，以爲無害於理耶？

天下之人，以佛理證心者寡矣。惟土、木、銅、鐵，周於四海，殘害生人，爲逋逃之藪澤〔三〕。閣下以爲，如有周公、仲尼興立一王制度，天下寺觀僧道，其將興之乎？其將廢之乎？若將興之，是苻融、梁武皆爲仲尼、周公也〔四〕。若將廢之，閣下又何患其尚寡，而復率其屬合力建置之也？

院中判官，雖副知己之命，然利禄遠仕，亦不以貪也，豈無羈孤親友由未能力及賙之歟〔五〕？何暇出錢以興有損無益之務？衆情不厭，但奉閣下之命而爲耳！

拳拳下情，深所未曉，伏惟憫其拙淺，不惜教誨。若閣下所爲竟是，翱亦安敢守初心以從而不爲也。若其所言有合於道，伏望不重改成之事，而輕爲後生之所議論。意盡辭直，無任戰越。

【校記】

①「率」，原脱，據《全唐文》補。按，下篇有「率」字。　②「雲」，原誤作「雪」，據《全唐文》改。

【注釋】

〔一〕元和四年（八〇九）或五年（八一〇）作。楊尚書，謂楊於陵，注見本集卷七《與楊郎中書》。據《刺史考》《僚佐考》，元和三年（八〇八）四月，楊於陵爲廣州刺史、嶺南節度使。十月，翱受辟爲掌書記，四年六月，至廣州。五年七月，於陵召還。是此篇之作，必在元和四年四月翱至廣州之後，五年七月於陵召還之前。時翱爲於陵幕下掌書記，故稱「本使」。

〔二〕石門，或謂今廣州西北三十里之石門山。《方輿紀要》：「石門山」：「兩山對峙如門」，故名。大雲寺，《舊唐書·則天皇后紀》：「載初元年……秋七月……有沙門十人僞撰《大雲經》，表上之，盛言神皇受命之事。制頒於天下，令諸州各置大雲寺，總度僧千人。」

〔三〕逋逃，逃亡的罪人；流亡者。

〔四〕符融，字偉明，東漢陳留浚儀（今河南開封）人。初爲都官吏，後入太學，師事李膺，膺甚器之，由是知名。隱居不仕，屢辟不應。遭黨錮禍，卒於家。《後漢書》卷六八有傳。梁武，謂梁武帝蕭衍，在位期間尊儒崇佛，大建寺院，並三次捨身同泰寺。太清二年（五四八），東魏降將侯景引兵攻破都城，困餓而死。事見《梁書》卷一、《南史》卷六《武帝紀》。

〔五〕賙，周濟，以財物相救助。

再請停率修寺觀錢狀〔一〕

率修寺觀錢事，前後已兩度咨聞，伏請停罷。前奉處分云，要與换寺觀家人院蒲葵屋①〔二〕，以爲火備〔三〕。此後任停，既已計料支給訖。後奉處分又云，且更待一兩月者，伏以前件錢於公家無補，但實置税名。公議所非，爲日固久，不厭尚實，但苟思壯麗城池，開化源②，孰大於此？若閣下尚不改易，則弊終無已，何特愛於此③，因循未革！

自仲尼既殁，異學塞途，孟子辭而闢之，然後廓如也〔四〕。佛法害人，甚於楊、墨，論心術雖不異於中土，考較跡實有蠹於生靈。浸溺人情〔五〕，莫此之甚，爲人上者，所宜抑焉。閣下去年考制策〔六〕，其論釋氏之害於人者，尚列爲高等，冀感悟聖明，豈不欲發明化源，抑絶小道，何至事皆在己，而所守遂殊？知之不難，行乃爲貴。況使司税額，悉以正名。幸當職司，敢不備舉。

伏見朝廷故事，一人所見，或不足以定是非者，即下都省衆議〔七〕，則物情獲申，衆務皆理。倘翺見解凡淺，或未允從，院中群公，皆是材彦，伏乞令使院詳議，唯當是從，理屈則伏，不敢徇己，實下情所望。累有塵黷，無任戰慄。翺再拜。

【校記】

①「葵」，原誤作「藿」，據《全唐文》改。　②「開化」，原誤作「開未」，據汲古閣本、《全唐文》改。

③「特」，原誤作「時」，據《全唐文》改。

【注釋】

〔一〕元和四年（八〇九）或五年（八一〇）作。據文「率修寺觀錢事，前後已兩度咨聞，伏請停罷」云云，此與前《與本使楊尚書請停率修寺觀錢狀》當爲同時之作。時李翺任嶺南節度使掌書記。

〔二〕蒲葵，常緑喬木，生長在熱帶和亞熱帶地區，葉子可以做扇子。

〔三〕火備，防火設施。

〔四〕廓如，澄清貌。揚雄《法言·吾子》：「古者楊、墨塞路，孟子辭而闢之，廓如也。」

〔五〕侵溺，沉溺。

〔六〕制策，皇帝有事書之於策以問臣下，稱爲「制策」。漢武帝元光元年（前一三四）詔賢良，各「受策察問，咸以書對」，董仲舒、公孫弘等先後對策。後爲科舉取士科目之一。

〔七〕都省，漢以僕射總理六尚書，謂之都省。唐垂拱中，改尚書省曰都省，後亦以指尚書省長官或尚書省政事堂。

論故度支李尚書事狀〔一〕

故度支李尚書之出妻也，續有敕停官，及薨，亦無追贈，當時將謂去妻之狀不直，明白無可疑者，故及此。近見當使采石副使劉侍御〔二〕，説朝廷公議，皆云李尚書性猜忌，甚於李益〔三〕，而出其妻，若不緣身病，即合左降。

翺嘗從事滑州一年有餘〔四〕，李尚書具能詳熟〔五〕。李尚書在滑州時，收一善歌婦人陶芳，於中門外處之。於後陶芳與主鑰廳子有過〔六〕，既發，李尚書召問廳子，既實告之，曰：「吾從若父所將若來，故不能杖若。吾非怒而不留，若既犯此，即自於軍中不便，若遠歸父所，慎無他往。」遂斥陶芳于家，而不罪也。當時翺爲觀察判官〔七〕，盧侍御憲曰〔八〕：「此事在衆人，必怒而罪之；在中道，即罪之而不怒。大夫雖未足以爲教，然亦可謂難能也。」

推此以言，即性猜忌，不甚於河南李少尹詳矣〔九〕。

劉侍御又説朝廷公議云，李尚書之在滑州也，故多畜媵，遂斷送其妻入京，以遂所欲。翺又能明其不然。李尚書有二子，仕于京師，奏請至滑納妻，德宗皇帝敕奏事，軍將張璀曰〔一〇〕：「與卿本使無外，往告卿本使，可令妻及新婦家來就上都爲婚。」亦有手詔。李尚書遂發二新婦及妻入京以奉詔。二男既成婚，其妻遂歸滑州，自陶芳之外，更無妾媵。况李尚書將畜女媵，不假令妻入京。推此以言，即與朝廷公議之不同也如此。

翺以爲古人之逐其臣也，必可使復事君；去其妻也，必可使復嫁。雖有大罪，猶不忍彰明，必爲可辭以去之也。故曾參之去妻也，以蒸梨不熟〔一一〕；孟軻之去妻也，以惡敗〔一二〕；鮑永之去妻也，以叱狗姑前〔一三〕。此皆以事辭而去之也。

李尚書於此二事外猶有他過，即非翺所知也。若公議所責，秖如劉侍御之傳，則翺據所目見而辨也，章然如前所陳矣。凡人家中門内事，外人不可周知，偏信一黨親族之言，以爲公議，即不知是議之果爲公耶？私耶？未可知也。以閣下所聞，倘猶有加於是者，不惜示及。如或秖如前兩説，伏望不重改既往之論，而明之於朝廷。使非實之謗，罷傳説於人間；既没之魂，不銜冤於泉下。幸甚，幸甚！

翺於李尚書，初受顧惠，及其去選也，客主之義，亦不得如初歡矣。兹所陳者，但樂明人之屈而正之耳，伏冀不以爲黨①。謹狀。

【校記】

①「冀」，原誤作「計」，據《全唐文》改。

【注釋】

〔一〕元和五年（八一〇）作。李尚書，謂李元素。元素字大樸，京兆長安（今屬陝西）人，邢國公李密孫。初爲侍御史，遷給事中、尚書右丞，出爲鄭、滑刺史，歷浙西道節度觀察處置等使、入拜國子祭酒，以太常卿轉户部尚書，判度支，以出妻免官。元和五年卒，贈陝州大都督。《舊唐書》卷一三二、《新唐書》卷一四七有傳。文云「故度支李尚書之出妻也，續有敕停官，及薨，亦無贈官」，《舊唐書·李元素傳》則云：「元和五年卒，贈陝州大都督。」是此篇之作必在元和五年（八一〇）元素卒後不久，朝廷贈官之前。度支，魏晉南北朝爲尚書省諸郎曹之一，設郎爲長官，掌會計軍國財用，隸度支尚書。唐朝沿置，隸户部，職掌略同。中唐以後，户部諸司職權多侵廢，唯本司所掌財賦出納日益重要，多以宰相或户部侍郎判度支事務。

〔二〕侍御，謂侍御史，御史大夫屬官，掌監察事宜。劉侍御，生平事跡不詳。

〔三〕李益，字君虞，郡望隴西姑臧（今甘肅武威），臨洮（今屬甘肅）人。代宗大曆四年（七六九）進士，德宗建中四年（七八三）登書判拔萃科。憲宗元和中歷秘書少監、集賢學士、散騎常侍等。文宗大和元年（八二七），以禮部尚書致仕。歌詩與李賀齊名。《舊唐書》卷一三七、《新唐書》

卷二〇三有傳。

〔四〕滑州，隋開皇十六年（五九六）改杞州置，治所在白馬縣（今河南滑縣東南）。天寶元年（七四二）改爲靈昌郡，乾元元年（七五八）復爲滑州。據《刺史考》，貞元十六年（八〇〇）至元和元年（八〇六）李元素爲滑州刺史、義成軍節度使。貞元十七年或十八年李翱嘗爲滑州觀察判官。

〔五〕詳熟，熟悉，熟知。

〔六〕廳子，官廳的雜役，主鑰廳子，或爲掌管鑰匙的雜役。

〔七〕觀察判官，唐肅宗以後置，爲觀察使屬官，奏請有出身人及六品以下正員官充任。

〔八〕盧侍御憲，《唐尚書省郎官石柱題名考》卷三「吏部郎中」下有「盧公憲」題名，考引李翱此文。

〔九〕李少尹，即李益，因益曾任河南少尹，故稱。

〔一〇〕張琟，生平事跡不詳。

〔一一〕曾參去妻，曾子因妻子藜烝不熟而欲休棄。事見《孔子家語》卷九「七十二弟子解」。

〔一二〕孟子去妻，孟子入房，見妻子蹲坐，以爲無禮，欲休棄。事見《韓詩外傳》卷九、《列女傳·母儀傳》。

〔一三〕鮑永去妻，鮑永字君長，上黨屯留（今屬山西）人。事後母至孝，妻嘗於母前叱狗，遂去之。事見《初學記》引《東觀漢記》。

李翱文集卷第十一　行狀實録三首

故正議大夫行尚書吏部侍郎上柱國賜紫金魚袋贈禮部尚書韓公行狀〔一〕

曾祖泰，皇任曹州司馬〔二〕。祖濬素，皇任桂州長史〔三〕。父仲卿，皇任秘書郎〔四〕，贈尚書左僕射。公諱愈，字退之，昌黎人①〔五〕。生三歲，父殁，養於兄會舍〔六〕，及長讀書，能記他生之所習。年二十五，上進士第。汴州亂，詔以舊相東都留守董晋爲平章事、宣武軍節度使〔七〕，以平汴州；晋辟公以行，遂入汴州，得試秘書省校書郎，爲觀察推官。晋卒，公從晋喪以出，四日而汴州亂，凡從事之居者皆殺死。武寧軍節度使張建封奏爲節度推官〔八〕，得試太常寺協律郎〔九〕，選授四門博士〔一〇〕，遷監察御史〔一一〕。爲幸臣所惡，出守連州陽山令〔一二〕，政有惠於下，及公去，百姓多以公之姓以名其子②。改江陵府法曹參軍③〔一三〕，入爲權知國子博士。宰相有愛公文者〔一四〕，將以文學職處公〔一五〕，有争先者，構公語以非之，公恐及難，遂求分司東都。權知三年，改真博士，入省爲分司都官員外郎〔一六〕，改河南縣令。日以職分辨於留守及尹，故軍士莫敢犯禁。入爲職方員外郎〔一七〕。華州刺史奏華陰縣令柳澗有罪〔一八〕，遂將貶之，公上疏請發御史辨曲直，方可處以罪，則下不受屈。既柳澗有犯④，公由是復爲國子博士。改比部郎中〔一九〕、史館修撰，轉考功郎中〔二〇〕，修撰如故。數月，以考功知制誥〔二一〕。

上將平蔡州，先命御史中丞裴公度使諸軍以視兵，及還，奏兵可用，賊勢可以滅，頗與宰相意忤〔二二〕。既數月，盜殺宰相，又害中丞不克，中丞微傷，馬逸以免，遂爲宰相，以主東兵〔二三〕。自安禄山起范陽，陷兩京，河南、北七鎮節度使，身死則立其子，作軍士表以請⑤，朝廷因而與之〔二四〕。及貞元季年，雖順地節將死，多即軍中取行軍副使將校以授之節，習以成故矣。朝廷之賢，恬於所安，以苟不用兵爲貴，議多與裴丞相異；唯公以爲盜殺宰相，而遂息兵，其爲懦甚大。兵不可以息，以天下力取三州，尚何不可，與裴丞相議合。故兵遂用，而宰相有不便之者。月滿遷中書舍人〔二五〕，賜緋魚袋〔二六〕。後竟以他事改太子右庶子〔二七〕。元和十二年秋，以兵老久屯，賊未滅，上命裴丞相爲淮西節度使以招討之。丞相請公以行，於是以公兼御史中丞，賜三品衣魚，爲行軍司馬〔二八〕，從丞相居於郾城〔二九〕。公知蔡州精卒悉聚界上，以拒官軍，守城者率老弱，且不過千人，亟白丞相，請以兵三千人間道以入，必擒吴元濟。丞相未及行，而李愬自唐州文城壘提其卒以夜入蔡州〔三〇〕，果得元濟。蔡州既平，布衣柏耆以計謁公〔三一〕。公與語，奇之，遂白丞相曰：「淮西滅，王承宗膽破，可不勞用衆，宜使辯士奉相公書，明禍福以招之，彼必服。」丞相然之。公令柏耆口占《爲丞相書》⑥，明禍福，使柏耆袖之，以至鎮州。承宗果大恐，上表請割德、棣二州以獻。丞相歸京師，公遷刑部侍郎〔三二〕。

歲餘，佛骨自鳳翔至〔三三〕，傳京師諸寺，時百姓有燒指與頂以祈福者〔三四〕。公奏疏言：自伏羲至周文武時，皆未有佛，而年多至百歲，有過之者。自佛法入中國，帝王事之，壽不能長。梁武帝事之最謹，而國大亂。請燒棄佛骨。疏入，貶潮州刺史〔三五〕，移袁州刺史〔三六〕。百姓以男、女爲人隸者，公皆計傭以償其直而出歸之〔三七〕。入遷國子祭酒〔三八〕。有直講〔三九〕，能説禮而陋於容⑦，學官多豪族子，擯之不得共食，公命吏曰：「召直講來，與祭酒共食。」學官由此不敢賤直講。奏儒生爲學官，日使會講，生徒多奔走聽聞，皆相喜曰：「韓公來爲祭酒，國子監不寂寞矣。」

改兵部侍郎。鎮州亂〔四〇〕，殺其帥田弘正〔四一〕，征之不克，遂以王廷湊爲節度使〔四二〕，詔公往宣撫。既行，衆皆危之。元稹奏曰：「韓愈可惜。」穆宗亦悔，有詔令「至境觀事勢，無必於入」。公曰：「安有授君命而滯留自顧？」遂疾驅入。廷湊嚴兵拔刃，弦弓矢以逆。及館，甲士羅於庭。公與廷湊、監軍使三人就位〔四三〕，既坐，廷湊言曰：「所以紛紛者，乃此士卒所爲，本非廷湊心。」公大聲曰：「天子以爲尚書有將帥材，故賜之以節，實不知公共健兒語，未嘗及大錯⑧。」甲士前奮言曰：「先太史爲國打朱滔〔四四〕，滔遂敗走，血衣皆在，此軍何負朝廷，乃以爲賊乎？」公告曰：「兒郎等且勿語，聽愈言。愈時爲兒郎已不記先太史之功與忠矣⑨！若猶記得，乃大好。且爲逆與順，利與病⑩，不能遠引古事，但以天寶來禍福爲兒郎等明之。安禄山、史思明、李希烈、梁崇義、朱滔、朱泚、吴元濟、李師道，復有若子若孫在乎〔四五〕？亦有居官者乎？」衆皆曰：「無。」又曰：「令公以魏博六州歸朝廷，爲節度使，後至中書令，父子皆授旌節，子與孫雖在幼童者亦爲好官，窮富極貴，寵榮耀天下。劉悟、李佑皆居大鎮〔四六〕，王承元年始十七亦仗節〔四七〕，此皆三軍耳所聞也。」衆乃曰：「田弘正刻此軍，故軍不安。」公曰：「然汝三軍亦害田令公身，又殘其家矣，復何道？」衆乃讙曰：「侍郎語是！」廷湊恐衆心動⑪，遽麾衆散出，因泣謂公曰：「侍郎來，欲令廷湊何所爲？」公曰：「神策六軍之將，如牛元翼比者不少〔四八〕，但朝廷顧大體，不可以棄之耳；而尚書久圍之何也？」廷湊曰：「即出之。」公曰：「若真耳，則無事矣。」因與之宴而歸，而牛元翼果出。及還，於上前盡奏與廷湊言及三軍語，上大悦曰：「卿直向伊如此道。」由是有意欲大用之。王武俊贈太師，呼太史者，燕趙人語也。

轉吏部侍郎。凡令史皆不鎖，聽出入，或問公，公曰：「人所以畏鬼者，以其不能見也，鬼如可見，則人不畏矣。選人不得見令史，故令史勢重，聽其出入，則勢輕。」改京兆尹兼御史大夫〔四九〕，特詔不就御史臺謁，後不得引爲例。六軍將士皆不敢犯，私相告曰：「是尚欲燒佛骨者，安可忤？」故盜賊止。遇旱，米價不敢上。李紳爲御史中丞〔五〇〕，械囚送府，使以尹杖杖之，公曰：「安有此？」使歸其囚。是時紳方幸，宰相欲去之，故以臺與府不協爲請，出紳爲江西觀察使，以公爲兵部侍郎。紳既復留，公入謝，上曰：「卿與李紳爭何事？」公因自辨，數日，復爲吏部侍郎〔五一〕。

長慶四年，得病，滿百日假，既罷，以十二月二日卒於靖安里第。

公氣厚性通，論議多大體，與人交，始終不易。凡嫁内外及交友之女無主者十人。幼養於嫂鄭氏，及嫂没，爲之朞服以報之。深於文章，每以爲自揚雄之後⑫，作者不出。其所爲文，未嘗效前人之言，而固與之並。自貞元末以至于兹，後進之士，其有志於古文者，莫不視公以爲法。有集四十卷，小集十卷。及病，遂請告以罷。每與交友言既，終以處妻子之語，且曰：「某伯兄德行高，曉方藥⑬，食必視本草，年止於四十二。某疎愚，食不擇禁忌，位爲侍郎，年出伯兄十五歲矣，如又不足，於何而足？且獲終於牖下，幸不至失大節，以下見先人，可謂榮矣。」享年五十七，贈禮部尚書。

謹具任官事跡如前，請牒考功下太常定謚，並牒史館，謹狀。

【校記】

①「人」上，原衍「某」，據《文粹》《全唐文》删。　②「名」，原誤作「命」，據《文苑》改。　③「参」，原脱，據《文苑》《全唐文》補。　④「柳」，原誤作「抑」，據《文苑》《全唐文》改。　⑤「士」，原誤作「於」，據《文苑》《全唐文》改。　⑥「丞」，原誤作「承」，據《全唐文》改。　⑦「於」，原脱，據《全唐文》補。　⑧「嘗」，原爲墨釘，據《全唐文》補。　⑨「時」，原誤作「將」，據《文苑》改。　⑩「利與病」，原誤作「利害」，據《文苑》《文粹》及《全唐文》改。　⑪「廷」，原誤作「庭」，據《全唐文》改。　⑫「揚雄」，原誤作「揚惟」，據《全唐文》改。　⑬「方」，原誤作「大」，據《全唐文》改。

【注釋】

〔一〕穆宗長慶四年（八二四）十二月作。韓公謂韓愈。韓愈以長慶四年十二月二日卒，李翱此狀備列韓愈任官事跡，請牒考功下太常定謚，當作於韓愈卒後不久。《兩唐書·職官志》：「凡文散階二十九……正四品上爲正議大夫；吏部尚書一員，侍郎兩員，尚書、侍郎之職，掌天下官吏選授、勛封、考課之政令；上柱國，勛官；禮部尚書一員，正三品，掌天下禮儀、祭享、貢舉之政令。」行狀，文體之一種，明吴訥《文章辨體序》：「行狀者，門生故舊狀死者行業上於史官，或求銘志於作者之辭也。」叙述死者世系、生平、生卒年月、籍貫、事迹，常由死者門生故吏或親友撰述，留作撰寫墓誌或爲史官提供立傳的依据。李翱與韓愈誼屬師友，又爲韓愈從兄韓弇之婿，故撰此行狀。

〔二〕皇，稱本朝皇帝。凡官員在本朝任官，例加「皇」字，以示尊崇。李白《武昌宰韓君去思頌碑》：「祖泰，曹州司馬，考睿素，朝散大夫，桂州都督府長史。」韓君謂韓愈父韓仲卿，與翺所記世系相同。皇甫湜《韓公神道碑》：「曾祖叡素，爲唐桂州長史，善化行於江嶺之間。」與李翺所記「曾祖泰」、「祖睿素」相異。曹州，北周武帝改西兖州置州，取曹國爲名。唐屬河南道，轄境相當於現在山東菏澤、曹縣、成武、東明及河南蘭考、民權等地。司馬，唐制，節度使屬僚有行軍司馬，又於每州置司馬，以安排貶謫或閒散之人。

〔三〕桂州，南朝梁天監六年（五〇七）置，因桂江而得名，唐屬嶺南道。長史，唐制，上州刺史別駕下，有長史一人，從五品，爲都督佐官。

〔四〕秘書郎，魏晋時置，屬秘書省，掌管圖書經籍。歷代多以秘書郎專掌圖書收藏及抄寫事務。韓仲卿官終秘書省秘書郎，此前曾先後任銅鞮尉、武昌令、永興令、鄱陽令等官職。

〔五〕昌黎，三國魏改遼東屬國置，屬幽州，治所在昌黎縣（今遼寧義縣）。唐以韓氏爲昌黎著姓，故韓愈雖祖籍潁川，著籍河南，亦每以昌黎自稱。

〔六〕兄會，謂韓會，韓愈堂兄，有文名，累官起居舍人。代宗大曆十二年（七七七）坐宰相元載事被貶爲韶州刺史，卒官。時韓愈生三歲而孤，隨會至嶺表，由會妻鄭氏撫養。

〔七〕董晋，注見本集卷八《薦所知於徐州張僕射書》。《通鑑·唐紀》「貞元十五年」：「（陸）長源性刻急，恃才傲物。判官孟叔度輕佻淫縱，好慢侮將士，軍中皆惡之。董晋薨，長源知留後，揚言曰：『將士弛慢日久，當以法齊之耳！』衆皆懼……是日，軍士作亂，殺長源、叔度，臠食之，立盡。」

〔八〕武寧軍，唐元和二年（八〇七）置，治所在徐州（今屬江蘇），領徐、泗、濠三州。張建封，注見本集卷八《薦所知於徐州張僕射書》。

〔九〕太常寺，官署名，北齊始設，隋唐沿置，唐太常寺掌禮樂、郊廟、社稷之事，總郊社、太樂、鼓吹、太醫、太卜、廩犧、諸祠廟等。協律郎，漢有協律都尉，北魏置協律郎。北齊爲太常寺屬官，唐因之，正八品上，掌和律吕。

〔一〇〕四門博士，北魏始置，唐國子監四門館置三至六人，正七品上，掌教文武七品以上及侯、伯、子、男之子爲生者、庶人子爲俊士生者。

〔一一〕監察御史，亦稱監察侍御史，簡稱御史、侍御。唐置十五人，正八品下，掌分察百寮，巡按州縣、獄訟、軍戎、祭祀、營作、大府出納等，知朝堂左右廂及百司綱目。

〔一二〕連州，隋開皇十年（五九〇）置，治桂陽縣（今廣東連州），因黄連領爲名。

〔一三〕江陵府，唐上元元年（七六〇）升荆州置，治所在江陵縣（今屬湖北）。法曹參軍，法曹參軍事省稱，唐初親王府、都督府、諸州置，自正七品上至從八品下。開元初改諸州所置爲司法參軍事，掌刑事審判，督捕盜賊。

〔一四〕宰相，謂鄭絪。絪字文明，鄭州滎陽（今屬河南）人，擢進士第，登宏詞科，累遷中書舍人。憲宗時，拜中書侍郎、同中書門下平章事，進門下侍郎。文宗立，以太子太傅致仕。《舊唐書》卷一五九、《新唐書》卷一六五有傳。

〔一五〕文學職，謂翰林學士、弘文館、集賢院及史館等以文詞進身，引爲榮耀之職。

〔一六〕都官員外郎，刑部都官司副職。隋開皇六年（五八六）始置，大業三年（六〇七）改置承務郎。

〔一七〕職方員外郎，隋開皇六年始置，大業三年改爲職方承務郎。唐武德三年（六二〇）復爲員外郎，員一人，從六品上，爲尚書省兵部職方司副長官，與郎中共掌天下地圖、城隍、烽堠等事。

〔一八〕華州，西魏改東雍州置，治所在華山郡原鄭縣城（今陝西華縣西）。

〔一九〕比部郎中，魏晋南北朝與比部郎互稱，爲尚書省比部曹長官。唐武德三年置爲刑部比部司長官，員一人，從五品上，掌管勾會内外賦斂、經費俸禄等。

〔二〇〕考功郎中，三國魏始置，唐置員一人，從五品上，爲尚書省吏部考功司長官，掌京官考課事務，舊曾兼掌貢舉，太宗貞觀後歸職於考功員外郎。

〔二一〕知制誥，唐初中書舍人掌草擬詔敕，稱知制誥。玄宗開元後，或以尚書省諸司郎中等官領其職，稱兼知制誥。

〔二二〕元和九年（八一四）閏八月，彰義軍節度使吴少陽死，其子元濟匿喪自爲留後，四出分掠。元和十年，憲宗發兵討元濟，並命裴度往淮西行營宣慰，察用兵形勢，還京後向憲宗奏淮西必可取之狀，與主和派宰相張弘靖、韋貫之等持議相左。

〔二三〕元和十年六月，平盧節度使李師道遣人刺殺主戰派武元衡、刺傷裴度，因元衡之死，朝官請以裴度爲相，六月憲宗以裴度爲中書侍郎、同平章事，主持對淮西用兵。

〔二四〕天寶十四年（七五五）十一月，安禄山據范陽反，隨後破洛陽，陷長安，代宗寶應二年（七六三），安史亂平，然安史餘部及平叛將領漸成割據之勢，自補官吏，不輸王賦，甚至驕縱稱帝。

〔二五〕中書舍人，三國魏晋中書省屬官，唐初沿置，掌侍進奏，參議表章，起草詔旨制敕、璽書册命等。

〔二六〕緋魚袋，謂緋衣與魚符袋。唐制，五品以上佩魚符袋。

〔二七〕太子右庶子，隋置，爲太子典書房長官。唐置二人，正四品下，掌侍從、獻納、啓奏。

〔二八〕行軍司馬，西魏、北周時有軍事行動時臨時設置，事訖即罷。唐爲節度使主要幕僚，掌本鎮軍符號令、軍籍、兵械、糧廩、賜予等事務。

〔二九〕郾城，隋開皇五年（五八五）置，屬豫州，治所在今河南郾城西南五里古城，開元十一年（七二三）移治今郾城。

〔三〇〕李翺，注見本集卷七《勸裴相不自出征書》。

〔三一〕柏耆，魏州（今屬河北）人，柏良器子。以處士擢拜左拾遺，遷起居舍人。文宗大和初，轉兵部郎中，諫議大夫。李同捷叛，以德州行營諸軍計會使往諭旨，同捷請降。聞王廷湊欲劫同捷，耆遂斬首以獻。以功遭人陷害，貶官長流，旋賜死。《舊唐書》卷一五四、《新唐書》卷一七五有傳。

〔三三〕刑部侍郎，隋文帝初始置，爲尚書省都官曹所轄刑曹長官，大業三年（六〇七）置侍郎一人，正四品，爲刑部副長官，協尚書同掌部務。唐中葉後，多以外官帶尚書，實由侍郎掌部務。

〔三三〕鳳翔，唐上元元年（七六〇）置鳳翔節度使，治所在鳳翔府（今屬陝西）。

〔三四〕《通鑑·唐紀》：「（元和）十三年……十一月……功德使上言：『鳳翔法門寺塔有佛指骨，相傳三十年一開，開則歲豐人安，來年應開，請迎之。』遣中使帥僧衆迎之。」《舊唐書·韓愈傳》：「王公士庶，奔走舍施，唯恐在後，百姓有廢業破産、燒頂灼臂而求供養者。」

〔三五〕潮州，隋開皇十一年（五九一）分循州置，治所在海陽縣（今廣東潮州）。

〔三六〕袁州，隋開皇十一年置，治所即今江西宜春。

〔三七〕《舊唐書·韓愈傳》：「袁州之俗，男女隸於人者，逾約則没入出錢之家。愈至，設法贖其所没男女，歸其父母，仍削其俗法，不許隸人。」

〔三八〕國子祭酒，晋武帝咸寧四年（二七八）始立國子學，唐朝置爲國子監長官，一員，從三品，掌全國教育行政，總領中央國子、太學、廣文、四門、律、書、算七學及地方學校，每年考核學官訓導功業。

〔三九〕直講，武則天長安四年（七〇四），始於國子學、四門學置，員四人，掌佐博士、助教講授學業。

〔四〇〕鎮州，元和十五年（八二〇）因避穆宗李恒諱改恒州置，治所在真定縣（今河北正定）。

〔四一〕田弘正，注見本集卷七《勸裴相不自出征書》。

〔四二〕王廷湊，本爲回鶻阿布思之種族，王武俊養爲假子，後爲王承宗衙内兵馬使。承宗卒，朝廷以田弘正爲承德軍節度使。長慶元年廷湊殺田弘正，自爲留後、知兵馬使，穆宗下詔討之。廷湊圍承德軍節度使牛元翼於深州。長慶二年，詔赦廷湊。

〔四三〕玄宗開元二十年（七三二）諸道方鎮置爲監軍使院長官，以宦官充任，掌監視刑賞，奏察違謬，屬有副使、判官、小使等，並掌握部分軍隊。

〔四四〕先太史，謂王武俊。武俊字元英，契丹人。原爲李寶臣裨將，德宗建中時從寶臣子惟岳謀亂，旋殺惟岳歸朝，擢爲恒州刺史、恒冀都團練觀察使，因不得節度，遂謀叛。李抱真使客説之，乃去僞號，並合軍打敗朱滔。詔拜檢校工部尚書、太尉兼中書令。《舊唐書》卷一四二、《新唐書》卷二一一有傳。朱滔，幽州昌平（今屬北京）人，泚弟。初爲李懷仙部將，以功拜幽州盧龍節度使。德宗建中三年聯合王武俊助田悦叛唐，不久王武俊、田悦歸降，朱滔爲王武俊、李抱真擊敗，被迫歸順。《舊唐書》卷一四三、《新唐書》卷二一二有傳。

〔四五〕李希烈，燕州遼西（今屬北京）人，初爲李忠臣部將，忠臣被逐，代宗詔使專留後事。德宗立，拜節度使。李納叛，詔往征討，自號天下都元帥。後據汴，僭即皇位，部將陳仙奇陰令醫毒之而死。《舊唐書》卷一四五、《新唐書》卷二二五有傳。梁崇義，京兆長安（今陝西西安）人。初爲羽林射生，隨來瑱鎮襄陽。瑱卒，總其軍，代宗因拜爲節度使。後因拒詔，帝命李希烈討之，兵敗投井而死。《舊唐書》卷一二一、《新唐書》卷二二四有傳。

〔四六〕劉悟，懷州武陟（今屬河南）人，正臣孫。以斬李師道功拜義成軍節度使，封彭城郡王。穆宗長慶中改昭義節度使，謀效河朔三鎮。累進檢校司徒、同中書門下平章事。敬宗寶曆初，病卒。《舊唐書》卷一六一、《新唐書》卷二一四有傳。

〔四七〕王承元，契丹人，士真次子。兄承宗卒，任留後。旋拜滑州刺史、義成軍節度使、鳳翔節度使，文宗大和中，移鎮淄青。《舊唐書》卷一四二、《新唐書》卷一四八有傳。

〔四八〕牛元翼，趙州（今河北趙縣）人。初事王承宗，穆宗長慶中，王廷凑叛，擢爲深冀節度使。廷凑降，徙元翼爲山南東道節度使。廷凑取深州，殺元翼部將。聞之，憤恚而卒。《新唐書》卷一四八有傳。

〔四九〕京兆尹，西漢京畿地方行政長官之一。開元元年（七一三）改雍州爲京兆府，雍州刺史爲京兆尹，爲首都行政長官，秩從三品，又有少尹二人，助理府事。御史大夫，秦始皇始置，位僅次於左右丞相，輔佐丞相處理全國政務。隋唐五代爲御史臺長官，專掌監察彈劾百官。

〔五〇〕李紳，字公垂，潤州無錫（今屬江蘇）人。元和進士，擅長歌詩。長慶二年（八二二）超拜中書舍人，貶端州司馬。會昌初入爲兵部侍郎，同平章事，出爲淮南節度使。《舊唐書》卷一七三、《新唐書》卷一八一有傳。

〔五一〕《新唐書·韓愈傳》：「時宰相李逢吉惡李紳，欲逐之。遂以愈爲京兆尹兼御史大夫，特詔不臺參，而除紳中丞。紳果劾奏愈，愈以詔自解，其後文刺紛然。宰相以臺、府不協，遂罷愈爲兵部侍郎，而出紳江西觀察使。」

唐故金紫光禄大夫檢校禮部尚書使持節都督廣州諸軍事兼廣州刺史兼御史大夫充嶺南節度營田觀察制置本管經略等使東海郡開國公食邑二千户徐公行狀〔一〕

曾祖仁徹，隋吉州太和縣丞〔二〕。祖玄之，皇考功員外郎，贈吏部郎中、諫議大夫。考義，皇汾州司户參軍〔三〕，贈信州刺史〔四〕。京兆府萬年縣青蓋鄉交原里東海徐公〔五〕，年七十一①。

公諱申，字維降，東海剡人〔六〕。永泰元年，寄籍京兆府，舉進士，得秘書省正字②。初辟巡官于江西，又掌書記于嶺南行營，哥舒氏之亂平〔七〕，奏授大理寺評事③，轉司直兼監察御史，賜緋魚袋。又充節度判官于朔方，改太子司議郎兼殿中侍御史〔八〕，選授洪州都督府長史④〔九〕。時刺史嗣曹王皋江西兵討李希烈〔一〇〕，故以長史行刺史事，任職有成，曹王薦之，遷韶州刺史〔一一〕。四十餘年刺史相循居于縣城，州城與公田三百頃皆爲墟，縣令丞尉雜處民屋。公乃募百姓能以力耕公田者，假之牛犂粟種與食，所收其半與之；不假牛犂者，叁分與貳。田久不理，草根腐，地增肥，又連遇宜歲，得粟比餘田畝盈若干，凡積粟三萬斛。將復築室于州故城，令百工之伎以其藝來者，與粟有差，刺史臨視給與，吏無所行其私，以故人皆便信。應募者數千人，陶人不知墁而塗有餘〔一二〕，圬人不板築而墻有餘〔一三〕，築人不操斤斧而工有餘，陶者、圬者、築者、工者，各以其所能相易，未十旬而城廓、室屋建立如初。刺史以官屬遷于新城，縣令之下各返其室，創六驛，新大市，二道四館，器用皆具。曲江縣五百人以狀詣觀察使〔一四〕，請作碑立生祠。公自陳所爲不足述，假令如百姓言，乃刺史職宜如此，何足多者，不願以小事市名。觀察使嘉其讓，密以狀聞，遷合州刺史〔一五〕。其始來也，韶之人户僅七千，凡六年還合州，及其去也⑤，倍其初之數，又盈四千户焉。

初先夫人殁于江西，遭賊難未克返葬，寓於西原。公不赴合州，表請奉喪歸祔于河南府偃師縣〔一六〕。既滄景觀察使奏請景州刺史〔一七〕，河北之俗，刺史闕⑥，其帥輒以其僚屬將校自爲之，不請有年矣。宰相累進刺史名，皆不出。及召公入，言合上旨，遂下詔還朝散郎使持節景州諸軍事、景州刺史、充本州團練使兼御史中丞，賜紫金魚袋，尋加節度副使〔一八〕。其明年，滄景節度使始朝。二年又朝，遂留，詔以其從父兄代之，奏以公充行軍司馬。公遂以信州府君塋近漕河，表求改葬於重山，詔許之。既徵入京師，遷朝散大夫使持節都督邕州諸軍事、守邕州刺史本管經略招討使〔一九〕，御史中丞，賜紫如初。是歲貞元十七年也。詰俚盜，除其暴，掠良聚攻，禁下如令。通蠻夷道，責土貢，大首領黄氏帥其屬納質供賦。黄氏、周氏、韋氏、儂氏，皆群盜也。黄氏之族最强，盤亘十數州，周、韋氏之不附之也⑦，率群黄之兵以攻之，而逐諸海。黄氏既至，群盜皆服，於是十三部二十九州之蠻寧息，無寇害。

其明年，制遷使持節都督廣州諸軍事，守廣州刺史兼御史大夫〔二〇〕，充嶺南節度觀察處置本管經略等使，散官賜如故⑧。前節度使殁，掌印吏盜授人職百數，謀夜發兵爲亂，事覺奔走。公至，陰以術得首惡殺之，不問其餘，軍中以安。蠻夷俗相攻劫群聚，緣道，發輒捕斬，無復犯者。蕃國歲來互市，奇珠、瑇瑁、異香、文犀皆浮海舶以來，常貢是供，不敢有加，舶人安焉，商賈以饒。

二十一年，進階銀青光禄大夫。元和元年，詔加金紫光禄大夫檢校禮部尚書，封東海郡開國公，食邑二千户，餘如故。詔書未至，有疾薨于位。

凡三佐藩屏之臣，五爲刺史，一爲經略使，一爲節度觀察使。階累升爲金紫光禄大夫，爵超進爲開國公，官亟遷爲禮部尚書。其事業皆足以傳示後嗣，爲子孫法。享年七十，雖不登於上壽⑨，儒者榮之。前夫人渤海高氏，子皆夭。後夫人扶風竇氏，封國夫人，有子元弼，前右衛倉曹參軍〔二一〕，以讀書屬文爲業。

謹具歷官行事如前，伏請牒太常編録。謹狀。

【校記】

①「七十一」，《文苑》作「七十」，《全唐文》作「七十二」。②「得」，原脱，據《文苑》補。③「寺」，原脱，據《全唐文》補。④「都督」上，原衍「大」字，據《文苑》及《全唐文》删。按，唐于洪州置中都督府。⑤「及」，原脱，據《文苑》補。⑥「河北之俗，刺史」六字，原脱，據《文苑》補。⑦「韋」，《文苑》作「儂」。⑧「賜」，原脱，據《文苑》《全唐文》補。⑨「登」，《文苑》作「極」。

【注釋】

〔一〕元和元年（八〇六）作。徐公，謂徐申。申字維降，京兆（今陝西西安）人。進士及第，任韶州刺史，歷邕管經略使、嶺南節度使，加檢校禮部尚書，封東海郡公。《新唐書》卷一四三有傳。文云「公諱申……元和元年……有疾薨於位。」《舊唐書·憲宗紀》「（元和元年）四月癸卯，前嶺南節度使徐申卒。」此篇之作當在元和元年四月徐申卒後不久。時李翺或爲京兆府司録參軍。金紫光禄大夫，晋初有光禄大夫，授銀章青綬。如加賜金章紫綬者，則爲金紫光禄大夫。唐太宗貞觀十一年（六三七）置爲正三品散官。檢校禮部尚書，詔除而非正式加官，散官，無職事。

〔二〕吉州，隋開皇中改廬陵郡置，治所在廬陵縣（今江西吉水北）。太和縣，唐武德八年（六二五）以泰和縣改名，屬吉州，治所在今江西泰和縣西六里。

〔三〕汾州，唐武德三年（六二〇）改浩州爲汾州，治所在隰城縣（今汾陽）。

〔四〕信州，唐武德四年（六二一）置，治所在汝陰縣（今安徽阜陽）。

〔五〕萬年縣，西漢高祖分櫟陽縣置，屬左馮翊。治所在今陜西西安市東北閻良區武屯鄉古城村。東海，謂東海郡，秦置，治所在郯縣（今山東郯城）。

〔六〕郯，即古郯縣，秦置，爲東海郡治，治所在今山東郯城縣北門外。唐武德四年（六二一）屬邳州，貞觀元年（六二七）省入下邳縣。

〔七〕哥舒氏，謂哥舒晃，突騎施哥舒部人，哥舒翰子。代宗大曆八年（七七三）舉兵反，殺嶺南節度使吕崇賁。唐遣江西觀察使往討之，至十年，始攻入廣州。晃出奔，被殺於泔溪。

〔八〕太子司議郎，太宗貞觀十八年（六四四）於太子門下坊置，員二人，正六品上。掌東宫侍從規諫，駁正啓奏，並記注皇太子出入動静及宫内祥瑞、官長除拜、死喪等事，歲終送史館。

〔九〕洪州，隋開皇九年（五八九）改豫章郡置，治所在豫章縣（今江西南昌西）。

〔一〇〕嗣曹王，謂李皋，字子蘭，曹王李明玄孫，天寶十一載（七五二）襲封曹王。歷仕都水使者、秘書少監、衡州刺史、湖南觀察使、江西道節度使、荆南節度使等。嘗率兵討平李希烈，收復四州十七縣。《舊唐書》卷一三一有傳。

〔一一〕韶州，隋開皇九年（五八九）改東衡州置，治所在曲江縣（今廣東韶關南）。

〔一二〕陶人，燒製陶器的匠人。

〔一三〕圬人，泥瓦匠人。

〔一四〕曲江縣，西漢置，屬桂陽郡，治所在今廣東韶關東南蓮花嶺下，唐武德初移置韶關西一里武水西岸，爲韶州治。

〔一五〕合州，西魏恭帝三年（五五六）置，治所在墊江郡石鏡縣（今四川合川）。

〔一六〕偃師縣，西漢置，屬河南郡，治所即今河南偃師。唐屬洛州，開元初屬河南府。

〔一七〕滄景，即横海軍。唐貞元中置，治所在滄州（今河北滄縣東南），轄境屢有變動，初領滄、景二州，元和中包有德、棣二州。景州，唐貞元二年（七八六）置，治所在弓高縣（今河北阜城縣東北）。

〔一八〕節度副使，唐始置，節度使屬官，唐或以親王遥領節度使，副大使知節度事者爲正節度，别置副使一人，位行軍司馬下，判官上。

〔一九〕邕州，唐貞觀六年（六三二）改南晋州置，因邕溪水得名，治宣化（今南寧南）。

〔二〇〕廣州，三國吴黄武五年（二二六）分交州置，治所在廣信縣（今廣西梧州）。隋開皇末移治南海縣（今廣州）。唐武德四年（六二一）後爲嶺南道治所。

〔二一〕倉曹參軍，西晋末始置，爲相府僚佐。唐諸鎮各置一員，從八品下或從七品下，掌儀式、倉庫、飲膳、醫藥、付事、勾稽、省署抄目、監印、給紙筆、市易、公廨等。

皇祖實録〔一〕

公諱楚金，諮議詔第二子〔二〕。明經出身，初授衛州參軍〔三〕，又授貝州司法參軍〔四〕。

夫人清河崔氏〔五〕，父球，兖、鄆、懷三州刺史〔六〕。公伯兄惟慎，太原府壽陽縣丞〔七〕，性曠達樂酒，不理家産，每日賫錢一千出游，求飲酒者，必盡所賫然後歸。其飲酒徒，善草隸書，張旭其人也〔八〕。公事壽陽如父在，每事必請於壽陽，壽陽曰：「汝年亦長矣，若都不能自治立然，每事必擾我何爲？」公曰：「不請非不能爲此也，不滿乎人心。」其請如初。

及在貝州，刺史嚴正晦禁官吏於其界市易所無〔九〕，公至官之日，養生之具皆自衛州車以來，又以二千萬錢入，曰：「吾食貝州水而已。」及正晦黜官，百姓舊不樂其政，將俟其出也，群聚號呼，斃之以瓦石，揚言無所畏忌。録事參軍不敢禁，懼謂公曰①：「若之何！」公曰：「録事必不能當，請假歸。攝録事參軍斯可矣。」乃如之。公告正晦曰：「君以威强不便於百姓，百姓俟使君行，加害於使君；使君更期出，其爲使君任其患。」於是集州縣小吏得百餘人，皆持兵，無兵者持朴，埋長木於道中，令曰：「使君出，百姓敢有出觀者，杖殺大木下。」及正晦出，百姓莫敢動。或曰：「刺史出，可作矣，如李司法何？」貝州震恐。後刺史至，委政於公，奸吏皆務以情告，不敢隱，貝州於是大理。

壽陽之夫人鄭氏，賢知於族，嘗謂壽陽曰：「某覩叔賢於君②，某之質不敢與叔母至高下，君之家和，子孫必有興者。」壽陽之第一子爲户部侍郎〔一〇〕，初户部氏兄弟五人，妹一人，其喪母也，皆幼，公每日必抱置膝上，或泣而傷諸姪之安于叔母也，如未失母時。

有子三人③，曰某，祗承父業，不敢弗及。夫人清河崔氏，能以柔順接于親族，其來歸也，皆自以爲己親焉。

翺生不及祖④，不得備聞其景行。其貝州事業親受之於先子⑤，其餘皆聞之於户部叔父〔二〕。

伏以皇祖之爲子弟時，若不能自任也，及涖官行事〔三〕，其剛方不同也如此，其行事皆可以傳於後世⑥，爲子孫法。蓋聞先祖有善而不知⑦，不明也；知而不傳，不仁也。翺欲傳，懼文章不足以稱頌道德，光耀來世，是以頓首願假辭於執事者〔三〕，亦惟不棄其愚而爲之傳焉。

【校記】

①「公」，原誤作「所」，據《全唐文》改。②「某」，原誤作「其」，據諸本改。③「子」，原誤作「乎」，據《全唐文》改。④「祖」，原誤作「在」，據《全唐文》改。⑤「受」，原誤作「授」，據《全唐文》改。⑥「皆可以」上，原衍「其剛方不同也如此其行事」十一字，據上下文意删。⑦「先祖有善」，原誤作「先有祖善」，據《文粹》《全唐文》改。

【注釋】

〔一〕貞元十七年（八〇一）作。韓愈《唐故貝州司法參軍楚金墓誌銘并序》：「貞元十七年九月丁卯，隴西李翺合葬其皇祖考貝州司法參軍楚金、皇祖妣清河崔氏夫人於汴州陳留縣安豐里。」知李翺合葬其祖考楚金、祖妣崔氏在貞元十七年九月。該文末云「翺欲傳，懼文章不足以稱頌道德，光耀來世，是以頓首，願假辭於執事者，亦惟不棄其愚而爲之傳焉」，所云「假辭於執事者」當謂韓愈，知此爲李翺合葬祖考、祖妣後請求韓愈撰寫墓誌銘時爲其提供行實之作，則其撰作必在韓愈撰墓誌銘前，故此文之作當在貞元十七年九月或稍後。時李翺爲滑州刺史李元素幕下觀察判官。

〔二〕諮議，諮議參軍簡稱，梁、隋、唐、宋王府皆置，掌諮議衆事。

〔三〕衛州，北周宣政元年（五七八）分相州汲郡置，治朝歌（今河南淇縣），唐貞觀初移汲縣（今衛輝）。

〔四〕貝州，北周宣政元年分相州置，治所在武城縣，隋改爲清河縣，在今河北清河縣城關鄉西北十二里。

〔五〕清河，謂清河郡。西漢初置，治所在清陽縣（今河北清河東南），唐天寶、至德時曾改貝州爲清河郡。崔氏爲世代居於此地的著名望族。

〔六〕兖，謂兖州，西漢元封五年（前一〇六）置，唐治所在瑕丘城（今山東兖州）。鄆，謂鄆州，隋開皇十年（五九〇）置，治所在萬安縣（後改鄆城縣，在今山東鄆城東十六里），貞觀八年（六三四）移治須昌縣（今山東東平西北）。懷，謂懷州，北魏天安二年（四六七）置，治野王縣（隋改爲河内縣，今河南沁陽）。

〔七〕壽陽縣，西晋置，屬樂平郡，治所在今山西壽陽縣西南，因在壽水之陽，故名。唐屬太原府。

〔八〕張旭，字伯高，吴郡（今江蘇蘇州）人。工書好酒，精通楷法，以草書知名。開元中與賀知章、張若虚、包融並稱「吴中四士」。《新唐書》卷一二七有傳。李惟慎，生平事跡不詳，但既與張旭爲「飲酒徒」，當與旭同時。

〔九〕嚴正晦，《刺史考》「河北道·貝州（清河郡）」：「據《新書·嚴郢傳》：『父正誨，以才吏更其郡，終江南西道採訪使。』郢仕肅宗時，則正誨約仕開元中。」知嚴正晦約在開元中爲貝州刺史。

〔一〇〕壽陽第一子，當謂李衡。德宗建中時爲度支員外郎，貞元初遷郎中，出爲常州刺史，遷湖南觀察使、江西觀察使。貞元九年（七九三），以給事中遷户部侍郎。

〔一一〕户部叔父，謂李衡。

〔一二〕涖官，任官。

〔一三〕「願假辭於執事者」，指韓愈。詳見注〔一〕。

李翱文集卷第十二　碑傳三首〔一〕

高愍女碑〔二〕

愍女姓高，妹妹名也。生七歲，當建中二年，父彦昭以濮陽歸天子〔三〕。前此逆賊質妹妹與其母、兄，而使彦昭守濮陽。及彦昭以城歸，妹妹與其母、兄皆死。其母李氏也，將死，憐妹妹之幼無辜，請獨免其死，而以爲婢于官，衆皆許之①。妹妹不欲，曰：「生而受辱，不如死！母、兄且皆不免，何獨生爲？」其母與兄將被刑，咸拜于四方，妹妹獨曰：「我家爲忠，宗黨誅夷②，四方神祇尚何知？」問其父所在之方，西嚮哭，再拜，遂就死。

明年，太常謚之曰「愍」。當此之時，天下之爲父母者聞之，莫不欲愍女之爲其子也；天下之爲夫者聞之，莫不欲愍女之爲其室家也；天下之爲女與妻者聞之，莫不欲愍女之行在其身也。昔者曹娥思盱，自沉于江〔四〕；獄吏噂囚，章女悲號〔五〕；思唁其兄，作詩《載馳》〔六〕；緹縈上書，乃除肉刑〔七〕。彼四女者，或孝或智，或義或仁③。噫此愍女，厥生七年，天生其知，四女不倫④。向遂推而布之於天下，其誰不從而化焉！雖有逆子必改行，雖有悍妻必易心；賞一女而天下勸，亦王化之大端也。異哉！愍女之行，而不家聞户知也。

貞元十三年，翺在汴州，彦昭時爲潁州刺史〔八〕，昌黎韓愈始爲余言之。余既悲而嘉之，於是作《高愍女碑》。

【校記】

①「衆」，原脱，據《文粹》《全唐文》補。②「宗黨」，《文粹》作「宗族」。③「或義或仁」，《文苑》作「或仁或義」，近是。④「倫」，《文粹》作「備」。

【注釋】

〔一〕「三首」，原誤作「四首」，據正文改。

〔二〕貞元十三年（七九七）作。文云「貞元十三年，翺在汴州……昌黎韓愈始爲余言之。……於是作高愍女碑」，知此爲貞元十三年（七九七）翺在汴州聽韓愈言及高愍女事跡而作。

〔三〕高彦昭，初事李正己，正己子納叛，彦昭以濮州降於河南都統劉玄佐，納怒，殺其妻子。彦昭後從玄佐救寧陵，復汴州，以功授潁州刺史。事見《册府元龜》卷七五九「總録部九」。

〔四〕曹娥，東漢會稽上虞（今屬浙江）人，曹盱女。順帝漢安二年（一四三），父溺死於江。娥年十四，沿江號哭，晝夜不絶聲，後投江而死。《後漢書》卷八四有傳。

〔五〕章女，西漢泰山鉅平（今屬山東）人。王章下獄，女年可十二。夜聞呼因而知父先死，起號哭。達旦問之，果死。事見《漢書》卷七六《王章傳》。

〔六〕《載馳》，許穆夫人作。許穆夫人，春秋時衛人，嫁於許。狄人侵衛，大破之，許不能救。夫人痛衛之傾覆，思歸慰問其兄而不得，乃作《載馳》以傷之。事見《左傳·閔公二年》。

〔七〕緹縈，西漢齊郡臨淄（今屬山東）人，父淳于意。文帝時，意有罪當刑，緹縈自傷悲泣，上書願入身爲官婢，以贖父罪。帝悲其意，爲除肉刑。事見《漢書》卷一〇《孝文本紀》。

〔八〕潁州，北魏置，治所在汝陰縣（今安徽阜陽）。天寶初改爲汝陰郡，乾元初復爲潁州。

楊烈婦傳〔一〕

建中四年，李希烈陷汴州〔二〕，既又將盜陳州〔三〕，分其兵數千人抵項城縣〔四〕，蓋將掠其玉帛，俘纍其男女，以會于陳州。

縣令李侃不知所爲〔五〕，其妻楊氏曰：「君縣令，寇至當守；力不足，死焉，職也。君如逃，則誰守？」侃曰：「兵與財皆無，將若何？」楊氏曰：「如不守，縣爲賊所得矣，倉廩皆其積也，府庫皆其財也，百姓皆其戰士也，國家何有？奪賊之財而食其食，重賞以令死士，其必濟。」於是召胥吏、百姓于庭〔六〕，楊氏言曰：「縣令誠主也，雖然歲滿則罷去，非若吏人、百姓然。吏人、百姓，邑人也，墳墓存焉，宜相與致死以守其邑，忍失其身而爲賊之人耶？」衆皆泣，許之。乃徇曰〔七〕：「以瓦石中賊者，與之千錢；以刀矢兵刃之物中賊者，與之萬錢。」得數百人，侃率之以乘城〔八〕，楊氏親爲之爨以食之，無長少，必周而均。使侃與賊言曰：「項城父老，義不爲賊矣，皆悉力守死。得吾城，不足以威，不如亟去，徒失利，無益也。」賊皆笑。有蜚箭集于侃之手，侃傷而歸。楊氏責之曰：「君不在，則人誰肯固矣！與其死于城上，不猶愈於家乎？」侃遂忍之，復登陴〔九〕。項城小邑也，無長戟勁弩、高城深溝之固，賊氣吞焉，率其徒將超城而下。有以弱弓射賊者，中其帥，墜馬死。其帥，希烈之壻也。賊失勢，遂相與散走，項城之人無傷焉。刺史上侃之功，詔遷絳州太平縣令〔一〇〕，楊氏至兹猶存。

婦人、女子之德①，奉父母、舅姑，盡恭順，和於娣姒②〔一一〕，於卑幼有慈愛，而能不失其貞者，則賢矣。辨行列③、明攻守勇烈之道，此公卿、大臣之所難。厥自兵興，朝廷寵旌，守禦之臣，憑堅城深池之險，儲蓄山積，貨財自若，冠胄服甲，負弓矢而馳者，不知幾人；其勇不能戰，其智不能守，其忠不能死，棄其城而走者，有矣！彼何人哉？若楊氏者，婦人也。孔子曰：「仁者必有勇〔一二〕。」楊氏當之矣。

贊曰：凡人之情，皆謂後來者不及於古之人。賢者古亦稀④，獨後代耶？及其有之，與古人不殊也。若高愍女、楊烈婦者，雖古烈女，其何加焉？

予懼其行事湮滅而不傳，故皆叙之，將告於史官。

【校記】

①「婦人」上，《文苑》《文粹》有「人之受氣於天，其何不同也」一句。②「娣」，原誤作「姊」，據《文粹》《全唐文》改。③「辨」上，《文苑》《文粹》《全唐文》有「至於」二字。「列」，《文粹》《全唐文》作「陣」。④「古」上，《文苑》《文粹》《全唐文》均有「自」字。

【注釋】

〔一〕貞元十三年（七九七）作。文云「凡人之情皆謂後來者不及於古之人。……若高愍女、楊烈婦者，雖古烈女其何加焉。予懼其行事堙没而不傳，故皆叙之，將告於史官」，則此與《高愍女碑》當爲同時所作，當作於貞元十三年。

〔二〕李希烈，注見本集卷十一《故正議大夫行尚書吏部侍郎上柱國賜紫金魚袋贈禮部尚書韓公行狀》。

〔三〕陳州，北周改信州置，治所在項縣（今河南淮陽），唐武德元年（六一八）改爲陳州。

〔四〕項城縣，隋開皇初改秣陵縣置，治所即今河南沈丘。唐屬陳州。

〔五〕李侃，字彦之，以刺史薦補汝州梁縣主簿，遷項城令，終伊闕令。《洛陽新獲墓誌二〇一五》有李汙撰《唐故河南府伊闕縣令李府君墓誌銘并序》。

〔六〕胥吏，官府中的小吏。

〔七〕徇，對衆宣示。

〔八〕乘城，守城。《漢書·陳湯傳》：「望見單于城上立五采幡幟，數百人披甲乘城。」顔師古注：「乘謂登之備守也。」

〔九〕陴，城墻。

〔一〇〕絳州，北周改東雍州置，唐武德元年（六一八）改置絳州總管府，三年（六二〇）復置絳州，治所在正平縣（今山西新絳）。太平縣，北周改泰平縣置，屬平陽郡，治所在今山西襄汾縣西北二十里古城鎮。唐武德元年（六一八）屬絳州。

〔一一〕娣姒，妯娌。兄妻爲姒，弟妻爲娣。《爾雅·釋親》：「長婦謂稚婦爲娣婦，娣婦爲長婦爲姒婦。」郭璞注：「今相呼先後，或云妯娌。」

〔一二〕「仁者必有勇」，出《論語·憲問》：「子曰：『有德者必有言，有言者不必有德。仁者必有勇，勇者不必有仁。』」

故東川節度使盧公傳〔一〕

盧坦，字保衡，河南人。父巒，贈鄭州刺史〔二〕。坦少孤，初任韓城縣尉〔三〕，歷宣城、鞏、河南三縣尉〔四〕。其吏河南，知捕賊，杜黄裳爲河南尹〔五〕，謂坦曰：「某家子與惡人游，破舊産①，公爲捕賊，盍使察之？」坦對曰：「凡居官終始廉白，祇入俸錢者，雖歷大官，亦無厚畜以傳。其能多積財者，必剥下以致。如其子孫善守之，是天富不道人之家也。不若恣其不道，以歸於人。坦以爲宜，故不使察。」黄裳驚視，因使升就堂坐，自此日加重。及黄裳爲吏部侍郎，將授以太常博士〔六〕，會鄭滑節度使李復表請爲判官〔七〕，得監察御史。薛盈珍爲監軍使〔八〕，累侵軍政，坦每據理以拒之，盈珍嘗言曰：「盧侍御所言皆公，我故不違也。」

有善吹笛者，大將十餘人同啓復，請以爲重職。坦適在復所，復問曰：「衆所請，可許否？」坦笑曰：「大將等皆久在軍，積勞亟遷，以爲右職〔九〕，奈何自薄，欲與吹笛少年同爲列耶？」復告諸將曰：「盧侍御言是也。」大將慚，遽走出，就坦謝，且曰：「向聞侍御言，某等羞媿汗出，恨無穴可入。」李復病甚，盈珍以甲士五百人入州城，人皆恐駭，坦遽止之，盈珍不敢違。復卒，盈珍主兵事，制以姚南仲代〔一〇〕，盈珍方會客，言曰：「姚大夫書生，豈將材也？」坦私謂人曰：「姚大夫外雖柔，中甚剛，又能斷，監軍若侵，必不受，禍自此萌矣。若從公喪而西，必遇姚大夫，吾懼爲所留以及禍。」遂潛去。姚果以牒來請，終以不逢得解。及盈珍與姚隙，從事多黜死者。

王緯觀察浙西〔一一〕，兼鹽鐵使〔一二〕，請坦爲轉運判官。及李錡代〔一三〕，請如初。轉殿中侍御史，錡所行多不循法，坦每争之，詞切深，聽者皆爲之懼。累求去不得，凡在錡府七年，官不改。錡惡狀滋大，坦慮及難，又非可以力争，遂與裴度、李約、李陵繼以罷去〔一四〕。後數年，詔追錡入，錡遂扇兵士殺留後以留己，因發兵取宣州〔一五〕，爲其將所擒，送斬死。

順宗皇帝寢疾，王叔文居翰林〔一六〕，决大政，天下懔懔〔一七〕。坦説宰相韋執誼〔一八〕，速白立皇太子，以樹國本，執誼深納其言，將以爲殿中侍御史。時御史中丞亦以爲請。王叔文使人請坦，將以爲員外郎，知揚子留後②，坦假他詞不受，叔文不悦，故事皆不行。及王叔文貶出，坦遂爲殿中侍御史。權德輿爲户部侍郎〔一九〕，請爲本司員外郎，尋轉庫部，兼侍御史知雜事。未久，遷刑部郎中，知雜事如故。赤縣尉有爲御史臺所按者〔二〇〕，京兆尹密救之，上使品官釋之〔二一〕。坦時在宅，臺吏以告，坦白中丞，請覆奏然後奉詔。品官遂以聞，上曰：「吾固宜先命所司。」遂使宣詔乃釋。數月，遷御史中丞，賜紫衣，分司東都，尋歸西臺〔二二〕。

初，上禁絶罷鎮節度使等獻財貨，載於赦條。時山南節度使柳晟〔二三〕、浙東觀察使閻濟美皆罷鎮有所獻〔二四〕，坦劾奏之，晟、濟美皆白衣待罪。上召坦謂曰③：「柳晟、閻濟美所獻皆家財，非刻下，卿勿劾！」坦對曰：「陛下所以布大信於天下者，赦令是也。且兩臣首違詔，臣職當舉奏，陛下不可以失大信於天下。」上曰：「朕既受之矣，如何？」坦曰：「出歸有司，以明陛下之德。」上善之，竟爲宰相所寢。

李錡之誅，有司將自淮安王之下墳墓皆毁之〔二五〕，宰相不敢言。坦奏曰：「李錡與國同族，其反逆不道，身既斬死，並殺其子，罪塞矣。若將追毀祖父墳墓，臣以爲不可。淮安王有佐命之功，且國貞又死王事。漢誅霍禹，不毀霍光之墳〔二六〕；房遺愛伏誅，罪不追於玄齡〔二七〕。此前代及聖朝之故事也。《康誥》曰〔二八〕：『父子兄弟，罪不相及。』若將易之，無乃罪及良臣，且傷大體乎？」上改容，曰：「非卿言，何由知！」遂命停毀，仍禁樵採，給五户守淮安王之墳，以示不忘其功。上策賢良方正之士，有懷書策入者，將深罪之。坦奏言：「四方不明知所犯，必以爲策詞抵忤，宜輕其責。」上從之。

江陵節度使裴均入爲僕射④〔二九〕，行香時，將處諫議常侍之上，坦引故事及姚南仲近例以爲證。裴均怒曰⑤：「姚南仲何足爲例耶？」坦應曰：「姚僕射但不是敕使耳〔三〇〕，何不足以爲例也？」遂爲均所排⑥，改左庶子〔三一〕。坦初爲殿中，當杜黄裳爲相，故累遷，凡二十有三月而至中丞，及居官守道，正言日聞，而人忌其遷之速。數月，宰相裴垍白以爲宣、歙、池等州都團練觀察處置等使兼御史中丞、宣州刺史〔三二〕。劉闢反逆〔三三〕，其壻蘇强坐誅死，强兄弘爲晋州從事〔三四〕，自免歸，人莫敢用。坦奏言：「蘇弘有才行，其弟强坐劉闢反誅，弘與强相去三千里，必不通謀，以强廢弘，非陛下惜材之意⑦。」因請弘以爲判官。上曰：「假令蘇强當時不就誅，尚宜隨材而任之，况在其兄耶！」遂得請。及在宣州，江淮大旱，米價日長，或説節其價以救人，坦曰：「宣州地狹，過穀不足，皆他州來，若制其價，則商不來矣。價雖賤，如無穀何？」後米斗及二百，商人舟米以來者相望，坦乃借兵食，多出於市，以平其直，人賴以生。當塗縣有渚田久廢⑧〔三五〕，坦以爲，歲旱，苟貧人得食取傭，可易爲功。於是渚田盡闢〔三六〕，藉傭以活者數千人。又以羨錢四十萬代税户之貧者〔三七〕，故旱雖甚，而人忘災。

五年冬，遷刑部侍郎，充諸道鹽鐵轉運使，減冗職八十員，自江之南補置付之，院監使無所與。數月，轉户部侍郎，判度支。坦歷更重位，以朝廷是非大體爲己務，故多所陳情。或上封告。泗州刺史薛謇爲代北水運使時〔三八〕，畜馬四百匹，有異馬不以獻者，事下度支，乃使巡官往驗之，未反，上遲之，使品官劉泰昕按其事〔三九〕，坦上陳，以爲「陛下既使有司驗之，又使品官往，豈大臣不足信於品官乎？臣請先罷免。」疏三奏，上是之，遂追劉泰昕。舊賦於州郡者，或非土地所有，則厚價以市之他境，坦悉條奏，各去其所無。罷宣歙度支米，收其價以移之於湖南。免江南鹿腊，配之鄜、汝州。以韓重華爲代北水運使，開廢田，列柵二十，益兵三千人，歲收粟二十萬石。

八年，西受降城爲河所壞〔四〇〕，城使周懷義上言宰相〔四一〕，議徙天德故城。坦以受降城張仁愿所作⑨〔四二〕，城當磧石，得制北狄之要，若避河流，宜退三數里，其費不多。天德故城北倚山，去河甚遠，失制虜要地，非便。因使水運使察視遠近利病，以圖進。上使品官强文彩覆之，文彩言與坦合⑩，上召坦使條陳，將行之，竟爲宰相所奪。乃出坦爲劍南東川節度使。周懷義數月憂卒，燕重盱代其位〔四三〕，遂移天德故城，軍士歸怨，因殺重盱，屠其家。

初，坦與宰相李絳議論多合〔四四〕，絳藉以爲己助。及坦出半歲而絳罷。坦至東川，奏罷兩税外山澤、鹽井、榷率之籍⑪〔四五〕，夷人歌之。綿、劍二州有通文、成州路，每歲奏發二千兵以防西蕃，其實不過一二百人，坦乃奏於衝地置戍鎮之。上誅蔡州，詔發兵二千人於安州〔四六〕，每朔望使人問其父母妻子，其有疾者與之藥，故兵士皆感恩而無逃者。及薨，贈禮部尚書。

【校記】

①「舊産」，《文苑》作「家産」。　②「揚子」，《文苑》作「揚州」。　③「謂」，原誤作「對」，據汲古閣本改。　④「江陵」，原誤作「江寧」；「裴均」原誤作「裴垍」，均據《文苑》改。按，《新唐書·裴均傳》載均嘗爲荆南節度使。　⑤「裴均」，原誤作「裴垍」，據《文苑》改。　⑥「均」，原誤作「垍」，據《文苑》改。　⑦「意」，原誤作「志」，據《文苑》改。　⑧「塗」，原誤作「途」，據《全唐文》改。

⑨「愿」，原誤作「亶」，據《文苑》改。按，《舊唐書·盧坦傳》作「張仁愿」。「作」，嘉靖本作「築」。

⑩「文彩」，原誤作「文采」，據上文及《文苑》改。　⑪「榷」，原誤作「權」，據《文苑》《全唐文》改。

【注釋】

〔一〕元和十二年(八一七)作。盧公,謂盧坦。坦字保衡,洛陽(今屬河南)人。初爲縣尉,憲宗元和間累官至户部侍郎,判度支,出爲東川節度使,卒。《舊唐書》卷一五三、《新唐書》卷一五九有傳。東川,劍南東川簡稱。至德二年(七五七)分劍南節度使東部地區置,治所在梓州(今四川三台縣)。文云「及薨,贈禮部尚書」,據《舊唐書·憲宗紀》「十二年……九月……戊戌,劍南東川節度盧坦卒。」此篇之作當在元和十二年九月盧坦卒後不久。

〔二〕鄭州,隋開皇三年(五八三)改滎州置,治所在成皋縣(今河南滎陽西北汜水鎮)。貞觀七年(六三三)移治管城縣(今鄭州)。

〔三〕韓城縣,隋開皇十八年(五九八)置,治所在今陝西韓城東南二里城古村,唐屬同州。

〔四〕宣城,謂宣城縣,隋開皇九年(五八九)改宛陵縣置,治所即今安徽宣城,以舊郡爲名。鞏,謂鞏縣,秦置,治今河南鞏義西南。隋開皇十六年(五九六)移治今鞏義北鞏縣老城,屬河南郡。河南,謂河南縣。秦置,治所在今河南洛陽西澗河東岸。唐武德四年(六二一)與洛陽縣併爲洛州治,後復改河南縣。

〔五〕杜黄裳,字遵素,京兆杜陵(今陝西西安)人。肅宗寶應間登進士第,又中宏詞科。德宗貞元末,歷遷太子賓客、太常卿,擢門下侍郎、同中書門下平章事。官終河中、晋絳節度使。《舊唐書》卷一四七、《新唐書》卷一六九有傳。

〔六〕太常博士，秦漢皆置，爲太常屬官。隋、唐沿置，員四人，掌撰五禮儀注，大禮則引導乘輿，贊相祭祀，及定諡謚，守陵廟等。

〔七〕鄭滑，又稱義成軍，唐貞元元年（七八五）改永平軍置，治所在滑州（今河南滑縣東南八里城關）。李復，字初陽，隴西成紀（今甘肅秦安）人，李齊物子。以父蔭拜江陵府司録，歷饒、蘇、容、廣等六州刺史、嶺南節度觀察使、潼關防禦鎮國軍使、鄭滑觀察營田使等。《舊唐書》卷一一二、《新唐書》卷七八有傳。據《刺史考》，李復貞元十年至貞元十三年爲滑州刺史、義成軍節度使。

〔八〕薛盈珍，憲宗元和時著名宦官。監軍使，玄宗開元二十年（七三二）諸道方鎮置爲監軍使院長官，以宦官充任，掌監視刑賞，奏察違謬，並掌握部分軍隊。

〔九〕右職，重要職位。《後漢書·蔡邕傳》：「宜擢文右職，以勸忠謇。」李賢注：「右，用事之便，謂樞要之官。」

〔一〇〕姚南仲，華州下邽（今陝西渭南東北）人。肅宗乾元二年制科及第。歷任太子校書、右拾遺、右補闕，終官尚書右僕射。《舊唐書》卷一五三、《新唐書》卷一六二有傳。

〔一一〕王緯，字文卿，并州太原（今屬山西）人。舉明經，又以書判入第。德宗時進給事中，擢浙西觀察使，加御史大夫兼諸道鹽鐵轉運使，改檢校工部尚書，卒。《舊唐書》卷一四六、《新唐書》卷一五九有傳。

〔一三〕鹽鐵使，唐肅宗乾元元年（七五八）以度支郎中第五琦爲諸道鹽鐵使，掌鹽鐵專賣，兼及礦冶，以聚斂軍資。晚唐五代，與度支、户部並號三司使。

〔一三〕李錡，注見本集卷十《百官行狀奏》。

〔一四〕裴度，注見本集卷七《勸裴相不自出征書》。李約，字存博。李元懿玄孫，汧公李勉之子，官兵部員外郎。辛文房《唐才子傳》卷六有傳。李陵，生平事跡不詳。

〔一五〕宣州，隋開皇九年（五八九）改宣城郡置，治所在宛陵縣（今安徽宣城）。

〔一六〕王叔文，越州山陰（今浙江紹興）人。德宗時以棋待詔，侍讀東宫。順宗即位，爲翰林學士，兼充度支、鹽鐵副使，執掌財權，並謀奪宦官兵權。憲宗即位，貶渝州司户，次年被殺。《舊唐書》卷一三五、《新唐書》卷一六八有傳。

〔一七〕懔懔，危懼貌，戒慎貌。

〔一八〕韋執誼，京兆（今陝西西安）人。進士擢第，拜右拾遺。順宗立，王叔文用事，執誼爲相。憲宗即位，坐王叔文事，貶崖州司户，卒於貶所。《舊唐書》卷一三五、《新唐書》卷一六八有傳。

〔一九〕權德輿，字載之，天水略陽（今甘肅天水東北）人。貞元時由監察御史遷户部侍郎。憲宗元和初，歷兵部、吏部侍郎、禮部尚書、同中書門下平章事，改刑部尚書，以檢校吏部尚書出鎮興元，卒謚文。《舊唐書》卷一四八、《新唐書》卷一六五有傳。

〔二〇〕赤縣，唐朝謂縣治設在京城各縣，西京以長安、萬年等爲赤縣，東京以河南、洛陽等爲赤縣，北京以太原、晉陽等爲赤縣。

〔二一〕品官，唐代稱宦官爲品官。

〔二二〕西臺，唐朝西京御史臺俗稱，東都洛陽御史臺俗號東臺。

〔二三〕柳晟，河中解（今屬山西）人。少以孝聞，拜檢校太常卿。德宗時親信用事。累官山南西道節度使，封河東縣子，終左金吾衛大將軍。《舊唐書》卷一八三、《新唐書》卷一五九有傳。據《刺史考》，柳晟元和元年（八〇六）至三年（八〇八）爲山南西道節度使。

〔二四〕閻濟美，進士及第，德宗貞元末爲福建觀察使，徙浙西，尋出爲華州刺史，入爲秘書監，以工部尚書致仕。《舊唐書》卷一八五、《新唐書》卷一五九有傳。據《刺史考》，閻濟美貞元二十年（八〇四）至元和二年（八〇七）爲福建觀察使。

〔二五〕淮安王，謂李神通，唐高祖從父弟。武德初封淮安王，爲山東安撫大使。敗竇建德，從太宗平劉黑闥，遷左武衛大將軍。貞觀初，拜開府儀同三司，卒謚靖。《舊唐書》卷六〇、《新唐書》卷七八有傳。

〔二六〕霍禹，西漢河東平陽（今山西臨汾西南）人，霍光子。光卒，嗣博陸侯。陰謀反叛，事覺伏誅。事見《漢書》卷八《宣帝紀》。

〔二七〕房遺愛，唐齊州臨淄（今屬山東）人，房玄齡次子。尚高陽公主，拜駙馬都尉，官至太府卿、散騎常侍。永徽中因預公主謀反，事發，被誅。《舊唐書》卷六六、《新唐書》卷九六有傳。

〔二八〕《康誥》，《尚書》篇名。周公平定三監與武庚叛亂後，將殷遺民封于武王少弟康叔，《康誥》即康叔受封時周公對其訓誡之辭。

〔二九〕江陵，唐上元元年（七六〇）置，治所在江陵縣（今湖北荆州）。裴均，字君齊，唐河東聞喜（今屬山西）人，裴倩子。明經入仕，以擊劉闢功加檢校吏部尚書。憲宗元和三年（八〇八），入爲右僕射，判度支，俄以相職出爲山南東道節度使。年六十二，卒。《新唐書》卷一〇八有傳。

〔三〇〕敕使，皇帝的使者。

〔三一〕左庶子，太子宫官員，唐左春坊置左庶子二人，正四品，掌侍從贊相，駁正啓奏。

〔三二〕裴垍，字弘中，河東聞喜（今屬山西）人。舉進士，又應賢良極諫科。元和初爲翰林學士，中書舍人，拜中書侍郎、同中書門下平章事，以疾罷爲兵部尚書，卒。《舊唐書》卷一四八、《新唐書》卷一六九有傳。歙，謂歙州，隋開皇九年（五八九）置，治所在海寧縣。隋末移治歙縣（今屬安徽）。池州，唐武德四年（六二一）分宣州置，治所在秋浦縣（今安徽貴池）。

〔三三〕劉闢，注見本集卷十《百官行狀奏》。

〔三四〕蘇弘，京兆藍田（今屬陝西）人，蘇端子。憲宗元和初，官晋州。因弟蘇强坐劉闢事被誅，自免去。宣歙觀察使盧坦辟爲判官。文宗大和初，官左庶子。

〔三五〕當塗縣，東晋咸和初僑置，屬淮南郡，寄治於湖縣（今安徽蕪湖縣西北）。唐屬宣州。

〔三六〕渚田，小洲上的田。

〔三七〕羨錢，多餘的錢，常指賦税盈餘。

〔三八〕泗州，北周改安州置，治所在宿預縣（今江蘇泗陽）。開元二十三年（七三五）徙治臨淮縣（今江蘇盱眙縣西北）。薛謇，河東臨晋（今屬山西）人。德宗貞元中，授監察御史裏行，充京兆水運使。憲宗元和六年（八一一），除泗州刺史。《全唐文》卷六〇九有劉禹錫撰《唐故福建等州都團練觀察處置使福州刺史兼御史中丞贈左散騎常侍薛公神道碑》。

〔三九〕劉奉昕，宦官，生平事跡不詳。

〔四〇〕西受降城，唐三受降城之一。景龍二年（七〇八）朔方大總管張仁愿築，在今内蒙古烏拉特中旗西南烏加河（古黄河）北岸。元和八年（八一三）城西南隅爲河水沖毁，次年移理天德軍城，在今烏拉特前旗東北額爾登布拉格蘇木阿拉奔古城。

〔四一〕周懷義，《白居易集校注補遺》卷七四《論周懷義狀》「周懷義除汝州刺史……懷義本是徐泗一小將，近入左軍，無大功能，忽於刺史。」《白居易集》卷十八有白居易約元和五年撰《除周懷義豐州刺史天德軍使制》：「前汝州刺史周懷義……可豐州刺史，天德軍使。」知懷義本爲徐泗將領，後爲汝州刺史，約元和五年爲豐州刺史，天德軍使。

〔四二〕張仁愿，本名仁亶，華州下邽（今陝西渭南東北）人。則天時位至并州大都督府長史。神龍三年（七〇七）破突厥後在黄河北築三受降城，自是朔方無復寇掠。後官至左衛大將軍、同中書門下三品。《舊唐書》卷九三、《新唐書》卷一一一有傳。

〔四三〕燕重旰，《刺史考》「關内道・豐州（九原郡）」下：「《舊書・憲宗紀下》：元和九年六月『丙戌，以龍武將軍燕重旰爲豐州刺史、天德軍豐州西城中城都防禦壓蕃落等使』。十年二月『壬戌，河東防秋將劉輔殺豐州刺史燕重旰』。」知燕重旰曾爲左龍武軍將軍，元和九年至元和十年爲豐州刺史。

〔四四〕李絳，注見本集卷七《勸裴相不自出征書》。

〔四五〕榷率，謂專賣税標準比率。

〔四六〕安州，西魏改南司州置，治所在安陸郡（今屬湖北）。天寶初改名安陸郡，乾元初復名安州。

李翺文集卷第十三　碑述三首

唐故特進左領軍衛上將軍兼御史大夫平原郡王贈司空柏公神道碑〔一〕

柏氏系自有周，叔虞封晉〔二〕，其支子有受邑於伯爲采地者①，因以爲姓。後世生宗，宗以直顯。景公、厲公之時〔三〕，三郤惡宗〔四〕，共譖殺之。其客畢陽，以其子州黎奔楚〔五〕。於是改伯爲柏。及漢有鴻者〔六〕，由議郎爲魏郡守，子孫家焉，故爲魏郡也。有季纂者〔七〕，入唐爲工部尚書，生敬仁，爲蘄州長史〔八〕；生謇，爲河南永寧令〔九〕，贈大理少卿；生造，爲懷之獲嘉令〔一〇〕，即公之父也。

公諱良器，字公亮。生十二年，安禄山陷東郡，獲嘉守縣印不去，爲賊將所害。公既免喪，懷平賊志②，乃學擊劍，依父友王奂〔一一〕。奂嘗曰：「汝額文似李臨淮〔一二〕，面黑子似顔平原〔一三〕，其必立。」臨淮即太尉光弼也。年十七，得汝州龍興尉〔一四〕，王奂從事太尉府，薦之，太尉召與言，遂授以兵，便平安越之盜。累授左武衛中郎將，以所將兵隸於浙西。廣德歲中，盜陷江東十州，公帥所將兵來婺州〔一五〕，功多，進左武衛將軍。平方清於洞中〔一六〕，賜錢五百萬；破張三霸海上〔一七〕，改左金吾衛將軍，爲都知兵馬使〔一八〕。大曆初，潘獰虎據小傷〔一九〕，胡參據蒸里〔二〇〕，江東大擾。公將卒三千人、騎五百人與戰，皆破之，斬首三千級，執俘一千人，詔加檢校光禄大夫兼蘇州别駕〔二一〕，又加左羽林大將軍。試殿中監察御史李栖筠問公年〔二二〕，對曰：「二十有四。」「戰陣幾何？」曰：「六十有二。」李公歎曰：「相識甚近，得公甚深，勉哉！」公泣涕謝曰：「遭時喪亂，父死家破，誓棄性命以除寇讎，私志未立，豈敢望爲明公之所知哉！」

建中初，嘗至京師，宰相楊炎召之語〔二三〕，公因言兩河有事，職税所辦者③，唯在江東，李道昌無政〔二四〕，宜速得人以代之。炎許諾。其冬，遂并宣、越與浙西以爲一，而以晋州刺史韓滉代道昌焉〔二五〕。及德宗如梁州〔二六〕，李希烈陷汴州〔二七〕，逐李勉〔二八〕，遂僭帝號，寇陳州〔二九〕，圍宋寧陵〔三〇〕，滉使公將卒萬人救陳并寧陵。是時，劉玄佐敗于白塔〔三一〕，收其卒保宋州〔三二〕，使將高彦昭守寧陵④，希烈擁水灌其南，築埇道親臨其北，令軍中曰：「明日日中陷城。」公聞之，厲所將兵，成陣以進，恐城陷不及，使弩手善游者五百人，沿汴渠夜進，去城數里，没於水中，遂得入。及旦，賊驅勇卒登城，城中伏弩悉發，皆貫人斃。其後希烈始知救兵得入，殺守將，因罷去。將昌集城中人哭曰：「向非浙西救至⑤，則此城已屠矣。」遂拔襄邑〔三三〕，收漳口〔三四〕，宋州由是獲全。李希烈遂失汴州，奔於蔡。詔封平原郡王，食邑三千户，特進兼御史中丞。貞元二年淮西平，詔曰：「休勳茂伐，書于竹帛。戎籍乃爲裨將副，非所以褒功寵德也。其以爲左神策軍將軍知軍事，兼官如故。」

五年，詔與太尉晟、侍中瑊等三十六人圖形於凌烟閣〔三五〕，上親御，即其形而贊之。八年，遷大將軍。士卒之在市販者，悉揮斥去，募勇者代之，故爲所監者不悦。明年，公之故人有犯禁宿於望仙門者〔三六〕，衛使奏言，遂轉右領軍衛大將軍，所監者乃用其衙將魏循代爲將軍，自是軍中之政不復在於將軍矣。

十五年，兼英武將軍使。十八年，遷左領軍兼御史大夫。十九年閏十月，以疾卒，年六十一，天子爲之廢朝，贈陜州大都督〔三七〕。明年，葬于萬年畢原〔三八〕。夫人康氏先歿，後始附葬。有子曰元封，爲蔡州刺史〔三九〕。曰耆，爲諫議大夫〔四〇〕。曰元鳳，爲澄城主簿〔四一〕。曰夔，爲襄州參軍〔四二〕。三女皆幼。以元封及耆累贈爲司空，夫人追封魏國太夫人。

初，公與王栖曜、李長榮皆事韓晋公〔四三〕，栖曜至鄜坊〔四四〕，長榮至河陽澤潞〔四五〕，皆擁節有土。公自少則戮力破賊，及壯，解寧陵猗杖之圍，希烈之所以兵不及于宋，而江東以全者，實公之所爲也。功最高，位獨以不副。克生良子，能大厥家。

大和元年，翱自廬以諫議大夫徵，路出于蔡，元封泣拜，且曰：「先公之碑未樹，教後嗣其果有辭俟也，公不可聽。」乃銘曰：

公生十二，未壯家毁，誓殄父讐，不恡勇死。釋官就軍，焯有其勳，擒兇盜平，威明顯聞。人誰不貴，孰勝其位，由卑至巨，莫匪躬致。宜疏土壏，報未功當，是生後人，紹慶不忘。

【校記】

①「采」，原誤作「菜」，據《全唐文》改。②「賊」，原脱，據《全唐文》補。③「辦」，原誤作「辨」，據汲古閣本、《全唐文》改。④「高」，嘉靖本作「王」。⑤「救」，原誤作「放」，據諸本改。

【注釋】

〔一〕大和元年（八二七）作。文云「大和元年，翺自廬以諫議大夫徵，路出于蔡，元封泣拜……乃銘曰」，知此爲大和元年（八二七）李翺由廬州刺史徵爲諫議大夫，路經蔡州時，因柏元封之請而作。柏公，謂柏良器。良器字公亮，魏州（今河北大名）人。李光弼授兵平山越，遷左武衛中郎將，以敗李希烈功封平原郡王，拜神策軍大將軍，終左領衛大將軍。《新唐書》卷一三六有傳。特進，西漢置，凡諸侯功德優盛、朝廷敬異者贈特進，位在三公下，得自辟僚屬。唐爲文散官。左領軍衛上將軍，唐德宗貞元二年（七八六）置爲左領衛長官，位大將軍上，一員，從二品，掌宫禁宿衛。

〔二〕叔虞，姬姓，名虞，字子于。武王子，成王弟。成王以夏墟封之，於戎狄間立國，建都於翼，國號唐。其子姬燮即位，因南有晋水，改國號爲晋。事見《史記》卷三九《晋世家》。

〔三〕景公，謂晉景公，名據，成公子。在位十九年。厲公，名壽曼，景公子。在位八年，爲欒書、中行偃因殺。

〔四〕三郤，謂郤錡、郤犨、郤至。《史記》卷三九《晉世家》「（厲公）五年，三郤讒伯宗，殺之。伯宗以好直諫得此禍，國人以是不附厲公。」

〔五〕州黎，一作州犁，伯宗之子。晉厲公五年，伯宗被殺，州黎奔楚，楚康王時爲太宰，後爲楚公子圍所殺。

〔六〕柏鴻，《元和姓纂》作「柏懷」，生平事跡無考。魏郡，西漢高帝十二年（前一九五）置，治所在鄴縣（今河北臨漳縣西南）。

〔七〕柏季纂，魏州人。從李淵平京師，歷屯田農圃監，汝、遂、宜三州刺史，入爲司農少卿、司農卿。拜虞州刺史，致仕。封武陽公，卒謚敬。

〔八〕柏敬仁，季纂子，良器曾祖。蘄州，南朝陳改羅州置，治所在齊昌縣（今湖北蘄春西北六里羅州城）。

〔九〕柏謇，敬仁子，良器祖父。永寧，隋義寧二年（六一八）改熊耳縣置，治所在永固城（今河南洛寧縣）。貞觀十七年（六四三）移治鹿橋（今洛寧縣北舊縣）。

〔一〇〕柏造，柏謇子，良器父。獲嘉，西漢元鼎六年（前一一一），武帝獲南越相吕嘉首級，因以置縣，名獲嘉（治今新鄉西張固城村）。隋開皇四年（五八四）移獲嘉縣於南修武城（今獲嘉縣城），唐屬懷州。

〔一一〕王奂，生平事跡不詳。

〔一二〕李臨淮，謂李光弼，營州柳城（今遼寧朝陽南）人。起家左衛親府左郎將，肅宗即位，授户部尚書、同中書門下平章事，兼節度使。平安史之亂，與郭子儀齊名。代宗朝封臨淮郡王，卒謚武穆。《舊唐書》卷一一〇、《新唐書》卷一三六有傳。

〔一三〕顔平原，謂顔真卿，字清臣，瑯邪臨沂（今屬山東）人。玄宗開元進士，累擢武部員外郎，出爲平原太守，世稱「顔平原」。安禄山反，約從兄顔杲卿等起兵抵抗。肅宗時歷遷尚書右丞、吏部尚書、太子太師，封魯郡公。《舊唐書》卷一二八、《新唐書》卷一五三有傳。

〔一四〕汝州，隋大業二年（六〇六）改伊州置，治所在汝原縣（今河南汝州）。唐貞觀八年（六三四）移治梁縣（今汝州市）。龍興，謂龍興縣，神龍元年（七〇五）改中興縣置，治所在今河南寶豐縣，屬汝州。

〔一五〕婺州，隋開皇九年（五八九）分吴州置，治所在吴寧縣（今浙江金華）。天寶元年（七四二）又改東陽郡，乾元元年（七五八）復爲婺州。

〔一六〕方清，蘇州人，代宗廣德間，因歲飢聚衆反。永泰初盛威達七州之地，震動東南。唐令李光弼遣將擊之。二年，破石埭，殺之。

〔一七〕張三霸，生平事跡不詳。

〔一八〕都知兵馬使，唐置，節度使屬官，掌統領兵馬。

〔一九〕潘獰虎，生平事跡不詳。

〔二〇〕胡參，生平事跡不詳。

〔二一〕光禄大夫，西漢武帝太初元年（前一〇四）改中大夫置。唐貞觀後設光禄大夫、金紫光禄大夫、銀青光禄大夫，從二品，作爲加官，無俸禄，衣服依本品，不預朝會。别駕，亦稱别駕從事，州刺史佐官。

〔二二〕李栖筠，字貞一，趙郡（今河北趙縣）人，李吉甫父。舉進士，肅宗時累官給事中，進工部侍郎，出爲常州刺史。年五十八卒，贈吏部尚書，謚文獻。《新唐書》卷一四六有傳。

〔二三〕楊炎，字公南，鳳翔（今屬陝西）人。初爲河西節度掌書記，代宗時由中書舍人遷吏部侍郎。德宗即位，擢門下侍郎，同中書門下平章事。盧杞爲相，罷爲尚書左僕射，貶崖州司馬同正，賜死。《舊唐書》卷一一八、《新唐書》卷一四五有傳。

〔二四〕李道昌，代宗大曆十三年（七七八），自浙西觀察留後爲蘇州刺史，兼御史中丞，充浙西都團練觀察使。事見《舊唐書》卷一一《代宗紀》。

〔二五〕晋州，北魏建義元年（五二八）改唐州置，治所在白馬城（今山西臨汾）。唐武德元年（六一八）治臨汾縣。韓滉，字太沖，京兆長安（今陝西西安）人。以門蔭入仕，歷户部侍郎、判度支，出爲蘇州刺史、浙江東西都團練觀察使。貞元初拜檢校左僕射、同平章事，封鄭國公，卒謚忠肅。

《舊唐書》卷一二九、《新唐書》卷一二六有傳。

〔二六〕梁州，三國魏景元四年（二六三）分益州置，治所在沔陽縣（今陝西勉縣東）。

〔二七〕李希烈，注見本集卷十一《故正議大夫行尚書吏部侍郎上柱國賜紫金魚袋贈禮部尚書韓公行狀》。

〔二八〕李勉，字玄卿，宗室。至德初由開封尉遷監察御史、太常卿。德宗即位，加檢校吏部尚書、同平章事。後遭疏遠，主動辭相。《舊唐書》卷一三一、《新唐書》卷一三一有傳。

〔二九〕陳州，注見本集卷十二《楊烈婦傳》。

〔三〇〕寧陵，戰國魏地，信陵君被封於此，西漢置爲縣，治所在今河南省寧陵縣東南。

〔三一〕劉玄佐，本名洽，賜名玄佐，滑州匡城（今河南長垣）人。代宗大曆中襲取宋州，李勉表署刺史。德宗建中初進兼御史中丞，大破叛鎮李納軍。李希烈反，玄佐救陳州，取汴州，以功詔加汴宋節度使、陳州諸軍行營都統，卒謚壯武。《舊唐書》卷一四五、《新唐書》卷二一四有傳。

〔三二〕宋州，注見本集卷五《知鳳》。

〔三三〕襄邑，秦置，屬碭郡，治所即今河南睢縣，唐屬宋州。

〔三四〕漳口，漳水注入溳水之口，在今湖北應城市東。

〔三五〕太尉晟，謂李晟，字良器，隴右臨洮（今甘肅岷縣）人。因擊羌、党項、吐蕃有功，累遷至開府儀同三司，涇原、四鎮、北庭都知兵馬使，封合川郡王。朱泚反，晟收復京師，以功拜司徒兼中書令，改封西平郡王，卒謚忠武。《舊唐書》卷一三三、《新唐書》卷一五四有傳。侍中瑊，謂渾瑊，本名進，皋蘭州（今寧夏中寧東北）人。從郭子儀平安史之亂。建中四年（七八三）堅守奉天，與李晟收復京師，又平定李懷光叛亂，以功加檢校司空、尚書左僕射、同平章事，加侍中，封咸寧郡王，卒謚忠武。《舊唐書》卷一三四、《新唐書》卷一五五有傳。

〔三六〕望仙門，《唐六典》「尚書工部卷第七」：「大明宫……南面五門……東曰望仙門。」衙將，唐代軍府中的武官。

〔三七〕陜州，北魏太和十一年（四七八）置，治所在陜縣（今河南三門峽西陜縣老城）。

〔三八〕畢原，在今陜西咸陽、西安二市附近渭水南北岸。亦名咸陽原、咸陽北坂、洪瀆原。

〔三九〕柏元封，據《刺史考》，大和元年（八二七）爲蔡州刺史。

〔四〇〕柏耆，注見本集卷十一《故正議大夫行尚書吏部侍郎上柱國賜紫金魚袋贈禮部尚書韓公行狀》。

〔四一〕柏元鳳，生平事跡不詳。澄城，北魏太平真君七年（四四六）置，治所在今陜西澄城縣。唐屬同州。

〔四二〕柏夔，生平事跡不詳。襄州，西魏恭帝元年（五五四）改雍州置，治所在襄陽縣（今湖北襄樊漢水南襄陽城）。

〔四三〕王栖曜，濮州濮陽（今屬河南）人。從討安禄山、袁晁、李靈曜等，屢立戰功。官至左龍武大將軍、鄜坊丹延節度等使，卒於任，謚成。《舊唐書》卷一五二、《新唐書》卷一七〇。李長榮，原爲韓滉部將，貞元四年（七八八）十月爲河陽三城懷州團練使。韓晋公，謂韓滉。

〔四四〕鄜坊，上元元年（七六〇）置渭北鄜坊節度使，治所在坊州（今陝西黄陵縣東南），建中四年（七八三）徙治鄜州（今陝西富縣）。

〔四五〕河陽，春秋晋邑，在今河南孟縣西三十五里。澤潞，至德元年（七五六）置，治所在潞州（今山西長治）。

唐故横海軍節度齊棣滄景等州觀察處置等使金紫光禄大夫檢校兵部尚書使持節齊州諸軍事兼齊州刺史御史大夫上柱國貝郡開國公食邑二千户贈左僕射傅公神道碑〔一〕

傅爲古姓，介子誅樓蘭王〔二〕，封義陽侯；俊爲二十八將〔三〕，功高稱於兩漢，而毅以文章顯〔四〕。自漢以降，世累有人。曾祖諫，易州長史〔五〕。生大父定州司馬韶，贈鄧州長史〔六〕。生父榮，贈刑部尚書〔七〕。

公諱良弼，字安道，清河人也〔八〕。以善弓矢顯，仕于成德軍〔九〕，流輩稱其朴厚。博野、樂壽〔一〇〕，本隸瀛州〔一一〕，在范陽、成德間〔一二〕，爲要害地，每相攻以取兩城。及王武俊破走朱滔〔一三〕，詔以博野、樂壽與成德軍，其後以公選爲將，而鎮於樂壽。公善撫士卒，與之同苦樂，得士卒死力。

長慶初，幽州繼亂，范陽執其帥弘靖而扶克融〔一四〕，成德殺其帥弘正，將廷湊因盗有地。公奮曰：「吾豈可以爲賊乎？」遂誓衆喻以逆順，閉城拒賊，潛疏以聞。詔以樂壽爲神策行營，命公以爲都知兵馬使，與深州將牛元翼〔一五〕、博野李寰掎角相應〔一六〕，賊屢攻之，卒不能克。會詔下，以克融、廷湊皆爲節度使①，公遂將樂壽之師及其妻子，拔城以出賊，轉鬭且引，遂遇官軍，以免於難。以功遷沂州刺史〔一七〕，未到，遽以爲左神策軍將軍，數月拜鄭州刺史〔一八〕。公本用武力進，未嘗治人，於是痛自刻飭，清己率下，凡從公將卒，本與公同立於樂壽者，皆凛懼不敢越條令以侵物②，故鄭州稱理，雖他時文吏，罕能過者。

明年，改爲鹽州刺史〔一九〕。

閔帝初，以公爲夏、銀、綏、宥等州節度使〔二〇〕，居河陽。壖民不耕織③，党項千餘落，以畜牛、羊、馬代田業。先時將帥多貪，至有盗其善馬者，蕃落咸怨走〔二一〕，以出他境。及公之至，蕃人來見，或獻馬者，公拒而不受。蕃人喜，傳以相告，未踰月，而部落相勸皆歸。蕃人之有罪者，懼而來奔，故事皆使蕃人出馬以贖，公曰：「吾將於此，職當禁其逃亡，有罪何俟於贖？」皆執之以付其蕃落，蕃人益喜。

大和二年九月，以公爲横海軍節度使檢校兵部尚書，俾治齊州，以圖滄景之寇，知兵者咸以爲命將之當，必且有成矣。旌旗及於陜而得疾，疾愈即路，以十月晦，薨於硤石驛〔二二〕，春秋五十有六。天子悼痛，爲之廢朝，贈尚書左僕射。以明年七月葬河南府洛陽縣伯樂里〔二三〕。夫人南陽張氏，柔立善斷。公之以樂壽拒賊，暨轉戰以出，夫人粗衣糲食，與兵士妻女均好惡，用助公事。再封南陽郡夫人。三子：守常、守中、守章等〔二四〕，皆孝謹寡過。公方將立大功，以報於國，不以男子之仕爲念，故官甚卑，有未官者。銘曰：

大夫致身，不賴前業，遭變竭忠，奇節曄曄。乃作刺史，乃作將軍，乃統邊兵，事績昭聞。廉以檢己，嚴以督下，藩落完安，馬牛在野。大革前事，自我爲初，爾後之來，視此勿渝。

【校記】

①「廷」，原作「庭」，據前文改。按，「庭」、「廷」二字作「朝廷」之意時互通。　②「凜」，原誤作「稟」，據《文苑》《全唐文》改。　③「壖」，原誤作「濡」，據汲古閣本、日本本改。

【注釋】

〔二二〕大和三年（八二九）作。文云「大和二年……以十月晦，薨於硤石驛……以明年七月葬河南府洛陽縣伯樂里」，知此爲大和三年所作。時李翺坐柏耆事左遷左少府少監。傅公，謂傅良弼。

良弼字安道，清河（今屬河北）人。德宗時守樂壽，拜都知兵馬使，遷沂州刺史。敬宗寶曆初，擢夏、綏、銀節度使，終横海節度使。《新唐書》卷一四八有傳。横海軍，貞元三年（七八七）置，治滄州（今河北滄縣東南），領滄、景二州。齊，謂齊州，北魏皇興三年（四六九）改冀州置，治所在歷城縣（今山東濟南），以地爲齊國故地而得名。棣，謂棣州，隋開皇六年（五八六）置，治所在陽信縣。貞觀十七年（六四三）移治厭次縣（今山東惠民東南）。滄，謂滄州，武德元年（六一八）置，治所在清池縣（今滄縣東南）。景州，唐貞元二年（七八六）置，治所在弓高縣（今河北阜城東北）。

〔二〕傅介子，西漢北地（今甘肅慶陽西北）人。昭帝元鳳中，以駿馬監求使大宛。還拜中郎，遷平樂監。後以賞賜爲名出使樓蘭，於宴席中斬殺樓蘭王，以功封義陽侯。《漢書》卷七〇有傳。

〔三〕傅俊，字子衛，潁川襄城（今屬河南）人。劉秀拜爲校尉，常從征伐，以功封昆陽侯，拜積弩將軍。將兵徇江東，卒謚威。《後漢書》卷二二有傳。

〔四〕傅毅，字武仲，扶風茂陵（今陝西興平）人。章帝時爲蘭台令史、郎中，後又任車騎將軍馬防軍司馬、大將軍竇憲府司馬，早卒。《後漢書》卷八〇有傳。

〔五〕傅諫，生平事跡不詳。易州，隋開皇元年（五八一）置，治所即今河北易縣。

〔六〕定州，北魏改安州置，治所在盧奴縣（今河北定州）。傅韶，生平事跡不詳。鄧州，隋開皇七年（五八七）改荆州置，治穰縣（今河南鄧州）。

〔七〕傅榮，生平事跡不詳。

〔八〕清河，謂清河郡，注見本集卷十一《皇祖實録》。

〔九〕成德軍，又名恒冀、鎮冀，寶應元年（七六二）置，爲收撫安禄山、史朝義餘部而設河北三鎮之一，治所在恒州（今河北正定）。

〔一〇〕博野，北魏景明元年（五〇〇）改博陸縣置，以地居博水之野得名，治所即今河北蠡縣。唐屬深州。樂壽，隋仁壽元年（六〇一）改廣城縣置，治所在今河北獻縣西南。大業初屬河間郡，十三年（六一七）移治今獻縣。

〔一一〕瀛州，北魏太和十一年（四八七）分定、冀二州置，治趙都軍城（今河北河間）。

〔一二〕范陽，唐天寶元年（七四二）改幽州置，治所在薊縣（今北京城西南）。

〔一三〕王武俊、朱滔，注並見本集卷十一《故正議大夫行尚書吏部侍郎上柱國賜紫金魚袋贈禮部尚書韓公行狀》。

〔一四〕弘靖，謂張弘靖，字元里，延賞子。以門蔭授河南府參軍，憲宗元和初累官刑部尚書、同平章事。穆宗長慶初充幽州、盧龍等軍節度使。軍亂被囚，旋釋還京。《舊唐書》卷一二九、《新唐書》卷一二七有傳。克融，謂朱克融，幽州昌平人，朱滔之孫。長慶初，幽州軍亂，囚其帥張弘靖，推克融統軍務，朝廷加檢校右散騎常侍，授以符節。敬宗初，遷檢校司空，封吴興郡王。後軍亂被殺。《舊唐書》卷一八〇、《新唐書》卷二一二有傳。

〔一五〕深州，隋開皇十六年（五九六）置，旋廢。唐先天二年（七一三）復置，治所在路澤縣（今河北深州西舊州村）。牛元翼，注見本集卷十一《故正議大夫行尚書吏部侍郎上柱國賜紫金魚袋贈禮部尚書韓公行狀》。

〔一六〕李寰，德宗時守博野有功，累擢保義軍節度使，又授横海軍節度使，終夏綏宥節度使而卒。《新唐書》卷一四八有傳。

〔一七〕沂州，北周宣政元年（五七八）改北徐州置，治所在即丘縣（今山東臨沂西二十里）。隋初移治臨沂縣（今臨沂）。

〔一八〕鄭州，隋開皇三年（五八三）改滎州置，治所在成皋縣（今河南滎陽西北汜水鎮），大業二年（六〇六）移治管城縣（今鄭州）。

〔一九〕鹽州，西魏廢帝三年（五五四）改西安州置，治所在五原縣（今陝西定邊）。

〔二〇〕夏州，北魏太和十一年（四八七）升統萬鎮置，治所在化政郡巖緑縣，唐改名朔方（今陝西靖邊北白城子）。銀州，唐貞觀二年（六二八）置，治所在儒林縣（今陝西横山縣東黨岔鎮大寨梁）。綏州，唐武德三年（六二〇）置，治所屢變，貞觀二年始移治上縣（今陝西綏德）。宥州，唐開元二十六年（七三八）置，治所在延恩縣（今内蒙古鄂托克旗南境）。

〔二一〕蕃落，外族部落。

〔二二〕硤石驛，在河南澠池縣。

〔三〕洛陽縣，秦置，爲三川郡治，治所在今河南洛陽東北漢魏故城。唐初爲洛州治，開元初爲河南府治。

〔四〕守常、守中、守章，生平事跡皆不詳。

陸歙州述〔一〕

吴郡陸傪〔二〕，字公佐①，生于世五十有七年。明于仁義之道，可以化人倫、厚風俗者餘三十年。連事觀察使，觀察使不能知，退居于田者六七年。由侍御史入爲祠部員外郎〔三〕，二年出刺歙州，卒于道，貞元十八年四月二十八日也。

凡人之所不能窮者，必推之於天。天之注膏雨也〔四〕，人之心以爲生旱苗然也；雨與苗運相違，或雨于海，或雨于山，旱苗不得仰其澤。唯人也亦然。天之生俊賢也，人之心以爲拯顚頟之人然也〔五〕；賢者與顚頟之人時不合，或死于野，或得其位而道不能行，顚頟之人不得被其惠。膏雨之降也適然，賢者之生于時也亦然，運相合，旱苗仰其澤，顚頟之人賴其力，傅説、甘盤、尹吉甫、管夷吾之類也〔六〕。時弗合，膏雨降雖終日，賢哲生雖比肩，旱苗之不救，百姓之弗賴，顔子、子思、孟軻、董仲舒之類也〔七〕。故賢哲之生自有時，百姓之賴其力，天也；不賴其力，亦天也。

嗚呼！公佐之官，雖升于朝，雖刺于州，其出入始二年，道之不行，與居于田時弗差也。公佐之賢雖日聞已，其德行未必昭昭然聞于天子，公佐是以不得其職；出刺一州，又短命道病死，天下之未蒙其德固宜矣②。然則天之生君也，授之以救人之道，不授之以救人之位，如膏雨之或雨于海，或雨于山，旱苗之不沐其澤者均也。故君子不得其位以行其道者，命也，其亦有不足于心者耶？得其道者窮居于野，非所謂屈，冠冕而相天下，非所謂伸，其何有不足于心者耶？

【校記】

①「字」，原脱，據《文粹》《全唐文》補。　②「之」下，《文粹》有「人」字，近是。

【注釋】

〔一〕貞元十八年（八〇二）作。陸歙州，謂陸傪，注見本集卷二《復性書上》。文云「出刺歙州，卒於道，貞元十八年四月二十八日也」，知此爲貞元十八年四月陸傪卒後所作。時李翺或爲滑州觀察判官。歙州，隋開皇九年（五八九）置，治所在海寧縣（今安徽休寧縣東）。

〔二〕吴郡，注見本集卷二《復性書上》。

〔三〕侍御史，秦置，西漢爲御史大夫屬官。唐侍御史所居稱臺院，掌糾談百官、入閤承詔、受制出使、分判臺事，又輪直朝堂，權位重於殿中侍御史、監察御史，員六人，從六品下。

〔四〕膏雨，滋潤作物的霖雨。

〔五〕顑頷，憂愁，困苦。

〔六〕傅説，商王武丁時大臣。原爲傅巖築墻奴隸，武丁舉以爲相，國大治。甘盤，一作甘般，武丁時大臣，武丁舉以爲相，稱爲賢臣。尹吉甫，周宣王時大臣，名甲，宣王命尹吉甫率師反擊玁狁。管夷吾，注見本集卷八《薦所知於徐州張僕射書》。

〔七〕顔子，謂顔回。子思，注見本集卷二《復性書上》。

李翱文集卷第十四　墓誌五首

唐故金紫光禄大夫尚書右僕射致仕上柱國弘農郡開國公食邑二千户贈司空楊公墓誌并序〔一〕

由楊喜追殺項羽〔二〕，以功封侯，後數世生敞〔三〕，官至丞相。敞曾孫寶〔四〕，不應王莽之命，光武特徵，老病不到。寶生震〔五〕，諸儒謂之「關西孔子」，位至大司徒、太尉，卒以忠死。楊氏由是益大，載於史傳，世不絶人。曾祖珪，辰州司户〔六〕，贈膳部員外郎〔七〕。大父冠俗，奉先縣尉〔八〕，贈吏部郎中。父太清，宋州單父縣尉〔九〕，累贈至太保。公諱於陵，字達夫，年十八舉進士第，選補潤州句容主簿〔一〇〕，鄂岳觀察使奏爲判官〔一一〕，轉左驍衛兵曹，累改評事、監察御史〔一二〕，歷殿中，得緋衣銀魚。使還江西，公隨之，加侍御史、著作郎。及府除，屏居建昌〔一三〕，不至京師。

貞元八年，徵拜膳部員外郎，轉考功，知別頭舉〔一四〕，轉吏部員外郎；及判南曹〔一五〕，宰相之親，有以文書不足駮去者，宰相召吏人詰之，堅執不改，遂以公爲宣武吊祭使〔一六〕。故事，南曹郎未嘗有出使者，公既出，宰相之親由是判成矣。故公卒不得在詔誥之清選〔一七〕，遂爲右司郎中〔一八〕。郎官惰於宿直①〔一九〕，臨直多以假免，公白右丞，右丞建立條例②〔二〇〕。郎官不悦，爲作口語，宰相有知其事者，遽以公爲吏部郎中。改京兆少尹，出爲絳州刺史〔二一〕。有言公弗當居外者，德宗召見，遂以爲中書舍人。其年，知吏部選事。時京兆尹李實有寵〔二二〕，去不附己者，故給事中許孟容爲太常少卿〔二三〕，而公改秘書少監〔二四〕。德宗崩，爲太原幽鎮等十道告哀使〔二五〕，節將之遺，並辭不受。復命，除華州刺史，賜三品衣魚；所取賓僚皆一時名人，後皆得顯官，有至宰相者。

其年冬，遷浙江東道團練觀察使〔二六〕。越中大飢，人至相食，公奏請度支米三十萬斛，又乞糴他道以賑救之，民得生全。入爲户部侍郎，未到，改京兆尹。奏請諸軍、諸使有犯罪者，皆禁身推罪，以狀牒送本軍；又請屬諸軍、諸使，人置挾名敕五丁上者③，推兩丁屬軍，遞立節限，以便於治。詔皆可其奏，京師稱之。復爲户部侍郎，人望益重，僉以公遂爲宰相。會考制舉人，奬直言策爲第一，中貴人大怒，宰相有欲因而出之者，由是爲嶺南節度使。是時得考策者凡四人，公既得嶺南，吏部員外郎韋貫之再貶巴州刺史〔二七〕，而李益、鄭敬皆抵於患〔二八〕。

其在廣州，以韋詞爲節度判官〔二九〕，任之以政，改易侵人之事，凡一十有七，嶺外之人至兹傳道之。節度使徐申以己俸薄〔三〇〕，月加三十萬，且曰「後來所期共守」。公引常衮所奏敕皆罷之〔三一〕。撤去蒲葵，陶瓦覆屋，遂無火災，民賴以安。監軍許遂振〔三二〕，好貨戾彊，而小人有陰附之者，故遂振密表譖公④，直言韋詞、李翺惑亂軍政，於是除替罷歸。遂振既領後事，捶撻吏人，求公之非，吏人大聲呼曰：「楊尚書他方所遺尚不收去，豈有侵用官錢乎？」遂振遽令取他方所遺。及其至，封印不啓，遂振慚而止。宰相裴垍素未知公〔三三〕，及遂振之譖，遂以公爲吏部侍郎。重修甲敕，用備姦源，又於南曹更置別曆，以相檢覆，奏令選人納直，爲出籤告以給之；吏息奸欺，官收羨錢，公食豐絜，廨宇以修，迄兹守行，遂爲故事。凡歷四年，補内、外官三千餘員，皆當其分，無怨訴者。

轉兵部侍郎，兼御史大夫，判度支。當淮西用兵，漕輓供饋，鹽鐵積欠官錢，公與之廷辯。高霞寓以唐、鄧之師攻蔡州〔三四〕，怯懦不敢直進，欲南抵申州〔三五〕，出於空虚不守之地，其路險狹，糧運難繼。公面於上前⑤，累言利害，并以疏陳霞寓逗留之狀，請於北道直進，足以援許、汝之師，賊勢自蹙。上許之。霞寓深怨，遂内外結構，出爲郴州刺史〔三六〕。霞寓果敗。由是談者知公之冤。其爲郴州，躬勤於治，不以卑遠爲薄。明年，召拜原王傅。數日，又爲户部侍郎，復知吏部選事。

元和十四年，淄青平，兼御史大夫，以本官充東平宣慰處置使〔三七〕。是時初誅李師道，得兖州、鄆州等十二州〔三八〕，列爲三道。劉悟既除滑州〔三九〕，猶未出鄆，及公至，悟出迎，公促之，悟即日遂發；頒行賞賜，皆得其實。上甚悦，謂宰臣曰：「楊某不易得。」及浙西觀察使李倚死〔四〇〕，上問宰臣崔群、皇甫鎛曰〔四一〕：「何不進浙西人名？」皇甫鎛知公方有恩，懼作相，遂言公所至皆有理績⑥，以臣所見，莫如楊某。凡數百言，上唯以一字應之，曰「惜」。人聞之者，且以必爲相矣。是時，裴門下既出太原，崔中書爲鎛所譖⑦〔四二〕，鎛又改尊號中上旨，故鎛計竟行，而公不相矣。

明年，遷户部尚書。又一年，改太常卿〔四三〕。又一年，改東都留守，兼兵部尚書、御史大夫，充蘄汝都防禦使⑧〔四四〕。既三年，方將告休〔四五〕，會以疾而罷，乃嘆曰：「年老致政，本吾夙志，兹則負吾平生心矣！」疾平，遷檢校左僕射，兼太子少傅。

或勸求分司以自便者，公曰：「年至力憊，便當乞骸骨於朝，何用分司爲？」遂西至京師，朝謝訖，不到中書，遂還私家，不判上案，三上表乞自退。詔遷左僕射致仕，全給俸料⑨〔四六〕。數月，上表固讓，乞就半俸，許之。廟享之外，不復經過人家；每佳辰體安，則以子弟孫僮侍游於園沼之中，用以爲適。

大和四年十二月癸亥，以疾薨於新昌第，享年七十有八。天子爲之廢朝。凡朝廷之賢，設位而哭者，不知幾人。册贈司空。明年四月庚午，歸葬鄭州滎澤縣先太保之兆〔四七〕，祔于夫人潁川韓氏贈華陰郡太夫人之塋。夫人，丞相少師休之孫〔四八〕，丞相晉國公滉之女〔四九〕，柔順之德，紀於前銘，下從舅姑四十有三年矣。子景復，衛尉卿〔五〇〕；曰嗣復，户部侍郎〔五一〕；曰紹復，舉進士，登宏詞科⑩；曰師復，未仕，用文爲業〔五二〕。女適右司郎中韋公素。孫承涣，試大理評事〔五三〕，鄜坊節度巡官〔五四〕，承涣之下及在童稚者十有一人。大卿侍郎以翺之受恩也久，來請爲誌，銘曰⑪：

公生六年，太保棄捐，未及成童，虢國又終。漂泊江湖，誰食誰衣，服習文學⑫，不勞於師。爰始有名，既于永歸，六十一年，祇慎德儀。由直屢黜，進無異詞，凡所臨莅⑬，去而可思。與之厚者，莫匪儁材，自我進者，多遇良能。恩逮葭莩⑭〔五五〕，濡洽以財，袒免緦麻，亦盡其哀。止足告歸，偃息丘園，子胤孫童，十有五人。有列卿曹，貴爲侍郎，禄秩且多，膳飲馨香。門吏諸生，中外顯光，車馬盈門，歲時之良。既壽既貴⑮，示終以常，福薦攸歸，疇可比望。爲廟太祖，百世烝嘗。

【校記】

①「惰」，原誤作「墮」，據《全唐文》改。②「右丞」，《文粹》《全唐文》無此二字。③「上」，原爲墨釘，據《文粹》、汲古閣本補。④「譖」，原誤作「讚」，據諸本改。⑤「面」，原誤作「而」，據諸本改。⑥「績」，原誤作「跡」，據《文粹》《全唐文》改。⑦「譖」，原誤作「讚」，據諸本改。⑧「蘄」，原誤作「畿」，據《文粹》《全唐文》改。⑨「料」，原誤作「科」，據諸本改。⑩「宏」，原誤作「寵」，據

諸本改。⑪「銘」，原誤作「文」，據《文粹》、汲古閣本改。⑫「文學」，《文粹》作「文章」。⑬「莅」，原誤作「泣」，據《文粹》《全唐文》改。⑭「逮」，原誤作「建」，據《文苑》《文粹》改。⑮第二「既」字，《全唐文》作「且」。

【注釋】

〔一〕大和五年（八三一）作。楊公，謂楊於陵，注見本集卷七《謝楊郎中書》。文云「大和四年十二月癸亥，以疾薨於新昌第……明年四月庚午，歸葬鄭州滎澤縣先太保之兆，祔于潁川韓氏贈華陰郡太夫人之塋。……大卿侍郎以翱之受恩也久，來請爲誌。」知此爲大和五年四月楊於陵歸葬後應於陵子景復之請而作，時李翱爲鄭州刺史。弘農郡，西漢元鼎四年（前一一三）置，治所在弘農縣（今河南靈寶市北故函谷關城）。唐天寶元年（七四二）改虢州爲弘農郡，乾元元年（七五八）復改爲虢州。

〔二〕楊喜，西漢華陰（今屬陝西）人，高祖時以郎中騎從起於杜，後從灌嬰共斬項羽有功，高祖七年（前二〇〇）封赤泉侯，卒謚嚴。事見《史記》卷七《項羽本紀》、卷十八《高祖功臣侯者年表》。

〔三〕楊敞，初爲霍光軍司馬，歷遷大司農、御史大夫。昭帝元鳳六年（前七五）代王訢爲相，封安平侯。與霍光共廢昌邑王，立宣帝，卒謚敬。《漢書》卷六六有傳。

〔四〕楊寶，楊震父。習《歐陽尚書》，西漢哀帝、平帝時隱居教授，不應王莽之徵。光武帝公車特徵，不至，卒。事見《後漢書》卷五四《楊震傳》。

〔五〕楊震，字伯起，少習《歐陽尚書》，諸儒稱爲「關西孔子」。安帝時歷官太僕、司徒、太尉等，後被中常侍樊豐迫害致死。《後漢書》卷五四有傳。

〔六〕辰州，隋開皇九年（五八九）改武州置，治所在龍檦縣（今湖南黔陽西南），後移治沅陵縣（今湖南沅陵縣）。

〔七〕膳部員外郎，禮部膳部司次官。隋文帝開皇六年（五八六）始置，掌牲牢、酒醴、膳羞之事。楊冠俗，生平事跡不詳。

〔八〕奉先縣，唐開元四年（七一六）改蒲城縣置，屬京兆府，治所即今陝西蒲城。

〔九〕單父縣，秦置，屬碭郡，治所在今山東單縣南。唐屬宋州。

〔一〇〕潤州，唐武德三年（六二〇）置，治所在丹徒縣（今江蘇鎮江），天寶元年（七四二）改爲丹陽郡，乾元元年（七五八）復爲潤州。句容，西漢置，屬丹陽郡，治所即今江蘇句容。

〔一一〕鄂岳，乾元二年置鄂、岳、沔三州都團練守捉使，大曆八年（七七三）後改設鄂岳觀察使，治所在鄂州（今湖北武漢）。

〔一二〕評事，隋始置，屬大理寺，掌平決刑獄。

〔一三〕建昌，東漢永元十六年（一〇四）分海昏縣置，屬豫章郡，治所在今江西奉新縣西。唐武德八年（六二五）後屬洪州。

〔一四〕別頭舉，唐宋科舉因應試者與考官有親故關係或其他原因，爲避嫌疑而另設的考試。《新唐書·選舉志上》："初，禮部侍郎親故移試考功，謂之别頭……（元和）十三年，權知禮部侍郎庾承宣奏復考功别頭試。"

〔一五〕南曹，唐代吏部屬官。由員外郎一人充任，負責審核官吏檔案和政績，以爲升遷依據。

〔一六〕吊祭使，唐朝派遣吊祭周邊少數民族政權首領及封疆大吏亡故之使臣，玄宗時始置。

〔一七〕清選，猶言清班。《南史·庾於陵傳》："舊東宫官屬通爲清選，洗馬掌文翰，尤其清者。"

〔一八〕右司郎中，唐貞觀二年（六二八）置，員一人，從五品上，爲尚書右丞副貳，協掌尚書都省事務，監管兵、刑、工部諸司政務，位在諸司郎中上。

〔一九〕宿直，夜間值班。

〔二〇〕條例，由國家制定或批准規定某些事項或某一機關組織、職權的法律文件。

〔二一〕絳州，注見本集卷十二《楊烈婦傳》。

〔二二〕李實，唐宗室。以門蔭入仕，貞元十九年（八〇三）拜京兆尹，封嗣道王。二十一年（八〇五），貶通州長史。《舊唐書》卷一三五有傳。

〔二三〕許孟容，字公范，京兆長安（今陝西西安）人。舉進士，德宗貞元時，累遷兵部郎中、給事中。憲宗元和四年拜京兆尹。後爲兵部、吏部侍郎，終官東都留守。《舊唐書》卷一五四、《新唐書》卷一六二有傳。太常少卿，北魏始置，爲太常副貳，位在丞上。唐沿置，正四品上，協助太常卿管理禮樂宗廟祭祀事務，分領諸署。

〔二四〕秘書少監，隋煬帝大業三年（六〇七）置，員一人，爲秘書省次官，從四品，佐秘書監掌圖書典籍。

〔二五〕告哀使，唐朝國有大喪時，遣赴周邊各政權及諸道方鎮通告噩耗的使者。

〔二六〕浙江東道，乾元元年（七五八）置，治所在越州（今浙江紹興）。

〔二七〕韋貫之，本名純，唐京兆杜陵（今陜西西安）。少舉進士，元和初以本官同中書門下平章事，旋出爲湖南觀察使。穆宗即位，由太子詹事擢爲河南尹，未赴職而卒。《舊唐書》卷一五八、《新唐書》卷一六九有傳。巴州，北魏延昌三年（五一四）置，治所在今四川巴中。

〔二八〕李益，注見本集卷十《論故度支李尚書事狀》。鄭敬，字子和，鄭州滎陽（今屬河南）人。歷山南東道觀察使，出爲漳州刺史，遷户部郎中。憲宗元和間任左司郎中，奉使宣撫江淮，改虢州刺史，入爲京兆少尹，出爲絳州刺史，卒於任。

〔二九〕韋詞，注見本集卷七《薦士於中書舍人書》。

〔三〇〕徐申，注見本集卷十一《唐故金紫光禄大夫檢校禮部尚書使持節都督廣州諸軍事兼廣州刺史兼御史大夫充嶺南節度營田觀察制置本管經略等使東海郡開國公食邑二千户徐公行狀》。

〔三一〕常衮，京兆（今陜西西安）人。天寶進士，代宗時累拜門下侍郎、同平章事，封河内郡公。德宗即位，貶潮州刺史，遷福建觀察使，卒。《舊唐書》卷一一九、《新唐書》卷一五〇有傳。

〔三二〕許遂振，唐憲宗、穆宗、敬宗時著名宦官。

〔三三〕裴垍，注見本集卷十二《故東川節度使盧公傳》。

〔三四〕高霞寓，幽州范陽（今河北涿縣）人。以隨高崇文平西川功拜彭州刺史，受命討吴元濟，大敗，貶歸州刺史。授金吾衛大將軍，行次奉天而卒。《舊唐書》卷一六二、《新唐書》卷一四一有傳。

〔三五〕申州，北周改郢州置，治所在平陽縣（今河南信陽）。

〔三六〕郴州，隋開皇九年（五八九）置，治郴縣。

〔三七〕東平，隋大業初改鄆州置，治所在鄆城縣（今山東鄆城縣東），唐貞觀八年（六三四）移治須昌縣（今山東東平西北）。

〔三八〕兖州、鄆州，注並見本集卷十一《皇祖實録》。

〔三九〕劉悟，注見本集卷七《論事疏表》。滑州，注見本集卷十《論故度支李尚書事狀》。按，據《刺史考》，元和十四年（八一九）至元和十五年（八二〇）劉悟爲滑州刺史。

〔四〇〕浙西，謂浙江西道，乾元元年（七五八）置，建中二年（七八一）建號鎮海軍。初治昇州（今江蘇南京），尋徙治蘇州（今屬江蘇），後移治宣州（今安徽宣城），貞元後定治潤州（今江蘇鎮江）。李翛，以莊憲皇后妹婿得進，歷坊州、絳州刺史。憲宗時累官浙西觀察使，卒於疾。

〔四一〕崔群，注見本集卷七《論事於宰相書》。皇甫鎛，涇州臨涇（今甘肅涇川）人。德宗貞元進士，授監察御史，累官户部侍郎，進御史大夫，同門下平章事。穆宗嗣位，貶崖州司户參軍，卒。《舊唐書》卷一三五、《新唐書》卷一六七有傳。

〔四二〕裴門下，謂裴度，注見本集卷七《勸裴相不自出征書》；崔中書，謂崔群。注見本集卷七《勸裴相不自出征書》。

〔四三〕太常卿，漢置，俸中二千石，掌禮儀祭祀。唐正三品，掌祭祀禮樂之事，其政令則仰承禮部。

〔四四〕蘄汝，謂蘄州與汝州，蘄州，注見本集卷十三《唐故特進左領軍衛上將軍兼御史大夫平原郡王贈司空柏公神道碑》。汝州，注見本集卷六《賀行軍陸大夫書》。

〔四五〕告休，指官吏退休，辭職。

〔四六〕俸料，唐宋官員除俸禄外，又給食料、厨料等，二者合稱俸料。

〔四七〕滎澤縣，隋仁壽元年（六〇一）改廣武縣置，屬鄭州，治所在今河南鄭州西北。天寶、至德間屬滎陽郡。先太保，謂楊太清。

〔四八〕韓休，注見本集卷七《薦士於中書舍人書》。

〔四九〕韓滉，注見本集卷十三《唐故特進左領軍衛上將軍兼御史大夫平原郡王贈司空柏公神道碑》。

〔五〇〕景復，《白居易文集》卷十二有長慶二年撰《楊景復可檢校膳部員外郎……六人同制》。《舊唐書·楊於陵傳》：「子四人……景復位終同州刺史。」

〔五一〕嗣復，字繼之，德宗貞元進士。累官兵部郎中，拜中書舍人、户部侍郎，以本官同平章事，尋進門下侍郎，出爲湖南觀察使，拜户部尚書，至岳州病卒，贈左僕射，謚孝穆。《舊唐書》卷一七六、《新唐書》卷一七四有傳。

〔五二〕紹復、師復，《舊唐書·楊於陵傳》：「紹復進士擢第，弘辭登科，位終中書舍人。師復位終大理卿。」

〔五三〕大理評事，大理寺屬官，隋煬帝大業十二年（六〇七）置。唐太宗貞觀二十二年（六四八）置十員，從八品下，掌出使推覆，後加爲十二員。

〔五四〕鄜坊，唐上元元年（七六〇）置渭北鄜坊節度使，簡稱渭北或鄜坊節度使，治坊州（今陝西黄陵縣東南），建中四年（七八三）徙治鄜州（今陝西富縣）。據《僚佐考》，楊承涣大和五年在鄜坊節度使邱直方幕下爲節度巡官。

〔五五〕葭莩，本意爲蘆葦裏的薄膜，此喻親戚關係疏遠淡薄。

唐故福建等州都團練觀察處置等使兼御史中丞贈右散騎常侍獨孤公墓誌〔一〕

公諱朗，字用晦，常州刺史贈太子少保憲公之長子①〔二〕。憲公有文章名於大曆中，每爲文，輒爲後進所傳寫。公生數歲而憲公殁，與弟郁皆伯父母所養〔三〕。稍長，好讀書，不煩於師。年二十一，與弟郁同來舉進士。其二年，既得之矣，會有司出賦題，德宗不悦，宰相喻使減人數，故公與十餘人皆黜。公以伯父母無子，即日歸養于蘇州，使其弟留以卒業，由是孝慈之名稱於朋友間，以處士起佐江西、宣歙、浙東三府〔四〕，得試校書協律郎〔五〕。

元和九年，拜右拾遺，上疏請各令觀察使充本道鹽鐵使②〔六〕，場監之任，悉歸州縣，罷去管榷吏〔七〕，以除百姓之患。十年，盜殺宰相，御史中丞傷以免〔八〕，公疏請貶京兆尹，殺捕盜吏，事皆不行，君子壯之。累奏時病，有不合上意者，貶爲興元府倉曹參軍〔九〕。三年，復徵入爲監察御史，改京兆府司録參軍〔一〇〕，遷殿中，尋加史館修撰，入省爲都官員外郎〔一一〕，修史如前。出刺韶州，復入虞部左司二員外〔一二〕，得郎中，數月，遷權知諫議大夫〔一三〕。敬宗御丹鳳門〔一四〕，大赦改元，宦官毆傷鄂縣令崔發於鷄竿下〔一五〕，公疏請取其首爲者殺之以正法。寶曆元年，改御史中丞。殿中王源植貶韶州司馬〔一六〕，公面諫其屈，不得請；凡五上疏，自請罷去，敬宗不許。上即位，遷工部侍郎③〔一七〕。

大和元年八月，以爲福建等州都團練觀察等使，兼御史中丞。公瘡發於背，不克入謝。病二旬，九月壬子，以瘡卒，年五十三。天子爲之廢朝，贈右散騎常侍。有子孟常，生九歲矣。夫人京兆韋氏，給事中貞伯之女〔一八〕，未仕而夫人卒。十月壬午，其姪庠以公之喪歸祔河南之壽安甘泉鄉先公墓次〔一九〕，以十月己酉窆。銘曰：

人之有生，莫不皆死，曰長曰短，相望其幾。短不足傷，長不足恃，要歸於盡，孰有彼此。公壽何迫，百年中止，喪車東去，托骨山趾。室無妻哭，祭有稚子④，令名不忘，曷其有已。

【校記】

①「常」，原誤作「當」，據《舊唐書·獨孤及傳》改。②「使」，原誤作「便」，據《全唐文》改。③「工」，原誤作「二」，據諸本改。④「稚」，原誤作「雅」，據《全唐文》改。

【注釋】

〔一〕大和元年（八二七）作。獨孤公，謂獨孤朗，注見本集卷七《薦士於中書舍人書》。文云：「大和元年……十月壬午，其侄庠以公之喪歸祔河南之壽安甘泉鄉先公墓次，以十月己酉窆。」則此篇當作於大和元年十月（八二七）獨孤朗祔葬後。時李翱以諫議大夫知制誥。福建，開元二十一年（七三三）置福建經略使，後改都防禦使，上元元年（七六〇）升爲節度使，治福州（今屬福建）。右散騎常侍，三國魏文帝黄初初年置散騎，合於中常侍，謂之散騎常侍。唐初置爲加官，高宗顯慶二年（六五七）分置左右，掌侍從規諫，備顧問應對，實則多爲安置退罷大臣之虚職。

〔二〕常州，隋開皇九年（五八九）置，治常熟縣（今江蘇常熟西北），大業初移治晋陵縣。憲公，謂獨孤及，注見本集卷七《謝楊郎中書》。

〔三〕獨孤郁，注見本集卷六《答獨孤舍人書》。

〔四〕江西，廣德二年（七六四）更洪吉都防禦團練觀察處置使爲江南西道都防禦團練觀察使，通稱江西，治洪州（今江西南昌）。宣歙，乾元元年（七五八）置觀察使，治宣州（今安徽宣城）。

浙東，即浙江東道。乾元元年（七五八）置，治越州（今浙江紹興）。

〔五〕協律郎，太常寺屬官，唐置二人，正八品上，掌和律吕。

〔六〕鹽鐵使，注見本集卷十二《故東川節度使盧公傳》。

〔七〕管榷吏，具體掌管鹽、鐵、酒專賣的官吏。

〔八〕宰相，謂武元衡；御史中丞，謂裴度。《通鑑·唐紀》卷五十五：「元和十年……六月，癸卯，天未明，元衡入朝，出所居靖安坊東門；有賊自暗中突出射之，從者皆散走，賊執元衡馬行十餘步而殺之，取其顱骨而去。又入通化坊擊裴度，傷其首，墜溝中，度氈帽厚，不得死；傔人王義自後抱賊大呼，賊斷義臂而去。」

〔九〕興元府，唐興元元年（七八四）改梁州置，治所在南鄭縣（今陝西漢中東）。倉曹參軍，注見本集卷十一《唐故金紫光禄大夫檢校禮部尚書使持節都督廣州諸軍事兼廣州刺史兼御史大夫充嶺南節度營田觀察制置本管經略等使東海郡開國公食邑二千户徐公行狀》。

〔一〇〕司録參軍，即司録參軍事。開元元年（七一三）改京兆府録事參軍置，後西都、東都、北都三都及鳳翔、成都、河中、江陵、興元、興德六府並置，各二員，正七品上，掌符印、參議府政得失。

〔一一〕都官員外郎，隋開皇六年（五八六）始置，爲刑部都官司次官，唐沿置，從六品上。

〔一二〕虞部，官署名，隋唐五代爲工部四司之一，掌管有關山澤、園囿、草木、鳥獸政令。左司，官署名，隋有郎中、員外郎各一員，爲尚書左丞副貳，掌監督管理吏部、户部、禮部十二司政務。

〔一三〕諫議大夫，秦置，專掌論議。唐初置四人，德宗貞元四年（七八八）分左右，各置四員，分隸門下、中書兩省，升正四品下，掌諫議得失，侍從贊相。憲宗元和元年（八〇六）罷左右之名，只稱諫議大夫。

〔一四〕丹鳳門，唐大明宫正門。

〔一五〕鄂縣，秦置，屬江夏郡，治所即今湖北鄂州。鷄竿，一端附有金鷄的長竿，古代多於大赦日設立。

〔一六〕王源植，《册府元龜》五二二：「王源植，寶曆二年爲殿中侍御史。」

〔一七〕工部侍郎，隋初爲工部頭司長官，唐沿置，員一人，正四品下。唐中葉後，尚書漸成虚銜，由侍郎掌部務。

〔一八〕韋貞伯，唐襄州襄陽（今屬湖北）人，韋濟孫。初爲監察御史，出爲藍田令，遷舒州刺史。入爲御史中丞，官終給事中。

〔一九〕獨孤庠，字賢府，獨孤郁子，登進士第，仕至尚書丞。《新唐書》卷一六二附《獨孤郁傳》。壽安，隋仁壽四年（六〇四）改甘棠縣置，治所即今河南宜陽縣，唐開元後屬河南府。

故檢校工部員外郎任君墓誌銘〔一〕

君諱佶，字叔正，樂安人，殿中侍御史玄植之孫〔二〕，靈府功曹日新之子〔三〕。君少遭父喪，養母以孝稱。京兆尹崔光遠表試左清道率府兵曹參軍〔四〕，敕攝富平縣尉知縣事〔五〕。

及克復京師，以功授成都府犀浦縣丞〔六〕，又以優授涇陽縣尉〔七〕。會吐蕃犯都，代宗幸陝州〔八〕，君召募吏人保守佛寺，寇不敢逼，擢爲本縣令，充渭南十縣團練使①〔九〕。及駕還京，爲同列潛構，功不得論。僕射裴冕冤而奏之〔一〇〕，得長安縣尉，轉本縣丞，歷太府寺丞〔一一〕。未幾，遷監察御史、京畿館驛使判官〔一二〕。中書侍郎元載爲澤潞使②〔一三〕，請爲判官，轉殿中侍御史，又檢校工部員外郎，兼侍御史、判官如故。元載得罪，君左授建州建安尉③〔一四〕。及楊炎入相〔一五〕，君以書戒之，由是楊怒而不用。又移虔州司户〔一六〕，再授信州司馬〔一七〕。觀察使鮑防以爲判官④〔一八〕，權知饒州事〔一九〕。構疾歸，卒于信州，權窆於州西原。

有詩兩卷。前娶宗王氏女，生男冀，爲邠州司法參軍〔二〇〕，三女各爲士妻。後娶杜氏女，生子三人，曰溆，曰羨，曰并〔二一〕；女五人，長女嫁長洲尉源咸季，次女適權穎，三女早卒，少女二人未許嫁。溆歷佐大府，以吏能有聲，爲度支振武營田使〔二二〕，得試協律郎，攝監察御史。元和十四年，杜氏卒，溆乃自信州奉府君之喪，合葬于萬年楊村⑤〔二三〕，從先人舊塋。溆嘗與翺同事嶺南府〔二四〕，翺知溆之才⑥，亟薦于時，故溆來請誌。銘曰：

士生于時兮，所貴者才。有才無命兮，古今所哀。噫！

【校記】

①「渭南」，原誤作「渭北」，今據《文苑》改。按，《舊唐書·地理志》作「渭南」。　②「澤」，原誤作「潭」，

今據《文苑》改。按，《舊唐書·職官志》有「澤漕使」。③「尉」上，《文苑》有「縣」字。④「防」，原誤作「魴」。今據《文苑》《全唐文》改。⑤「楊村」，《文苑》作「柳村」。⑥「才」，《文苑》作「賢」。

【注釋】

〔一〕元和十四年（八一九）作。任君，謂任佶。文云：「元和十四年，杜氏卒，淑乃自信州奉府君之喪，合葬于萬年楊村，從先人舊塋。淑嘗與翺同事嶺南府，翺知淑之才，亟薦于時，故淑來請誌。」知此爲元和十四年杜氏卒後，任淑將之與任佶合葬時，李翺應任淑之請所作。時李翺爲國子博士兼史館修撰。

〔二〕玄植，唐司農丞任幹之子，岑仲勉《元和姓纂四校記》引《通鑑》二〇四：「垂拱四年，監察御史任玄殖（植）以忤武后免」，當即其人。

〔三〕靈府功曹，即靈州府功曹參軍。靈州，北魏孝昌中置，治所在舊薄骨律城（今寧夏吴忠北）。功曹參軍，功曹之長。唐諸王府、都督府皆置，掌糾駁獻替、文官簿書、考課、陳設諸事。任日新，文云「（任佶）少遭父喪」，則日新當早卒，或僅任靈府功曹。

〔四〕崔光遠，滑州靈昌（今河南滑縣西南）人。開元末爲唐安令，安史亂時降安禄山，數月後逃出，拜御史大夫兼京兆尹。以失守魏州，所統士兵肆意殺人搶劫，肅宗遣使查證其罪，憂懼而卒。《舊唐書》卷一一一、《新唐書》卷一四一有傳。左清道率府，即太子左清道率府，玄宗初置率一員、副率二員，掌晝夜巡警，統諸曹及外府直蕩番上者。

〔五〕富平縣，秦置，屬北地郡，治所在今寧夏吴忠市西南黄河東岸，西魏大統五年（五三九）移治今富平縣西南三里。唐屬京兆府，開元中移治義亭城（今富平縣東北）。

〔六〕犀浦縣，唐垂拱二年（六八六）置，屬益州，治所即今四川郫縣東南二十里犀浦鎮。

〔七〕涇陽縣，十六國前秦皇始二年（三五二）析池陽縣置，屬扶風郡，治所在今陝西涇陽東南。唐屬京兆府。

〔八〕陝州，北魏太和十一年（四八七）置，治所在陝縣（今河南三門峽西陝縣老城）。《通鑑·唐紀》三十九：「（代宗廣德元年）冬，十月……乙亥，吐蕃寇盩厔，月將復與力戰，兵盡，爲虜所擒。上方治兵，而吐蕃已度便橋，倉猝不知所爲，丙子，出幸陝州，官吏藏竄，六軍逃散。」

〔九〕團練使，唐肅宗至德、乾元中於諸道置，掌本地區防務，又稱團練守捉使。唐後期諸州刺史不兼防禦使者多帶此銜，諸道不設節度使者，多以都團練使（或都防禦使）總領軍務。

〔一〇〕裴冕，河東（今山西永濟西南）人，以門蔭入仕。玄宗幸蜀，拜御史中丞兼左庶子，以定策功，遷中書侍郎、同中書門下平章事。《舊唐書》卷一一三、《新唐書》卷一四〇有傳。

〔一一〕太府寺丞，南朝梁武帝天監七年（五〇八）置，員一人，爲太府卿副貳。唐初員五人，太宗貞觀中減爲四人，從六品上。掌判寺務，管理賬簿。

〔一二〕館驛使，玄宗開元中以監察御史兼巡傳驛，代宗大曆十四年（七七九）兩京以御史一人知驛，號館驛使。

〔一三〕元載，字公輔，鳳翔岐山（今屬陝西）人。天寶初以道舉入高第，肅宗時遷户部侍郎，充度支并諸道轉運使，拜同中書門下平章事。大曆五年（七七〇），與代宗密謀誅殺宦官魚朝恩，權勢日重，擅權不法，事發，賜死。《舊唐書》卷一一八、《新唐書》卷一四五有傳。

〔一四〕建州，唐武德四年（六二一）置，治所在建安縣（今福建建甌）。

〔一五〕楊炎，注見本集卷十三《唐故特進左領軍衛上將軍兼御史大夫平原郡王贈司空柏公神道碑》。

〔一六〕虔州，隋開皇九年（五八九）以南康郡改置，治所在贛縣（今江西贛州西南）。貞觀中州治徙今贛州。司户，即司户參軍事，隋文帝開皇三年（五八三）由諸王府、諸州户曹參軍事改，唐高祖武德初，上州置二員，從七品下；中州置一員，正八品下；下州置一員，正八品下，掌户籍、計賬、道路、過所、蠲符、雜徭、逋負、良賤、芻藁、逆旅、婚姻、田訟、旌别孝悌。

〔一七〕信州，唐乾元元年（七五八）析饒、衢、建、撫四州之地置，治所在上饒（今江西上饒西北）。

〔一八〕鮑防，字子慎，襄州襄陽（今屬湖北）人。玄宗天寶末進士，歷官殿中侍御史、太原少尹、河東節度使。德宗時除禮部侍郎，遷工部尚書，致仕。《舊唐書》卷一四六、《新唐書》卷一五九有傳。

〔一九〕饒州，隋開皇九年（五八九）以鄱陽郡改名，治所在鄱陽縣。

〔二〇〕任冀，生平事跡不詳。邠州，唐開元十三年（七二五）改豳州置，治所在新平縣（今陝西彬縣）。司法參軍，即司法參軍事。唐高祖武德初改司法行書佐置，爲三都、六府及法曹長官，執法理獄，督捕盗賊，追贓查賄；上州置二員，從七品下；中州一員，正八品下；下州一員，從八品下，掌議法斷刑。

〔二〕任溆，據翱此《誌》，知其曾爲度支振武營田使，得試協律郎，攝監察御史。羨、并、源咸季、權穎，生平事跡皆不詳。

〔三〕振武，唐、五代方鎮名。唐乾元元年（七五八）置，治所在單于都護府（今内蒙古和林格爾縣西北），廣德二年（七六四）併入朔方節度使。大曆十四年（七七九）復置。元和時，領有單于都護府，麟、勝二州及東受降城。營田使，唐有屯田之州置，掌軍屯。

〔三〕萬年，謂萬年縣。注見本集卷十一《唐故金紫光禄大夫檢校禮部尚書使持節都督廣州諸軍事兼廣州刺史兼御史大夫充嶺南節度營田觀察制置本管經略等使東海郡開國公食邑二千户徐公行狀》。

〔四〕按，據羅《譜》，翱以元和三年（八〇八）受命爲嶺南節度使掌書記，元和四年（八〇九）六月抵達廣州，元和五年（八一〇）三月或稍後北歸，溆與其同事嶺南，當在四年六月至五年三月之間。

故處士侯君墓誌〔一〕

侯高，字玄覽，上谷人〔二〕。少爲道士，學黄老鍊氣保形之術，居廬山〔三〕，號華陽居士。每激發則爲文達意，其高處騣騣乎有漢、魏之風。性剛勁，懷救物之略，自儕周昌、王陵〔四〕，所如固不合，視貴善宦者如糞溲。與平昌孟郊東野〔五〕、昌黎韓愈退之、隴西李渤濬之〔六〕、河南獨孤朗用晦〔七〕、隴西李翺習之相往來。

汴州亂，兵士殺留後陸長源，東取劉逸淮〔八〕，乃作《吊汴州文》，投之大川以訴。貞元十五年，翺遇玄覽於蘇州，出其詞以示翺，翺謂孟東野曰：「誠之至者①，必上通，上帝聞之，劉逸淮其將不久。」後數月，而劉逸淮竟死。其首章曰：「穹穹與厚厚兮，烏憒予而不攄。」翺以爲與屈原、宋玉、景差相上下，自東方朔、嚴忌皆不及也〔九〕。

達奚撫爲楚州〔一〇〕，起攝盱眙〔一一〕，祭酒李公遜刺衢州〔一二〕，請治信安〔一三〕；其觀察浙東〔一四〕，又宰于剡〔一五〕：三縣皆有政。不幸得心疾，留其子狗兒於翺家而歸廬山，不到，卒江西。其子壻王適〔一六〕，使傭吉勉求君所如②〔一七〕，值君卒，吉勉以君喪殯於袁州之野，而復於適。適又死，適之妻使吉勉來告於翺，翺以狗兒歸適妻。居二年，適妻又死，狗兒尚童，翺慮吉勉之短長不可期，則君之喪終不墳矣，故使吉勉往葬之，而識其墓，以示狗兒。

【校記】

①「誠」上，《文苑》有小注，曰：「蜀本有『我』字。」　②「如」，《文苑》有小注，曰：「蜀本作『知』。」

【注釋】

〔一〕元和八年（八一三）或九年（八一四）作。侯君，謂侯高。處士，本指有才能而隱居不仕之人，後泛指未做過官的士人。按，關於此篇作時，羅《譜》據「侯高……起爲盱眙祭酒，李公遜刺衢州，請治信安。其觀察浙東，又宰于郯，三縣皆有政。不幸得心疾，留其子狗兒於翱家，而歸廬山，不到，卒江西。……居二年……而識其墓」，考李遜以元和五年八月自常州觀察浙東，九年九月入朝爲給事中，侯高宰于郯三縣，當李遜觀察浙東時，其任期至少當有二三年，侯高卒後二年李翱爲《誌》，定此篇作年於元和八年或九年，是。時李翱爲浙東觀察使李遜幕下判官。

〔二〕上谷，謂上谷郡。隋大業初改易州置，治所在易縣（今屬河北）。

〔三〕唐道士或信道之人多隱于廬山。

〔四〕周昌，秦末漢初沛縣（今屬江蘇）人。漢朝建立，任御史大夫，封汾陰侯。趙王如意被呂后所殺，昌謝病不朝三年，病卒。《漢書》卷四二有傳。王陵，秦末漢初沛縣（今屬江蘇）人。漢朝建立，封安國侯。曹參死後，繼任右丞相。因反對呂后封諸呂爲王，罷相，遷爲太傅，謝病不朝，後病卒。《漢書》卷四〇有傳。

〔五〕平昌，謂平昌縣。西漢置，屬平原郡，治所在今山東臨邑縣東北古城。東漢移今臨邑縣北德平鎮西南，改稱西平昌縣。

〔六〕李渤，字濬之，洛陽（今屬河南）人。初隱嵩山，憲宗元和九年（八一四）應召入仕，歷官著作郎、給事中、桂管都防禦觀察使，拜太子賓客。《舊唐書》卷一七一、《新唐書》卷一一八有傳。

〔七〕獨孤朗，注見本集卷七《薦士於中書舍人書》。

〔八〕劉逸淮，一作劉逸準，懷州武陟（今屬河南）人，劉客奴子。以父勛授別駕、長史，累屬都知兵馬使，試太僕卿，兼御史中丞，官至宣武軍節度使。《通鑑·唐紀》五十一：「（德宗貞元）十五年……二月，丁丑，宣武節度使董晉薨；乙酉，以其行軍司馬陸長源爲節度使。……軍中怨怒，長源亦不爲之備。是日，軍士作亂，殺長源、叔度，臠食之，立盡。監軍俱文珍以宋州刺史劉逸準久爲宣武大將，得衆心，密書召之；逸準引兵徑入汴州，亂衆乃止。」

〔九〕嚴忌，西漢吴（今江蘇吴縣）人，本姓莊，東漢時因避明帝諱改。初仕於吴，與枚乘俱以文辯著名。後去吴至梁，爲梁孝王門客。善辭賦，著有辭賦二十四篇，今存《哀時命》一篇。

〔一〇〕達奚撫，據《刺史考》，約於貞元末爲楚州刺史。楚州，隋開皇元年（五八一）置，治所在壽張縣（後改淮陰，今江蘇淮陰西南）。唐武德八年（六二五）改東楚州復置，仍治山陰縣（今江蘇淮安）。

〔一一〕盱眙，西漢改盱台縣置，屬臨淮郡，治所在今江蘇盱眙縣東北二十五里盱眙山麓。東漢復改爲盱台縣，三國廢，西晉復置盱眙縣，爲臨淮郡治。東晉移今盱眙縣東北，爲盱眙郡治。隋屬江都郡。唐武德八年（六二五）移治今盱眙縣。光宅初改爲建中縣，後復名盱眙縣。

〔一二〕李遜，注見本集卷十《與本使李中丞論陸巡官狀》。據《刺史考》，李遜元和二年（八〇七）爲衢州刺史。

〔一三〕信安，西晉太康元年（二八〇）改新安縣置，屬東陽郡，治所即今浙江衢州。唐武德四年（六二一一）爲衢州治。

〔一四〕浙東，即浙江東道，注見本集卷十四《唐故金紫光禄大夫尚書右僕射致仕上柱國弘農郡開國公食邑二千户贈司空楊公墓誌》。據《刺史考》，李遜元和五年至元和九年爲浙東觀察使。

〔一五〕剡，謂剡縣，西漢置，屬會稽郡，治所在今浙江嵊縣西南十二里，東漢末徙治今嵊縣。唐屬越州。

〔一六〕王適，侯高婿。憲宗元和初，提所作書應四科舉，不中第。自稱爲「天下奇男子」。後隨李惟簡至鳳翔，試大理評事，攝監察御史、觀察判官。旋歸隱閿鄉南山，次年病卒。

〔一七〕傭，僕役。

叔氏墓誌〔一〕

元和九年，歲直甲午，正月十九日丁卯，浙東道觀察判官將仕郎試大理評事攝監察御史李翺〔二〕，奉其叔氏之喪葬于茲。叔氏諱術，生子曰王老，遠在京師，翺實主其事。銘曰：

翺生始言，叔氏棄没，爰殯于野，年周四甲〔三〕。豈無諸親，生故或迫，亦有息子〔四〕，旅宦京國。丘墳孰封，松檟未列〔五〕，殯宇零毁，狐狸所穴。中夜遠思，酸悽心骨！是以乞假公府①，言來筮宅〔六〕。追念延陵，喪子嬴博。葬不歸吴，於禮其合〔七〕。唯叔平生，游居是邑。夭謝于此，靈幽其託。女侄之西，仲兄之北。冥昭何異？可用居息。孰爲故鄉？乃樹松柏。

【校記】

①「是以」，《文苑》無此二字，近是。

【注釋】

〔一〕元和九年（八一四）作。叔氏，謂李術。文云「元和九年，歲直甲午，正月十九日丁卯……李翺，奉其叔氏之喪葬于兹……翺實主其事」，知此爲元和九年初李翺爲李術改葬時所作。時李翺爲浙東觀察判官。

〔二〕觀察判官，唐肅宗後置，爲觀察使屬官，奏請有出身及六品以下正員官充任。將仕郎，隋大業三年（六〇七）始置，唐爲文散官，從九品下。大理評事，注見本集卷十四《唐故金紫光禄大夫尚書右僕射致仕上柱國弘農郡開國公食邑二千户贈司空楊公墓誌并序》。

〔三〕年周四甲，謂天干之數周回四次，即四十年。元和九年（八一四）上推四十年爲唐代宗大曆九年（七七四），李術當卒於其時。

〔四〕息子，親生兒子。

〔五〕松櫝，松樹與櫝樹，二樹常栽植於墓前，亦作爲墓地代稱。

〔六〕筮宅，埋葬時筮卜墳墓位置適當與否。

〔七〕延陵，謂季札，又稱公子札。春秋時吴國人，封於延陵，稱延陵季子。賢明博學，屢次聘問中原各國，爲各國賢士大夫所稱譽。嬴博，嬴與博，春秋時齊二邑名。吴季札葬子於其間。《禮記·檀弓下》：「延陵季子適齊，於其反也，其長子死，葬於嬴博之間。」後以「嬴博之哀」代指死葬異鄉。

李翺文集卷第十五　墓誌六首

兵部侍郎贈工部尚書武公墓誌〔一〕

公諱儒衡，字庭碩。年二十四得進士第，歷四門助教〔二〕。故相鄭公餘慶尹河南〔三〕，奏授伊闕尉〔四〕，充水陸運判官。及鄭公守東都，又請自佐，得監察御史，轉殿中。御史臺奏其材①，詔即以爲真，歷侍御史，司封員外郎〔五〕，户部郎中〔六〕，遷諫議大夫。三月以本官知制誥，歲滿，轉中書舍人〔七〕，二年遷禮部。入謝，賜三品衣魚〔八〕。數月，丁尊夫人憂，再朞服除〔九〕，權知兵部侍郎。月餘，母夫人暴卒，公一號絶氣，久而乃息，遂得重疾，不能見親友，既祥〔一〇〕，益病。長慶四年四月壬辰，竟薨，年五十六。

公氣和貌嚴，望之若神。言不妄發，與人有誠，府其相信②，不用約結。每以時安危、生民之病爲己務。從父兄元衡〔一一〕，再爲丞相，以重厚名終始，公實潛有補助。其爲諫議舍人，每遇事不當，必奏疏盡言。皇甫鏄爲相〔一二〕，剥下以媚天子，給邊兵衣食以不可用物，兵士或以火燔之，其帥大哭，將自刃者，邊幾亂。公累以疏言，憲宗召問，大悦。踰月，鏄竟罷度支。及大行皇帝即位〔一三〕，鏄遂斥死崖州〔一四〕。其爲兵部纔數十日，凡議論者潛曰：

「武兵部必相矣。」蓋上擇日將相之，而公以喪免。有文集二十五卷，制集二十卷。

曾大父載德，潁川郡王、左羽林將軍〔一五〕。大父平一〔一六〕，懲后族之禍，逃官于崧山，中宗初，徵拜起居舍人〔一七〕、考功員外郎，有文章傳于當時。父登，常州江陰縣令〔一八〕，贈禮部侍郎。夫人隴西李氏，先公卒。嗣子曰籌，年十五，次子年十三。女二人，長女許嫁盧立。立良士，爲興元節度司空晋公從事〔一九〕；次女嫁前進士崔搏〔二〇〕，搏有學行。其從父子渾〔二一〕，以五月丙子，奉公之喪歸祔河南緱氏禮部先公之墓次。

公之先薨，召其友禮部郎中李翺，執臂以别，且曰：「我將死，凡家事細大，皆有條畫在文字矣。平生志業，於此窮矣。公於我厚，我死，公其銘吾墓以傳焉。」既十二日而公果殁，君子以爲知命。及薨，朋友之在位者，皆請告泣哭以相吊，其不識者，亦望風以歎，天子罷朝一日，贈工部尚書。籌尚幼，哭泣幾絶，親戚不忍聞其聲，其能奉遺命以終訖公意。銘曰：

武宗出周〔二二〕，聖發之苗，厥孫聘魯，乃列春秋。秦漢之交，曰臣王趙〔二三〕，實大其家，亭侯以紹。厥支十七，晋陽乃封〔二四〕，子孫因家，以及于唐。神堯順天〔二五〕，鄭侯翼扶〔二六〕，武烈諫酷，五木成盧。考公逃貴〔二七〕，于嵩之下，江陰絜白，世嗣其雅。德藴位細，慶叢于公，唯公之興，罔不自躬。言不苟出，與人有誠，名譽四延，震蕩厥聲。再罹大苦，不堪以病，先期告終，恬以順命。毅毅武公，是維碩人，我哀刻識，俾或可傳。

【校記】

①「材」，原誤作「林」，據諸本改。　②「府」，《全唐文》作「甫」。

【注釋】

〔一〕長慶四年（八二四）五月作。武公，謂武儒衡，字庭碩，緱氏（今河南偃師）人，元衡從弟。憲宗時，歷官户部郎中、權知諫議大夫事，兼知制誥、中書舍人，以兵部侍郎卒。《舊唐書》卷一五八、《新唐書》卷一五二有傳。文云「長慶四年四月壬辰，竟薨……以五月丙子，奉公之喪歸祔河南緱氏禮部先公之墓次」，知此爲長慶四年五月武儒衡歸葬後所作。時李翺爲禮部郎中。

〔二〕四門助教，北齊始置，協助四門博士教授四門學生。唐國子監四門館置三至六員，從八品上，職掌如故。

〔三〕鄭餘慶，注見本集卷八《勸河南尹復故事書》。

〔四〕伊闕，謂伊闕縣。隋開皇十八年（五九八）改新城縣置，屬伊州，唐屬洛州。

〔五〕司封員外郎，唐高宗龍朔二年（六六二）改主爵員外郎置，爲吏部司封司次官，掌封爵、命婦、朝會及賜予等事。

〔六〕户部郎中，唐始置，爲户部頭司户部司長官，掌户籍、土田、賦役、蠲復、婚姻諸事。

〔七〕知制誥、中書舍人，注並見本集卷十《故正議大夫行尚書吏部侍郎上柱國賜紫金魚袋贈禮部尚書韓公行狀》。

〔八〕衣魚，紫服魚袋。唐制，三品以上官服紫，五品以上服緋。官位不及者，帝命賜紫服，同時賜魚袋，以爲恩寵。

〔九〕再朞，謂服喪兩年。舊時父母之喪爲三年，但至第二個忌日即除去喪服，故稱。《禮記·三年問》：「三年之喪，二十五月而畢……然則何以三年也？曰：加隆焉爾也。焉使倍之，故再朞也。」鄭玄注：「言於父母加隆其恩，使倍朞也。」

〔一〇〕祥，古喪祭名。有小祥、大祥之分。週年祭爲小祥，兩週年祭爲大祥。《儀禮·士虞禮》：「朞而小祥……又朞而大祥。」

〔一一〕武元衡，字伯倉，緱氏（今河南偃師）人。德宗建中進士，歷官比部員外郎、左司郎中、御史中丞。拜門下侍郎、同中書門下平章事，兼判户部事，封臨淮郡公，出爲劍南西川節度使。元和十年（八一五），爲李師道所遣刺客殺害。《舊唐書》卷一五八、《新唐書》卷一五二有傳。

〔一二〕皇甫鎛，注見本集卷十四《唐故金紫光禄大夫尚書右僕射致仕上柱國弘農郡開國公食邑二千户贈司空楊公墓誌并序》。

〔一三〕大行，古代指剛死而尚未定謚的皇帝、皇后。《後漢書·安帝紀》：「孝和皇帝懿德巍巍，光于四海；大行皇帝不永天年。」李賢注引韋昭曰：「大行者，不反之辭也。天子崩，未有謚，故稱大行也。」

〔一四〕崖州，南朝梁置，治所在義倫縣（今海南儋州西北）。隋廢，唐武德四年（六二一）復置，治所在舍城縣（今瓊山東南）。

〔一五〕大父，祖父。《史記·留侯世家》：「留侯張良者，其先韓人也。大父開地，相韓昭侯、宣惠王、襄哀王。」裴駰《集解》引應劭曰：「大父，祖父。」曾大父，即曾祖父。武載德，《元和姓纂》：「載德，潁川王、殿中監、右千牛大將軍。」

〔一六〕武平一，名甄，以字行，并州文水（今屬山西）人。武后時畏禍隱居嵩山，中宗時入爲起居舍人，兼修文館直學士，遷考功員外郎。玄宗立，貶蘇州參軍，徙金壇令，開元末卒。《新唐書》卷一一九有傳。

〔一七〕起居舍人，隋大業三年（六〇七）内史省始置。唐顯慶二年（六五七）於中書省置二人，與起居郎同掌起居注，記録皇帝言行以備修史，皆爲從六品上。

〔一八〕江陰縣，南朝梁太平三年（五五八）置，治所即今江蘇江陰，唐屬常州。《元和姓纂四校記》引《河朔訪古記》：「洛陽石刻有『江陰縣令武登碑，長慶四年立。』」

〔一九〕興元，謂興元府，注見本集卷十四《唐故福建等州都團練觀察處置等使兼御史中丞贈右散騎常侍獨孤公墓誌》。

〔二〇〕前進士，唐代稱及第而尚未授官的進士。李肇《唐國史補》卷下：「投刺謂之鄉貢，得第謂之前進士。」崔搏，文宗大和二年（八二八）進士。

〔二一〕武渾，武宗會昌初爲安南經略使，三年（八四三），軍亂被逐，奔廣州。

〔二二〕武，以氏爲姓。《元和姓纂》：「周平王少子，生而有文在手，曰『武』，遂以爲氏。漢初，武臣爲趙王，又有武涉。」

〔二三〕武臣，秦末陳（今河南淮陽）人。陳勝稱王後，任將軍，北略趙地，進至邯鄲，自立爲趙王，後爲部將所殺。事見《漢書》卷一《高帝紀》。

〔二四〕晋陽，春秋晋邑，在今山西太原西南。秦莊襄王二年（前二四八）入秦，置縣。《元和姓纂》：「武彪裔孫周，魏南昌侯；生陔，晋左僕射、薛侯。五代孫洽，魏晋陽公，始封居太原永水，或號太原武氏。」

〔二五〕神堯，唐高祖李淵崩後初謚大武，後改謚「神堯大聖大光孝皇帝」。

〔二六〕酇侯，漢初蕭何封號，此代指武士彠。士彠，并州文水（今屬山西），則天父。李淵爲太原留守時，引爲行軍司鎧，入唐歷任工部尚書，利州、荆州都督，封應國公，卒謚定。《舊唐書》卷五八、《新唐書》卷二〇六有傳。

〔二七〕考公逃貴，謂武平一。

秘書少監史館修撰馬君墓誌①〔一〕

公諱某，字盧符，宣州刺史玄慶之曾孫〔二〕，著作郎贈少府監恬之子〔三〕。公九歲貫涉經史，魯山令元德秀行高一時〔四〕，公往師焉，魯山令奇之，號公爲「馬孺子」，爲之著《神聰贊》，由是名聞。中書令郭公子儀爲懷州參軍〔五〕，充四鎮、伊、西庭節度巡官〔六〕，從事河陽三城、河東三府，累轉試大府丞，因得太原府倉曹〔七〕。黜陟使裴伯言謂公堪爲諫官〔八〕，薦之於朝，拜殿中侍御史，充昭義軍節度史參謀〔九〕，召爲太子左贊善大夫〔一〇〕，遷主客員外郎〔一一〕。使於海東，復命，授興元少尹〔一二〕，入爲將作少監〔一三〕，改國子司業〔一四〕，遷秘書少監，又加史館修撰。元和十三年十一月己酉，寢疾卒。

公博覽多藝，弈棋居第三品。家貧未嘗問生業，只以纂録自樂爲事。撰《歷代紀録》《類史》《鳳池録》，纂《寶折桂録》《新羅紀行》《將相别傳》〔一五〕，及所爲文，總四百八十八卷。年登八十，官貳秘書，職領太史，雖不極於富貴，亦儒者之難及也。

夫人潁川陳氏〔一六〕，贈潁川郡君〔一七〕，先公終三十年餘矣。有子七人：曰文則，由進士補錢塘尉；第二、第四子文範並早卒；曰文同、曰文約，讀書著文，有名於進士場；曰文興、曰溪郎，皆恭守家法。女五人，其存者三人，未笄。文同等奉公之喪，以明年二月祔葬於偃師，從先塋。謂翺嘗從於史氏之列，來請爲志。

【校記】

①此篇底本有目無文，據《全唐文》卷六三九補録。

【注釋】

〔一〕元和十四年（八一九）作。馬君，謂馬宇。《册府元龜》卷五五六：「馬宇爲秘書少監、史館修撰，有史學，撰《鳳池録》五十卷。」翺《誌》記馬君著述有《鳳池録》，可證馬君即此馬宇。文云「元和十三年十一月己酉，寢疾卒……文同等奉公之喪，以明年二月祔葬於偃師，從先塋。」謂翺嘗從於史氏之列，來請爲志」，知此爲元和十四年二月馬宇祔葬偃師後，李翺應馬宇之子馬文同之請而作。時李翺爲國子博士兼史館修撰。秘書少監，隋大業三年（六〇七）置，爲秘書省次官，佐秘書監掌圖書典籍。唐貞觀四年（六三〇）置，從四品上。睿宗太極元年（七一二）加置一員，爲二人。史館修撰，天寶後以他官兼史職者、憲宗元和六年（八一一）登朝官領史職者皆爲史館修撰，宣宗大中八年（八五四）增爲四人，分掌四季，以修國史。

〔二〕馬玄慶，馬宇之曾祖，事跡不詳。

〔三〕著作郎，魏明帝太和中置，武德初沿置，爲著作局長官，員二人，從五品上。高宗咸亨初，掌修撰碑志、祝文、祭文，與著作佐郎分判局事，不再掌國史修撰之事。少府監，隋煬帝大業三年（六〇七）由太府寺析置，唐高祖武德初廢。太宗貞觀元年（六二七）復置，掌百工技巧之事，設監、少監爲正副長官。據《刺史考》，馬元（玄）慶約開元中爲宣州刺史。馬恬，事跡不詳。

〔四〕魯山，北周改山北縣置，爲魯陽郡治，治所即今河南魯山縣，唐屬汝州。元德秀，字紫芝，河南洛陽人，開元進士。歷仕邢州南和尉、龍武録事參軍、魯山令。後隱居陸渾山，世稱「元魯山」。

《舊唐書》卷一九〇、《新唐書》卷一九四有傳。

〔五〕懷州，注見本集卷十一《皇祖實録》。

〔六〕四鎮，謂安西四鎮。唐安西都護府轄龜兹、于闐、疏勒、碎葉等四個軍事重鎮。巡官，唐節度使、團練使、防禦使屬官，位判官、推官下。又有營田巡官、館驛巡官等名目，蓋隨使而置。

〔七〕河陽三城，唐方鎮名。建中二年（七八一）置河陽三城節度使，治河陽縣（今河南孟州南）。元和九年（八一四）增領汝州，並移治汝州（今屬河南）。太原府，開元十一年（七二三）改并州置，治所在太原縣（今屬山西）。

〔八〕黜陟使，唐貞觀八年（六三四）發十六道黜陟大使，調查官吏行爲，以爲黜陟依據。德宗建中元年（七八〇）復置，以考察地方官政績。

〔九〕昭義軍，亦名澤潞，至德元年（七五六）置澤潞沁節度使，治所在潞州（今山西長治）。廣德元年（七六三）又置相、衛六州節度使，治所在相州（今河南安陽）。大曆元年（七六六）號昭義軍。

〔一〇〕太子左贊善大夫，唐龍朔二年（六六二）置，以代太子中允。咸亨元年（六七〇）中允復舊，遂别自爲官，員五人，掌侍從翊養，職比諫議大夫，正五品上。

〔一一〕主客員外郎，隋開皇六年（五八六）置，爲禮部主客司副長官。唐武德三年（六二〇）置一員，從六品上，佐長官郎中掌司事。

〔一二〕少尹，開元元年（七一三）改京兆、河南、太原等府司馬設，各二人，從四品，掌貳府州之事。

〔一三〕將作少監，將作監次官。隋大業五年（六〇九）由將作少匠改，玄宗天寶十一載（七五二）定置將作少監，員二人，從四品下。

〔一四〕國子司業，隋煬帝大業三年（六〇七）於國子監始置，爲國子監次官，一員，從四品。唐太宗貞觀六年（六三二）置，從四品下，睿宗太極元年（七一二）加置爲二員。

〔一五〕《歷代紀録》《類史》及《竇折桂録》《新羅紀行》《將相别傳》等，兩《唐書·藝文志》及唐宋以來諸目皆不著録。《鳳池録》，《新唐書》卷五八《藝文二》「職官類」：「《鳳池録》五十卷，馬宇。」《宋史·藝文志》「史類·故事類」：「馬宇《鳳池録》五卷。」

〔一六〕潁川，謂潁川郡。秦置，治所在陽翟縣（今河南禹州）。唐初改爲許州。

〔一七〕郡君，命婦封號。漢始置，以武帝封平原君爲始。隋唐定封四品官員之妻，其母爲郡太君。

故歙州長史隴西李府君墓誌銘〔一〕

府君諱則，字某，凉武昭王十三世孫〔二〕。大父獻，眉州别駕〔三〕，時宰相有請婚者，力不可止，因去官居家①。弟遇病暴卒②，别駕燒一指以禱於神，既而弟復生，自説方就繫，上帝有命，以兄燒指，宜復其生。别駕生令一，侍中源乾曜以子求婚〔四〕，府君拒之固，以詞抵之，貶黔州彭水尉〔五〕，遂以壽終。

府君始十餘歲，先夫人以之從喪〔六〕，歸殯汝州〔七〕，由是依于舅族。少好老子、莊周之言，與群童游，盡能記他童之所習。先夫人學《左氏春秋》，博該百家之書，故府君以經史浸潤，力田供養，由是少不肯求仕。善草、隸書，弓矢、博弈，皆得其妙。

既冠，得濠州定遠尉③〔八〕，假令他縣④，令嚴而行，吏急民寬，富豪并貧民産而不税者，盡以法治之，貧民用安。罷職復返其初。從事嶺南，得試左武衛兵曹〔九〕，於福建得試太子通事舍人、大理司直〔一〇〕，授歙州長史。宣歙觀察使請爲判官，奏未下，以疾卒，年七十四。

夫人河南元氏，壽州刺史從之女〔一一〕，年六十八，先府君而終，生子某、子某，皆未仕⑤。女子五人，長女壻禮部員外鄭錫〔一二〕，次女壻桂府觀察使杜式方⑥〔一三〕，次女壻京兆韋放，次女壻滎陽鄭循禮⑦〔一四〕，小女壻密縣尉鄭公瑜〔一五〕。幼子克恭，少讀書學文，以兄舉進士，家事自飭，弗克求名，故年四十有六，始奏授睦州司兵〔一六〕，累遷試大理司直〔一七〕，兼殿中侍御史，充鹽鐵推官〔一八〕。寶曆三年三月，克恭奉府君夫人之喪歸葬于鄭州某縣岡原。翺知克恭之材十三年矣，故克恭以府君之葬來請，且曰：「將以六月庚申窆〔一九〕。」知克恭者若吾季叔，又安可以辭？銘曰：

德不稱禄，鬼神之責，才優以賤，古人不戚。非道不求，曷計人爵，慶蘊而傳，後必有積。其葬爲誰，孝子之卜⑧，蓍蔡僉吉〔二〇〕，嘉原乃擇⑨，合骨于兹，終永其託，何以識之，有封有柏⑩。

【校記】

①「居」，《文苑》作「歸」。　②「病」，《文苑》《全唐文》作「疾」。　③「尉」上，《文苑》有「縣」字。　④「令」，《文苑》作「領」。　⑤「仕」下，《全唐文》有「卒」字。　⑥「桂州」，原誤作「桂府」，據汲古閣本、《全唐文》改。　⑦「滎」，原誤作「榮」，據諸本改。　⑧「之卜」二字，原倒，據《文苑》《全唐文》乙正。　⑨「乃」，《文苑》有小注，曰：「蜀本『乃』作『創』。」《全唐文》亦作「創」。　⑩「封」，《全唐文》作「松」。

【注釋】

〔一〕寶曆三年（八二七）作。李府君，謂李則，唐宗室，官河南少尹，工書善畫。文云「寶曆三年三月，克恭奉府君夫人之喪歸葬于鄭州某縣岡原。翺知克恭之材十三年矣，故克恭以府君之葬來請，且曰：『將以六月庚申窆。』」知此爲寶曆三年（八二七）三月李則夫人歸葬鄭州時，李翺應李克恭之請而作，文既云「將以六月庚申窆」，是此文之作必在三月之後，六月之前。歙州，注見本集卷十二《故東川節度使盧公傳》。府君，太守尊稱，漢及魏晉太守自辟僚屬如公府，因尊稱太守爲府君。唐以後，不論爵秩，子孫尊其先人皆稱府君。

〔二〕涼武昭王，謂李暠，字玄盛，隴西成紀（今甘肅秦安）人。世爲隴西豪族，晉安帝隆安四年（四〇〇），自稱大都督、大將軍、涼公，建立政權，史稱西涼。後屢遭北涼侵擾，安帝義熙十三年（四一七）卒，謚武昭王。《魏書》卷九九有傳。

〔三〕眉州，西魏廢帝三年（五五四）改青州置，治所在齊通郡齊通縣（今四川眉山）。隋廢。唐武德二年（六一九）復置，治所在通義縣。別駕，謂別駕從事，爲州刺史佐官。漢元帝時置，秩皆百石，因從刺史行部，別乘傳車，故謂之別駕。唐爲府州上佐之一，因官高俸厚，多以位置貶謫大臣。

〔四〕源乾曜，相州臨漳（今屬河北）人。舉進士，開元時官至尚書左丞相、太子少傅。《舊唐書》卷九八、《新唐書》卷一二七有傳。

〔五〕黔州，北周改奉州置，治所在今重慶彭水東北。唐貞觀四年（六三〇）移治今彭水。

〔六〕從喪，送喪，護送靈柩以葬。

〔七〕汝州，注見本集卷八《賀行軍陸大夫書》。

〔八〕濠州，隋開皇二年（五八二）改西楚州置，治所在鍾離縣（今安徽鳳陽東北臨淮關東）。定遠，謂定遠縣。梁天監三年（五〇四）置，治所在今安徽定遠東南。唐天寶四年（七四五）移治今定遠。

〔九〕左武衛，禁衛軍指揮機構。唐爲十六衛之一，置大將軍一員、將軍二員，統翊府及外府府兵，掌宫禁宿衛，大朝會在正殿前以其隊次立於左曉衛之下，有長史、録事及倉、兵、騎、胄等曹參軍。

〔一〇〕太子通事舍人，南朝梁置，東宫官署，多以他官兼任，唐龍朔二年（六六二）改隸右春坊，掌導引宫臣辭見及承令勞問事，制比中書通事舍人。大理司直，大理寺屬官，北齊始置。唐沿置，掌出使推按，凡承制推訊長吏，當停務禁錮者，請魚書以往。

〔一一〕壽州，隋開皇九年（五八九）置，治所在壽春縣（今安徽壽縣）。元從，據《刺史考》約肅宗時爲壽州刺史。

〔一二〕鄭錫，代宗廣德元年（七六三）進士，工詩，與大曆十才子李端、司空曙等多有酬唱。

〔一三〕杜式方，字考元，京兆萬年（今陝西西安）人，杜佑子。以蔭授揚府參軍，入拜太常寺主簿。官至司農少卿，充桂管觀察都防禦使。《舊唐書》卷一四七、《新唐書》卷一六六有傳。

〔一四〕滎陽，謂滎陽郡。隋大業三年（六〇七）改鄭州置，治所在管城縣（今河南鄭州）。

〔一五〕密縣，西漢置，屬河南郡，治所在今河南新密東南，唐屬河南府。

〔一六〕睦州，隋仁壽三年（六〇三）置，治所在新安縣（今浙江淳安縣西）。萬歲通天二年（六九七）移治建德縣（今屬浙江）。司兵，唐置，在府爲兵曹參軍，在州爲司兵參軍，在縣爲司兵，掌武官選、兵甲、器杖、門禁、管鑰、軍防、烽候、傳驛、畋獵等。

〔一七〕大理司直，注見本集卷七《薦士於中書舍人書》。

〔一八〕推官，注見本集卷十《與本使李中丞論陸巡官狀》。

〔一九〕窆，下葬。《説文》：「窆，葬下棺也。從穴，乏聲。」

〔二〇〕蓍蔡，猶蓍龜，筮卜。《楚辭·王褒〈九懷·匡機〉》：「蓍蔡兮踴躍，孔鶴兮回翔。」王逸注：

「著，筮也；蔡，大龜也。」

故河南府司録參軍盧君墓誌銘〔一〕

君諱士瓊，字德卿，范陽人，家世爲甲姓，祠部郎中融之長子〔二〕。明經及第，歷寧陵、華陽二縣主簿①〔三〕，知泗州院事〔四〕，得協律郎。鄭少師之留守東都〔五〕，奏爲推官，得大理評事。韓尚書代爲留守〔六〕，請君如初。尚書節將陳許奏充觀察判官〔七〕，得監察御史。府罷歲餘，除河南府户曹〔八〕，以疾免。河南尹重其能，奏爲司録參軍。八月癸酉，發疾而卒，年六十九。

君少好著文，精曉吏事。少游故丞相楊炎、張延賞之門〔九〕，楊美其文辭，張每嘆其吏材過人。嘗職同州〔一〇〕，當徵官税錢，時民兢出粟易錢以歸，官斗至十八九。君白刺史言狀，請倍估納粟，下以澤民，上可以與官取利。刺史詰狀〔一一〕，君辨其所以必然，刺史行之，民用得饒。未一月②，果被有司牒，和收官粟，斗給六十③，後刺史到，欲盡入其羨於官，君既去職，猶止之曰：「聖澤本以利民，民户知之，不可以獨享。」刺史乃懸牓曉民，使請餘價，因以絹布高給之，民亦歡受，州獲羨錢六百萬〔一二〕。其爲户曹，決斷精速，曹不擁事。及爲司録，始就官，承符吏請曰〔一三〕：「前例某人等一十五人，合錢二千，僦人與司録養馬〔一四〕，敢請命。」因出狀，君訶曰：「汝試我耶？」使拽之，將加杖。承符吏衆進叩曰④：「前司録皆然，故敢請。」君告曰：「司録豈不自有手力錢耶⑤〔一五〕？用此贓何爲？」因叱出之。召主饌吏約之曰：「司録、判官、文學、參軍，皆同官環處以食，精粗之宜當一⑥，不合別〔一六〕，無踵舊犯，吾不恕。」及月終，厨吏率其餘而分之，文學、參軍得司録居三之一。君曉之，曰：「俸錢、職田、手力數，既別官品矣〔一七〕，此食錢之餘，不當計位高下。從此後自司録至參軍平分之。」舊事，掾曹之下〔一八〕，各請家僮一人食錢，助本司府吏厨附食，司録家僮或三人或四人，就公堂餘食，侵撓厨吏〔一九〕，弊日益長。君使請家僮二人食錢，於司録府吏厨附食，家僮終不入官厨。召諸縣府望吏告曰：「某居此歲久⑦，官吏清濁侵病人者，每聞之。司録職當舉非法，往各白汝長，宜慎守廉靖，以澠池令爲戒。」其所改易，皆克己便人，堪爲故事。及君卒。士君子相吊哭，咸以爲能高而位卑不副。

有子三人：孺方、嗣宗、嗣業，號慕祇守〔二〇〕，不失家法⑧。女二人。前娶清河崔敏女〔二一〕，無子；後娶滎陽鄭虬之女⑨〔二二〕，有子，故皆祔葬於祠部塋東北。孺方叩頭泣曰：「丈人嘗與先子同官而游〔二三〕，宅居南北鄰，敢請紀石。」翺不得辭，乃據所見聞者鐫其實，可推類以知凡所從事之賢。銘曰：

嗟！盧君，性直而用優，約己以利人。宜壽宜貴，以拯時所艱⑩。其緘而不伸〔二四〕，以喪厥神，豈奪惠於東民？悲夫！

【校記】

①「華陽」，原誤作「華陰」，據《文苑》改。按，唐時華陰屬京兆府。②「月」，原誤作「日」，據日本本、《全唐文》改。③「給」，原誤作「級」，據《文苑》《全唐文》改。④「叩」，原誤作「仰」，據《全唐文》改。⑤「耶」，原誤作「也」，據《文苑》《全唐文》改。⑥「宜」，原脱，據《文苑》《全唐文》補。⑦「某」，原誤作「其」，據汲古閣本、《文苑》《全唐文》改。⑧「法」，原誤作「之」，據《全唐文》改。⑨「榮」，原誤作「榮」；「之」，原誤作「法」，均據《全唐文》改。⑩「拯」，原誤作「極」，據《文苑》《全唐文》改。

【注釋】

〔一〕司録參軍，注見本集卷十四《唐故福建等州都團練觀察處置等使兼御史中丞贈右散騎常侍獨孤公墓誌》。盧君，謂盧士瓊。按，關於此篇作時，文云「八月癸酉，發疾而卒，年六十九……孺方叩頭泣曰：『……敢請紀石。』翺不得辭，乃據所見聞者鐫其實」，知此爲士瓊卒後，李翺應其子盧孺方之請而作，文中雖未言年份，但文云「丈人嘗與先子同官而游，宅居南北鄰」，考李翺以貞元十九年末至二十一年曾爲河南府户曹參軍，時已移家洛陽，則其與士瓊同官比鄰當即翺爲河南府户曹時，盧士瓊以河南府司録參軍卒官，則此文之作，當在貞元二十年或貞元二十一年。

〔二〕祠部郎中，魏晉置爲尚書省祠部曹長官。唐高祖武德三年（六二〇）定置爲禮部祠部司長官，從五品上。與員外郎共掌祠祀、享祭、天文、漏刻、國忌、廟諱、卜筮、醫藥、僧尼簿籍等。盧融，《唐尚書省郎官石柱題名考》「祠部郎中」：「盧瀜，《新表》盧氏大房：深州司馬眺子瀜，祠部郎中。」當即其人。

〔三〕寧陵，注見本集卷十三《唐故特進左領軍衛上將軍兼御史大夫平原郡王贈司空柏公神道碑》。

〔四〕泗州，注見本集卷十二《故東川節度使盧公傳》。

〔五〕鄭少師，謂鄭餘慶，注見本集卷八《勸河南尹復故事書》。

〔六〕韓尚書，謂韓皋，字仲聞，滉子。德宗建中初擢賢良方正科，累除考功員外郎，歷中書舍人、御史中丞、兵部侍郎，拜京兆尹，授東都留守、忠武軍節度使。穆宗長慶中，累擢左僕射，復爲東都留守，卒謚貞。《舊唐書》卷一二九、《新唐書》卷一二六有傳。

〔七〕節將，魏、晋、南朝對持節統轄某一地區軍事長官的簡稱。觀察判官，唐肅宗以後置，爲觀察使屬官，奏請有出身人及六品以下正品官充任。

〔八〕河南府，唐開元元年（七一三）改洛州置，治所在洛陽、河南二縣（今河南洛陽）。

〔九〕楊炎，注見本集卷十三《唐故特進左領軍衛上將軍兼御史大夫平原郡王贈司空柏公神道碑》。張延賞，蒲州猗氏（今屬山西）人，張嘉貞子，幼孤。代宗大曆初拜河南尹，徙荆南、劍南西川節度使，加吏部尚書。貞元元年（七八五），拜中書侍郎同平章事，卒謚成肅。《舊唐書》卷一二九、《新唐書》卷一二七有傳。

〔一〇〕同州，注見本集卷四《解惑》。

〔一一〕詰狀，審問情狀；追問情狀。

〔一二〕羨錢，注見本集卷十二《故東川節度使盧公傳》。

〔一三〕承符吏，唐代州府户曹小吏，掌文書往返、民形案件通知諸事。

〔一四〕僦人，僱傭人。

〔一五〕手力錢，即手力資。唐代一種非正式俸禄補貼。唐代配給官員勞役，賦役者如不當班，可繳代役金，或由度支部門撥錢發給。李肇《翰林志》：「度支月給手力資四人，人錢三千五百。」

〔一六〕不合，不應當；不該。

〔一七〕職田，即職分田。古代按品級授予官吏作俸禄的公田。北魏太和九年（四八五）均田，地方官吏亦按級分給公田，爲授職分田之始。職分田於解任時移交後任，不得買賣。官吏受田，佃于農民耕種，收取地租。

〔一八〕掾曹，猶掾史。古代分曹治事，故稱。

〔一九〕厨吏，主管炊事之小吏。

〔二〇〕號慕，《孟子·萬章上》：「萬章問曰：『舜往於田，號泣於旻天，何爲其號泣也？』孟子曰：『怨慕也。』……大孝終身慕父母。五十而慕者，予於大舜見之矣。」後以「號慕」謂哀號父母之喪，表達懷戀追慕之情。

〔二〕崔敏，唐貝州清河（今屬河北）人。憲宗時補歸州刺史，改永州刺史，元和五年（八一〇）卒。《柳宗元集》卷九有《唐故朝散大夫永州刺史崔公墓誌》。

〔三〕鄭虬，生平事跡不詳。

〔三〕同官而游，謂貞元末同爲河南尹韋夏卿幕下僚佐，翱爲户曹參軍，盧士瓊爲司録參軍。

〔四〕緘，本意爲捆箱篋的繩索，這裏引申爲束縛而志不得伸。

故懷州録事參軍武氏妻傅氏墓誌〔一〕

年月日，故懷州録事參軍武氏妻傅氏，卒于其兄弟之家。越月日，權葬于汴州某縣某鄉。前此者武居官而卒，傅氏有子曰俱兒，俱兒奔父之喪，未及返，傅氏又卒。俱兒奔父之喪，孝道也；傅氏卒于兄弟之家，戀母也。傅氏戀母，其教施于子，傅氏之殁，爲不朽矣①。

【校記】

①「爲不」二字，原倒，據日本本、光緒本乙正。

【注釋】

〔一〕懷州，注見本集卷十一《皇祖實録》。録事參軍，西晋始置，亦稱録事參軍事，爲王府、公府及大將軍府等機關屬官，掌各曹文書，糾查府事，後刺史掌軍開府者亦置。中唐後總掌諸曹事務，爲府州行政核心人物。按，武氏、傅氏生平及此篇作年均不詳。

故朔方節度掌書記殿中侍御史昌黎韓君夫人京兆韋氏墓誌銘〔一〕

夫人姓京兆韋氏，尚舍奉御説之次女也〔二〕。年十三，執婦道于昌黎韓氏。府君諱弇，自後魏尚書令、安定桓王六世生禮部郎中雲卿〔三〕，禮部實生府君。進士及第，朔方節度請掌書記，得秘書省校書郎，累遷殿中侍御史。貞元三年，吐蕃乞盟，詔朔方節度使即塞上與之盟，賓客皆從。其五月，吐蕃不肯盟，殿中君於是遇害〔四〕，時年三十有五，夫人始年十有七矣。

有女子一人，其生七月而孤。夫人之母前既不幸矣，夫人以其女子歸于其父；弗數年，其父又不幸。夫人泣血食貧，養其子有道，自慎於嫌，節行愈高，雖烈丈夫之志不如也。猶有董氏伯姊繼衣食，仁之焉。不數年，董氏姊又不幸，夫人於是天下無所歸託矣。殿中君從父弟愈，孝友慈祥，貞元十六年①，以其女子歸于隴西李翱，夫人從其女子，依于李氏焉。降年短命，三十有二，貞元十八年八月甲辰，卒于汴州開封新里鄉之某村。其明年正月辛酉，隴西李氏以其喪葬之於陳留縣安豐鄉岡原②〔五〕。殿中君之先葬于河陽〔六〕，惟君之没，不得其喪，夫人是以不克葬于河陽，而獨墳于陳留，弗克祔于殿中君之族，而依于女子氏之黨，以從女子之懷，權道也，且將有待也。

殿中君文行甚脩，位甚卑，没於王事。初，禮部君好立節義〔七〕，有大功於昭陵〔八〕，其文章出於時，而官不甚高，殿中君又無嗣。嘗聞諸君子曰：「位不稱德者有後。」禮部君曷爲然哉？於是叙其孤女之悲③，以識於墓門。銘曰：

女子之生兮七月而孤，所恃者母兮夫何辜？天蒼蒼兮不迴，生幾時兮終日哀！

【校記】

①「元」，原誤作「天」，據諸本改。　②「隴西」，《八瓊室金石補正》（以下簡稱「《八瓊室》」）無此二字，近是。　③「孤女」，《八瓊室》作「弱女」。

【注釋】

〔一〕貞元十九年（八〇三）作。昌黎韓君，謂韓弇。韓弇，河南河陽人，韓雲卿子。登進士第，累官殿中侍御史。從渾瑊至平涼，與吐蕃會盟。後吐蕃劫盟，弇被擒，死之。《全唐文》卷五三五有李觀撰《弔韓弇没胡中文》。文云「殿中君……夫人……貞元十八年八月甲辰，卒于汴州開封新里鄉之某村。其明年正月辛酉，隴西李氏以其喪葬之於陳留縣安豐鄉岡原……於是叙其孤女之悲，以識於墓門」，知此爲韓弇夫人韋氏卒後，李翺貞元十九年正月將之葬於陳留後所作。李翺娶韓弇女，韓弇夫人韋氏爲翺之岳母。節度掌書記，唐後期置，爲節度使屬官，掌朝覲聘問慰薦祭祀祈祝之文及號令升納之事。

〔二〕尚舍奉御，隋大業三年（六〇七）殿内省置爲尚舍局長官，唐殿中省沿置，二員，從五品上。掌殿庭祭祀張設、湯沐、燈燭、灑掃。

〔三〕韓雲卿，韓愈叔父，代宗大曆中以文詞顯。嘗爲監察御史，朝廷呼爲子房，官終禮部侍郎。

〔四〕《通鑑》卷二三二《唐紀》四十八："（德宗貞元三年）五月……己丑，瑊將二萬餘人赴盟所……辛未……唐騎入虜軍，悉爲所擒，瑊等皆不知，入幕，易禮服。虜伐鼓三聲，大譟而至，殺宋奉朝等於幕中。"

〔五〕陳留縣，秦置，屬碭郡，治所在今河南開封東南，唐屬汴州。

〔六〕河陽，注見本集卷十三《唐故特進左領軍衛上將軍兼御史大夫平原郡王贈司空柏公神道碑》。

〔七〕禮部君，謂韓雲卿。

〔八〕昭陵，此謂唐太宗。太宗葬昭陵，在今陝西禮泉縣東北九嵕山，故以代指太宗。

李翺文集卷第十六　祭文十四首

祭吏部韓侍郎文〔一〕

嗚呼！孔氏云遠①〔二〕，楊朱恣行〔三〕，孟軻拒之，乃壞于成。戎風混華，異學魁横〔四〕，兄常辯之②，孔道益明。建武以還〔五〕，文卑質喪，氣萎體敗，剽剥不讓〔六〕。儷花鬭葉，顛倒相上，及兄之爲，思動鬼神，撥去其華，得其本根，開合怪駭，驅濤湧雲，包劉越嬴〔七〕，並武同殷〔八〕，六經之風③，絶而復新。學者有歸，大變于文。兄之仕宦，罔辭于艱，疏奏輒斥，去而復遷，升黜不改，正言亟聞。

貞元十二，兄在汴州，我游自徐，始得兄交。視我無能〔九〕，待予以友，講文析道，爲益之厚，二十九年，不知其久。兄以疾休，我病卧室，三來視我，笑語窮日④，何荒不耕，會之以一。人心樂生，皆惡言凶，兄之在病，則齊其終。順化以盡，靡憾於中，别我千萬，意如不窮。臨喪大號，决裂肝胸。

老聃言壽，死而不亡〔一〇〕，兄名之垂，星斗之光。我譔兄行⑤，下於太常〔一一〕，聲殫天地，誰云不長？喪車來東，我刺廬江〔一二〕，君命有嚴，不見兄喪。遣使奠斝〔一三〕，百酸攪腸，音容若在，曷日而忘。嗚呼哀哉，尚享！

【校記】

①「云」，原誤作「去」，據《文苑》《全唐文》改。②「常」，原誤作「甞」，據《文粹》改。③「風」，《文粹》《全唐文》作「學」。④「語」，原誤作「言」，據《文苑》《全唐文》改。⑤「譔」，《文苑》作「狀」。

【注釋】

〔一〕寶曆元年（八二五）作。韓侍郎，謂韓愈。愈於長慶四年（八二四）十二月卒於長安，寶曆元年三月歸葬河陽，文云：「喪車來東，我刺廬江，君命有嚴，不見兄喪。」知此爲寶曆元年三月韓愈歸葬河陽時所作。李翺以此年二月貶廬州刺史，韓愈歸葬時李翺已至廬州赴任，故不能親臨其喪。

〔二〕孔氏云遠，《左傳·襄公二十五年》：「仲尼曰：『志言之：言以足志，文以足言。不言，誰知其志？言之無文，行而不遠。』」

〔三〕楊朱，戰國初魏國人，反對墨子兼愛、尚賢，主張「重己」「貴生」，不以物累形，拔一毫而利天下不爲。著述不傳，散見《孟子》《莊子》《荀子》《韓非子》《呂氏春秋》諸書。

〔四〕異學，儒家以外的其他學派、學説。

〔五〕建武，漢光武帝年號，這裏代指東漢。

〔六〕剽剥，抄襲竊取。

〔七〕劉，代指劉漢王朝；嬴，代指秦朝。

〔八〕武，周武王，代指周朝；殷，商朝因盤庚遷都於殷，故稱。

〔九〕無能，原指無才能之人，此爲謙辭，猶不才。

〔一〇〕老子《道德經》：「死而不亡者壽。」

〔一一〕太常，謂太常寺。北齊始置，位列九寺之首，掌宗廟陵寢祭祀、禮樂儀制、天文術數等。隋唐爲管理郊廟禮樂祭祀事務機關。

〔一二〕盧江，謂盧江郡。隋大業初改盧州置，治所在合肥縣（今屬安徽）。

〔一三〕斝，古代酒器，供盛酒與温酒用。後借指酒杯。

祭故福建獨孤中丞文〔一〕

維大和元年歲次丁未九月庚申朔二十日己卯，朝散大夫守右諫議大夫知制誥李翺〔二〕，謹以清酌庶羞之奠，敬祭於亡友故福建都團練觀察處置等使兼御史中丞獨孤君侍郎之靈。

嗚呼！昔我與君，自少而歡，中暫乖阻，周荊眇綿〔三〕。宣城越中，二府周旋〔四〕，同事於公，職以相連。子常推後，我唱其先，叔向汝齊〔五〕，不紉而堅。蘭馨以聞，乃在掖垣〔六〕，引我代己，真謂其賢①。共升於朝，亦又多年，或外或内，莫余或捐。君齒少我，髮鬢都玄，豐盈角犀〔七〕，氣茂神全。當臻上壽，福祉昌延，何爲發瘍，鍼藥弗蠲〔八〕。有妻既喪，有子童然，喪祭誰主？銘旌有翩。嗚呼哀哉！唯短與長，會歸於死，以存悲逝，前後皆爾。哭君之哀，痛折支指，欲抑不能，縱之曷已。嗚呼哀哉！

入君之户，但有裳帷，思與君言，不見容儀。薦肉不食，酌酒不持，嗟嗟用晦，何亟臻斯。嗚呼哀哉，尚享！

【校記】

①「真謂其賢」，《全唐文》作「其謂真賢」。

【注釋】

〔一〕大和元年（八二七）作。獨孤中丞，謂獨孤朗，本集卷十四有《唐故福建等州都團練觀察處置等使兼御史中丞贈右散騎常侍獨孤公墓誌》。文云「維大和元年歲次丁未九月庚申朔二十日己卯，朝散大夫守右諫議大夫知制誥李翱，謹以清酌庶羞之奠，敬祭於亡友故福建都團練觀察處置等使兼御史中丞獨孤君侍郎之靈」，知此爲大和元年九月李翱祭奠獨孤朗時所作。時李翱以右諫議大夫知制誥。

〔二〕朝散大夫，隋文帝始置，爲正四品文散官。唐沿置，從五品下。右諫議大夫，秦有諫議大夫。唐貞元四年（七八八），分置左、右，各四員，掌侍從贊相、規諫諷諭。初爲正五品上，後升正四品下。

〔三〕周，原爲古部族，周文王時，遷都於豐（今陝西長安西北灃河西岸）。此代指周地。荆，西周時楚國別稱，因其建國於荆山（今湖北南漳）一帶，故稱。此代指楚地。眇綿，幽遠。二人一在周，一在楚，相隔遼遠。

〔四〕據《僚佐考》，元和五年（八一〇），李翺、獨孤朗同爲宣州刺史盧坦幕下僚佐；元和六年（八一一）至元和九年（八一四），李翺、獨孤朗同爲浙東觀察使李遜幕下判官。

〔五〕叔向，即羊舌肸，春秋時晋國人。學識淵博，善於辭令。晋平公任爲太傅，使齊，與晏嬰論齊、晋兩國禮治敗壞、大夫擅權，深表憂慮。事見《史記》卷三九《晋世家》。

〔六〕掖垣，唐代中書、門下兩省分別在禁中左右掖，故稱。

〔七〕角犀，額角入髮處隆起，有如伏犀。古人以爲顯貴賢明之相。《國語·鄭語》：「今王棄高明昭顯，而號讒慝暗昧，惡角犀豐盈，而近頑童窮固。」韋昭注：「角犀，謂頂角有伏犀。豐盈，謂頰輔豐滿，皆賢明之相。」

〔八〕蠲，減免，除去。此處特指病愈。《方言》卷三：「南楚病愈者……或謂之蠲。」

祭中書韋相公文〔一〕

嗚呼！藴德在躬，必逢其慶，利物之至〔二〕，宜乎得政。君居翰林，遭國之病，建立詔制，所頒未定。決危疑於一言，討篡逆以從正①，横兵刃以森列，述王心而草命②。伏群情於頃刻〔三〕，咸屬目以生敬，既名遂而衆安，乃登庸而輔聖〔四〕。室因依之他路〔五〕，收爵賞之全柄〔六〕，升俊良之滯淹，摧姦兇之熾盛〔七〕。何禄柔而中毅〔八〕，護勳賢於視聽〔九〕，惟廷相之雍雍〔一〇〕，伊近世而疇並。將協德以致理，事有初而未竟，方陳謀於帝前，忽顛仆以終命〔一一〕。雖禀受之有數，亦生靈之不幸。嗚呼哀哉！

緬惟昔歲，陪跡南宫〔一二〕。省己何有？辱交於公。公賢偶時〔一三〕，羽若飛鴻。走斥于外，困不能通。公相未幾，遽歸自東。司諫左垣，視草禁中〔一四〕。汲引之惠，如帆得風。飄淪八年〔一五〕，顛白成翁。幽蟄忽發，涣然啓蒙，烈士感知，矧惟賤躬。間以存殁，心悲曷窮。奠爵而拜，公其表衷。嗚呼哀哉，尚享！

【校記】

①「篡」，原誤作「慕」，據諸本改。　②「草」，原作「革」，據嘉靖本改。

【注釋】

〔一〕大和三年（八二九）作。中書韋相公，謂韋處厚。處厚字德載，京兆萬年（今陝西西安）人。元和進士，初爲秘書郎，遷右拾遺，並兼史職。穆宗即位，召入翰林，爲中書舍人。敬宗立，拜兵部侍郎。文宗即位，以中書侍郎同中書門下平章事監修國史。大和二年十二月，暴疾而卒。

《舊唐書》卷一五九、《新唐書》卷一四二有傳。按，關於此篇作時，羅《譜》據《舊唐書·文宗紀》《舊唐書·韋處厚傳》及《白氏長慶集》六〇《祭韋處厚文》所記處厚卒葬時間定於大和三年六月，是。時李翺坐謬舉柏耆左授少府少監。

〔二〕利物，益於萬物。《易·乾卦》：「利物足以和義。」孔穎達疏：「言君子利益萬物，使物各得其宜。」

〔三〕謂寶曆季年，文宗底綏内難，處厚以片言定策。事並見《舊唐書》卷一五九、《新唐書》卷一四二《韋處厚傳》。

〔四〕登庸，選拔任用。

〔五〕因依，倚傍，依託。

〔六〕爵賞，爵禄賞賜。

〔七〕二句謂爲相後奏補處諸州别駕、諫帝驟信輕改，浮於决斷、裴度宜久任、諷史憲誠潛懷向背，卒破李同捷諸事，事並見《舊唐書》卷一五九、《新唐書》卷一四二《韋處厚傳》。

〔八〕襮，外表。

〔九〕勳賢，有功勛有才能的人。

〔一〇〕雍雍，和洽貌，和樂貌。

〔一一〕顛仆，跌倒，跌落。此言處厚奏事暴疾一夕而卒事。事見《舊唐書》卷一五九、《新唐書》卷一四二《韋處厚傳》。

〔二〕南宫，尚書省别稱。唐及以後，尚書省六部統稱南宫。元和十二年（八一七）或稍後，李翱入朝爲國子博士兼史館修撰，屬尚書省，翱或於此時與韋處厚相交。

〔三〕偶時，適應時勢。穆宗即位，處厚爲翰林侍講學士、諫議大夫、改中書舍人，敬宗立，拜兵部侍郎，仕途順達，李翱則自元和十五年（八二〇）先後出爲朗州刺史、舒州刺史。

〔四〕司諫，官名。主管督察吏民過失，選拔人才。唐門下省諫官，有補闕、拾遺。寶曆二年（八二六）十二月，以韋處厚爲中書侍郎，同中書門下平章事，大和元年（八二七）初李翱自廬州刺史徵爲諫議大夫，九月，因韋處厚薦以本官知制誥。

〔五〕飄淪，漂泊淪落。李翱自元和十五年出爲朗州刺史至大和元年入朝爲諫議大夫，在外時間正爲八年。

祭故東川盧大夫文〔一〕

前此八年，公在宣州〔二〕。翱歸自南，下江之流。公發辟書〔三〕，使者來召。言重禮至，實賓之右。内懼不稱，又安敢辭？仰公之德，自託如歸。亦既在門，有言必信。翱亦不貳，知賢則進。公曰汝言，我用無疑。每疑賢者，患不能知。汝正而公，與我氣合。有懷必陳，無謂弗納。公遷侍郎，翱赴浙東〔四〕。宦途有阻，困不能通。公陳上前，出白丞相。

保明無過，昭灼有狀〔五〕。事遂解釋，奏方成官。非公之力，其退于田。公鎮劍川，翺作東掾①。亟言於相，曷不以薦。官罷在家，卧病飲貧。唯公見念，復召爲賓〔六〕。自修辟牒〔七〕，以復前好。承命而行，不憚遠道。余及陜郊，聞公之喪。失聲泣哭，若火煎腸。公爲大臣，一心正直。發言動聽，義形在色。公出乎外，衆論曰歸。輔相之位，實公所宜。唯公之薨，骨骾道衰。天下失望，賢人共悲。生必有盡，自古皆爾。殁而益光，孰與公比？喪車東去，歸祔先壠。臨路一號〔八〕，永訣於此。嗚呼哀哉，尚享！

【校記】

①「作」，《全唐文》作「亦」。

【注釋】

〔一〕元和十二年（八一七）作。盧大夫，謂盧坦，本集卷十二有《故東川節度使盧公傳》。據《舊唐書·憲宗紀》「十二年……九月……戊戌，劍南東川節度盧坦卒」。祭文云：「喪車東去，歸祔先壠，臨路一號，永訣於此。」則此爲盧坦卒後自東川歸葬河南時李翺致祭所作。時因盧坦之卒，李翺東川之行不果，是年末或稍後，入朝爲國子博士兼史館修撰。

〔二〕宣州，注見本集卷十二《故東川節度使盧公傳》。

〔三〕辟書，徵召的文書。元和五年（八一〇）三月，嶺南節度使楊於陵罷，李翺離廣北返途中，宣州觀察使盧坦發書辟爲從事。

〔四〕元和五年十二月，盧坦入朝爲刑部侍郎，李翺赴浙東觀察使李遜幕下爲觀察判官。

〔五〕昭灼，明顯，顯著。元和十二年八月，李翺以論事於宰相，罷職家居，「宦途有阻」當指其事。盧坦或在翺罷官時爲之申辯。

〔六〕元和八年（八一三）盧坦爲劍南東川節度使，李翺爲浙東觀察使李遜幕下判官；元和九年九月，李遜入朝爲給事中，李翺罷任家居，元和十二年秋，盧坦召翺爲從事。

〔七〕辟牒，徵召公文。元和十二年十月，李翺行至陝郊，聞盧坦卒。

〔八〕一號，一聲號哭。《晉書·阮籍傳》：「既而飲酒二斗，舉聲一號，吐血數升。」

祭楊僕射文〔一〕

嗚呼！貞元中歲，公既爲郎，始獲趨門，仰公之光〔二〕。遂假薦言，幽蟄用彰，德惠之厚，歿身敢忘。公以直道，于南出藩，謬管記室，日陪討論〔三〕。舊政多粃〔四〕，如絲之棼〔五〕，與賢共謀，穢滌榛燔〔六〕。監戎戾强〔七〕，陰附包奸，潛譖疑危①，處之若閑。并兼百流，清濁終分，賓主之義，由茲益敦。公自登朝，及于謝政，善接交友，居官恪敬。温然如春，柔立不佞，坐直屢退，進匪由競。更歷中外，聲華日盛，咸期作相，爲國之慶。宜而不居，斯可云命，知足告休，頤養于家〔八〕。子爲侍郎，光曜芬葩，亦列卿曹，秩禄且多〔九〕。孫童滿前，園沼經過；門吏盈朝，宴賞有加。宜哉萬壽，吉慶靡他，棄此弗顧，哀哉奈何！嗚呼哀哉！

身誰不貴，有後斯榮，惟公之嗣，實大家聲，公爲弗亡，顯顯其名。嗚呼哀哉！卜筮叶期，返宅于滎〔一〇〕，翺復守郡，居不敢寧。追懷恩舊，躬在郊坰〔一一〕，承教絶績②，刻揚德馨。縞服前導〔一二〕，盡哀墓庭，尚或監此，公乎有靈。嗚呼哀哉，尚享！

【校記】

①「疑危」，《全唐文》作「危疑」。　②「績」，舊抄本作「紀」。

【注釋】

〔一〕大和五年（八三一）作。楊僕射，謂楊於陵。注見本集卷七《謝楊郎中書》，本集卷十四有《唐故金紫光禄大夫尚書右僕射致仕上柱國弘農郡開國公食邑二千户贈司空楊公墓誌并序》。據《墓誌》，楊於陵大和四年（八三〇）十二月卒，大和五年四月歸葬鄭州，此當爲楊於陵歸葬時李翺致祭之作，時翺爲鄭州刺史。

〔二〕貞元十二年（七九六），李翺以所著文章獻右司郎中楊於陵，累獲稱譽，事見本集卷七《謝楊郎中書》。

〔三〕元和三年（八〇八）四月，楊於陵貶廣州刺史、嶺南節度使。同年十月，李翺受辟爲節度掌書記。

〔四〕粃，壞的，不良的。粃政，謂不良有害的政治措施。

〔五〕如絲之棼，謂理絲不找頭緒，越理越亂。《左傳·隱公四年》：「臣聞以德和民，不聞以亂。以亂，猶治絲而棼之也。」杜預注：「棼，絲見棼緼，益所以亂。」

〔六〕榛，叢生樹木。此代指雜亂事務。

〔七〕監戎，猶監軍。戾强，暴戾兇强。

〔八〕《舊唐書·楊於陵傳》：「穆宗……寶曆二年，授檢校右僕射、兼太子太傅。旋以左僕射致仕。詔給全俸，懇讓不受。」

〔九〕於陵子四：景復、嗣復、紹復、師復。嗣復爲貞元十一年（七九五）進士，累官兵部郎中、禮部侍郎、户部侍郎等。

〔一〇〕滎，謂滎陽郡。注見本集卷十五《故歙州長史隴西李府君墓誌銘》。武德初改爲管州。乾元初又改爲鄭州。時李翺爲鄭州刺史。

〔一一〕郊坰，泛指郊外。

〔一二〕縞服，白衣喪服。

祭李賓客文〔一〕

嗚呼！天地粹氣，降爲哲人，忠播大惠，濟於生民。命與時違，有此不伸，責安所歸，乃在鬼神。嗚呼哀哉！

兄初有疾，隸人來告，走驅往視，連呼不覺；痛攪我腸，誰其能療？嫂侄既至，患亦微痊。我時屢往，笑語依然，實希返初，以及高年。謫官分曹，拜恩遄發，負罪即路，不遑去別〔二〕。意謂全德，功當及人，尚期會面，復接歡忻，如何一乖，生死驟分。嗚呼哀哉！豈虞濬之，遂臻于兹！捨我而去，將安取規！唯後與先，能校幾時，短邪長邪，終永同歸。死爲盡乎，將有所之，唯盡唯有，兄其已知。嗚呼哀哉！

兄之既疾，告于妻子：「自古神聖，莫不皆爾；名垂不滅，能光萬祀。生平交故，殁後誰是？吾友在東，可以託死。且吾所有，往謂編紀，吾名庶存，乃賢在史。」臨絶又告，丁寧心耳。所録既到，酸慘啓書〔三〕，披尋未窮，漫洟盈裾〔四〕。生雖相好，殁更有餘，敢辭厚命，但惡空虛，著兄之德，刻石幽虛，傳乎萬祀，用顯名譽。嗚呼哀哉！

兄喪東來，我拘郡事，□□□□，棺不得視。形存心遊，盪魄傷氣，一杯寫情，四望歔欷。嗚呼哀哉，尚享！

【注釋】

〔一〕羅《譜》：「案李賓客謂李渤。據《舊書》一七一《李渤傳》，大和五年李渤以太子賓客自洛陽至京師，月餘卒，贈禮部尚書。不記其卒之時日。惟《舊紀》大和五年下云：『七月……庚子（四日）贈太子賓客李渤禮部尚書』，則其卒當在本年七月以前，或在六月間。」是。

〔二〕《舊唐書·李翺傳》：「初，諫議大夫柏耆使滄州軍前宣諭，翺嘗贊成此行。柏耆尋以擅入滄州得罪，翱坐謬舉，左授少府少監。俄出爲鄭州刺史。」

〔三〕酸慘，悲慘。

〔四〕漫洟，謂涕泗横流。

祭硤州李使君文〔一〕

於乎！材不如君，貴富者衆！身喪遠郡，不逢世用。如君之年，存者則多；而遽謝殁，傷哉奈何！官不展心，壽不及老，妻少子稚，棄去何早？我知子能，一十八年，力竟不及，于兹已焉。臨君之喪，灑酒以决，刻石在壙，名傳詎滅。下從先人，萬古之藏，要歸於盡，安問短長。嗚呼哀哉，尚享！

【注釋】

〔一〕硤州，一作峽州。北周改拓州置，治所在夷陵縣（今湖北宜昌西北）。貞觀九年（六三五）移治步禪壘（今宜昌）。李使君，《刺史考》據翱此文定其約貞元中爲峽州刺史。

祭從祖弟秘書少監文〔一〕

秘書少監十弟諒之之靈。

惟君文行脩絜〔二〕，夙負嘉名，累升科第，士友懽接①，遂登諫省〔三〕，蔚以直聞，周歷南宫〔四〕，連刺三郡。得風告罷，入貳秘書，致政于家，息心養疾。沉恙頓已，日望其除，告言不聞，凶訃遄至②。於乎哀哉！

年未五十，有男早亡，少妻主喪，有息非嗣，報施之道〔五〕，冥茫孰知〔六〕？於乎哀哉！吾責刺遠州，道里遐闊〔七〕，病不得見，喪不得臨。痛悼摧傷，悽貫心骨！有酒在醆，有肉在盤，魂兮其來，歆此單薄〔八〕。洒淚遺祭，哀而不文，孰期諒之，去矣長别。嗚呼哀哉，尚享！

【校記】

①「懽」，原誤作「權」，據《全唐文》改。 ②「訃」，原誤作「計」，據諸本改。

【注釋】

〔一〕大和六年（八三二）作。從祖弟，謂李諒之，生平事跡不詳。唯據《登科記考》，知諒之約在貞元、元和年間登進士第。文云「吾責刺遠州，道里遐闊，病不得見，喪不得臨。……洒淚遺祭，哀而不文，孰期諒之，去矣長别。」大和五年十二月，李翺由鄭州刺史改桂州刺史，桂管觀察使，諒之或病卒於翺出刺桂管之時，則此爲李翺在桂管觀察使任上聞喪後致祭時所作。秘書少監，注見本集卷十四《唐故金紫光禄大夫尚書右僕射致仕上柱國弘農郡開國公食邑二千户贈司空楊公墓誌并序》。

〔二〕脩絜，高尚純潔。
〔三〕諫省，御史臺别稱。
〔四〕南宫，尚書省别稱，注見本集卷十四《祭中書韋相公文》。
〔五〕報施，猶報應。
〔六〕冥茫，虚空，渺茫。
〔七〕遐闊，相隔距離遥遠。
〔八〕歆，祭祀時神靈享受祭品、香火。

祭劉巡官文〔一〕

維元和七年歲次壬辰九月丙辰朔十五日庚午，觀察判官攝監察御史李翱等〔二〕，謹以清酌庶羞之奠〔三〕，致祭于劉君之靈。

我等與君，同列賓筵〔四〕。共食偕行，歲辰再遷。公事多暇，嬉遊百般。柳垂于塘，荷秀于川；或泛在水，或登在山。飲酒終夜①，觴觥往還。笑言無虐，咸盡于歡②。君實强盛，時惟壯年。宜哉壽考，福禄來臻。奈何遭疾，鍼藥弗痊。日冀返初，憂危遽傳。長路未極，琴書忽捐〔五〕。嗚呼哀哉！

堂有老母，室有少妻。幼男稚女，或童或孩。發聲怨切③，吊者酸悽。祔葬舊域，隨喪以歸。己矣劉君，自古如斯！有肉一豆，有酒一巵。我來一別④，去去長辭。嗚呼哀哉，尚享！

【校記】

①「飲」，《文苑》作「歌」。　②「于」，《文苑》《全唐文》作「其」。　③「切」，原誤作「刃」，據《文苑》《全唐文》改。　④「一别」，《文苑》作「告别」。

【注釋】

〔一〕元和七年（八一二）作。劉巡官，《僚佐考》據《全唐文》卷五三八裴度撰《劉太真神道碑銘并序》疑爲劉道真子劉諷。文云「維元和七年歲次壬辰九月丙辰朔十五日庚午，觀察判官攝監察御史李翺等，謹以清酌庶羞之奠，致祭于劉君之靈」，知此爲劉巡官卒後，元和七年九月李翺以同僚之誼致祭時所作。巡官，注見本集卷十《與本使李中丞論陸巡官狀》。

〔二〕觀察判官，注見本集卷十《論故度支李尚書事狀》。

〔三〕庶羞，多種美味。

〔四〕賓筵，謂鹿鳴宴。《新唐書·選舉志》：「每歲仲冬……試已，長吏以鄉飲酒，會屬僚，設賓主，陳俎豆，備管弦，牲用太牢，歌《鹿鳴》之詩，因與耆艾叙長少焉。」

〔五〕琴書，爲文人雅士清高生涯常伴之物。「琴書忽捐」，謂人已死亡。

祭錢巡官文〔一〕

嗚呼！某維錢君，絜行而文〔二〕。上第有司，籍籍京秦〔三〕。退居于湖，遭病且貧。乃耀雄詞，單使來臻。中丞覽之〔四〕，嗟嘆盈辰。遂馳官牒，請列賓筵〔五〕。翩然而至，灼灼有聞。實司表奏，章句出群。有時過我，蘊積皆申。無言不契，有奧必陳。每日仰公，心知古人。古人孰知，幸聯爲賓。與我相接，三十餘旬。不見有過，潛然日新〔六〕。余有行役①，滑鄭之間②〔七〕。書札日來，道遠情親。丁寧戒我，已事亟還。方將執手，復展歡忻。如何中道，哀訃忽傳③。驚呼失聲，迸淚流巾。豈其相逢，丹旐載翩〔八〕。少妻慟哭，聽者酸辛。漫漫者天，曲直誰賢？梁冀、張讓〔九〕，富貴在身；童烏、項橐〔一〇〕，夭枉其年。王鳳何得〔一一〕？賈誼何愆？將貴賤前定，或短長偶然。其誰司之，施與何偏。天不肯告，使人惑焉！臨喪寫哀，備在斯言。萬事皆已，一觴在前。死矣奈何？悲哉錢君！

【校記】

①「役」，原爲空格，據日本本劉氏校語補。　②「滑」，原爲空格，據日本本劉氏校語補。　③「傳」，《全唐文》作「聞」，近是。

【注釋】

〔一〕元和七年（八一二）作。錢巡官，生平事跡不詳。文云：「與我相接，三十餘旬。……余有行役，滑鄭之間……如何中道，哀訃忽傳。」元和五年（八一〇）十二月李翺應浙東觀察使李遜之召爲觀察判官，據韓愈《代張籍與李浙東書》，元和六年李翺曾至京師，當年八月始歸浙東，錢巡官與之相接三十餘旬，約略一年，應爲元和七年七、八月間相識，後李翺行役滑鄭，劉巡官卒，則此篇之作應在元和七年九、十月間。

〔二〕絜行，修飭品行。

〔三〕籍籍，聲名盛大貌。

〔四〕中丞，謂李遜。元和五年八月，以李遜兼御史中丞，充浙東觀察使，故以「中丞」稱之。

〔五〕賓筵，注見本集卷十六《祭劉巡官文》。

〔六〕潛然，隱伏貌。

〔七〕滑，謂滑州，注見本集卷十《論故度支李尚書事狀》。鄭，謂鄭州，注見本集卷十二《故東川節度使盧公傳》。

〔八〕丹旐，猶丹旌，舊時出喪所用紅色銘旌。

〔九〕梁冀，字伯卓，東漢安定烏氏（今甘肅涇川）人，梁商子。父卒，繼爲大將軍。順帝崩，與妹梁太后先後立沖、質、桓諸帝，專斷朝政近二十年。《後漢書》卷三四有傳。張讓，東漢潁川（今河南禹縣）人，靈帝時宦官，爲中常侍，封列侯，威勢顯赫。《後漢書》卷八七有傳。

〔一〇〕童烏，揚雄之子，九歲時助父著《太玄》，早夭。事見揚雄《法言·問神》。項橐，春秋時人，相傳七歲而爲孔子師。《戰國策·秦策五》：「甘羅曰：『夫項橐生七歲而爲孔子師，今臣生十二歲於兹矣！君其試臣，奚以遽言叱也？』」

〔二二〕王鳳，注見本集卷九《疏屏姦佞》。

准制祭伏波神文〔一〕

嗚呼！伏波之生，好兵自喜，幼有壯節〔二〕，騰聲出仕。定册歸漢，謨俞帝旨〔三〕，筭無失畫①，功伐可紀〔四〕。破斬徵側〔五〕，實平交趾〔六〕，來征蠻溪〔七〕，未卒而死。小人赤口，曷本於理，薏苡南還，明珠譖起〔八〕。乃收侯印，爵不及子。遺德不忘，愛留杜里②，築廟以祭，人畏其鬼③，久而若新，千歲不毀。詁詁蚩蚩〔九〕，易白成緇〔一〇〕：孔子義失，勛華不慈〔一一〕；曾氏殺人，母投于機〔一二〕；居竊厥嫂，陳平不疑〔一三〕；申生寘堇，晋有驪姬〔一四〕；無極巧舌，伍奢族夷④〔一五〕；孟子傷讒，萋兮作詩〔一六〕。公失其所，梁松實爲〔一七〕；何獨將軍，自昔如斯。故士有歷萬代而不滅者，常被訕於當時。苟窺心而不怍，雖棄置其奚悲⑤。赫赫聖帝，嘉賢命詞，酒旱既設⑥，神乎降斯。尚享！

【校記】

①「筭」，原誤作「篝」，據《全唐文》改。②「杜」，嘉靖本作「社」。③「畏」，《文苑》作「敬」。

④「族」，《文苑》作「誅」。　⑤「置」，原誤作「直」，據《全唐文》改。　⑥「設」，《文苑》作「列」。

【注釋】

〔一〕元和五年（八一〇）作。伏波神，即馬援。援字文淵，東漢扶風茂陵（今陝西興平）人。光武時以功拜太中大夫、隴西太守，平定涼州諸羌，拜伏波將軍。以男兒當「馬革裹尸」自誓，出征匈奴、烏桓。建武二十四年（四八），率軍出擊武陵五溪蠻夷，病卒於軍，封新息侯，章帝建初中追謚忠成侯。《後漢書》卷二四有傳。按，關於本篇作時，文中並未言及，然翱本集卷四《解惑》云「元和四年十一月，翱以節度掌書記，奉牒知循州。五年正月，准制祭名山大川」，則此篇應爲元和五年正月祭祀名山大川時爲祭伏波神馬援而作。時李翱以節度掌書記，奉牒知循州。

〔二〕幼有壯節，《後漢書·馬援傳》：「（援）常謂賓客曰『丈夫爲志，窮當益堅，老當益壯。』」騰升，急速上漲。

〔三〕謨，計謀，謀略。俞，答應，允許。

〔四〕謂馬援歸漢及定策平定隴右諸羌，事見《後漢書·馬援傳》。

〔五〕徵側，東漢交阯麊泠（今越南河內一帶）人。光武帝建武十六年（四〇）自立爲王。建武十八年（四二）以伏波將軍馬援率兵鎮壓，兵敗被殺。事見《後漢書》卷八六《南蠻西南夷列傳》。

〔六〕交趾，初泛指五嶺以南地區，後專指越南中部、北部。西漢平南越後置交趾刺史部於嶺南，又在今越南北部置交趾郡。

〔七〕蠻溪，謂武陵五溪蠻夷。

〔八〕薏苡，一年生或多年生草本植物，莖葉可作造紙原料。《後漢書·馬援傳》：「初，援在交阯，常餌薏苡實，用能輕身省慾，以勝瘴氣。南方薏苡實大，援欲以爲種，軍還，載之一車。……及卒後，有上書譖之者，以爲前所載還，皆明珠文犀。」後因稱蒙冤被謗爲「薏苡之謗」或「薏苡明珠」。

〔九〕詁詁蚩蚩，多言紛擾貌，猶言輾轉相傳。

〔一〇〕易白成緇，謂顛倒黑白，歪曲事實。

〔一一〕勛華，堯舜並稱。勛，放勛，堯名；華，重華，舜名。不慈，謂不愛其子。

〔一二〕曾氏殺人，母投於機，比喻流言可畏或誣枉之禍。事見《戰國策·秦策二》：「昔者曾子處費，費人有與曾子同名族者而殺人，人告曾子母曰：『曾參殺人。』曾子之母曰：『吾子不殺人。』織自若。有頃焉，人又曰：『曾參殺人。』其母尚織自若也。頃之，一人又告之曰：『曾子殺人。』其母懼，投杼逾墻而走。夫以曾參之賢與母之信也，而三人疑之，則慈母不能信也。」

〔一三〕居竊厥嫂，陳平不疑，事見《漢書·陳平傳》：「絳灌等或讒平曰：『聞平居家時，盗其嫂。』」顔師古注：「盗，猶私也。」

〔一四〕申生寘堇，晋有驪姬，申生爲晋獻公子，初被立爲太子，獻公伐驪戎，得驪姬，有寵，生奚齊，欲立爲太子，乃譖殺太子申生，逐公子重耳、夷吾。

〔一五〕無極巧舌，伍奢族夷，無極，即費無忌，楚國大夫，任楚平王太子建少傅。因忌太子太傅伍奢有寵，遂讒惡太子建與伍奢，使平王殺伍奢父子。

〔一六〕萋兮，謂《詩經·小雅·巷伯》，《毛序》云：「巷伯，刺幽王也，寺人傷於讒，故作是詩也。」寺人，謂孟子，周幽王時宦官，因遭讒被誣而作此詩。

〔一七〕梁松，字伯孫，東漢安定烏氏（今甘肅涇川）人，梁統子。光武卒，受遺詔輔政。明帝永平元年（六八），遷太僕。因私自請託郡縣免官，又以飛書誹謗下獄死。《後漢書》卷三四有傳。松與馬援有怨，援卒後，上書譖之。事見《後漢書》卷二四《馬援傳》。

祭中天王文代河南鄭尹作〔一〕

自春亢陽〔二〕，將害嘉穀，是以齋心命使，用祈于王。惟神降歆，明應如答，陰雲周布，膏澤四施〔三〕。旱苗獲生①，宿麥重秀〔四〕，臣人歡悦，草木鮮榮。惟王之功，拯祐于下。某忝尹京邑，慮迫群心，實荷王化，道以嘉祉〔五〕。方當月禁，不殺羊牛，謝王嘉錫，曷敢稽留。且薦中素，非陳俎羞②〔六〕。請俟踰月，乃列牲牢〔七〕。

【校記】

①「獲生」，《全唐文》作「復生」。②「俎」，《全唐文》作「豆」。

【注釋】

〔一〕按，關於此篇作時，羅《譜》並題目作時考之云：「案『代河南尹作』六字當是注文，應旁書，此本及《全文》均與標題連屬，誤。河南鄭尹當指鄭餘慶。餘慶以元和元年十一月爲河南尹，三年六月爲東都留守（見《舊紀》一五），又《舊紀》一五元和三年下云：『是歲淮南、江南、江西、湖南、山南東道旱。』此文云：『自春亢陽，將害嘉穀。』當爲元和三年夏作。」可從。

〔二〕亢陽，謂旱災。

〔三〕膏澤，滋潤作物的雨水。

〔四〕宿麥，隔年成熟的麥，即冬麥。《漢書·武帝紀》：「遣謁者勸有水災郡種宿麥。」顔師古注：「秋冬種之，經歲乃熟，故云宿麥。」

〔五〕嘉祉，猶福祉。

〔六〕俎羞，指祭祀時呈現的珍饈美味。因置於俎上，故稱。

〔七〕牲牢，猶牲畜。《詩經·小雅·瓠葉序》：「上棄禮而不能行，雖有牲牢饔餼，不肯用也。」鄭玄箋：「牛羊豕爲牲，繫養者曰牢。」

別潛山神文〔一〕

維長慶三年十月二十七日①，朝議郎守尚書禮部郎中、上輕車都尉李翺〔二〕，謹遣舒州攝要籍司衙前軍虞候吴潭〔三〕，以清酒鹿脯，告辭于潛山大神之靈。

翺自去歲，來臨此邦，遭罹炎旱，淮左畢同〔四〕。鄰郡逃亡，十家六空，唯此舒人，安業於農。我政無能，遘此歲凶，災同報異，乃神之聰。事幸無敗，譽斯有融，遂忝帝命，復官南宫〔五〕。皆神所祐，我亦何功？將赴京邑，路沿大江，遣使來辭，神鑒予衷②！

【校記】

①此句，《文苑》作「維長慶三年歲次癸卯十月壬子朔二十七日」。　②文末，《文苑》有「尚饗」二字。

【注釋】

〔一〕長慶三年（八二三）作。潛山，又稱皖山、皖公山，天柱山，在安徽潛山縣西北。文云：「長慶三年十月二十七日……守尚書禮部郎中李翺謹遣……軍虞候吴潭告辭於潛山大神之靈。」知此爲長慶三年十月，李翺自舒州刺史召爲禮部郎中，將離舒州之時所作。

〔二〕朝議郎，隋開皇六年（五八六）吏部別置散官，唐爲正六品上文散官。上輕車都尉，唐武德七年（六二四）改上開府儀同三司置，八轉勛官，比正四品。

〔三〕舒州，唐武德四年（六二一）改同安郡置，治所在懷寧縣（今安徽潛山）。要籍，唐置，爲節度、觀察使屬官，備差遣，無具體職掌。

〔四〕淮左，謂淮東。隋唐以前，從中原地區通往長江下游多在今安徽壽縣附近渡淮，該段淮水流向爲自南而北，故習稱今安徽淮河南岸一帶爲淮東。

〔五〕南宫，尚書省别稱，注見本集卷十四《祭中書韋相公文》。時李翺自舒州刺史召爲禮部郎中，屬尚書省，故云。

於朗州别女足娘墓文①〔一〕

維長慶元年歲次辛丑十二月癸亥朔十九日辛巳，父舒州刺史翺〔二〕，以酒果之奠，敬别于第七女足娘子之靈。

吾以前月二十八日蒙恩改舒州刺史②，以明日將領汝母等水路赴州，故以酒果來與汝别。

嗚呼！我爲汝父，汝則我女，王命有期，不得安處。延陵喪子，葬不歸吴〔三〕，考之於禮，其合矣夫。汝之形骨，託終此土；汝之精神，冥漠不睹〔四〕。上及於天，下及於泉，鬼神有知，汝骨安全。永永終古〔五〕，無有後艱，我來訣别，涕淚漣漣。嗚呼哀哉，尚享！

【校記】

①「朗州」，原誤作「湖州」，據《文苑》改。「娘」，原脱，據《文苑》《全唐文》補。　②「二十八日」，《文苑》作「二十六日」。「改」下，《全唐文》有「授」字。

【注釋】

〔一〕長慶元年（八二一）作。朗州，隋開皇十六年（五九六）改嵩州置，治所在武陵縣（今湖南常德）。文云：「維長慶元年……十二月……十九日，父舒州刺史翺……敬别于第七女足娘子之靈。吾以前月二十八日蒙恩改舒州刺史，以明日……赴州……來與汝别。」知此爲長慶元年十一月二十八日李翺由朗州刺史改舒州刺史，十二月十九日將離朗州赴舒州赴任時至亡女足娘之墓告别而作。

〔二〕舒州，注見本集卷十四《别灊山神文》。

〔三〕延陵喪子，延陵，謂延陵季子，即季札，注見本集卷十四《叔氏墓誌》。

〔四〕冥漠，謂死亡。

〔五〕永永，謂長遠，長久。

李翱文集卷第十七　雜著八首

行己箴〔一〕

人之愛我，我度于義；義則爲朋，否則爲利。人之惡我，我思其由；過寧不改，否又何仇。仇實生怨，利實害德〔二〕，我如不思，乃陷于惑。内省不足〔三〕，愧形于顔；中心無他，曷畏多言①。唯咎在躬〔四〕，若市于戮〔五〕；慢訑自它，匪汝之辱。昔者君子，惟禮是持②，自小及大，曷莫從斯。苟遠于此，其何不爲？事之在人，昧者亦知〔六〕。遷焉及己，則莫之思。造次不戒〔七〕，禍焉可期。書之在側，以爲我師。

【校記】

①「畏」，原誤作「長」，據諸本改。　②「持」，原誤作「待」，據諸本改。

【注釋】

〔一〕此文寫作時間不詳，意在内省。行己，謂立身行事。《論語·公冶長》：「子謂子産有君子之道四焉：其行己也恭，其事上也敬，其養民也惠，其使民也義。」箴，文體的一種，以規勸告戒爲主。《漢書·揚雄傳贊》：「箴莫善於《虞箴》，作《州箴》。」劉勰《文心雕龍·銘箴》：「箴者，所以攻疾防患，喻鍼石也。斯文之興，盛於三代。夏商二箴，餘句頗存。」

〔二〕害德，《周易正義》卷四：「初六，浚恒，貞凶，無攸利。」王弼注：「凶正害德，無施而利也。」

〔三〕内省，反省自己思想和言行，檢查有無過失。《論語·顔淵》：「内省不疚，夫何憂何懼！」

〔四〕咎，罪過；過失。

〔五〕戮，懲罰。

〔六〕昧者，愚昧之人，糊塗之人。

〔七〕造次，輕率，隨便。

陸傪檻銘①〔一〕

晝日居于是，窮性命于是，待賓客交其賢者亦于是，有客曰翱銘于是。

【校記】

①此篇底本次序在《舒州新堂銘》之前，目録中題目則居其後。

【注釋】

〔一〕貞元十五年（七九九）作。陸傪，注見本集卷二《復性書上》。李翱貞元十五年於吴郡結識陸傪，銘或其時所作。

舒州新堂銘〔一〕

先時寢壞，有隘其廬，乃作斯堂，高嚴旟旟〔二〕。六桷四楹①，裝重架虛，欒拱不設②，篬蜚袪袪〔三〕，麗不越度〔四〕，儉而有餘；左立嘉亭，繚以環除，延延其深，肆肆其紓。吏事既退，齊心以居〔五〕，思民之病，擇弊而鉏，弗逸弗墜〔六〕，謹終猶初。大旱之後，鄰邑成墟，獨我州氓，樂哉胥胥〔七〕。鬼神所福，事匪在予。丞相以言③，乃下徵書，復官于朝，以解前疽④。刻銘於斯，永示群舒〔八〕。

【校記】

①「桷」，原誤作「補」，據汲古閣本、《全唐文》改。②「欒」，日本本劉氏校語作「巒」。③「以」，《全唐文》作「所」。④「疽」，原誤作「疸」，據諸本改。

【注釋】

〔一〕長慶三年（八二三）作。舒州，注見本集卷十六《别灊山神文》。長慶元年（八二一）十一月至長慶三年十月，李翺爲舒州刺史，長慶三年十月，召爲禮部郎中。文云「丞相以言，乃下徵書，復官於朝，以解前疽。刻銘於斯，永示群舒。」則此爲長慶三年十月李翺召爲禮部郎中離舒州前所作。

〔二〕旟旟，揚起貌，高昂貌。

〔三〕欒，柱上曲木，兩端以承斗拱。蜚，古同飛。袪袪，强健貌。

〔四〕越度，超過適當限度。

〔五〕齊心，整潔身心，以示莊敬。

〔六〕墜，喪失，敗壞。

〔七〕胥胥，喜樂貌。

〔八〕群舒，《詩·魯頌·閟宫》：「戎狄是膺，荆舒是懲。」鄭玄箋：「僖公與齊桓舉義兵，北當戎與狄，南艾荆及群舒，天下無敢禦也。」古群舒在荆楚之地，此代指舒州百姓。

泗州開元寺鐘銘并序〔一〕

維泗州開元寺遭罹水火漂焚之餘，僧澄觀與其徒僧若干〔二〕，復舊室居，作大鐘。貞元十五年，厥功成，於是隴西李翱書辭以紀之：

八月，梓人功既休〔三〕，戊寅，大鐘成。先時厥初，罹于天災，波沈火燔〔四〕，既浮爲薪，既蜚爲塵。澄觀之功，恢復其居，革舊而新，環墉如陵，臺殿斯嚴，乃三其門，俾後勿踰，其徒不譁，咸服其勤，有加于初。屋室既同，乃範乃鎔，乃作大鐘，乃懸于樓。以鼓其時，以警淮夷〔五〕。非雷非霆，鏗號其聲，淮夷其驚。上天下地，弗震弗墜。大音無斁〔六〕，千僧勠力。願昭其績，乃銘于石。

【注釋】

〔一〕貞元十五年（七九九）作。泗州，注見本集卷十二《故東川節度使盧公傳》。按，開元寺故址在今安徽泗縣東南，本爲西域僧龍朔初年所建。貞元年間遇災，僧澄觀重建。此文爲李翺應澄觀命所作，本集《補遺》有李翺撰《答泗州開元寺僧澄觀書》。文云「貞元十五年，厥功成，於是隴西李翺書辭以紀之」，知此爲貞元十五年所作。時李翺與孟郊先後往江浙、安徽。

〔二〕澄觀，字大休，越州山陰（今浙江紹興）人。中唐名僧，曾得德宗詔見，與上層人物多有交往。元和年間卒，年七十餘。弟子衆多。《宋高僧傳》卷五有傳。

〔三〕梓人，古代木工的一種。專造樂器懸架、飲器和箭靶等。

〔四〕燔，焚燒。

〔五〕淮夷，古代居於淮河流域的部族。《書·費誓》：「徂兹淮夷，徐戎並興。」

〔六〕大音，《老子》：「大方無隅，大器晚成，大音希聲。」意謂至大之音則不辨宫商，猶如無聲。後以「大音」指美妙的樂音。斁，終止。

江州南湖堤銘并序〔一〕

長慶二年十二月，江州刺史李君渙之截南陂築堤三千五百尺〔二〕，高若干尺，廣若干尺，以通四鄉之路，畜水爲湖，人得其贏①〔三〕。正月既畢事，舒州刺史李翺歌以記之，辭曰：

天地作物，功或不周，賢人相之，智與神侔。漭漭南陂，冬乾夏滮〔四〕，九江漲潮，潛潛逆流。東南百步②，城市所繇，水積既深，大波其颮匹尤切。亦有舟航，覆溺之憂，擔擁疊路，車軔其舟。童嬰涕墮，老婦號愁，歷古逮茲③，孰爲泯籌？浚之之來，養民如身，乃築長堤，拒江之瀕〔五〕。厚其錢傭，以飽餓人，南北東西，百里闐臻。莫不用力，千錘響振音貞，虓歡相勵，不督而勤。堤既成止，岡聯突起，堅若石城，墇爲瀦水〔六〕。蒲莞茭芡④，鴻鶬鱧鯉，唯其所取，或食或祀。長堤坦坦〔七〕，植之楊槐，架豁飛圯，以便去來。除險作利，非賢不能，歌示江人，式悅汝懷。

【校記】

①「贏」，原誤作「羸」，據《全唐文》改。②「步」，原誤作「民」，據《全唐文》改。③「逮」，原誤作「建」，據光緒本改。④「茭」，《全唐文》作「菱」。

【注釋】

〔二〕長慶三年（八二三）作。江州，西晋惠帝元康元年（二九一）置，治所在南昌縣（今屬江西）。東晋咸康六年（三四〇）徙治尋陽縣（今湖北黄梅西南）。南湖，即今江西九江甘棠湖。序云「長慶二年十二月，江州刺史李君浚之截南陂築堤……正月既畢事，舒州刺史李翺歌以記之」，知此爲長慶三年正月所作。時李翺爲舒州刺史。

〔二〕李君，謂李渤，注見本集卷七《薦士於中書舍人書》。

〔三〕贏，利益，好處。

〔四〕滮，水流貌。《詩·小雅·白華》：「滮池北流，浸彼稻田。」毛傳：「滮，流貌。」

〔五〕瀕，水邊。《漢書·地理志上》：「厥土白墳，海瀕廣潟。」顔師古注：「瀕，水涯也。」

〔六〕瀦水，蓄水。

〔七〕坦坦，平坦，廣闊。

趙州石橋銘〔一〕

九津九星横河中〔二〕，天下有道津梁通，石穹隆兮與天終。

【注釋】

〔一〕此銘寫作時間不詳。趙州，北齊改殷州置，治廣阿縣（今河北隆堯東）。唐武德元年（六一八）移治柏鄉（今屬河北），四年又移治平棘縣（今趙縣）。趙州石橋，即今河北趙縣洨河上之趙州橋，隋大業年間，由著名匠師李春建造。

〔二〕九津，古謂日出之所。《吕氏春秋·求人》：「禹東至榑木之地，日出九津、青羌之野。」九星，指星、辰、日、月、四時、歲。《文選·任昉〈宣德皇后令〉》：「九星仰止。」李善注：「《周書》：王曰：『余不知九星之光。』周公旦曰：『九星，星、辰、日、月、四時、歲，是謂九星。』」

解江靈〔一〕

元和六年八月，余自京還東，暮宿在江，濤水既平，月高極明，萬物潛休，遠無微聲。坐至夜静，目亦瞑將瞑①，聞江中有如賈人相與言曰：「與子商遊，十有餘年。不識我愚，託我如親，相得之歡，百賈誰如？泰山歸後〔二〕，前盟頓渝。我實不省，子將何辭？」

對曰：「噫！承子役召〔三〕，子欲代予，力雖不能，志願如初。自昔及兹，未嘗汝薄，利必以告，害斯共度，誓當結固，永守終樂。汝之責人，慘若五刑〔四〕，小不順汝，亦何足聽？汝心好惡，灼若天星〔五〕，動比孔丘，其神且明。異汝者斥，諂汝者榮，苟不汝隨，絶如詛盟〔六〕。人實難知，堯所未易〔七〕，我雖受責，敢喪前志。薦汝利汝，每憂不暨，終何能成？惟力所至。豈不汝怨，我道無二，曰余虚言，鬼神來棄。汝實異兹，翻然改作，瘡疣生心，洗刮不落。巧避我長，善探我惡，短我如墜，譽我如縛。人或美我，汝閃其目；人或毁我，汝盈其欲。充汝之心，飽汝之腹，雖汝子孫，亦所不足。我實蒙頑，爲汝之辱，動多尤悔〔八〕，羸敗不畜。汝既富厚，享天百福〔九〕，筋骨堅强，婢妾約綽〔一〇〕，財貨積委，屋室豐渥〔一一〕。我從此去，非曰道薄，願汝我忘，無盛其毒。」

言未訖，余叱之曰：「人生若流，其可久長？須臾臭死，瞥若電光。用心平虚〔一二〕，天靈所臧，得失是非，其細如芒。奚爲交争？此實不祥。相歡不足，其氣已僵。汝行吾言，可以息兵。」

於是言者歎息吐氣，掩鬱無語。啓户視之，不見其處。

【校記】

①「坐至夜静，目亦瞑將瞑」，日本本作「坐久力疲，閉扉將瞑」。《全唐文》作「坐久夜静，目亦將瞑」。

【注釋】

〔一〕元和六年（八一一）作。文云：「元和六年八月，余自京還東，暮宿在江……」，知此爲元和六年八月所作。時李翺任浙東觀察使李遜幕下判官，以事至京師，此爲自京師返回浙東途中所作。

〔二〕泰山歸後，古代民間認爲泰山具有「主生死，收人魂」職能。

〔三〕役召，謂召令服役，召唤役使。此以泰山「役召」代指死亡。

〔四〕五刑，五種刑法。《舊唐書·刑法志》：「有笞、杖、徒、流、死，爲五刑。」

〔五〕天星，星。漢揚雄《羽獵賦》：「涣若天星之羅，浩如濤水之波。」其神且明，明智如神。《淮南子·兵略訓》：「見人所不見謂之明，知人所不知謂之神。明者，先勝者也。」

〔六〕詛盟，誓約。

〔七〕人實難知，堯所未易，《尚書正義·皋陶謨》第四：「禹曰：『吁！咸若時，惟帝其難之。』」孔安國傳曰：「言帝堯亦以知人安民爲難，故曰：『吁！』」

〔八〕尤悔，過失、悔恨。

〔九〕百福，多福。

〔一〇〕約綽，即綽約，柔婉美好貌。

〔一一〕豐渥，豐厚優渥。

〔一二〕平虛，虛心平允。

數奇篇〔一〕

禽滑釐問於子墨子曰〔二〕：「魯氏有叔姪同處者，叔曰無恒，姪曰數奇。數奇强力能施，儉以厚人，凡魯氏有大事，父叔、兄弟所不能集者，數奇皆盡身以成之；親戚之喪在野者，數奇皆往葬之；姑姊妹之無主失時者，數奇皆取而嫁之；其或不能自存者，數奇買田宅以生養之。凡數奇之禄，朋友、故舊、緦麻、小功之親〔三〕，無不皆周也。仕于齊，積功當遷，辭不受，請以與其叔無恒，無恒因得官。遠近之親莫不歡以賴之，獨無恒以爲不足于己。無恒有妾曰善佞，畜私夫以生子曰不類，數奇愛不類如其子，無恒久乃告數奇，曰：

『不類非吾子，他人之子也，汝勿以爲弟。』數奇驚曰：『叔父得無誤乎？』無恒曰：『吾察之詳矣，有驗存焉。』數奇之從父妹笑曰：『孰不知之。雖然，叔父之爲人也無常心，其後必悔，悔則兄受謗爲不仁而棄弟矣，盍請契焉。』數奇以爲然，因質於無恒，無恒遂裂帛具書其然之故，與數奇以爲信。既而數奇仕於蜀，無恒果復以不類爲子，愛之加於初。數奇至，固争之，無恒大怒，告人曰：『帛書非吾意，數奇强我以爲。』無恒惡數奇之不順於己也，毁而敗之，冀有惡名於時。數奇終不怨，其自行如初。敢問爲數奇者①，宜奈何而可？」

子墨子曰：「數奇挈身而去可也。」

問曰：「姪舍叔而去，義乎？」

子墨子曰：「有大故〔四〕，雖子去父可也，叔姪何有？古公欲立王季歷〔五〕，太伯、仲雍知之〔六〕，遂適吴不反，避嫡以成父志。晋獻公信驪姬之讒，將立奚齊，太子申生不去，終被惡名，雉經以死，且陷其父於惡〔七〕。公子重耳奔翟逃禍，卒有晋國，霸天下。故重耳爲孝，而申生爲恭。無恒之惡數奇也深矣，不去，後必相殘，陷無恒於大惡，孰與去而皆全，以追太伯、仲雍、重耳之跡而行乎？雖子逃父可也。」

問曰：「數奇可以不去而盡從無恒之所行耶？」

曰：「不可。從道不從父，從義不從君，況叔父乎？無恒之所行無恒也，如皆從之，是陷無恒於惡，數奇將何以立？」

禽滑釐以子墨子告於數奇，數奇遂適東夷〔八〕，東夷之俗大化。

【校記】

①「者」，原誤作「若」，據汲古閣本、《全唐文》改。

【注釋】

〔一〕此篇寫作時間不詳。數奇，謂命運不好，遇事多不利。《漢書·李廣傳》：「大將軍陰受上指，以爲李廣數奇，毋令當單于，恐不得所欲。」顏師古注：「言廣命隻不耦合也。」此處以數奇作人名，亦暗含此意。

〔二〕禽滑釐，字慎子，春秋時魏人，墨子弟子。《莊子·天下篇》：「古之道術有在於是者，墨翟、禽滑釐聞其風而説之。」

〔三〕緦麻，古代喪服名，五服中之最輕者，孝服用細麻布製成，服期三月。《儀禮·喪服》：「緦麻三月者。」小功，古代喪服名，五服之第四等。《儀禮·喪服》：「小功者，兄弟之服也。」《儀禮·喪服》：「小功布衰裳，澡麻帶絰，五月者。」此以緦麻、小功指親緣關係較疏遠者。

〔四〕大故，重大事故，多指對國家、社會有重大影響之禍患，如災害、兵寇、國喪等。

〔五〕古公，名亶父，古代周族首領，傳爲后稷第十二代孫，周文王祖父。季歷，古公少子。太伯，古公長子。

〔六〕仲雍，即虞仲，古公次子。太伯、虞仲知古公欲立季歷，逃至荊蠻，以讓季歷。事見《史記》卷四《周本紀》。

〔七〕晉獻公因寵愛驪姬，欲廢太子申生立驪姬之子奚齊，驪姬佯譽太子而暗譖之，申生被迫自殺。重耳爲晉獻公次子，被迫奔翟，在外流亡十九年後，終於回國即位，成就晉國霸業。事見《史記》卷三九《晉世家》。

〔八〕東夷，古代對中原以東各族統稱。《禮記·曲禮下》：「其在東夷、北狄、西戎、南蠻，雖大曰子。」

李翺文集卷第十八　雜著八首

來南録〔一〕

元和三年十月，翺既受嶺南尚書公之命〔二〕，四年正月己丑，自旌善第以妻子上船於漕。乙未，去東都，韓退之、石濬川假舟送予〔三〕。明日，及故洛東吊孟東野，遂以東野行。濬川以妻疾，自漕口先歸。黄昏到景雲山居，詰朝登上方〔四〕，南望嵩山，題姓名記别；既食，韓、孟别予西歸〔五〕。戊戌，予病寒，飲葱酒以解表〔六〕，暮宿于鞏〔七〕。庚子，出洛下河，止汴梁口〔八〕，遂泛汴流，通河于淮。辛丑，及河陰〔九〕。乙巳，次汴州，疾又加，召醫察脈，使人入盧。又二月丁未朔，宿陳留〔一〇〕。戊申，莊人自盧又來，宿雍丘〔一一〕。乙酉，次宋州〔一二〕，疾漸瘳。壬子，至永城〔一三〕。甲寅，至埇口。丙辰，次泗州〔一四〕，見刺史假舟，轉淮上河如揚州。庚申，下汴渠入淮〔一五〕，風帆及盱眙〔一六〕，風逆天黑，色波水激，順潮入新浦。壬戌，至楚州〔一七〕。丁卯，至揚州。戊辰，上棲靈浮圖〔一八〕。辛未，濟大江至潤州〔一九〕。戊寅①，至常州。壬午，至蘇州。癸未，如虎丘之山〔二〇〕，息足千人石〔二一〕，窺劍池〔二二〕，宿望梅樓②，觀走砌石，將游報恩〔二三〕，水涸舟不通，無馬道，不果遊。乙酉，濟松江〔二四〕。丁亥，官艘隙，水溺舟敗。戊子，至杭州。己丑，如武林之山〔二五〕，即靈隱天竺寺。臨曲波，觀輪轄，登石橋，宿高亭，晨望平湖、孤山、江濤〔二六〕，窮竹道，上新堂，周眺群峰，聽松風，召靈山永吟叫猿，山童學反舌聲。癸巳，駕濤江逆波至富春〔二七〕。丙申，七里灘至睦州〔二八〕。庚子，上楊盈川亭〔二九〕。辛丑，至衢州〔三〇〕，以妻疾止行，居開元佛寺臨江亭後。三月丁未朔，翱在衢州。甲子，女某生。四月丙子朔，翱在衢州，與侯高宿石橋。丙戌，去衢州。戊子，自常山上嶺至玉山〔三一〕。庚寅，至信州〔三二〕。甲午，望君陽山〔三三〕，怪峰直聳似華山③。丙申，上干越亭〔三四〕。己亥，直渡擔石湖。辛丑，至洪州遇嶺南使，游徐孺亭〔三五〕，看荷華④。五月壬子，至吉州〔三六〕。壬戌，至虔州〔三七〕。己丑，與韓泰安平渡江〔三八〕，游靈應山居。辛未，上大庾嶺〔三九〕。明日，至湞昌〔四〇〕。癸酉，上靈屯西嶺，見韶石。甲戌，宿靈鷲山居〔四一〕。六月乙亥朔，至韶州〔四二〕。丙子，至始興公室〔四三〕。戊寅，入東蔭山，看大竹筍如嬰兒；過湞陽峽〔四四〕。己卯，宿清遠峽山。癸未，至廣州。

自東京至廣州，水道，出衢、信，七千六百里；出上元、西江〔四五〕，七千一百有三十里。自洛川下黄河、汴梁過淮至淮陰〔四六〕，一千八百有三十里，順流；自淮陰至邵伯〔四七〕，三百有五十里，逆流；自邵伯至江，九十里；自潤州至杭州，八百里，渠有高下，水皆不流；自杭州至常山，六百九十有五里，逆流，多驚灘，以竹索引船，乃可上。自常山至玉山，八十里，陸道，謂之玉山嶺；自玉山至湖，七百有一十里，順流，謂之高溪；自湖至洪州，一百有一十八里，逆流；自洪州至大庾嶺，一千有八百里，逆流，謂之漳江〔四八〕；自大庾嶺至湞昌，一百有一十里，陸道，謂之大庾嶺；自湞昌至廣州，九百有四十里，順流，謂之湞江，出韶州，謂之韶江〔四九〕。

【校記】

①「戊寅」，原誤作「戊辰」，據《全唐文》改。②「梅」，《全唐文》作「海」。③「華」，原誤作「葉」，據諸本改。④「花」，原誤作「葉」，據諸本改。

【注釋】

〔一〕元和四年（八〇九）作。元和三年四月楊於陵自户部侍郎貶爲廣州刺史、嶺南節度使，當年十月辟李翺爲節度掌書記，四年正月李翺自洛陽出發，六月九日至廣州，文云「癸未，至廣州」，知此爲元和四年六月至廣州所作。

〔二〕嶺南尚書公，謂楊於陵，注見本集卷七《謝楊郎中書》，於陵元和三年四月自户部侍郎貶爲嶺南節度使，故稱。

〔三〕石浚川，謂石洪，注見本集卷七《薦士於中書舍人書》。

〔四〕詰朝，詰旦。平明，清晨。

〔五〕韓、孟，謂韓愈、孟郊。

〔六〕解表，中醫稱服藥而使病人出汗去風退熱。

〔七〕鞏，謂鞏縣。秦置，治所在今河南鞏義西南，屬三川郡。北齊廢。隋開皇十六年（五九六）復置，移治今鞏義北鞏縣老城，屬河南郡。

〔八〕汴梁口，河南開封黄河渡口舊稱。

〔九〕河陰，黄河南岸之地。

〔一〇〕陳留，謂陳留縣。治所在今河南開封東南。唐屬汴州。

〔一一〕雍丘，謂雍丘縣。秦置，屬碭郡，治所在今河南杞縣。漢屬陳留郡，唐屬汴州。

〔一二〕宋州，注見本集卷五《知鳳》。

〔一三〕永城，謂永城縣。隋大業六年（六一〇）置，治所在今河南永城縣東北。唐武德五年（六二二）移治於馬浦城（今永城縣），貞觀時屬亳州。

〔一四〕泗州，注見本集卷十二《故東川節度使盧公傳》。

〔一五〕汴渠，即隋通濟渠、唐廣濟渠東段。自今滎陽至盱眙入淮河，隋至北宋爲中原通往東南沿海地區主要水運幹道。

〔一六〕盱眙，謂盱眙山。在今江蘇盱眙東，其山形如馬鞍，遂名爲馬鞍山。天寶中改爲盱眙山，在楚州西南。

〔一七〕楚州，注見本集卷十四《故處士侯君墓誌》。

〔一八〕棲霞浮圖，謂棲霞寺。南齊永明七年（四八九）建，在今江蘇南京東北棲霞山中峰西麓，爲江南著名古刹之一。

〔一九〕潤州，今江蘇鎮江。

〔二〇〕虎丘之山，亦名海涌山、武丘山，在今江蘇蘇州西北。

〔二一〕千人石，在今江蘇蘇州西北虎丘山上。《吴地記》：「劍池：池旁有石，可坐千人，號千人石。」

〔二二〕劍池，在今蘇州虎丘山上。《吴地記》：「秦始皇東巡至虎丘，求吴王寶劍，其虎當墳而踞。始皇以劍擊之，不及，誤中於石。其虎西走二十五里……劍無復獲，乃陷成池，故號劍池。」

〔二三〕報恩，謂報恩山，即支硎山，在今江蘇吴縣西。《吴地記》：「支硎山：山中有寺號曰報恩，梁武帝置。」

〔二四〕松江，古稱笠澤，又名松陵江，即江蘇太湖尾閭吴淞江。

〔二五〕武林之山，一名靈隱山，即今浙江杭州西靈隱、天竺諸山。此武林之山當爲杭州西群山總稱。

〔二六〕孤山，即今浙江杭州西湖孤山，東連白堤，西接西泠橋。

〔二七〕富春，謂富春江。在浙江中部，爲錢塘江幹流之一段。上起桐廬縣桐廬鎮，接桐江，下迄蕭山市聞家堰，連錢塘江。

〔二八〕七里灘，即延陵瀨，今錢塘江自建德東烏石灘至桐廬縣南瀧口七里瀧峽谷。睦州，注見本集卷十五《故歙州長史隴西李府君墓誌銘》。

〔二九〕楊盈川，即楊炯，華陰（今屬陝西）人。舉神童，授校書郎，充崇文館學士，遷詹事司直，官終盈川令，卒於任。炯與王勃、盧照鄰、駱賓王並稱「四傑」。《舊唐書》卷一九〇、《新唐書》卷二〇一有傳。

〔三〇〕衢州，唐武德四年（六二一）分婺州置，治所在信安縣（今浙江衢州）。

〔三一〕常山，在今浙江常山縣東。以昔多常山草果（中藥材）得名，常山縣又以山名。玉山，在今浙江紹興北斗門鎮。

〔三二〕信州，唐乾元元年（七五八）析饒、衢、建、撫四州之地置，治所在上饒縣（今江西上饒西北天津橋）。

〔三三〕君陽山，又作軍陽山，在今江西弋陽縣南。

〔三四〕干越亭，在今江西余干縣東南。

〔三五〕徐孺，謂徐稚，字孺子，東漢豫章南昌（今屬江西）人。自耕而食，隱居不仕。太守陳蕃不接賓客，唯稚來特設一榻，去則懸之，時稱南州高士。《後漢書》卷五三有傳。

〔三六〕吉州，隋開皇中改廬陵郡置，治所在廬陵縣（今江西吉水縣北）。唐永淳元年（六八二）與縣治廬陵縣同徙治今江西吉安。

〔三七〕虔州，隋開皇九年（五八九）以南康郡改置，治所在贛縣（今江西贛州西南）。貞觀中州治徙今贛州。

〔三八〕韓泰，字安平，德宗貞元時進士，爲王伾、王叔文所倚重。歷遷户部郎中、神策行營節度司馬。貶虔州司馬，官終湖州刺史。《新唐書》卷一六八有傳。

〔三九〕大庾嶺，五嶺之一，一名東嶠山，在今江西大余、廣東南雄二縣交界，爲嶺南、嶺北交通要衝。《元和郡縣圖志》卷三四「韶州始興縣」：「大庾嶺：『本名塞上，漢伐南越，有監軍姓庾，城於此地，衆軍皆受庾節度，故名大庾。』」

〔四〇〕湞昌，謂湞昌縣。唐光宅元年（六八四）置，屬韶州，治所即今廣東南雄。

〔四一〕靈鷲山，在今廣東韶關北。《水經・溱水注》：「瀧水又南歷靈鷲山。山本名虎群山，亦曰虎市山，以虎多暴故也。晋義熙中，沙門釋僧律，葺宇岩阿，猛虎遠跡。蓋律仁感所致，因改曰靈鷲山。」

〔四二〕韶州，即今廣東韶關。

〔四三〕始興，謂始興縣。三國吴置，治所在今廣東始興縣西北。隋平陳後移治今始興縣。唐屬韶州。

〔四四〕湞陽峽，一名皋石山，在今廣東英德南。《水經・溱水注》：「溱水又西南，歷皋口、太尉二山之間，是曰湞陽峽。兩岸傑秀，壁立虧天。昔嘗鑿石架閣，令兩岸相接，以拒徐道覆。」

〔四五〕上元，謂上元縣，唐上元二年（七六一）改江寧縣置，屬潤州，治所即今江蘇南京，以年號爲名。

〔四六〕淮陰，謂淮陰縣，秦置，治所在今江蘇淮安西南。

〔四七〕邵伯，謂邵伯湖，在今江蘇揚州。

〔四八〕漳江，即今福建雲霄縣東至漳江。《新唐書·地理志》「漳州」：「以南有漳水爲名。」

〔四九〕湞江，古稱湞水、東江、東溪，在廣東省北部和江西省西南部，因流經古湞昌縣（今南雄）而得名。

題桄榔亭〔一〕

翺與監察御史韋君詞皆自東京如嶺南〔二〕，水道僅八千里。翺以正月十八日上舟于漕以行，韋君期以二月策馬疾驅，追我于汴宋之郊，或不能及，約自宣城，會我于常州以偕行。既翺停舟宿留，日日以須。韋君之出洛也易期，又宣城謀疾到，逆江南流上。翺以妻疾，居信安四十餘日〔三〕，比及江西，韋君亦前行矣。上桄榔亭，見韋君紀姓名，且有念我之言。嗟夫！皆行八千里，先後之不齊也不過十日，而初謀竟乖。人事之不果，不可以前期也。

【注釋】

〔一〕元和四年（八〇九）作。據《來南録》，李翺元和四年正月自洛陽啓程赴嶺南，四月至江西，文云：「翺與監察御史韋君詞，皆自東京如嶺南……比及江西，韋君亦前行矣，上桄榔亭，見韋君紀姓名，且有念我之言……」，知此爲元和四年四月至江西見韋詞題名所作。

〔二〕韋詞，即韋辭。注見本集卷六《答朱載言書》。僅，幾乎，接近。

〔三〕信安，謂信安郡，注見本集卷十四《故處士侯君墓誌》。

題峽山寺〔一〕

翺爲兒童時，聞山游者説峽山寺難爲儔，遠地嘗以爲無因能來。及兹獲游，周歷五峰，然後知峽山之名有以然也。

於靈鷲寺時〔二〕，述諸山居之所長，而未言其所不足。如虎丘之劍池不流，天竺之石橋下無泉，麓山之力不副天奇，靈鷲擁前山不可視遠，峽山亦少平地，泉出山無所潭。乃知物之全能難也，况求友擇人而欲責全耶？

去其所闕，用其所長，則大小之材無遺，致天下於治平也弗難矣。

【注釋】

〔一〕元和四年（八〇九）作。峽山，又名關峽、觀亭山、中宿峽、飛來峽。在今廣東清遠東北。《輿地紀勝》卷八九「廣州」：「峽山：『在清遠縣東三十里。崇山峻峙，如擘太華，中通江流。廣慶寺居峽山之中。』」《來南録》「（元和四年）六月……己卯（五日）宿清遠峽山。」則此篇爲元和四年六月至峽山作。

〔二〕靈鷲寺，注見本集卷十八《來南録》。

題靈鷲寺〔一〕

凡山居，以怪石、奇峰、走泉、深潭、老木、嘉草、新花，視遠爲幽。自江之南而多好山居之所，翺之對者七焉，皆天下山居之尤者也。蘇州有虎丘山，則外惟平地①，入然後上，高石可居數百人，劍池上峭壁聳立，憑樓檻以遠望。

【校記】

①「惟」，《全唐文》作「爲」。

【注釋】

〔一〕元和四年（八〇九）作。靈鷲寺，注見本集卷十八《來南録》。《來南録》：「（元和四年）五月……甲戌，宿靈鷲山居。」則此篇爲元和四年五月至靈鷲寺作。

五木經元革注〔一〕

樗蒱五木，玄白判，樗蒱，古戲。其投有五，故自呼爲「五木」，以木爲之，因謂之木。今則以牙角，尚飾也。判，半也，今合其五投，並上玄下白，故曰「玄白判」。厥二作雉，雉，鳥也，取二投於白，上刻爲鳥。背雉作牛。其刻其鳥二投背上，並刻牛，故曰背也。以雉犢爲彩者，謂其悍戾，逢敵必鬥以求勝也。雖矢馬關亦皆角逐、防遏之義也。

王采四，盧、白、雉、牛；王，貴也。甿采六，開、塞、塔、禿、撅、搗。甿，賤也。其采義未詳。全爲王，駁爲甿。全，謂其不雜也。皆玄曰盧，厥筴十六。盧，黑白色也。《書》曰：「玈弓玈矢。」謂所投盡黑也。十六莢者，行馬時便以此數矢而隔之，他莢仿此。皆白曰白，厥筴八。雉二玄三曰雉，厥筴十四。牛三白三曰犢，厥筴十。雉一牛二白三曰開，厥筴十二。雉如開，如開各一。厥餘皆玄曰塞，厥筴十一。雉白各二、玄一曰塔，厥筴五。牛玄各二、白一曰禿，厥筴四。白三玄二曰撅，厥筴三。白二玄三曰搗，厥筴二。矢百有二十，設關二，間矢爲三。間，别也。刻木爲關，雕飾之，每聚四十矢。馬筴二十，厥色五。大率戲時不過五人。五色者，各辨其所執也。

凡擊馬及王采皆又投。擊馬，謂打敵人子也。打子得雋，王采自專，故皆許重擲，王采累得累擲之，變則止。馬出初關叠行，謂逢可以叠馬即許叠也。如不要叠，亦得重馬，被打著尤苦。非王采，不出關，不越坑，馬出關亦自專之義也。名爲落坑，義在難出，故用王采，能出也。入坑，有謫。其所罰隨所約并輸合坐。行不擇筴，馬一矢爲坑。謂矢行致馬落坑也。亦有馬皆不可均融，數奇而入坑者，所睹隨臨時所約。劉毅家無檐石儲，而一擲百萬也。

【注釋】

〔一〕五木，古代博具。斫木爲子，一具五枚。古博戲樗蒲用五木擲采打馬，其後則擲以決勝負，後世所用骰子相傳即由五木演變而來。按，因此篇事涉專門，且已有元革注，故不再另注。

韋氏《月録》序〔一〕

人之所重者，義與生也。成義者莫如行，存生者在於養。所以爲養者資於用，用足而生不養者多矣，用不足而能養其生者，天下無之。養生之物，禁忌之術，散在雜方，雖有力者欲行之，而患不能備知。

杜陵韋行規，博學多藝，能通《易傳》《論語》、老聃、莊周之書，皆極師法。窮覽百家之方，撮而集之，成兩軸，各附於本月，閲之者簡而詳，以授於余，且曰：「《齊人要術》①〔二〕，傳行寡驗。行規集此書，經試驗者，然後摭取，實可以有益於養生者。若執事序而名之，則所謂無翼而能飛者，必傳於天下矣。」余因號之爲《月録》。

【校記】

①「人」，成化本有小字注文：「唐諱民，故曰人。」

【注釋】

〔一〕此篇寫作時間不詳。韋氏謂韋行規，行規，兩《唐書》無傳，據翺《序》，知爲京兆杜陵（今屬陝西）人，《酉陽雜俎·前集》卷九「盜俠」條有「少遊京西遇劍俠老人」一事，《續集》卷二「興州雷穴」條稱「韋行規爲興州刺史」，或即其人。《月録》，《新唐書·藝文志》「子部·農家類」著録

「《保生月録》一卷」，馬端臨《文獻通考·經籍考》引晁公武曰：「唐韋行規撰。分十二月，雜記每月攝養、種藝、祈禳之術。李翱爲之序。」

〔二〕《齊人要術》，即《齊民要術》，避太宗諱改。

何首烏録〔一〕

僧文象好養生術，元和七年三月十八日，朝茅山〔二〕，遇老人於華陽洞口〔三〕，告僧曰：「汝有仙相，吾授汝秘方。有何首烏者，順州南河縣人〔四〕。祖能嗣，本名田兒，天生閹，嗜酒，年五十八，因醉夜歸，臥野中，及醒，見田中有藤兩本，相遠三尺，苗蔓相交，久乃解，解、合三四，心異之，遂掘根持問村野人，無能名，曝而乾之。有鄉人麦良戲而曰：『汝閹也，汝老無子，此藤異而後以合其神藥，汝盍餌之？』田兒乃篩末酒服，經七宿，忽思人道，累旬力輕健，慾不制，遂娶寡婦曾氏。田兒因常餌之，加湌兩錢，七百餘日，舊疾皆愈，反有少容，遂生男，鄉人異之。十年生數男，俱號爲『藥』。告田兒曰：『此交藤也，服之可壽百六十歲，而古方本草不載。吾傳於師，亦得之於南河，吾服之，遂有子。吾本好静，以此藥害於静，因絶不服，女偶餌之，乃天幸！』因爲田兒盡記其功，而改田兒名能嗣焉。嗣年百六十歲乃卒，男女一十九人。子庭服亦年百六十歲，男女三十人。子首烏服之，年百三十歲，男女二十一人。安期叙交藤云〔五〕：交藤，味甘，温無毒，主五痔、腰腹中宿疾冷氣，長筋益精，令人多子，能食，益氣力，長膚延年。一名野苗，一名交莖，一名夜合，一名地精，一名桃柳藤，生順州南河縣田中，嶺南諸州往往有之。其苗大如藁，本光澤①，形如桃柳葉，其背偏獨單②，皆生不相對。有雌雄，雄者苗色黄白，雌者黄赤，其生相遠，夜則苗蔓交，或隱化不見。春末、夏中、初秋三時，候晴明日，兼雌雄採之，烈日曝乾，散服酒下良。採時盡其根，勿洗，乘潤以布帛拭去泥土③，勿損皮，密器貯之，每月再曝。凡服，偶日二、四、六、八日是，服訖，以衣覆④，汗出導引，尤忌豬、羊肉血。」老人言訖，遂别去，其行如疾風。

浙東知院殿中孟侍御識何首烏，嘗餌其藥，言其功如所傳。出賓州牛頭山〔六〕，苗如萆薢〔七〕，蔓生，根如杯拳，削去黑皮，生啖之，南人因呼爲「何首烏」焉。元和八年八月録。

【校記】

①「其苗」至「光澤」，原誤作「其苗大如木蒿光澤」，據《全唐文》改。②「背」，原誤作「皆」，據《全唐文》改。③「乘」，原誤作「承」，據《全唐文》改。④「覆」，原誤作「服」，據汲古閣本、《全唐文》改。

【注釋】

〔一〕元和八年（八一三）作。文末云「元和八年八月録」，知此篇爲元和八年八月所作。何首烏，本名交藤，根莖俱可入藥。

〔二〕茅山，古名句曲山，又名三茅山，即今江蘇西南之大茅山，爲道教名山之一，號稱第八洞天。

〔三〕華陽洞，在今江蘇句容東南茅山之大茅峰下。

〔四〕順州，唐大曆八年（七七三）置，治所在龍化縣（今廣西陸川南）。南河縣，唐武德五年（六二二）置，治所在今廣西陸川東南。

〔五〕安期，謂安期生。秦瑯琊阜鄉（今屬山東）人。從河上公學黄老之術，賣藥東海邊，時人稱之爲千歲翁。相傳秦始皇東遊，與之語三日三夜，賜黄金璧玉，價值數千萬。後始皇遣人入海求之，不可得。交藤，何首烏別名。

〔六〕賓州，唐貞觀五年（六三一）置，治所在嶺方縣（今廣西賓陽）。

〔七〕萆薢，多年生纏繞藤本植物，根、莖可製澱粉，亦可藥用。

戲贈〔一〕

縣君好塼渠①〔二〕，繞水恣行遊。鄙性樂疏野②，鑿地便成溝。兩岸植芳草，中央漾清流③。所尚既不同，塼鑿各自修。從他後人見，境趣誰爲幽④。

【校記】

①「好」，《唐詩紀事》卷三五、《中山詩話》均作「愛」。　②「疏」，《唐詩紀事》《中山詩話》作

「山」。③「央」，《唐詩紀事》《中山詩話》作「間」。④「境」，《唐詩紀事》《中山詩話》作「景」。

【注釋】

〔一〕此篇撰作時間不詳。

〔二〕縣君，古代婦人封號。唐制，五品母、妻爲縣君。

李翱詩文補遺

代李尚書進畫馬屏風狀

右，臣近得前件馬樣，以其圖寫，諸家稍殊，試爲短屏，備以文采。觀其體閑色浮，氣逸神駿。練影吴浦，指山川而不摇；花攢上林，若雨露之新洗。或屈膝千里，或長鳴九霄。昔以負圖爲寶，今願捍蔽成功。形影不殊，効用何别？謹裁成十二扇，隨狀奉進。若以時從啓閉，猶足靖於塵埃，倘將用以馳驅，庶可効其筋力。輒敢輕冒，戰懼伏深。

【按】 本文據《全唐文》卷六三四補録。

斷僧相打判

夫説法則不曾敷座而坐，相打則偏袒右肩領。來向佛前，而作偈言：各笞小杖十五，以勵三千大千。

【按】本文據《全唐文》卷六三四補録。

斷僧通狀判

七歲童子，二十受戒。君王不朝，父母不拜。口稱貧道，有錢放債。量决十下，牒出東界。

【按】本文據《全唐文》卷六三四補録。

答泗州開元寺僧澄觀書

前日見命作《開元寺鐘銘》，云欲藉僕之詞，庶幾不朽，而傳於後世，誠足下相知之心，無不到也。雖然，翺學聖人之心焉，則不敢讓乎知聖人之道者也。當見命時，意亦思之熟矣。吾之銘是鐘也，吾將明聖人之道焉，則於釋氏無益也；吾將順釋氏之教而述焉，則惑乎天下甚矣。何貴乎吾之先覺也！吾之詞必傳於後，後有聖人如仲尼者之讀吾詞也，則將大責於吾矣。吾畏聖人也！

夫銘，古多有焉。湯之盤銘，其詞云云；衛孔悝之鼎，其詞云云；秦始皇之嶧山碑，其詞云云，皆可以紀功伐，垂誡勸。銘於盤，則曰盤銘，於鼎，則曰鼎銘，於山，則曰山銘。盤之詞可遷於鼎，鼎之詞可遷於山，山之詞可遷於碑，唯時之所紀耳。及蔡邕《黄鉞銘》，以紀功於黄鉞之上爾。或盤，或鼎，或嶧山，或黄鉞，其立意與言皆同，非如《高唐》《上林》《長楊》之作賦云爾。近代之文士則不然，爲銘爲碑，大抵詠其形容，有異於古人之所爲。其作鐘銘，則必詠其形容，與其聲音，與其財用之多少，鎔鑄之勤勞爾，非所謂勒功德、誡勸於器也。推此類而承觀之，某不知君子之文也亦甚矣。然所爲文亦皆有盛名於時，天下之人咸謂之善焉，吾不知吾所獨知，其能賢於他人之皆不知乎？天下人咸以不知者云善，則吾之獨知又何能云善乎？雖然，吾當亦順吾心以順聖人爾，阿俗從時，則不忍爲也。故當時甚未敢承教，爲其所懷也。

如前所云，足下欲吾之必銘是鐘也，當順吾心與吾道，則足下之銘必傳於後代矣。如欲從俗之所云，則天下屬詞之士願爲之者甚衆矣，何藉於李翺之詞哉？幸思之也。日中時過淮而南，書以通意，且爲别。

【按】

本文據《全唐文》卷六三六補録。《文苑英華》卷六八八題作「答泗州開元寺僧書」。《唐文粹》

卷八五題作「答開元寺僧書」。

八駿圖序

予嘗聞有周穆王八駿之説，乃今獲覽厥圖，雄淩趫騰，彪虎文螭之流，與今馬高絶懸異矣。其名盜驪、蜚黄、騠褭、白羲之屬也，視矯首則若排雲，視舉足則若乘風。有待馭之狀，有矜群之姿。若日月之所不足至，若天地之所不足周。軒軒然，嶷嶷然。言其真也，實星降之精；思其發也，猶神扶其魄。軾者如仙，御者如夢，將變化何别哉？

【按】

本文據《全唐文》卷六三六補録。此序與李觀文前節重出（見《全唐文》卷五三四）。近人余嘉錫考定序爲李觀文，非翱作。《全唐文》録李觀文「將變化何别哉」句後有「世説周穆王駕八駿，日會西王母於瑶池，從群仙而遊。按《山海經》云『昆崙山去中國三萬里』，乃非虚説也，而不知其所從得之，厥神是生爲之用歟？何古無其匹歟？圖之首有褚公遂良題云：『秦漢傳之，降於梁隋，至於皇唐，不泯厥跡。卓爾昭然，奇哉信乎？』苟今考之於古，則人大笑矣。求之於時，則曠世矣。由是知物有同者不必良，有異者不必否。或慮觀之者昧，故爲序以表焉」。明賀復徵《文章辨體彙選》卷三百十六收此文，作者爲李翱。故暫録于此，姑存兩説。

卓異記序

聖唐帝功，瓌特奇偉，前古無可比倫。及臣下盛事，超絶而殊常，輝昔而照今。貽謀記叙家世徽範，奉上虔密，不自顯發，人莫知之，至有誤爲傳説者。洎正人碩賢，守道不撓，立言行己，真貫白日，得以愛慕遵楷；其奸雄之跡，覩而益明。自勵廣記，則隨所聞見，雜載其事，不以次第，然皆是警惕在心，或可諷歎。且神仙鬼怪，未得諦言，非有所用，俾好生不殺；爲仁之一途，無害於教化。故貽謀自廣，不俟繁書，以見其意。

時開成五年七月，在檀溪，李翺撰。

【按】本文據《全唐文》卷六三六補録。余嘉錫考定此序非李翺作，然《宋史·藝文志》子部小説類即著録李翺《卓異記》一卷，晁、陳二録亦有著録，明胡應麟《少室山房筆叢》卷二十云：「此外如異苑、異聞、異述、異誠諸集大概近六十家，而李翺《卓異記》、陶穀《清異録》之類弗與焉。」《山堂肆考》卷八云：「梁任昉著《述異記》，唐李翺著《卓異記》，薛用弱著《集異記》，五代陶穀著《清異録》。」故今暫録於此。

陳尚君《再續勞格讀〈全唐文〉札記》：「李翺《卓異記序》末云：『時開成五年七月，在檀溪，李翺撰。』李翺卒於開成元年（詳拙文《李翺卒年訂誤》，《中華文史論叢》一九八一年一輯），此文非其撰。《新唐書·藝文志》此書作陳翱撰，是。」

仲尼不歷聘解

學者多稱仲尼歷聘不遇，吾謂仲尼觀禮行道，不歷聘不遇也。夫二國交歡曰聘，以臣使於君亦曰聘，男輸財於女，國駕帛於士，皆曰聘。故無財與無君國之命，不曰聘也。當德蝕衰周，道徂七國，蓋仲尼傷禮樂不起，是以學韶於齊，求師於周，將欲鑄義以鏡國，張仁以羅俗，使明備爲宗資也。且去魯適衛，蓋辭在於仕矣；自宋之鄭，殆非臣矣；絶糧於陳蔡，亦無財矣；官至司寇，果不爲士，安謂聘哉？吾聞夫子（原誤作「天子」，徑改）觀夏道則之杞，觀殷道則之宋，較是而言，雖他國可知也，安謂歷聘哉？

【按】本文據《全唐文》卷六三七補録。《全唐文》卷七六三盛均文重出。

辨邪箴

居士處深，在察微萌，雖有讒慝，不能蔽明。漢之孝昭，叡過周成，上書知詐，照奸得情。燕蓋既折，王猷治平，百代之後，乃流淑聲。

【按】本文據《全唐文》卷六三七補録。《全唐文》卷七一〇李德裕文「丹扆箴・五辨邪箴」重出。

贈藥山高僧惟儼二首 時刺朗州

練得身形似鶴形，千株松下兩函經。我來問道無餘説，雲在青霄水在瓶。

選得幽居愜野情，終年無送亦無迎。有時直上孤峰頂，月下披雲嘯一聲。

【按】本詩録自《全唐詩》卷三六九。宋胡仔《苕溪漁隱叢話》卷二十言其讀《景德傳燈録》有《贈藥山僧》詩一首，乃李翺刺朗州時所作，第二首云「再贈」。《唐詩紀事》卷三五亦録此詩，題目無「二首」二字，第二首云「再贈」，或即《全唐詩》注所云「一本」。宋贊寧《高僧傳》卷一七《宋釋唐朗州藥山唯儼傳》載此詩及本事，普濟《五燈會元》卷五亦載此。《御選唐詩》卷二九以此詩爲趙嘏作。潘德輿《養一齋詩話》卷四云：「唐李文公翺，人亦謂其能文不能詩。其全集詩止七首，無一上乘語。惟《贈藥師僧》云：『我來問道無餘説，雲在青霄水在瓶。』稍有清脱之氣。」姑録於此。

贈毛仙翁

紫霄仙客下三山，因救生靈到世間。龜鶴計年承甲子，冰霜爲質駐童顔。韜藏休咎傳真籙，變化榮枯試小還。從此便教塵骨貴，九霄雲路願追攀。

【按】本詩録自《全唐詩》卷三六九。計有功《唐詩紀事》卷八一亦以此詩爲李翺作。

廣慶寺

傳者不足信，見景勝如聞。一水遠赴海，兩山高入雲。魚龍晴自戲，猨狖晚成群。醉酒斜陽下，離心草自薰。

【按】本詩録自《全唐詩》卷三六九。祝穆《方輿勝覽》卷三四、《（道光）廣東通志》卷一百皆録此詩爲李翺作。

奉酬劉言史宴光風亭

閏餘春早景沈沈，禊飲風亭恣賞心。紅袖青娥留永夕，漢陰寧肯羨山陰。

【按】本詩録自《全唐詩》卷三六九。曹學佺《石倉歷代詩選》卷一一三録此詩，爲李翺作。

遠遊聯句

別腸車輪轉，一日一萬周（郊）。離思春冰泮，瀾漫不可收（愈）。馳光忽以迫，飛轡誰能留（郊）。取之詎灼灼，此去信悠悠（翺）。楚客宿江上，夜魂棲浪頭。曉日生遠岸，水芳綴孤舟。村飲泊好木，野蔬拾新柔。獨含悽悽別，中結鬱鬱愁。人憶舊行樂，鳥吟新得儔（郊）。靈瑟時窅窅，霧猿夜啾啾。憤濤氣尚盛，恨竹淚空幽。長懷絶無已，多感良自尤。即路涉獻歲，歸期眇涼秋。兩歡日牢落，孤悲坐綢繆（愈）。觀怪忽蕩漾，叩奇獨冥搜。海鯨吞明月，浪島没大漚。我有一寸鉤，欲釣千丈流。良知忽然遠，壯志鬱無抽（郊）。魍魅暫出没，蛟螭互蟠蟉。昌言拜舜禹，舉颿凌斗牛。懷糈餽賢屈，乘桴追聖丘。飄然天外步，豈肯區中囚（愈）。楚些待誰弔，賈辭緘恨投。翳明弗可曉，祕魂安所求。氣毒放逐域，蓼雜芳菲疇。當春忽淒涼，不枯亦颼飀。貉謡衆猥款，巴語相咿嚘。默誓去外俗，嘉願還中州。江生行既樂，躬輦自相勠。飲醇趣明代，味腥謝荒陬（郊）。馳深鼓利檝，趨險驚蜚輶。繫石沈靳尚，開弓射鵩吺。路暗執屏翳，波驚戮陽侯。廣泛信縹緲，高行恣浮游。外患蕭蕭去，中悒稍稍瘳。振衣造雲闕，跪坐陳清猷。德風變讒巧，仁氣銷戈矛。名聲照四海，淑問無時休。歸哉孟夫子，歸去無夷猶（愈）。

【按】

本詩録自《全唐詩》卷七九一。係韓愈、孟郊、李翺三人聯句詩。劉攽《中山詩話》云：「韓吏部集有李習之兩句云：『前之詎灼灼，此去信悠悠。』若無可取。」計有功《唐詩紀事》卷三五亦載。故録全詩於此。

附録一　生平傳記

貝州司法參軍李君墓誌銘

（唐）韓愈

貞元十七年九月丁卯，隴西李翱合葬其皇祖考貝州司法參軍楚金、皇祖妣清河崔氏夫人于汴州開封縣某里。昌黎韓愈紀其世、著其行以識其葬，其詞曰：

由梁武昭王六世至司空，司空之後二世爲刺史、清淵侯，由侯至于貝州，凡五世，其德行：事其兄如事其父，其行不敢有出焉。其夫人事其姒如事其姑，其於家不敢有專焉。其在貝州，其刺史不悦於民，將去官，民相率讙譁，手瓦石，胥其出擊之，刺史匿不敢出，州縣吏由别駕已下不敢禁，司法君奮曰：「是何敢爾？」屬小吏數百餘人，持兵杖以出，立木而署之，曰：「刺史出，民有敢觀者，殺之木下。」民聞皆驚，相告散去。後刺史至，加禮擢任，貝州由是大理。

其葬日，翱既遷貝州君之喪于貝州，殯于開封，遂遷夫人之喪于楚州。八月辛亥，至于開封，壙于丁巳，墳于九月辛酉，窆于丁卯。人謂李氏世家也，侯之後五世仕不遂①，蘊必發，其起而大乎？四十年而其兄之子衡始至户部侍郎。君之子四人，官又卑。翱其孫也，有道而甚文，固於是乎在。

【按】

本文録自《詳注昌黎先生文集》卷三四，宋刻本。

【校記】

①「侯」，原作「俠」，據别本改。

舊唐書·李翺傳

（後晋）劉昫等

李翺字習之，凉武昭王之後。父楚金〔一〕，貝州司法參軍。翺幼勤於儒學，博雅好古，爲文尚氣質。貞元十四年登進士第，授校書郎，三遷至京兆府司録參軍。元和初，轉國子博士、史館修撰。

十四年，太常丞王涇上疏請去太廟朔望上食，詔百官議。議者以開元禮，太廟每歲礿、祠、蒸、嘗、臘，凡五享。天寶末，玄宗令尚食每月朔望具常饌，令宫闈令上食於太廟，後遂爲常。由是朔望不視朝，比之大祠。翺奏議曰：

《國語》曰：王者日祭。《禮記》曰：王立七廟，皆月祭之。《周禮》時祭，禴祠蒸嘗。漢氏皆雜而用之。蓋遭秦火，詩書禮經燼滅，編殘簡缺，漢乃求之。先儒穿鑿，各伸己見，皆託古聖賢之名，以信其語，故所記各不同也。古者廟有寢而不墓祭，秦、漢始建寢廟於園陵，而上食焉。國家因之而不改。貞觀、開元禮並無宗廟日祭月祭之禮，蓋以日祭月祭，既已行於陵寢矣，故太廟之中，每歲五饗六告而已。不然者，房玄齡、魏徵輩皆一代名臣，窮極經史，豈不見《國語》《禮記》有日祭月祭之詞乎？斯足以明矣。

伏以太廟之饗，籩豆牲牢，三代之通禮，是貴誠之義也。園陵之奠，改用常饌，秦、漢之權制，乃食味之道也。今朔望上食於太廟，豈非用常褻味而貴多品乎？且非禮所謂「至敬不饗味而貴氣臭」之義也。《傳》稱：屈到嗜芰，有疾，召其宗老而屬之曰：「祭我必以芰。」及祭薦芰，其子違命去芰而用羊饋籩豆脯醢，君子是之。言事祖考之義，當以禮爲重，不以其生存所嗜爲獻，蓋明非食味也。然則薦常饌於太廟，無乃與芰爲比乎？且非三代聖王之所行也。况祭器不陳俎豆，祭官不命三公，執事者唯宫闈令與宗正卿而已。謂之上食也，安得以爲祭乎？且時享于太廟，有司攝事，祝文曰：「孝曾孫皇帝臣某，謹遣太尉臣名，敢昭告于高祖神堯皇帝、祖妣太穆皇后竇氏。時惟孟春，永懷罔極。謹以一元大武、柔毛剛鬣、明粢薌萁、嘉蔬嘉薦醴齊，敬修時享，以申追慕。」此祝辭也。前享七日質明，太尉誓百官於尚書省曰：「某月某日時享于太廟，各揚其職。不供其事，國有常刑。」凡陪享之官，散齋四日，致齋三日，然後可以爲祭也。宗廟之禮，非敢擅議，雖有知者，其誰敢言？故六十餘年，行之不廢。今聖朝以弓矢既櫜，禮樂爲大，故下百僚，可得詳議。臣等以爲貞觀、開元禮并無太廟上食之文，以禮斷情，罷之可也。至若陵寢上食，採《國語》《禮記》日祭月祭之詞，因秦、漢之制，修而存之，以廣孝道，可也。如此，則經義可據，故事不遺。大禮既明，永息異論，可以繼二帝三王，而爲萬代法。與其瀆禮越古，貴因循而憚改作，猶天地之相遠也。

知禮者是之，事竟不行。

翱性剛急，論議無所避，執政雖重其學，而惡其激訐，故久次不遷。翱以史官記事不實，奏狀曰：

臣謬得秉筆史館，以記注爲職。夫勸善懲惡，正言直筆，紀聖朝功德，述忠賢事業，載姦臣醜行，以傳無窮者，史官之任也。凡人事迹，非大善大惡，則衆人無由得知，舊例皆訪於人，又取行狀謚議，以爲依據。今之作行狀者，多是其門生故吏，莫不虛加仁義禮智，妄言忠肅惠和。此不唯其處心不實，苟欲虛美於受恩之地耳。蓋爲文者，又非游、夏、遷、雄之列，務於華而忘其實，溺於文而棄其理。故爲文則失六經之古風，紀事則非史遷之實録。臣今請作行狀者，但指事實，直載事功。假如作《魏徵傳》，但記其諫諍之辭，足以爲正直；（傳）段秀實，但記其倒用司農印以追逆兵，以象笏擊朱泚，足以爲忠烈。若考功視行狀，不依此者不得受。依此則考功下太常，牒史館，然後定謚。伏乞以臣此奏下考功。從之。尋權知職方員外郎。十五年六月，授考功員外郎，並兼史職。

翱與李景儉友善。初，景儉拜諫議大夫，舉翱自代。至是，景儉貶黜，七月出翱爲朗州刺史。俄而景儉復爲諫議大夫，翱亦入爲禮部郎中。翱自負藝辭，以爲合知制誥，以久未如志，鬱鬱不樂。因入中書謁宰相，面數李逢吉之過失，逢吉不之校。翱心不自安，乃請告。滿百日，有司準例停官，逢吉奏授廬州刺史。大和初，入朝爲諫議大夫，尋以本官知制誥。三年二月，拜中書舍人。

初，諫議大夫柏耆將使滄州軍前宣諭，翱嘗贊成此行。柏耆尋以擅入滄州得罪，翱坐謬舉，左授少府少監。俄出爲鄭州刺史。五年，出爲桂州刺史、御史中丞、充桂管都防禦使。七年，改授潭州刺史、湖南觀察使。八年，徵爲刑部侍郎。九年，轉户部侍郎。七月，檢校户部尚書、襄州刺史、充山南東道節度使。會昌中，卒於鎮，謚曰文。

【按】

本文録自《舊唐書》卷一六〇，中華書局一九七五年點校本。

【箋注】

〔一〕按，據韓愈《貝州司法參軍李君墓誌銘》，「楚金」爲李翱祖父，非其父，《舊唐書》誤。

新唐書·李翱傳

（宋）歐陽修、宋祁等

李翱字習之，後魏尚書左僕射沖十世孫。中進士第，始調校書郎，累遷，元和初，爲國子博士、史館修撰。常謂史官紀事不得實，乃建言：「大氐人之行，非大善大惡暴於世者，皆訪於人。人不周知，故取行狀謚牒。然其爲狀者，皆故吏門生，苟言虛美，溺于文而忘其理。臣請指事載功，則賢不肖易見。如言魏徵，但記其諫争語，足以爲直言；段秀實，但記倒用司農印追逆兵，笏擊朱泚，足以爲忠烈。不者，願敕考功、太常、史館勿受。如此可以傳信後世矣。」詔可。又條興復太平大略曰：

陛下即位以來，懷不廷臣，誅畔賊，刷五聖憤耻，自古中興之盛無以加。臣見聖德所不可及者，若淄青生口夏侯澄等四十七人，爲賊逼脅，質其父母妻子而驅之戰，陛下俘之，赦不誅，詔田弘正隨材授職，欲歸者縱之。澄等得生歸，轉以相謂，賊衆莫不懷盛德，無肯拒戰。劉悟所以能一昔斬師道者，以三軍皆苦賊而暱就陛下，故不淹日成大功。一也。今歲關中麥不收，陛下哀民之窮，下明詔蠲賦十萬石，群臣動色，百姓歌樂遍畎晦。二也。昔齊遺魯以女樂，季桓子受之，君臣共觀，三日不朝，孔子行。今韓弘獻女樂，陛下不受，遂以歸之。三也。又出李宗奭妻女於掖廷，以田宅賜沈遵師，聖明寬恕，億兆欣感。臣愚不能盡識。若它詔令一皆類此，武德、貞觀不難及，太平可覆掌而致。

臣聞定禍亂者，武功也；復制度、興太平者，文德也。今陛下既以武功定海内，若遂革弊事，復高祖、太宗舊制：用忠正而不疑；屏邪佞而不邇；改税法，不督錢而納布帛；絶進獻、寬百姓租賦；厚邊兵，以制蕃戎侵盗；數引見待制官，問以時事，通壅蔽之路。此六者，政之根本，太平所以興。陛下既已能行其難，若何而不爲其易者乎？

以陛下資上聖，如不惑近習容悦之辭，任骨鯁正直，與之修復故事，以興大化，可不勞而成也。若一日不事，臣恐大功之後，逸樂易生，進言者必曰：「天下既平矣，陛下可以高枕自安逸。」如是，則高祖、太宗之制度不可以復。制度不復，則太平未可以至。臣竊惜陛下當可興之時，而謙讓未爲也。

再遷考功員外郎。

初，諫議大夫李景儉表翱自代。景儉斥，翱下除朗州刺史。久之，召爲禮部郎中。翱性峭鯁，論議無所屈，仕不得顯官，怫鬱無所發，見宰相李逢吉，面斥其過失，逢吉詭不校，翱恚懼，即移病。滿百日，有司白免官，逢吉更表爲廬州刺史。時州旱，遂疫，逋捐係路，亡籍口四萬，權豪賤市田屋牟厚利，而窶户仍輸賦，翱下教使以田占租，無得隱，收豪室税萬二千緡，貧弱以安。

入爲諫議大夫，知制誥，改中書舍人。柏耆使滄州，翺盛言其才。耆得罪，由是左遷少府少監。後歷遷桂管湖南觀察使、山南東道節度使，卒。

翺始從昌黎韓愈爲文章，辭致渾厚，見推當時，故有司亦謚曰文。

【按】本文録自《新唐書》卷一七七，中華書局一九七五年點校本。

附録二　書信贈答

寄李翺書

（唐）裴度

前者唐生至自滑，猥辱致書札，兼獲所貺新作二十篇。度俗流也，不盡窺見。若《愍女碑》、《烈婦傳》，可以激清教義，焕于史氏。《鐘銘》謂以功伐名於器爲銘，《與弟正辭書》謂文非一藝，斯皆可謂救文之失、廣文之用之文也，甚善甚善。然僕之知弟也，未知其他，直以弟敏于學而好于文也，就六經而正焉。故每遇名輩，稱弟不容于口，自謂彌久，益無愧詞。竊料弟亦以直諒見待，不以悦媚相容，故不惟嗟悒，亦欲商度其萬一耳。若弟擯落今古，脱遺經籍，斯則如獻白豕，何足採取？若猶有祖述，則願陳其梗概，以相參會耳。

愚謂三五之代，上垂拱而無爲，下不知其帝力，其道漸被於天地萬物，不可得而傳也。夏殷之際，聖賢相遇，其文在於盛德大業，又鮮可得而傳也。厥後周公遭變，仲尼不當世，其文遺於册府，故可得而傳也，於是作周孔之文。荀孟之文，左右周孔之文也，理身理家理國理天下，一日失之，敗亂至矣。騷人之文，發憤之文也，雅多自賢，頗有狂態。相如、子雲之文，譎諫之文也，别爲一家，不是正氣。賈誼之文，化成之文也，鋪陳帝王之道，昭昭在目。司馬遷之文，財成之文也，馳騁數千載，若有餘力。董仲舒、劉向之文，通儒之文也，發明經術，究極天人。其實擅美一時，流譽千載者多矣，不足爲弟道焉。然皆不詭其詞，而詞自麗，不異其理，而理自新。若夫典謨、訓誥、文言、繫辭、國風、雅頌，經聖人之筆削者，則又至易也，至直也。雖大彌天地，細入無間，而奇言怪語，未之或有，意隨文而可見，事隨意而可行，此所謂文可文，非常文也，其可文而文之，何常之有？俾後之作者有所裁準，而請問於弟，謂之何哉？謂之不可，非僕敢言；謂之可也，則大學之道，在明明德，在止至善矣。能止於止乎？若遂過之，猶不及也。

觀弟近日製作大旨，常以時世之文，多偶對麗句，屬綴風雲，羈束聲韻，爲文之病甚矣。故以雄詞遠志，一以矯之，則是以文字爲意也。且文者，聖人假之以達其心，達則已理，窮則已非，故高之下之，詳之略之也。愚欲去彼取此，則安步而不可及，平居而不可踰，又何必遠觀經術，然後騁其材力哉？昔人有見小人之違道者，耻與之同形貌共衣服，遂思倒置眉目，反易冠帶以異也，不知其倒之反之之非也，雖非於小人，亦異於君子矣。故文人之異，在氣格之高下，思致之淺深，不在其磔裂章句，隳廢聲韻也。人之異，在風神之清濁，心志之通塞，不在於倒置眉目，反易冠帶也。試用高明，少納庸妄，若以爲未，幸不以苦言見革其惑，唯僕心慮荒散，百事罷息，然意之所在，敢隱於故人耶？

昌黎韓愈，僕識之舊矣，中心愛之，不覺驚賞，然其人信美材也。近或聞諸儕類云恃其絶足，往往奔放，不以文立制，而以文爲戲，可矣乎？可矣乎？今之作者，不及則已；及之者，當大爲防焉耳。

弟素居多年，勞想深至，窮陰凝沍，動息如何？入奉晨昏之歡，出參帷幄之畫，固多適耳。昨弟來字，欲度及時干進。度昔歲取名，不敢自高，今孤煢若此，遊宦謂何？是不復能從故人之所勖耳，但寘力田園，省過朝夕而已。然待春氣微和，農事未動，或當策蹇謁賢大夫，兼與弟道舊。未爾間猶希尺牘。珍重珍重，力書無餘。從表兄裴度奉簡。

【按】本文録自《全唐文》卷五三八，中華書局一九八二年影印清嘉慶内府刻本。

與李翺書

（唐）韓愈

使至，辱足下書，歡愧來并，不容於心。嗟乎，子之言意皆是也，僕雖巧説，何能逃其責耶？然皆子之愛我多，重我厚，不酌時人待我之情，而以子之待我之意，使我望於時人也。

僕之家本窮空，重遇攻劫，衣服無所得，養生之具無所有，家累僅三十口，携此將安所歸託乎？捨之入京，不可也；挈之而行，不可也。足下將安以爲我謀哉？此一事耳。足下謂我入京城，有所益乎？僕之有子，猶有不知者，時人能知我哉？持僕所守，驅而使奔走伺候公卿門，開口論議，其安能有以合乎？僕在京城八九年，無所取資，日求於人，以度時月，當時行之不覺也，今而思之，如痛定之人，思當痛之時，不知何能自處也？今年加長矣，復驅之使就其故地，是亦難矣。所貴乎京師者，不以明天子在上，賢公卿在下，布衣韋帶之士，談道義者多乎？以僕遑遑於其中，能上聞而下達乎？其知我者固少，知而相愛不相忌者又加少，内無所資，外無所從，終安所爲乎？

嗟乎！子之責我誠是也，愛我誠多也。今天下之人，有如子者乎？自堯舜以來，士有不遇者乎？無也。子獨安能使我潔清不污，而處其所可樂哉！非不願爲子之所云者，力不足，勢不便故也。僕於此豈以爲大相知乎？累累隨行，役役逐隊，饑而食，飽而嬉者也。其所以止而不去者，以其心誠有愛於僕也。然所愛於我者少，不知我者猶多，吾豈樂於此乎哉？將亦有所病而求息於此也。嗟乎！子誠愛我矣，子之所責於我者誠是矣。然恐子有時不暇責我而悲我，不暇悲我而自責且自悲也。及之而後知，履之而後難耳。孔子稱顔回一簞食，一瓢飲，人不堪其憂，回也不改其樂。彼人者，有聖者爲之依歸，而又有簞食瓢飲，足以不死，其不憂而樂也，豈不易哉？若僕無所依歸，無簞食，無瓢飲，無所取資，則餓而死，其不亦難乎？子之聞我言亦悲矣。

嗟乎！子亦慎其所之哉，離違久，乍還侍左右，當日歡喜，故專使馳此，候足下意，并以自解。愈再拜。

【按】

本文録自《全唐文》卷五二二，中華書局一九八二年影印清嘉慶内府刻本。

送李翺翺娶愈兄弇之女與愈善楊於陵爲廣州刺史表翺佐其府

（唐）韓愈

廣州萬里途，山重江逶迤。行行何時到，誰能定歸期。揖我出門去，顔色異恒時。雖云有追送，足跡絶自兹。人生一世間，不自張與弛。譬如浮江木，縱横豈自知。寧懷别時苦，勿作别後思。

【按】

本詩録自《全唐詩》卷三三九，中華書局一九六〇年點校本。

汴州離亂後憶韓愈李翺

（唐）孟郊

會合一時哭，别離三斷腸。殘花不待風，春盡各飛揚。歡去收不得，悲來難自防。孤門清館夜，獨卧明月牀。忠直血白刃，道路聲蒼黄。食恩三千士，一旦爲豺狼。海島士皆直，夷門士非良。人心既不類，天道亦反常。自殺與彼殺，未知何者臧。

【按】

本詩録自《全唐詩》卷三七八，中華書局一九六〇年點校本。

送李翺習之

（唐）孟郊

習之勢翩翩，東南去遥遥。贈君雙履足，一爲上皋橋。皋橋路逶迤，碧水清風飄。新秋折藕花，應對吴語嬌。千巷分緑波，四門生早潮。湖榜輕裹裹，酒旗高寥寥。小時屐齒痕，有處應未銷。舊憶如霧星，怳見於夢消。言之燒人心，事去不可招。獨孤宅前曲，箜篌醉中謡。壯年俱悠悠，逮兹各焦焦。執手復執手，唯道無枯凋。

【按】

本詩録自《全唐詩》卷三七九，中華書局一九六〇年點校本。

與韓愈李翺張籍話别

（唐）孟郊

朱弦奏離别，華燈少光輝。物色豈有異，人心顧將違。客程殊未已，歲華忽然微。秋桐故葉下，寒露新雁飛。遠遊起重恨，送人念先歸。夜集類饑鳥，晨光失相依。馬跡遶川水，雁書還閨闈。常恐親朋阻，獨行知慮非。

【按】本詩録自《全唐詩》卷三七九，中華書局一九六〇年點校本。

贈李翺

（唐）舒元輿

李翺在潭州席上，有舞柘枝者，顔色憂悴，殷堯藩侍御當筵贈詩曰：「姑蘇太守青娥女，流落長沙舞柘枝。滿坐繡衣皆不識，可憐紅臉淚雙垂。」翺詰其事，乃故蘇臺韋中丞愛姬所生之女也。曰：「妾以昆弟夭折，委身樂部，耻辱先人。」言訖涕咽，情不能堪，亞相爲之吁歎，且曰：「吾韋族姻舊。」速命更其舞服，飾以袿襦，延與韓夫人相見，顧其言語清楚，宛有冠蓋風儀，遂於賓榻中選士而嫁之。元輿聞之，自京馳詩贈翺。

湘江舞罷忽成悲，便脱蠻靴出絳帷。誰是蔡邕琴酒客，魏公懷舊嫁文姬。

【按】本詩録自《全唐詩》卷四八九，中華書局一九六〇年點校本。

附録三　序跋綜論

讀李翺文

（宋）歐陽修

予始讀翺《復性書》三篇，曰此《中庸》之義疏爾。智者誠其性，當讀《中庸》；愚者雖讀此，不曉也，不作可焉。又讀《與韓侍郎薦賢書》，以謂翺特窮時，憤世無薦己者，故丁寧如此；使其得志，亦未必然。以韓爲秦漢間好俠行義之一豪儁，亦善論人者也。最後讀《幽懷賦》，然後置書而歎，歎已復讀，不自休。恨翺不生於今，不得與之交；又恨予不得生翺時，與翺上下其論也。

凡昔翺一時人，有道而能文者，莫若韓愈，愈嘗有賦矣，不過羨二鳥之光榮，歎一飽之無時爾。此其心使光榮而飽，則不復云矣。若翺獨不然，其賦曰：「衆囂囂而雜處兮，咸歎老而嗟卑。視予心之不然兮，慮行道之猶非。」又怪神堯以一旅取天下，後世子孫不能以天下取河北，以爲憂。嗚呼！使當時君子，皆易其歎老嗟卑之心爲翺所憂之心，則唐之天下豈有亂與亡哉！

然翺幸不生今時，見今之事，則其憂又甚矣。奈何今之人不憂也！余行天下，見人多矣，脱有一人能如翺憂者，又皆賤遠，與翺無異。其餘光榮而飽者，一聞憂世之言，不以爲狂人，則以爲病癡子，不怒則笑之矣。嗚呼！在位而不肯自憂，又禁他人使皆不得憂，可歎也夫。

景祐三年十月十七日，歐陽修書。

【按】

本文録自《歐陽文忠公集·外集》卷第二十三，《四部叢刊》景元本。

書李翺集後

（宋）歐陽修

予爲西京留守推官，得此書於魏君，書五十篇。予嘗讀韓文，所作《哀歐陽詹文》云「詹之事既有李翺作傳」，而此書亡之，惜其遺闕者多矣。

景祐三年十月十七日歐陽修跋。

【按】

本文録自《歐陽文忠公集·外集》卷第二十二，《四部叢刊》景元本。

書所編李文公集篇目後

（元）趙汸

《李文公集》十有八卷，凡百四篇，江浙行省參政趙郡蘇公所藏本。某既從公傳寫，復總其篇目如上。始汸見歐陽公論文，每稱韓、李，其讀《幽懷賦》，恨不得與之同時，上下其議論。而老泉蘇公，亦謂李文其味黯然以深，其光油然以幽。自是每欲求其集觀之，不可得，所得者《文苑英華》中數篇而已。既又見豫章黄公謂《皇祖實録》文如女有正色，又子朱子論《復性書》，雖病滅情之旨出於釋氏，而亦善其有如此思慮，益以不覩全集爲憾。至是乃請於公而得之，甚慰也。

公名翺，字習之，中進士第。元和間爲史館修撰，疏言既以武功定海内，當革弊事，復高祖、太宗舊制，用文德興太平，不然，恐大功之後逸欲易生，因條上正本六事，憲宗不能用。後遷禮部郎中，面折宰相李逢吉過失，移病去。雅好推轂賢士，韓文公嘗書與之云：「於賢者汲汲，惟公與不材爾。」其復書以爲，韓公雖好士，惟其有文章兼附己者，無所愛惜。或不能然，則不肯薦拔，與己不同。又嘗以書責裴晋公，居相位，道不行，忍耻内愧，不能忍退。其與師友及知己厚者，骨鯁無諱忌如此，則視逢吉輩何所憚！而唐史乃言由不得顯仕，怫鬱無所發，面斥逢吉，既斥之，又自懼而去。其言牴牾，非事實甚明。

昔人謂韓公于學莫如文章，于德莫如好直。而習之文行，庶幾似焉。則以韓謚名而韓李並稱，可無愧矣。參政公將刻梓以廣其傳於學者，故汸竊著其爲人大略，且非排史氏之妄，以明歐陽公爲知言云。

【按】本文録自黄宗羲《明文海》卷二一〇，清涵芬樓鈔本。

李文公集識語

（明）邢讓

宋歐陽文忠公稱唐文之善，則曰「韓李」。韓之文傳布世間者，不啻家傳人誦；李文則落落然，而後學有終身不得見焉者，兹非一大欠事與？暇日於寅友陳君緝熙所獲睹是編，遂躬鈔録，以備一家之言云。

景泰乙亥四月之吉河東邢讓識。

【按】本文録自《四部叢刊》影印明成化十一年馮孜刻、嘉靖四年舒瑞重修本《李文公集》。

李文公集序

（明）何宜

邵武郡守西蜀馮君師虞，以唐隴西李文公所爲文一十八卷，凡一百三首，命工鋟梓，以傳於天下後世，乃以屬余序。

於乎！文章之有補於治道也尚矣，爲文無補於治道，雖工何益。然文不本於仁義，則於治道亦何補之哉？《孟子》七篇，惓惓於仁義之言，故程子謂孟子有功於聖門者，以其開口便説仁義也。公嘗與其從弟正辭論文章云：「汝勿信人號文章爲一藝。夫所謂一藝者，乃時世所好之文，或有盛名於近代者是也。其能到古人者，則仁義之辭也，惡得以一藝而名之哉？仲尼、孟軻殁千餘年矣，吾不及見其人，吾能知其聖且賢者，以吾讀其辭而得之者也。後來者不可期，安知其讀吾辭也而不知吾心之所存乎？亦未可誣也。」公之所論文章如此，故其凡所爲文，莫不本於仁義。其曰：「仁義之道，章章然如大道焉，人莫不知之，然皆不能行者，嗜欲害之也。」曰：「君子非仁與義則無所爲也。」曰：「近代以來入仕者，以容和爲貴富之路，曷嘗以仁義博施之爲本乎？」此皆直指仁義以示人者也。其曰：「君子進退周旋，群獨語默，不失其正。」曰：「善理其家者，親父子，殊貴賤，别妻妾、男女、高下、内外之位，正其名而已矣。」曰：「行己莫如恭，自責莫如厚，接衆莫如弘，用心莫如直，進道莫如勇，受益莫如擇友，好學莫如改過。」曰：「用忠正而不疑；屏邪佞而不返；改税法，不督錢而納布帛；絶進獻，以寬百姓税租之重；厚邊兵，以息蕃戎侵掠之患；數引見待制官，問以時事，以通擁蔽之路。」此皆本於仁義，尤章章者也。公之文本於仁義如此，惡有讀公之文而不知公之心之所存者乎？公嘗有云：「僕之道窮則樂仁義而安之者也，如用焉，則推而行之於天下也，何獨天下哉？將後世之人有得於吾之功者爾。」然則公之存於心者，仁義是也。夫仁義，乃人人之心之所固有者也，公之心存乎仁義，讀公之文者，有以知之，則必有以慕之，慕之不已，則其心亦在於仁義矣。

孟子曰：「爲人臣者，懷仁義以事其君；爲人子者，懷仁義以事其父；爲人弟者，懷仁義以事其兄。是君臣、父子、兄弟，去利懷仁義以相接也，然而不王者，未之有也。」是則公之文也，於治道豈小補之哉？而郡守馮君欲公之文傳於天下後世也，亦豈不爲治道計哉？

公諱翺，字習之，官至山南東道節度使、檢校户部尚書，蓋嘗從昌黎韓先生遊而爲先生之所重者云。

成化乙未春二月之吉，賜進士出身、通奉大夫、廣西等處承宣布政使司左布政使玉融何宜序。

【按】本文録自《四部叢刊》影印明成化十一年馮孜刻、嘉靖四年舒瑞重修本《李文公集》。

李文公集序

(明)黄景夔

予少嘗見李文公翺集，是時已知愛其文，後不再見是書。元年春，唐太史守之使朝鮮，至山海，予問是書，曰有之，遂從假其本録而刻焉。乃歎曰：夫古人之文，其去今之人遠矣，三代秦漢間作者，不獨其名家能言之士，雖婦人女子所道，其詞氣深厚，類非後人可及，豈非時使然歟？然而後世猶有若韓愈、柳宗元、歐陽修、蘇洵三父子、曾鞏、王安石，此其人固有高下，要皆追古人而幾之，是豈不在人耶？予謂人惟不志乎古，苟有志焉，何不可復後世之文？既不務師古，或有效古者反從而怪其異，故志古者希矣。今古人之文具在，抑有非其文者耶？倘使古之人生於今之時，豈謂其人不足取歟？予獨悲後世之人不怪古人之古而獨怪今之學古者，此亦徇時之蔽已。

翺從韓愈學爲文詞，愈稱之曰「有道而甚文」，又曰「李翺其尤也」。蘇洵曰：「翺之文，其光油然而幽，其味黯然而長。」斯論是矣。而唐《韓愈傳》曰：「惟愈與之有餘，至其徒李翺之流效之，遽不及遠甚。」亦是也。翺之才亦不及柳、歐、曾、蘇、王數子，大抵質勝其文。然如其所爲文者，讀之而知其决非後世之文也，讀後世之文而知其不如翺也。既且無如翺矣，其又安能乃古之人乎？

今翺集罕有傳者，亦以好之者少也，予是以特感於翺而有取焉耳。《集》增入《開元寺僧書》一首，爲卷十八，一百六十八板云。

嘉靖二年三月望日賜進士兵部主事鄞都黄景夔序。

【按】本文録自明嘉靖黄景夔刻本《李文公集》。

題李習之集二則

（明）胡應麟

李習之、孟東野、張文昌、皇甫持正，皆退之門下士也。惟東野，退之多推奬語，至三君或稱之籍、湜，或以李翺、張籍從游並稱，則翺之師愈審矣，讀翺集，凡韓皆名之，祭韓文，僅呼之爲兄，何耶？

又

翺又有《答韓侍郎書》，詞甚率易，疑非退之，然他文于愈皆兄之，而此亦然，則爲愈審也。翺答某後進書，謂足下齒幼位卑，不當名前輩，洒其人書中尚云劉君某、楊君某，而翺每書及昌黎，輒以李觀、韓愈並稱，何輕于責人重于恕已耶？

讀翺集，斥異端崇聖道，詞義凜如，在唐人茅靡仙佛中，可謂卓然不惑者。他文亦典實明健，一洗浮華。歐陽永叔至韓、李並稱，而不及子厚，以其識也。然其文率人所能至，竟集中無可與《梓人》、《封建》及嶺右諸記等列者。翺生平得意《高愍女》、《楊烈婦傳》，自以不減孟聖，以較《段太尉逸事》，尚避三舍，況霍光等傳摹勒如畫者哉！唐惟柳差可配韓，而歐公去取若是，蓋一時論道之語，非定評也。

【按】

本文録自明胡應麟《少室山房集》卷一〇五，文淵閣《四庫全書》本。

李文公集跋

（明）毛晋

習之，涼武昭王裔也。貞元間進士，調校書郎，知制誥，終爲山南東道節度使，檢校户部尚書。其性鯁介，喜爲危言，仕不得顯。從昌黎韓公遊，與皇甫持正并推當時。葉石林評其文詞高古可追配韓，蘇舜欽評其理過於柳。

總集凡十有八卷，共一百三首，皆雜著，無歌詩。今逸其《疏引見待制官》及《歐陽詹傳》二首，惜無從考。邇來抄本末附《戲贈》詩一篇云：「縣君好磚渠，繞水恣行游。鄙性樂疏野，鑿地便成溝。兩岸值芳草，中央漾清流。所尚既不同，磚鑿各自修。從他後人見，境趣誰爲幽。」鄙拙之甚。又《傳燈録》載其《贈藥山僧》一篇云：「練得身形似鶴形，千株松下兩函經。我來問道西來意，雲在青霄水在瓶。」風味亦不相類。又韓文公《遠遊聯句》亦載一聯云：「前之詎灼灼，此去信悠悠。」其詩句僅見此耳。或病其不長於作詩，信哉！

【按】本文録自毛晉汲古閣刻《三唐人集》本。

讀書敏求記・李文公集

（清）錢曾

習之《與陸傪書》：「李觀雖不永年，亦不甚遠於揚子雲。又思我友韓愈，非兹世之文，古之文也；非兹世之人，古之人也。孟軻既歿，亦不見有過於斯者。」夫文章爲載道之器，必其自信真而後世信他人也不僞。習之稱許韓、李，其通懷樂善如此，是豈過情之聲譽哉！及觀其《答皇甫湜書》云：「僕叙高愍女、楊烈婦，豈盡出班孟堅、蔡伯喈之下？」則其高自標置，當仁不讓又如此。豈非自信真而後信他人之不僞者歟？昌黎曰：「近李翱從僕學文，頗有所得。」古君子師資相長，不以浮名虚聲妄爲誘悦。今人但知韓柳，而弗知有元賓、持正、習之諸人與之挾轂起者。斯文若江河行地，異流同源。讀習之之文，或可憬然而悟矣。

【按】本文録自錢曾《讀書敏求記》卷四上，中華書局二〇一二年《書目題跋叢書》本。

四庫全書總目·李文公集提要

（清）紀昀等

《李文公集》十八卷，唐李翺撰。翺字習之，隴西成紀人，涼武昭王暠之裔也。貞元十四年進士，官至山南東道節度使，檢校户部尚書，事蹟具《唐書》本傳。其集，《唐藝文志》作十八卷。趙汸《東山存稿》有《書後》一篇，稱《李文公集》十有八卷，百四篇，江浙行省參政趙郡蘇公所藏本，與《唐志》合。陳振孫《書録解題》則云：「蜀本分二十卷。」近時凡有二本：一爲明景泰間河東邢讓鈔本，國朝徐養元刻之，譌舛最甚。此本爲毛晋所刊，仍十八卷，或即蘇天爵家本歟？考閻若璩《潛邱劄記》有《與戴唐器書》曰：特假《舊唐書》參考，李浙東不知何名，或李翺習之全集出，尚可得其人，然老矣，倦於尋訪矣云云。則似尚不以爲足本，不知何所據也。

翱爲韓愈之姪壻，故其學皆出於愈。集中載《答皇甫湜書》，自稱《高愍女》、《楊烈婦傳》不在班固、蔡邕下，其自許稍過。然觀《與梁載言書》，論文甚詳。至《寄從弟正辭書》，謂人號文章爲一藝者，乃時世所好之文；其能到古人者，則仁義之詞，惡得以一藝名之？故才與學雖皆遜愈，不能熔鑄百氏皆如己出，而立言具有根柢。大抵温厚和平，俯仰中度，不似李觀、劉蜕諸人，有矜心作意之態。蘇舜欽謂其詞不逮韓，而理過於柳，誠爲篤論。鄭獬謂其尚質而少工，則貶之太甚矣。《集》不知何人所編，觀其有《與侯高第二書》，而無第一書，知其去取之間，特爲精審。惟《集》中《皇祖實録》一篇，立名頗爲僭越。夫皇祖、皇考，文見《禮經》，至明英宗時始著爲禁令，翱在其前稱之，猶有説也。若實録之名，則六代以來已定爲帝制，《隋志》所載，班班可稽，唐、宋以來，臣庶無敢稱者，翱乃以題其祖之行狀，殊爲不經。編集者無所刊正，則殊失別裁矣。

陳振孫謂《集》中無詩，獨載《戲贈》一篇，拙甚。葉適亦謂其不長於詩，故《集》中無傳。惟《傳燈録》載其《贈藥山僧》一篇，韓退之《遠遊聯句》記其一聯，振孫所謂有一詩者，蓋蜀本，適所謂不載詩者，蓋即此本。毛晋《跋》謂邇來鈔本始附《戲贈》一篇，蓋未考振孫語也。然《傳燈録》一詩得於鄭州石刻，劉攽《中山詩話》云：唐李習之不能詩，鄭州掘石刻，有鄭州刺史李翺詩云云。此别一李翺，非習之。《唐書》習之傳不記爲鄭州，王深甫編習之集，乃收此詩，爲不可曉。《苕溪漁隱叢話》所論亦同。惟王楙《野客叢書》獨據僧録，叙翺仕履，斷其實嘗知鄭州，諸人未考。考開元寺僧嘗請翺爲鐘銘，翺答以書曰：「翺學聖人之心焉，則不敢遜乎知聖人之道者也。吾之銘是鐘也，吾將明聖人之道焉，則於釋氏無益；吾將順釋氏之教而述焉，則紿乎下之人甚矣！何貴乎吾之先覺也。」觀其書語，豈肯向藥山問道者。此石刻亦如韓愈《大顛三書》，因其素不信佛，而緇徒務欲言其皈依，用彰彼教耳。楙乃以翺嘗爲鄭州信之，是知其一，不知其二也。至《金山志》載翺五言律詩一篇，全勦五代孫魴作，則尤近人所託，不足與辨。葉夢得《石林詩話》曰：「人之材力有限，李翺、皇甫湜皆韓退之高弟，而二人獨不傳其詩，不應散亡無一篇者，計或非其所長，故不作耳。二人以非所長而不作，賢於世之不能而强爲之者也。」斯言允矣。

【按】本文録自《四庫全書總目》卷一五〇，中華書局一九六五年影印本。

李文公集補序

（清）熊松阿

從來古文家獨推柳柳州與昌黎並稱，不知李文公之文未嘗不異曲而同工，俱雄而各峙者也。或謂李爲韓門弟子，僅與張籍、皇甫湜輩競，善鳴於一時。嗚呼，此其説由來舊矣。今讀其文，創意造言，戛然自立，絶不類韓子之文。惟其不類也，乃其所以爲類。故不獨子厚嶺外之文，縱横争折不讓昌黎，如公之義深理當，文詞高簡，夫寧不可鼎足於其間哉？試取其文核之，其大較可得而論焉。

韓子言性有三品，兹則謂人之性皆善；韓子《上宰相書》以求進，兹則諷宰相道不行當退；韓子不肯爲史官，兹則欲繫己一代功臣賢士行跡；韓子《憶昨行》憤王、韋排己，兹則惟正己以俟命；韓子以理亂不知、黜陟不聞爲不遇於時者之所爲，兹則陋巷短褐、與天下百姓同憂樂而不敢私；韓子《佛骨表》言宋、齊、梁、陳術得福，兹則云修身毒國之術則人類必絶；韓子碑銘不免諛墓之譏，兹則奏正言行狀，請下考功核實。其爲雜説也，鳳之靈不在形歟？韓子之説龍也；異國馬之犯而不校歟？韓子説千里馬也；異龍蛇不可並食歟？韓子之解獲麟也。異若夫《高愍女》《楊烈婦傳》，洵不出班孟堅、蔡伯喈之下。則公之史筆視陽城、陸贄兩傳，其同不同又有間矣。此豈好爲立異哉？晳理精，觀物審，其志剛而不折，其聲宏而不張，非概乎有聞於道者，曷足以語此。至其疏上六事：用忠正，屏邪佞，改税法，絶進獻，厚邊兵，數引見待制官，尤切當時利病。使其言得行，則太平之基可復，元和之治何必不比隆貞觀？其經術之見於文字，不屑阿世以求容悦也。又如此所云，仁義之辭，不得以一藝名之者，其公之謂乎？歐陽文忠公稱唐文之善曰「韓李」；蘇舜欽稱其「理過於柳」；宋潛溪稱其「識高志偉，不在退之下」，豈虛語哉！

前明毛氏刊公文集十八卷，合皇甫持正、孫可之爲唐三家。蓋儕之湜與樵，不得韓柳爲列也。自茅鹿門創爲唐宋八家之目，稍後又有以韓、柳、李、杜爲唐四家，李、杜者，公與牧之也。逮宜興儲同人於八家外增孫、李爲十家，而汪堯峰則又鍾唐、宋七家，黜王安石不數此，誠千古卓識也。余顧以爲入家之目習熟見聞亦已久矣，黜王不當進李乎？韓、柳、李爲唐三家，歐、蘇、曾爲宋五家，並爲唐宋八家，以此爲古文之流，其誰曰不然？

毛子晋《跋集後》云共一百三篇，軼《引見待制官疏》及《歐陽詹傳》。據此尚當有一百一篇，今《集》中何以只存百篇？《唐文粹》有《答開元寺僧》一書，今爲補入。而别本又載《馬少監墓誌》，有録無文。要之文弗傳者，正不知凡幾，假令傳之多如韓、柳、歐、蘇、曾，則煊赫於後世也，寧止於此而已耶？不幸而止於此，其文章之命也夫，其文章之命也夫！

嘉慶元年孟冬十月，東吴邵齊熊松阿氏補叙。

【按】

本文録自明毛晋汲古閣刻，清嘉慶、道光間遞修《三唐人文集》本《李文公集》。

書李公文集後

（清）吴大廷

《李文公集》世甚少傳本，歐陽公時已歎其闕遺矣。明景泰時河東邢讓亦謂「李文落落然，後學有終身不得見者」。嘉靖元年，黄景夔從唐守之處得朝鮮雕本，録而刻之，歲久未顯於世。頃南海馮觀察竹儒購得日本文政二年刊本，余因假而録之，用朱墨校勘者再，而觀察旋亦廣求善本合校刊行，乃敬書其後曰：

爲文之不可不知道也，豈不信哉！習之文自云：「叙高愍女、楊烈婦不在班孟堅、蔡伯喈之下」；而蘇氏明允亦云：「其味黯然而長，其光油然而幽者，信然矣。然余以昌黎『有道而甚文』一語，猶爲言簡而意備也。《集》中傳、狀、志、銘，其至者，質實高古，幾可追隨昌黎；其餘質勝其文者，亦間有之矣，然未有一言不本於仁義者。觀其厄窮不怨，衛道闢邪，孜孜以薦進良士、登進太平爲己任，其於仁義，匪徒知之，實允蹈之。生程、朱之前，灼然有見於孟子，爲接堯、禹、湯、文、孔之道統，昌黎而外，一人而已。歐陽公論唐文之善，必曰「韓李」，有以也夫。

是書近世雖不多見，而朝鮮、日本於千數百年後猶知寶貴，相繼刊布，今觀察又廣求中華舊本，參互考訂而重刊之，則知秉彝有同，好斯道之維繫綱常日用，互古今而不敝者，無中外一也。歟呼！士莫不貴乎聞道，若徒雕琢其辭，文雖工，亦歐陽公所謂「草木榮華之飄風，鳥獸好音之過耳」焉矣，烏足貴哉！烏足貴哉！

同治戊辰秋月，沅陵吴大廷謹識。

【按】本文録自清光緒馮焌光刻《三唐人集》本《李文公集》。

新刊李文公集跋

（清）馮焌光

甲戌秋，余購得古書數十種，中有東洋文政二年刻本《李文公集》十八卷，凡一百三篇。公務之餘，流覽竟帙，其行文旨趣與歐陽文忠公及蘇明允氏所論一一符協。念近時印本甚罕，付之手民，惟譌字、脱文層見叠出。乃遍訪友人所藏舊刊，僅得明嘉靖二年刊本及毛氏汲古閣本，又有無名氏校本，互相參校，僞謬亦復不免，而嘉靖本尤甚。無名氏所校汲古本似依據一宋元舊刊，然亦不能盡善。今人欽定《全唐文》中所載一一校勘，多所折衷，又獲諸本所無者八篇。第《唐書・藝文志》作十八卷，宋陳振孫《書録解題》則云「蜀本分二十卷」。元趙汸《東山存稿・書後》云十有八卷，百四篇。元、明以來，行世大抵爲十八卷之本。嘗思歐陽公生北宋之世，云「得此書于魏君，僅五十篇」。國朝閻徵君若璩爲康熙間，博極群書，欲見《李文公全集》，有年老倦於尋訪之歎。乾隆間詔修《四庫全書》，海内古書秘籍徵搜殆遍，而此書《四庫》著録，亦只據浙江鮑士恭家藏毛晋刊本。今兵燹之後，古籍日稀，欲更得李氏全書，駕乎諸本之上，不其難哉！

茲所見諸本，卷次大抵相同。元闕《疏引見待制官》及《歐陽詹傳》，又《馬少監墓誌》，嘉靖、東洋及無名氏校本有目無文。汲古閣本既無此三文，並不虚列其目，又少《答開元寺僧書》一篇。今《馬少監墓誌》即欽定《全唐文》補録，合他文七篇，爲《補遺》一卷。而《答開元寺僧書》，嘉靖、東洋二本均脱去六、七句，凡三十三字，其他字句亦間有小異，亦從《全唐文》本增補而參定之。又嘉靖、東洋二本載有《新唐書》列傳、歐陽公《讀李翱文》並《跋》、明景泰乙亥河東邢讓跋、嘉靖二年鄷都黄景夔序，而東洋本前又多成化乙未玉融何宜序，末又多趙汸《書後》一篇，今悉録存。更恭載欽定《四庫全書提要》於首，集後又增録《舊唐書》列傳及毛子晋跋。而鄞縣全庶常祖望《鮚埼亭集·外編》有《李習之論》，于文公學行、風節，闡發盡致，亦附録之，以俟知人論世、講求典禮之君子詳焉。

光緒元年歲次乙亥春二日，南海馮焌光書於上海道署。

【按】本文録自清光緒馮焌光刻《三唐人集》本《李文公集》。

李習之先生文讀序論

（清）劉聲木

光澤高雨農舍人澍然，編《李習之先生文讀》，自序云：「昌黎之文，廣博易良，余於《韓文故》言之詳矣。而習之先生，其廣博少遜，其易良則似有進焉。蓋昌黎取源《孟子》而滙其全，故廣博與易良並，先生取源《論語》而得其一至，故廣博雖不如，而易良亦非韓所有也。譬諸天地之氣，其穆然太虚，沖和昭融者，《論語》之易良也，其湛然不滓，高朗夷曠者，《孟子》之易良也。二者微有區别焉，學之者，寧無差等乎哉！故余於昌黎，猶爲公好，於先生，若爲私嗜然。每展卷，如嘗異味，必求屬饜。又恐其難再得，不肯遽盡，留以待再享，其愛護之至如此，誠不自知其然也。然先生之文，平澹如孟襄陽詩，不見可悦。常授學子一編，語之曰：『解好此，可與道古。』亦竟鮮有言好者。爰彙舊讀所得，評成是書，曰《習之先生文讀》，與《韓文故》並行。冀後進資以啓發，可得同好，蓋亦不欲獨享異味之意也。凡十卷，先生全集盡在是。其末卷九篇，則擬删者，並録之，亦加評，明所見。庶好而知其惡，雖私嗜，固不失爲公好也夫。」云云。寶應王文勤公凱泰序云：「《唐藝文志》載《李文公集》十八卷，文百肆篇。是集凡有二本，趙郡蘇天爵家藏刊本，較河東邢讓鈔本爲精審。考《唐書》本傳，先生爲韓文公高弟，其學皆出於韓。唐宋以來，韓李文章，並行海内。歐文忠章奏，敷陳剴切，冠絶古今，其實原本李文，蘇文公嘗論及之。蘇子美稱其詞不逮韓而理勝於柳，其意言悉似昌黎，故有純無雜，洵定評也。明人選大家，乃棄置弗録，而先生之文，幾湮没而不彰。我國家乾隆朝，詔徵天下遺書，浙江鮑士恭以蘇本李文進，蒙採入《欽定四庫全書》，而先生之文又一顯。第中祕珍藏，藝林罕觀，迨宜興諸同人撰次唐宋十大家，選習之先生文陸拾陸篇，都爲一集，學子始稍稍有知識李文者。顧其文理正而旨澹，氣高而質清，士大夫好之者卒鮮。閩中高雨農舍人著《李文讀》一編，心苦分明，批却導窾，遂使千載上作者之精神義氣躍躍紙上，先生有知，其（訂）〔許〕爲曠代之知音乎。夫文以載道，道德外無文章也。先生《寄從弟正辭書》謂：『人號文章爲一藝者，乃時俗所好之文。其能到古人者，則仁義之辭，烏得以一藝名之。』然則先生之志趣學識，又豈晚近文人學士所可同日語哉！劉炯甫刺史取舍人《李文讀》十卷，付之手民，表章儒宿，嘉惠後學，意良美矣，爰識數語，以弁簡端。」云云。閩縣劉炯甫刺史存仁跋云：「光澤高雨農先生治古文三十年，以文爲貫道之器，必求所以自得。年未四十，著《詩考異》《詩音易述》《古本大學解》《漢律曆志注》《河略》諸書，已而皆棄去，曰『吾未有得也』。最後著《春秋釋經》《論語私記》，而精力尤萃於《韓文故》《李文讀》二書。道光九年，大吏延修省志，存仁與校讎，受教於先生四載。甲午志竣返里，逾年，掌教厦門，道福州，歡然請見。又逾年辛丑，訃至，與張亨甫爲位哭奠於西湖。自是奔馳南北，稍游公卿朋友間，善古文者各有偏至，未有如先生之專且勤也。同治庚午歸田，過崇安，晤老友郭小雲，談及遺書散佚爲憾。抵里，急馳訊哲嗣屺民明經。今夏屺民以《李文讀》寄示，且言兵燹之餘，家業蕩然，而此册及《抑快軒全稿》幸未失墜。屺民可謂善承先志矣。先生論文主氣體，嘗言吾之求之也，合氣於朕，合神於漠，以追取其神與氣而冥與之會。故其《自序》有云：『韓取源《孟子》，故廣博與易良並，李得《論語》之易良。吾於韓爲公好，於李爲私嗜。』是評與《韓文故》相表裏，抉經心而執聖權，嗜學者當自領之。急爲梓行，不特後死者之責，亦先生嘉惠後學初志也。獨念少懵於學，老而無成，愧負長者期許，思先生不可復見，悽愴踧踖，其亦有感不絶於余心者乎。刻既成，版歸屺民，以爲世寶云。」云云。文均見本書。

聲木謹案：此書有同治十年冬月，刺史刊圈點批評本。北宋言文章者必稱韓李，屢見之前人記載，實以文公親炙受業於昌黎，而其文雖隨人步趨，實足有以自立。故眉山蘇明允□□洵《上歐陽内翰書》云：「惟李翺之文，其味黯然而長，其光油然而幽，俯仰揖讓，有執事之態。」云云。文見《嘉祐集》。而《四庫全書提要》云：「其才與學，雖皆遜愈，不能熔鑄百氏，皆如己出，而立言俱有根柢，大抵温厚和平，俯仰中度，不似李觀、劉蜕諸人，有矜才作意之態。」云云。新城王晋卿方伯樹枏《致王文泉書》云：「李元賓與韓昌黎、歐陽行周同年登第，當時皆以能文稱於世，然元賓爲文，刻意雕鐫，終未脱六朝蹊徑，與昌黎氏之所謂古文者，截然如堯眉舜目之不同。論者乃較短長於辭質間，可謂不知其類。昌黎當日倡爲古文之學，同時學者，競以返古求新，力去陳言爲務，然皆不免毫釐千里之差。深窺其奥者，爲李習之一人而已。」云云。文見《陶廬箋牘》。文公古文爲後人重視如此，舍人爲之批却導窾，指示塗徑，後人益有階級可尋。《李文讀》一書必不可廢，舍人論文之功亦不可没矣。

【按】本文録自劉聲木《萇楚齋五筆》，中華書局一九九八年點校本。

附録四　評論選録

諭業（節録）　（唐）皇甫湜

李襄陽之文，如燕市夜鴻，華亭曉鶴，嘹唳亦足驚聽，然而才力俾鮮，悠然高遠。

【按】此則録自清編《全唐文》卷六百八十七，中華書局影印清嘉慶刻本。

上歐陽内翰第一書（節録）　（宋）蘇洵

惟李翶之文，其味黯然而長，其光油然而幽，俯仰揖讓，有執事之態。

【按】此則録自蘇洵《嘉祐集》卷十一，《四部叢刊》景宋鈔本。

劉舍人書　（宋）鄭獬

在韓退之門下，用文章雄立於一世者，獨李翶、皇甫湜、張籍耳。然翶之文，尚質而少工；湜之文，務實而不肆；張籍歌行乃勝於詩，至於他文不少見，計亦在歌詩下。

【按】此則録自鄭獬《鄖溪集集》卷十四，清文淵閣《四庫全書》本。

石林詩話（節選）

（宋）葉夢得

人之材力，信自有限，李翱、皇甫湜皆韓退之高弟，而二人獨不傳其詩，不應散亡無一篇存者，計是非其所長，故不多作耳。……翱見於《遠遊聯句》，惟「前之詎灼灼，此去信悠悠」。一出之後，遂不復見，亦可知矣。然二人以非所工而不作，愈於不能而强爲之，亦可謂善用其短矣。

【按】此則録自何文焕輯《歷代詩話·石林詩話》卷下，中華書局二〇〇四年版。

朱子語類（節選）

（宋）朱熹

韓文公似只重皇甫湜，以墓誌付之，李翱只令作行狀。翱作得《行狀》絮，但湜所作《墓誌》又顛蹶。李翱却有些本領，如《復性書》有許多思量，歐陽公也只稱韓、李。

【按】此則録自朱熹《朱子語類》卷一百三十七，明成化九年陳煒刻本。

中庸集解序（節録）

（宋）朱熹

至唐李翺始知尊信其書，爲之論説。然其所謂滅情以復性者，又雜乎佛老而言之，則亦異于曾子、子思、孟子之所傳矣。

【按】此則録自朱熹《晦庵先生朱文公文集》卷七十五，《四部叢刊》景明嘉靖本。

學詩文法

（宋）佚名

學退之不至，李翺、皇甫湜。然翺、湜之文足以窺測作文用力處。

【按】此則録自郭紹虞輯《宋詩話輯佚·附輯·童蒙詩訓》，中華書局一九八〇年版。

胡仲子文集序（節録）

（明）宋濂

韓退之抗顔師一世，自李習之以下，皆欲弟子臨之，而習之奮然不甚相下，崇言正論，往往與退之角。其《復性》、《平賦》二書，修身治人之意，明白深切，得斯道之用。蓋唐人之所僅有，而可與退之《原道》相表裏者也。濂嘗以爲習之識高志偉，不在退之下，遇可畏如退之而不屈，真豪傑之士哉！

【按】本文録自宋濂《宋學士文集》卷六十二《芝園續集》卷二，《四部叢刊》景明正德本。

井觀瑣言（節選）

（明）鄭瑗

唐儒如李習之，亦不易得。《答侯高書》，雖未免自許太高，然深拒其適時行道之説，自謂絶不肯廢道而取容，持論甚正，可謂不失己矣。此所以能面斥宰相過失也。其《幽懷賦》，鄙時人以嗟老羞卑爲務，而無能以神堯郡縣爲意，感慨憤切，庶幾可與建功業者。史稱其性峭鯁，議論無所屈，非虚美矣。

【按】本文録自鄭瑗《井觀瑣言》卷一，清文淵閣《四庫全書》本。

李習之論

（清）全祖望

伊洛諸儒未出以前，其能以扶持正道爲事，不雜異端者，祇韓、李、歐三君子。説者謂其皆因文見道，夫當波靡流極之世，而有人焉，獨自任以斯道之重，斯即因文而見，安得謂非中流之一柱哉！乃韓、歐已祀文廟，獨不及習之，則尚論者之闕也。

習之之學，未嘗盡本於退之，或者不察，竟以爲韓門籍、湜之流。蓋退之實欲致之於門下，特習之不屈耳。習之之妻，退之兄子也。然其呼退之爲兄，則尚不肯以後輩之禮自居，而况師之云乎。

自秦、漢以來，《大學》、《中庸》雜入《禮記》之中，千有餘年，無人得其藩籬，而首見及之者韓、李也。退之作《原道》，實闡正心誠意之旨，以推本之於《大學》。而習之論《復性》，則專以羽翼《中庸》。觀其發明至誠盡性之道，自孟子推之子思，自子思推之孔子，而超然有以見夫顔子三月不違仁之心，一若並荀楊而不屑道者，故朱子亦以有本領、有思量稱之，至《去佛齋文》，則其所以衛道者尤嚴。

嗟乎，伊、洛高弟，平日自詡以爲直接道統者多矣，然其晚年也，有與東林僧常總遊者，有尼出入其門者，有日誦《光明經》一過者，其視因文見道之習之，得無有慙色焉？孟子稱能言距楊、墨者聖人之徒，然則孟子而在，不將亟進習之於上座哉。至其《平賦》，則《周禮》之精意也。得此意而善用之，睢、麟之盛可復也。蓋習之有體有用，具見於《復性》、《平賦》二書。文中子之書流傳已久，獨習之嗤其似《太公家教》，吾於是而知習之之所得，蓋未可以尋常窺也。

退之文字之交遍天下，至其解《論語》，解《孟子》，則習之一人而已。後世以習之之文稍遜退之，而並其有功於聖門者而掩之，惡乎可？歐公之于唐人，並稱韓李，而其慕習之也，尚在退之之上。然其所以慕之者，祇於不作《哀二鳥賦》而止，而反謂其《復性書》不過《中庸》之義疏，則尚未爲知其本者。惟葉石林、宋潛溪所以論習之最當，而近人罕信之。是皆因文見道之言誤之也。或謂習之言道，而其言未純於道；闢佛，而其言時或染於佛：此亦本之朱子。嗚呼，苛矣！是不過習之學力稍未至，而遽短之，可乎？

《唐書》於習之學術概略不書，反言其累仕不得顯官，佛鬱無所發，見宰相李逢吉，面斥其過失，逢吉詭不校，習之恚懼，移病，爲有司論罷。夫逢吉之娼克，誰人不曉；習之而欲得顯官耶，必不敢斥逢吉，既斥之矣，寧復有顯官在其意中者？且習之而懼逢吉耶，亦不敢斥逢吉，既斥之矣，抑復何懼之有？是蓋當時朋黨小人誣善失實之詞，而史臣誤采之者。雖以荆公之識，不能盡諒此事，異矣！今因論從祀而牽連及之，并以糾舊史之謬云。

【按】本文録自全祖望《鮚埼亭集·外編》卷三十七，清嘉慶十六年刻本。

附録五　雜記摘録

唐故中書侍郎平章事韋公集紀(節録)

（唐）劉禹錫

初，蕃既纂修父書，咨於先執李習之，請文爲領袖，許而未就。一旦，習之悄然謂蕃曰：「翱昔與韓吏部退之爲文章盟主，同時倫輩，惟柳儀曹宗元、劉賓客夢得耳。韓、柳之逝久矣，今翱又被病，慮不能自述，有孤前言，齎恨無已，將子薦誠於劉君乎！」無何，習之夢奠於襄州，蕃具道其語。

【按】本文録自《劉禹錫集》卷十九，中華書局一九九〇年點校本。

李文公夜醮

（唐）高彦休

李文公翺自文昌宫出刺合肥郡。公性褊直方正，未嘗信巫覡之事。郡客有李處士者，自云能通鬼神之言，言事頗中，闔郡肅敬，如事神明。公到郡旬月，乃投刺候謁，禮容甚倨。公心忌之，思以抑挫，抗聲謂曰：「仲尼，大聖也，尚云『未知生，焉知死』，子能賢於文宣耶？」生曰：「不然，獨不見阮生著《無鬼論》，精辯宏贍，人不能屈，致鬼神見乎？且公骨肉間朝夕當有遘病沈困者，苟宴安鴆毒則已。或五常粗備，漬於七情，孰忍視溺而不援哉？」公愈怒，立命械縶之，將痛鞭其背。夫人背疽，明日内潰，果噦食昏瞑，百刻不穇。偏召醫藥，曾無少瘳。愛女數人，既笄未嫁，環牀呱呱而泣，且歸罪於文公桎梏李生也。公以伉儷義重，息胤情牽，不得已解縲絏而祈叩之。則曰：「第手翰一狀，俟夜禱之，某留墨篆同焚，當可脱免。」仍誡曰：「慎勿箋易鉛槧，他無所須矣。」公敬受教，即自草詞祝，潔手書之。性褊，札寫數紙皆誤，不能爽約，則又再書。燭灺更深，疲於毫研。克意一幅，繕札稍嚴，而官位之中，竟箋一字。既逾時刻，遂并符以焚。聞呻吟頓減，闔室相慶。黎明，李生候謁，公深德之，生曰：「禍則可免，猶謂遲遲。誡公無得漏略，何爲復注一字？」公曰：「無之。向寫數本，悉以塗改。不忍自欺，就焚之書，頗爲精謹，老夫未嘗忘也。」生曰：「譚何容易，祝詞在斯。」因探懷以出示，則昨日所燼之文也。公驚愕慚赧，避席而拜，酬之厚幣，竟無所取。旬日告别，不知所從。病亦漸間。

【按】本文録自高彦休《唐闕史》卷上，明萬曆十六年談長公鈔本。

陰注陽受

（五代）王定保

楊嗣復第二榜盧求者，李翺之壻。先是翺典合淝郡，有一道人詣翺，自言能使鬼神。翺謂其妖，叱去。既而謂翺曰：「使君胡不惜骨肉？」翺愈怒，命繫於非所。其夕内子心痛將絶，頗爲兒女所尤。亟命召至謝焉。道人唯唯而已……後翺任楚州（或曰桂州），其人復至。其年楊嗣復知舉，求落第。嗣復，翺之親表，由是頗以求爲慊。因訪于道人，道人言曰：「此細事，亦可爲奏章一通。」几硯紙筆，復置醇酎數斗於側，其人以巨杯引滿而飲，寢少頃而覺，覺而復飲。暨曇眦，即整衣冠北望而拜，遽對案手疏二緘。遲明，授翺曰：「今秋主司且開小卷，明年見榜開大卷。」翺如所教。尋遞中報至，嗣復依前主文，即開小卷，詞云：「非頭黄尾，三求六李。」翺奇之，遂寄嗣復。嗣復已有所貯，頗疑漏泄。及放榜開大卷，乃一榜焕然，不差一字。其年裴俅爲狀元，黄價居榜末，次則盧求耳，餘皆契合。後翺鎮襄陽，其人復至，翺虔敬可知也。謂翺曰：「鄙人載來，蓋仰公之政也。」因命出諸子，熟視，皆曰：「不繼。」翺無所得，遂遣諸女出拜之，乃曰：「尚書他日外孫三人，皆位至宰輔。」後求子携，鄭亞子畋，杜審權子讓能，爲將相。

【按】本文録自王定保《唐摭言》卷八，清《學津討原》本。

李翱女

（宋）李昉等

李翱江淮典郡，有進士盧儲投卷，李禮待之。置文卷几案間，因出視事。長女及笄，閒步鈴閣前，見文卷尋繹數四，謂小青衣曰：「此人必爲狀頭。」迨公退，李聞之，深異其語，乃令賓佐至郵舍具白於盧，選以爲婿。盧謙讓久之，終不却其意，越月隨計來年果狀頭及第，才過關試，逕赴嘉禮，《催妝詩》曰：「昔年將去玉京游，第一仙人許狀頭。今日幸爲秦晉會，早教鸞鳳下妝樓。」

【按】本文録自李昉等《太平廣記》卷一八一，民國景明嘉靖談愷刻本。

澧州藥山惟儼禪師傳（節録）

（宋）釋道原

郎州刺史李翱嚮師玄化，屢請不起，乃躬入山謁之。師執經不顧，侍者白曰：「太守在此。」翱性褊急，乃言曰：「見面不如聞名。」師呼「太守」，翱應諾。師曰：「何得貴耳賤目。」翺拱手謝之。問曰：「如何是道？」師以手指上下，曰：「會麽？」翺曰：「不會。」師曰：「雲在天，水在瓶。」翺乃欣愜作禮，而述一偈曰：「鍊得身形似鶴形，千株松下兩函經。我來問道無餘説，雲在青天水在瓶。」玄覺云：「且道李太守是讚他語？明他語？須是行脚眼始得。」翺又問：「如何是戒定慧？」師曰：「貧道遮裏無此閑家具。」翺莫測玄旨。師曰：「太守欲得保任此事，直須向高高山頂坐，深深海底行，閨閤中物捨不得，便爲滲漏。」師一夜登山經行，忽雲開見月，大笑一聲，應澧陽東九十許里。居民盡謂東家，明辰迭相推問，直至藥山。徒衆云：「昨夜和尚山頂大笑。」李翺再贈詩曰：「選得幽居愜野情，終年無送亦無迎。有時直上孤峰頂，月下披雲笑一聲。」

【按】本文録自釋道原《景德傳燈録》卷十四，《四部叢刊三編》景宋本。

翺湜待退之之異

（宋）王楙

唐史謂李翺、皇甫湜游韓門，而劉貢父、石林、容齋亦皆謂韓門弟子。僕觀退之固嘗曰：「李翺從僕學文，頗有所得。」明知其即退之也。然翺《答退之書》曰「如兄頗亦好賢」，「如兄得志」；《祭退之文》曰：「兄在汴州，我還自徐，始得交游，視我無能，待我以友。」又《與陸傪書》曰「我友韓愈」；《薦所知於張徐州書》曰「昌黎韓愈」，是待退之以同輩，而不以師禮事之。翺又嘗言曰：「行己莫若是貴，此聞之於師者也；迫之以利而審其邪正，此聞之于友者也。」又曰：「如師之於門人則名之，于朋友則字而不名。稱之于師，雖朋友亦名之。」翺言如此，而稱韓愈如彼，是不以師待愈益明矣。而皇甫湜稱退之，動曰「先生」，又有以驗翺、湜所以待退之之異也。

【按】本文録自王楙《野客叢書》卷五，中華書局一九八七年點校本。

主要參考資料

《十三經注疏·毛詩正義》，（漢）毛亨傳，鄭玄箋，（唐）孔穎達等疏，上海古籍出版社一九九七年版。

《十三經注疏·禮記正義》，（漢）鄭玄注，（唐）孔穎達等疏，上海古籍出版社一九九七年版。

《十三經注疏·論語注疏》，（魏）何晏等集解，（宋）邢昺疏，上海古籍出版社一九九七年版。

《十三經注疏·孟子注疏》，（漢）趙岐注，（宋）孫奭疏，上海古籍出版社一九九七年版。

《舊唐書》，（後晋）劉昫等撰，中華書局一九七五年版。

《新唐書》，（宋）歐陽修等撰，中華書局一九七五年版。

《資治通鑑》，（宋）司馬光等，中華書局一九五六年版。

《唐六典》，（唐）李林甫等撰，陳仲夫點校，中華書局二〇一四年版。

《元和姓纂》（附四校記），（唐）林寶撰，岑仲勉校記，郁賢皓、陶敏整理，孫望審訂，中華書局一九九四年版。
《元和郡縣圖志》，（唐）李吉甫等撰，中華書局一九八三年版。
《郡齋讀書志校證》，（宋）晁公武撰，孫猛校證，上海古籍出版社一九九〇年版。
《直齋書録解題》，（宋）陳振孫撰，徐小蠻、顧美華點校，上海古籍出版社二〇一五年版。
《唐尚書省郎官石柱題名考》，（清）勞格、趙鉞撰，徐敏霞、王桂珍點校，中華書局一九九二年版。
《唐方鎮年表》，（清）吴廷燮撰，中華書局一九八〇年版。
《唐御史臺精舍題名考》，（清）趙鉞、勞格撰，張忱石點校，中華書局一九九七年版。
《登科記考》（清）徐松撰，趙守儼點校，中華書局一九八四年版。
《登科記考補正》，孟二冬撰，燕山出版社二〇〇三年版。
《唐刺史考全編》，郁賢皓著，安徽大學出版社二〇〇〇年版。
《唐方鎮文職僚佐考》（修訂本），戴偉華著，廣西師範大學出版社二〇〇七年版。
《唐五代文學編年史》，傅璇琮主編，遼海出版社一九九八年版。
《李翺年譜》，李恩溥撰，原載《南京日報》一九四八年五月十七日，後收入《求索文存》，西安交通大學出版社二〇一〇年版。

《李翺年譜》，羅聯添撰，載《唐代詩文六家年譜》，學海出版社一九八六年版。

《李翺年譜稿》，何智慧撰，四川師範大學二〇〇二年碩士學位論文。

《全唐文作者小傳正補》，李德輝著，遼海出版社二〇一一年版。

《唐國史補》，（唐）李肇撰，上海古籍出版社一九七九年版。

《雲溪友議》，（唐）范攄撰，中華書局一九五九年版。

《唐摭言》，（後周）王定保撰，上海古籍出版社一九七八年版。

《唐語林校證》，（宋）王讜撰，周勛初整理，中華書局二〇一八年版。

《太平廣記》，（宋）李昉等撰，中華書局一九六一年版。

《唐人軼事彙編》，周勛初主編，嚴杰、武秀成、姚松編，上海古籍出版社二〇一七年版。

《韓昌黎詩繫年集釋》，（唐）韓愈撰，錢仲聯集釋，上海古籍出版社二〇〇七年版。

《韓昌黎詩集編年箋注》，（唐）韓愈撰，（清）方世舉箋注，郝潤華、丁俊麗整理，中華書局二〇一二年版。

《韓愈全集校注》，屈守元、常思春撰，四川大學出版社一九九六年版。

《韓昌黎文集注釋》，（唐）韓愈著，閻琦校注，三秦出版社二〇〇四年版。
《韓愈文集彙校箋注》，（唐）韓愈撰，劉真倫、岳珍校注，中華書局二〇一〇年版。
《五百家注韓昌黎集》，（唐）韓愈撰，（宋）魏仲舉集注，郝潤華、王東峰整理，中華書局二〇一九年版。
《孟郊詩集校注》，（唐）孟郊撰，華忱之、喻學才校注，人民文學出版社二〇一五年版。
《白居易文集校注》，（唐）白居易撰，謝思煒校注，中華書局二〇一一年版。
《柳宗元集校注》，（唐）柳宗元撰，尹占華、韓文奇校注，中華書局二〇一三年版。
《文選》，（梁）蕭統編，（唐）李善注，中華書局一九九七年版。
《文苑英華》，（宋）李昉等編，中華書局一九六六年版。
《唐文粹》，（宋）姚鉉編，上海古籍出版社一九九四年版。
《全唐文》，（清）董誥等編，中華書局一九八三年版。